PANINI BOOKS

In der Buchreihe „Sternentänzer“ sind bisher erschienen:

Band 1: Das Rätsel um den weißen Hengst
Band 2: Das geheimnisvolle Mädchen
Band 3: Weißer Hengst in Gefahr
Band 4: Caro unter Verdacht
Band 5: Rettung für Lindenhain
Band 6: Bedrohung für den weißen Hengst
Band 7: Letzter Auftritt des weißen Hengstes?
Band 8: Der unheimliche Pferdehof
Band 9: Zeit der Entscheidung
Band 10: Hoffen und Bangen in Lilienthal
Band 11: Silbersterns Geheimnis
Band 12: Abschied mit Folgen
Band 13: Caro und das Mädchen im Moor
Band 14: Ponys in Not
Band 15: Eine rätselhafte Vision
Band 16: Das Geheimnis der Schlossruine
Band 17: Caro und die weiße Stute
Band 18: Die Botschaft des weißen Hengstes
Band 19: Achterbahn der Gefühle
Band 20: Die geheimnisvollen Briefe
Band 21: Eine unglaubliche Entdeckung
Band 22: Ein verhängnisvolles Erbe
Band 23: Geister aus der Vergangenheit
Band 24: Die Magie des weißen Hengstes
Band 25: Voller Einsatz für Lina
Band 26: Verwirrung des Herzens
Band 27: Caro und das Geheimnis der alten Frau
Band 28: Aufregung um Stute Aziza
Band 29: Eine Reise voller Überraschungen
Band 30: Caro und der rätselhafte Dieb
Band 31: Der Eisprinz und die große Liebe
Band 32: Ein unglaublicher Verdacht
Band 33: Die verschwundenen Ponys
Band 34: Caro gibt nicht auf
Band 35: Gefährliche Zeiten auf Lindenhain
Band 36: Feuerprobe für die Liebe
Band 37: Wo ist Sternentänzer?

Sammelband 1: Das Rätsel um den weißen Hengst
Das geheimnisvolle Mädchen
Sammelband 2: Weißer Hengst in Gefahr
Caro unter Verdacht
Sammelband 3: Rettung für Lindenhain
Bedrohung für den weißen Hengst
Sammelband 4: Letzter Auftritt des weißen Hengstes?
Der unheimliche Pferdehof
Sammelband 5: Zeit der Entscheidung
Hoffen und Bangen in Lilienthal
Sammelband 6: Silbersterns Geheimnis
Abschied mit Folgen

Sternentänzer

Sammelband 7

Lisa Capelli

PANINI BOOKS

Die Deutsche Nationalbibliothek verzeichnet diese Publikation in der Deutschen Nationalbibliografie; detaillierte bibliografische Daten sind im Internet über http://dnb.d-nb.de abrufbar.

FSC www.fsc.org
MIX
Papier aus verantwortungsvollen Quellen
FSC® C014496

Dieses Buch wurde auf chlorfreiem, umweltfreundlich hergestelltem Papier gedruckt.

Sternentänzer, Sammelband 7

Verlagsleitung (Books/Kids): Gabriele El Hag
Chefredaktion: Nicole Hoffart
Redaktion: Eva-Regine Rauch
Lektorat: Helga Kronthaler
Umschlag: tab indivisuell, Stuttgart
Fotos: Bob Langrish; Mauritius
Satz: Vanessa Buffy
Druck: GGP Media GmbH, Pößneck
ISBN 978-3-8332-3342-5

www.paninishop.de

Inhalt

In einer stürmischen Vollmondnacht schlägt ein Blitz in eine jahrhundertealte Eiche ein, und eine Sternschnuppe fällt vom Himmel. Im gleichen Moment wird ein wunderschöner Schimmel mit einem kleinen schwarzen Stern auf der Stirn geboren.

Sternentänzer

Caro und das Mädchen im Moor

Lisa Capelli

Zucchini und andere Überraschungen

Eigentlich war alles wie immer auf dem Reiterhof Lindenhain. Hofhund Herr Maier döste vor seiner Hundehütte, Hofhahn Fridolin krähte lauthals auf dem Misthaufen hinter dem Stall, und aus dem kleinen Tümpel neben dem Haupthaus war das laute Quaken eines vorwitzigen Frosches zu hören. Die Wipfel der stolzen Linden, die hoch oben auf dem kleinen Hügel am anderen Ende der Koppel standen, bewegten sich ganz sacht im Wind. Und doch war alles ganz anders auf Lindenhain!

Carolin Baumgarten, genannt Caro, saß allein auf der alten Holzbank vor dem Haupthaus. Sie hatte die Beine angezogen und mit den Armen umschlungen. Seufzend blickte sie sich um und kaute dabei an ihrer Unterlippe, wie sie es immer tat, wenn sie nachdenklich war oder melancholisch – so wie jetzt gerade. Silberstern, Sternentänzers Sohn, war weg. Nicht einfach nur im Zirkus von Onkel Rocco auf dem großen Festplatz in Lilienthal wie noch vor einer Woche. Nein, Silberstern war richtig weg. Zusammen mit Annit und der ganzen Zirkustruppe.

Gedankenverloren blickte Carolin hinüber zur Weide.

Für einen Augenblick schien es ihr, als würde er dort stehen - der bildschöne, edle pechschwarze Junghengst mit dem kleinen weißen Keilstern auf der Stirn - und ihr zuwiehern.

„Ach Silbersternchen, ich vermiss dich so!“, murmelte sie vor sich hin. „Dich und Cinderella - und Nick“, fügte sie seufzend hinzu. Nick war Lindenhains Mann für alles gewesen und so etwas wie ein großer Bruder für Carolin. Vor Kurzem jedoch hatte er seinen Job auf dem Reiterhof aufgegeben, um zu seiner Freundin Nina nach Berlin zu ziehen. Und die wunderschöne Stute Cinderella, Silbersterns Mutter, war inzwischen ebenfalls auf einem Reiterhof in Berlin untergebracht worden.

„He, Caro“, riss sie plötzlich eine Stimme aus ihren Gedanken.

Carolin sah auf und blickte in Jans Gesicht. Jan war Nicks Nachfolger. Er kümmerte sich jetzt um die Pferde, den Stall, den Auslauf, eigentlich um den ganzen Hof.

„Welche Laus ist dir denn über die Leber gelaufen?“, fragte er und schob eine blonde Haarsträhne, die sich aus seinem Zopf gelöst hatte, zurück hinter sein Ohr.

„Ach nichts, ich hab nur gerade einen melancholischen Moment“, winkte Carolin ab.

„Dagegen kenn ich ein geniales Mittel“, grinste Jan und deutete auf die Mistgabel in seiner Hand. „Stall ausmisten vertreibt trübe Gedanken, anschließend bist du zu matt für Weltschmerz. Dann hast du nur noch Muskelkater und willst ab unter die Dusche.“

Carolin grinste zurück. „Nee danke, ganz so groß ist der Weltschmerz dann doch nicht.“

„Schade, ich könnte nämlich dringend Unterstützung gebrauchen!“, brummelte Jan, schulterte die Mistgabel und stiefelte weiter Richtung Stall.

Carolin ließ ihre Beine von der Bank baumeln. *Warum müssen Veränderungen sein?,* überlegte sie. *Warum kann nicht einfach alles so bleiben, wie es ist, wenn alles passt? Warum kann man nicht einfach „Stopp!“ sagen, wenn sich nichts verändern soll? ...*

Plötzlich spürte sie etwas Warmes, Weiches an ihrer Haut. Leise schnurrend strich ein kleines pechschwarzes Kätzchen mit großen leuchtenden Augen um ihre Beine.

„Hey, du!“ Carolin lächelte zärtlich und hob das Wollknäuel auf ihren Schoß. Es war eines der vier Katzenbabys, die die Hofkatze Eulalia erst vor wenigen Wochen zur Welt gebracht hatte. Die alte Katze selbst hatte die Strapazen der Geburt nicht überstanden und war kurz danach gestorben. Sanft kraulte Carolin das kleine Kätzchen zwischen den Ohren und ließ ihre Finger durch das seidenweiche Fell gleiten.

Na ja! In diesem Fall hat eine Veränderung ja etwas Schönes hervorgebracht, überlegte Carolin und beschloss, ihre trüben Gedanken zum Mond zu schicken. Und solange sie ihren geliebten Sternentänzer hatte, war ja eigentlich auch alles in Ordnung. Wie immer, wenn Carolin an ihr prächtiges mondhelles Pferd dachte, machte ihr Herz einen kleinen Satz. Sie stand auf, setzte das Kätzchen sacht auf den Boden und entschied sich, mit Sternentänzer auszureiten.

Die Tür zum Haupthaus ging auf, und Gunnar, der Besitzer von Lindenhain, kam heraus. In der Hand hielt er seinen Cowboyhut und wedelte damit aufgebracht hin und her. „Nein, nein und nochmals nein!“, protestierte er dabei energisch.

Bevor Carolin nachfragen konnte, stürmte hinter ihm seine Lebensgefährtin Vicky durch die Tür. Auf dem Kopf hatte sie einen überdimensionalen Strohhut, über ihrer Reithose trug sie eine dunkelgrüne Gärtnerschürze, und in der linken Hand hielt sie einen großen, bunten Korb aus Stroh.

„Auf keinen Fall! Das kommt überhaupt nicht infrage!“, schimpfte Gunnar lauthals weiter.

„Ach komm, Gunnar! Ich finde, das ist eine sehr gute Idee“, beharrte Vicky.

„Vergiss es, Vicky!“

„Nein.“

„Doch!“

Carolin musste lachen. Es sah wirklich zu komisch aus, wie sich die beiden wie wild gewordene Kampfhähne gegenüberstanden. „Worum geht's eigentlich bei euch?“, erkundigte sie sich grinsend.

„Zucchini“, erklärte Vicky, ohne sie anzusehen.

„Hä?“ Gemüse war wirklich das Allerletzte, worauf Carolin getippt hätte.

Vicky deutete auf den kleinen, verwilderten Garten direkt neben dem Haupthaus. „Ich will dort Zucchini anpflanzen, aber ...“

„Wir sind ein Reiterhof und keine Gemüsefarm“, wetterte Gunnar. „Und überhaupt, ich hasse Zucchini, und dieses Zeug kommt mir ganz bestimmt nicht in meinen Garten."

„Aber die sind doch so gesund und würden hier in dieser Sonnenlage bestens wachsen", beharrte Vicky mit hochrotem Kopf.

„Nur über meine Leiche!", knurrte Gunnar.

Wütend machte Vicky auf dem Absatz ihrer Reitstiefel kehrt und lief zurück ins Haus.

Gunnar blickte ihr kopfschüttelnd hinterher. „Zucchini anpflanzen ... ausgerechnet!"

„Wenigstens kann man damit keinen Kuchen backen", kicherte Carolin. Vickys Backkünste waren berüchtigt. Denn sie schaffte es, selbst die allereinfachste Backmischung zu ruinieren. Aber leider backte sie leidenschaftlich gern und konnte sehr ungehalten werden, wenn man ihre Kuchen nicht probierte.

Gunnar verzog das Gesicht. „Toller Trost!" Er setzte seinen Hut auf und marschierte mit großen Schritten Richtung Stall. Carolin folgte ihm.

„Wie geht's deinem Sternentänzer denn so - ohne Silberstern?", wollte Gunnar wissen.

„Alles klar, denk ich", antwortete Carolin. „Er weiß ja, dass sein Sohn bei Annit in guten Händen ist. Und schließlich hat Sternentänzer ja noch mich", fügte sie seufzend hinzu.

Die Absätze seiner Cowboystiefel klackerten laut, als Gunnar den Stallgang entlangschritt. Vor Silbersterns ehemaliger Box blieb er stehen. Sie war leer.

„Auf ein Neues!", murmelte Gunnar und hängte ein neues Namensschild an den Nagel neben der Boxentür.

„Da drin werden wir demnächst unser neues Schulpferd einquartieren."

Carolin fuhr sich durch ihre kurzen braunen Haare. „Wo ist denn eigentlich Silbersterns Namensschild?", fragte sie dann. „Liegt das noch irgendwo herum?"

Gunnar nickte. „Ja, bei mir im Büro. Du kannst es haben, wenn du willst. Komm einfach nachher mal vorbei!"

„Danke", strahlte Carolin. „Annit hat mir zum Abschied ein altes Hufeisen von Silberstern geschenkt, mit dem Namensschild habe ich wenigstens zwei schöne Erinnerungen an Silberstern."

Da ertönte aus der hinteren Ecke des Stalls lautes Wiehern. Gunnar deutete mit dem Kopf in die Richtung, aus der es kam. „Dein Typ wird verlangt!"

Carolin nickte und lief zu Sternentänzers Box. „Bloß gut, dass sein Namensschild niemals entfernt werden muss", rief sie Gunnar noch zu. „Niemals!"

Wie zur Bestätigung empfing Sternentänzer sie mit heftigem Kopfnicken. Er bewegte seinen eleganten weißen Kopf mit dem kleinen schwarzen Keilstern hoch und runter und schnaubte dabei genüsslich. Doch Sternentänzer war nicht nur ein prächtiger Araberhengst, sondern auch ein Pferd mit einer ganz besonderen Gabe. Einer magischen Gabe: Und Carolin war diejenige, die diese magische Gabe nutzen konnte – wenn sie in einer Vollmondnacht auf Sternentänzer ausritt.

Carolin liebkoste zärtlich die samtweichen Nüstern des Hengstes. „Na, mein Süßer? Weißt du eigentlich, wie lieb ich dich hab?", sagte sie und drückte ihr Gesicht fest gegen sein Fell.

„Und was ist mit mir?"

Carolin drehte sich um. In der offenen Boxentür stand Ferdi und grinste über das ganze Gesicht.

Carolin zwinkerte ihm vergnügt zu. „Dich natürlich auch - obwohl du nur zwei Beine hast."

„Gravierender Konstruktionsfehler", erwiderte Ferdi ernst. „Aber leider schwer zu beheben."

„Kannst ja nichts dafür", lachte Carolin und winkte großzügig ab.

Ferdinand Reifenbach war ihr Freund. Zusammen hatten sie schon jede Menge Abenteuer durchstanden. Eigentlich stammte Ferdi aus Berlin, aber seit einiger Zeit wohnte er im Ferienhaus auf Lindenhain. Zum einen, um näher bei Carolin zu sein, zum anderen, um ungestört seiner Lieblingsbeschäftigung, dem Eishockeyspielen, nachgehen zu können.

Am Anfang hatte das seiner Mutter, der schwerreichen vornehmen Frau Reifenbach, überhaupt nicht gefallen. Doch als Ferdi mit seiner Mannschaft, dem EC Grünstadt, in der letzten Saison den Meistertitel in der Regionalliga geholt hatte, hatte sie ihre Meinung geändert. Plötzlich tat sie alles, um ihren Sohn zu unterstützen. Meistertitel blieb schließlich Meistertitel!

„Hast du schon das Neueste von Thorben gehört?", fragte Ferdi.

Carolin verließ mit Ferdi Sternentänzers Box. „Nee, was gibt's denn?"

Thorben war der Sohn von Doktor Sander, dem Tierarzt von Lilienthal, und der Freund von Lina. Und Lina war Carolins beste Freundin.

„Thorben fliegt in die USA“, erklärte Ferdi. „Nach New York. Vier Wochen lang.“

„Boah!“, machte Carolin. „Echt? Wie das?“

Ferdi nickte. „Er hat mich gestern angerufen und wollte wissen, ob ich mich mit dem Visumskram auskenne und ihm was über die Einreisebestimmungen sagen kann.“

„Und was macht er so lange da drüben?“, erkundigte sich Carolin und schloss die Stalltür hinter sich.

„Ferien! Er hat eine Einladung von Freunden seiner Mutter bekommen, soviel ich weiß. Kam wohl ganz spontan.“ Ferdi legte den Arm um Carolin und zog sie an sich. „Aber ich dachte, du wüsstest bereits Bescheid.“

Carolin schüttelte den Kopf. „Keinen Schimmer!“ Sie kuschelte sich an Ferdis Schulter. „Arme Lina! Dann geht's ihr so wie mir - vier Wochen ohne Freund.“ Sie blickte Ferdi ernst an. „Du gehst in Kürze ja auch in dieses Eishockey-Trainingslager. Sieht fast aus, als hättet ihr zwei euch abgesprochen.“ Sie seufzte. „Ich werd dich vermissen. Aber so können Lina und ich wenigstens mal wieder richtig viel gemeinsam unternehmen. In letzter Zeit haben wir nämlich viel zu wenig zusammen gemacht.“ Carolin boxte Ferdi in die Seite. „Ich muss sie gleich anrufen und Pläne schmieden.“

Ferdi zog eine Grimasse. „Freu dich mal lieber nicht zu früh.“

Carolin sah ihn verwundert an. „Warum das denn?“

„Thorben wollte Lina fragen, ob sie mitkommen will.“

Carolin sah Ferdi mit großen Augen an. „Wie? Lina? Vier Wochen in New York?“

„Warum nicht?“

Carolin grinste. „Ich versuche gerade, mir Lina im Großstadtdschungel vorzustellen. Ich glaub nicht, dass sie auf so was Lust hat."

Die ungestüme Lina - das Naturmädchen mit ihren wilden, dunklen Locken, den geblümten Röcken, die sie übereinander trug, und den dicken Schnürstiefeln. Das passte so gar nicht zu Hochhäusern, Straßenschluchten und Einkaufsmeilen.

Wie auf ein Stichwort kam Lina in diesem Augenblick auf den Hof gerollt. Sie stellte ihr klappriges Uralt-Fahrrad neben Carolins und lief mit funkelnden Augen auf die beiden zu.

„Ihr glaubt nicht, was abgeht!", rief sie schon von Weitem. Sie schien geladen wie eine Rakete kurz vor dem Abschuss. „Thorben geht in die USA, und er wollte, dass ich mitkomme", sprudelte es aus ihr heraus. „Und ausgerechnet zur gleichen Zeit findet dieser dämliche Kurs statt, an dem ich unbedingt teilnehmen soll."

„Was denn für ein Kurs?", wiederholte Carolin total überrascht.

Ferdi gab Carolin einen Kuss auf die Wange. „Ich seh schon, ihr zwei habt einiges zu bequatschen. Da lass ich euch lieber mal allein."

Carolin packte Lina am Ärmel ihrer bunt gemusterten Bluse und zog sie auf die Holzbank, auf der sie schon vorher gesessen hatte. „Jetzt erzähl mal der Reihe nach!"

Lina hockte sich im Schneidersitz auf die Bank. „Also: Thorben geht für vier Wochen nach Amerika, und er hat gefragt, ob ich mitwill."

„Und?"

Lina zuckte mit den Schultern. „Lust hätte ich schon. Aber es wird nichts. Zu teuer. Thorben wird wohl allein fliegen müssen."

Puh!, fuhr es Carolin durch den Kopf. Sie legte den Arm um die Schulter der Freundin und zog sie an sich. „Sei nicht traurig! Ferdi geht ja auch in dieses Trainingslager, und dann machen wir beide uns eben hier eine tolle Zeit."

Lina lehnte den Kopf gegen Carolins Schulter. „Daraus wird leider nichts, Caro."

„Aber wenn du nicht mit nach Amerika fliegst ...?"

„Ich hab dir doch schon mal erzählt, Ami will unbedingt, dass ich diesen Kurs für Hexerei und Heilerei mache", seufzte Lina.

Ami war Linas ungewöhnliche Großmutter. Sie arbeitete als Kräuterhexe und Heilerin, und Lina nahm seit einiger Zeit Unterricht bei ihr. „Du hast meine übersinnliche Gabe geerbt, Lina, und da du meine Nachfolgerin werden sollst, musst du wissen, wie du damit umgehst", pflegte die weise alte Frau zu sagen. „Du brauchst sehr viel Wissen dafür und eine gute Ausbildung."

„Es reicht doch, wenn du mir alles beibringst", hatte sich Lina bisher immer gewehrt, da sie überhaupt keine Lust auf einen Kurs hatte. Noch dazu vier Wochen lang und weit weg von Lilienthal!

Lina ringelte eine lange Locke um ihren Zeigefinger. „Nun, du kennst ja meine Ami. Ich kann sicher sein, sie wird nicht eher Ruhe geben, bis ich diesen Kurs besucht habe. Und da dachte ich mir, wenn Thorben jetzt weg ist, würde es doch ganz gut passen. Eigentlich ein optimaler Zeitpunkt."

Carolin nagte an ihrer Unterlippe und blickte hinüber zur Koppel. „Und wann geht dieser Kurs los?“

Lina sah Carolin an. „Gleich nächste Woche“, sagte sie leise. „Ich hab mich schon angemeldet.“

Carolin schluckte. *Vier Wochen ohne Lina. Und Ferdi wollte auch weg. Na toll!*

Zwei Abschiede an einem Tag

Der Bus, der Lina nach Westerhofen bringen sollte, wo der magische Kurs stattfand, startete gegen Mittag. Carolin bestand darauf, ihre beste Freundin zu verabschieden. Jetzt standen die zwei Mädchen sich an der Bushaltestelle in Lilienthal gegenüber und hielten sich an den Händen.

Carolin räusperte sich. „Ich werde dich vermissen."

„Ich vermiss dich jetzt schon", sagte Lina mit ähnlich belegter Stimme.

„Keine Ahnung, was ich vier Wochen lang ohne dich machen soll", murmelte Carolin traurig und versuchte, die Tränen wegzublinzeln. „Das wird total langweilig."

„Du hast ja noch Sternentänzer", presste Lina hervor.

Carolin nickte und lächelte ein wenig. „Das ist zwar nicht das Gleiche, aber ..."

„Ich schreib dir, Caro, jeden Tag. Eine Mail oder zwei oder drei", versprach Lina.

„Ich schreib auch immer gleich zurück", erwiderte Carolin und leckte die erste Träne weg, die über ihre Wange bis zum Mundwinkel gekullert war.

Lina ließ eine Hand los und wischte mit dem Ärmel ihrer Bluse über ihre Augen.

Mit einem lauten Geräusch ließ der Busfahrer gleich darauf die Gepäcklade zufallen und hievte sich hinter das Steuer. „Alle einsteigen!"

„Ich muss jetzt los", sagte Lina.

„Ja", presste Carolin hervor und fiel der Freundin schluchzend um den Hals. „Pass gut auf dich auf und bau keinen Mist!", nuschelte sie in Linas Haare.

„Du auch", schniefte Lina zurück. „Die vier Wochen gehen bestimmt total schnell rum."

„Bestimmt."

„Und dann bin ich wieder da."

„Ja."

„Ich freu mich schon."

„Ich mich auch."

Der Busfahrer drückte einmal kurz auf die Hupe, und Lina machte sich los.

„Tschüss, Caro", verabschiedete sie sich und stieg ein. Hinter ihr schlossen sich die Bustüren, und der Bus startete.

„Tschüss, Lina", murmelte Carolin noch und winkte dem Bus mit beiden Armen nach. Erst als er um die Häuserecke verschwunden war, ließ sie die Arme sinken und trottete betrübt zu ihrem Fahrrad.

Zögernd stieg sie auf und radelte Richtung Lindenhain. Ein merkwürdiges, leeres Gefühl machte sich in ihrem Bauch breit. *Ach Lina, ich vermiss dich jetzt schon!*, dachte sie und trat kräftiger in die Pedale – als könne sie so den Abschiedsschmerz verjagen. *Carolin Baumgar-*

ten, reiß dich zusammen!, ermahnte sie sich kurz darauf. *Lina ist nicht für immer weg, sie besucht nur einen Kurs. In vier Wochen ist sie wieder da. Kein Grund zu trauern, als würde sie für immer ans Ende der Welt ziehen!* Carolin legte den Kopf zurück und ließ sich den kühlen Fahrtwind um die Ohren wehen. *Und außerdem – ein paar Tage hab ich ja wenigstens Ferdi noch. Da können wir was zusammen unternehmen,* tröstete sie sich. Doch da sollte sie sich wohl täuschen!

In Gedanken damit beschäftigt, was sie mit Ferdi in den nächsten zwei Tagen so alles unternehmen könnte, bog Carolin in die Einfahrt nach Lindenhain ein. Auf dem Hof wartete ein Taxi. *Nanu? Auf wen wartet das denn?,* wunderte sich Carolin. *Sind doch gar keine Feriengäste da, die abgeholt werden müssten!* Sie parkte ihr Rad und spähte neugierig umher. *Wäre aber gar nicht so schlecht, wenn demnächst ein paar neue Gäste kämen,* überlegte sie dabei. *Wenn sie nett wären, könnte ich mich mit denen ein bisschen anfreunden.*

„Hi, Caro!“ Vicky stiefelte an ihr vorbei. Sie hatte ihre grüne Gärtnerschürze abgelegt und sah wieder ganz normal aus. Die Zucchini-Frage war offenbar geklärt. Und offenbar hatte Gunnar gewonnen.

„Hi, Vicky! Was ist mit dem Taxi? Auf wen wartet das hier?“

Vicky blieb stehen und runzelte die Stirn. „Keine Ahnung. Aber das heißt nichts. Gunnar hat mich wahrscheinlich nur nicht informiert. Wir sprechen momentan nämlich nicht viel miteinander."

„Ah, Zucchini!", grinste Carolin.

„Zucchini", bestätigte Vicky und nickte. „Aber das letzte Wort ist da noch nicht gesprochen." Damit stiefelte sie davon.

In diesem Augenblick öffnete sich die Tür des Ferienhauses, und Ferdi kam heraus. Mit einer dunkelblauen Tasche, die mindestens so groß war wie er – oder vielleicht sogar noch ein bisschen größer.

„Hi, Ferdi!", rief Carolin ihm zu.

Als Ferdi Carolin sah, ließ er seine Tasche sinken und kam sofort auf sie zu.

„Ich hab gerade Lina zum Bus gebracht", erzählte Carolin. „Nach Westerhofen. Blödes Gefühl! Aber dafür hab ich die nächsten Tage, bevor du zu deinem Eishockey-Training fährst, richtig viel Zeit für dich. Freust du dich?", sprudelte es aus ihr heraus.

„Ähm ...", machte Ferdi und blickte so angestrengt auf den Boden, als würde sich unter seinen Füßen ein Schatz befinden.

„Wir können alles Mögliche unternehmen ...", fuhr Carolin überschwänglich fort. „Klar, ein bisschen Zeit brauch ich für Sternentänzer, aber sonst ..."

„Caro, ich ...", begann Ferdi stockend.

„Wir können zusammen ins Kino, Eisessen gehen oder ein Picknick machen."

„Caro!", setzte Ferdi wieder an.

„Nur wir zwei, das wird bestimmt toll", schwärmte Carolin.

„Nein“, sagte Ferdi dann. Einfach nur nein!

Carolin schaute ihn verwirrt an. „Wie nein? Was meinst du mit nein?“

„Daraus wird leider nichts, Caro. Ich fahr heute schon.“

Soll das ein Scherz sein?, schoss es Carolin durch den Kopf. Doch Ferdi wirkte ernst. Aber das hieß nichts. Gar nichts. Ferdi konnte die besten Witze reißen und dazu ein undurchdringliches Pokergesicht aufsetzen. „Sehr witzig, Ferdi!“

Ferdi schüttelte den Kopf. „Das ist kein Witz, Caro.“ Er holte tief Luft. „Meine Mutter will, dass ich sie vor dem Trainingslager noch kurz in Berlin besuche. Und das konnte ich ihr nicht ausreden.“

„Und wieso erfahre ich das erst jetzt?“, fragte Carolin verdutzt.

Er sah sie schuldbewusst an. „Na ja, meine Mutter kam mit dieser Idee erst vor zwei Tagen an. Und da ich wusste, wie betrübt du wegen Linas Abreise bist, wollte ich dir nicht kurz vor ihrer Abfahrt noch eine weitere schlechte Nachricht überbringen“, gestand er schließlich.

„Und wann hattest du vor, mich zu informieren? Wenn du dann in Berlin angekommen wärst oder was?“ Carolin starrte ihn wutschnaubend an.

Ferdi runzelte die Stirn, blies die Backen auf und kratzte sich am Kopf. „Ich wollte eben, bevor ich zum Bahnhof fahre, noch bei dir vorbeikommen und dir alles sagen. Ich dachte, ein kurzer Abschied tut weniger weh.“

„Pah!“, antwortete Carolin nur. Ihre wütenden Augen funkelten.

„Ich weiß, ich hätte es dir früher sagen sollen. Aber du

kennst ja meine Mutter - wenn die sich was in den Kopf setzt, ist sie nicht zu bremsen. Ich wusste, dass du traurig sein würdest, und hatte daher auch überlegt, ob ich das Trainingslager absagen und nach dem Besuch bei meiner Mutter zu dir zurückkommen soll. Aber wenn ich bei dem Training nicht dabei bin, kann ich einen Platz in der Stamm-Mannschaft in der nächsten Saison abschreiben. Dann wär ich weg vom Fenster und könnte auf der Ersatzbank vor mich hin schimmeln." Ferdi hob etwas hilflos die Arme. „Jetzt, da wir doch aufgestiegen sind, wird richtig gepowert."

Carolin fuhr sich mit beiden Händen durch ihre kurzen braunen Haare. Sie schluckte. Stand da. Wusste nicht mehr, was sie noch sagen sollte. Zweimal Abschied an einem Tag war einfach zu viel. Viel zu viel. Zweimal zu viel.

Ferdi blickte sie zerknirscht an. Dann deutete er auf das wartende Taxi. „Ich glaub, ich muss los, Caro."

Carolin nickte. „Schon okay", murmelte sie enttäuscht. „Geh nur."

Ferdi legte den Arm um sie. „Die Zeit geht schnell rum, Caro. Ich meld mich auch jeden Tag bei dir. Versprochen."

„Okay." Carolin befreite sich aus seiner Umarmung. „Geh, dein Taxi wartet!"

Ferdi packte sie an der Schulter und zog sie zu sich. „Du bist sauer, weil ich es dir nicht früher gesagt hab. Das merk ich doch."

Sauer? Obermegasauer trifft es eher, dachte Carolin bitter. *Oder besser enttäuscht. Traurig. Entsetzt. Fassungslos.* „Nee, nee, passt schon", sagte sie laut. „Ich weiß ja, wie wichtig dir dein Eishockey ist."

Ferdi drückte sie ganz fest an sich. „Du bist die allerbeste Freundin der Welt. Ich hab dich lieb von hier bis zum Mars."

„Schön", murmelte Carolin.

Ferdi drückte sie noch fester an sich. „Und wenn wir alle wieder da sind, machen wir eine riesengroße Fete. Die größte Fete, die Lindenhain je gesehen hat."

Super! Und was mach ich in der Zwischenzeit? Die Party vorbereiten?

„Pass gut auf dich auf!" Ferdi drückte sie noch einmal ganz fest an sich, dann ließ er sie los. „Ich muss." Er holte seine große Tasche und lief zum Taxi.

Mit hängenden Schultern blieb Carolin wie angewurzelt auf dem Hof stehen und sah ihm nach. Wie er ins Taxi stieg, wie er ihr noch zuwinkte, wie das Taxi um die Ecke bog. Carolin schluckte. *Alle weg. Erst Lina, dann Ferdi. Und ich?* Das Loch in ihrem Bauch, das sie zuvor schon bei Linas Abschied empfunden hatte, wurde plötzlich groß wie ein Krater. Carolin nagte an ihrer Unterlippe.

In diesem Moment kam Jan mit einer Schubkarre voll Heu über den Hof. „He, was ist denn jetzt schon wieder?"

Er steuerte auf Carolin zu, stellte die Schubkarre ab und schob seine Basecap zurück. „Caro, Caro, so trübsinnig gefällst du mir gar nicht", stellte er ernst fest.

„Ach!", fauchte Carolin ihn an. „Soll ich vielleicht Purzelbäume schlagen, wenn sich alle Freunde gleichzeitig aus dem Staub machen?"

„Wie?" Jan sah sie verblüfft an.

„Und du?", wütete Carolin weiter. „Willst du nicht vielleicht auch die nächsten Wochen mal eben verreisen?"

„Hä?“, wunderte sich Jan.

„Plötzliche Abreise nach Rom oder Paris, oder was weiß ich wohin?“, fegte Carolin ihn weiter an.

Jan schüttelte den Kopf. „Keine Ahnung, warum du mich so schräg anmachst, aber darauf hab ich keinen Bock!“ Er griff nach der Schubkarre und schob sie Richtung Stall.

„Manno!“ Carolin kickte mit voller Wucht gegen einen kleinen Stein und schleuderte ihn quer über den Hof. „Haut doch alle ab! Lasst mich nur alle allein! Pah! Wer braucht euch schon?!“ Sie war so wütend, dass sie kurz davor war, zu explodieren – und zugleich so traurig, dass sie am liebsten auf der Stelle losgeweint hätte.

Auf einmal spürte sie etwas Weiches an ihrer Wange. Carolin schreckte auf. Sie war so in Gedanken versunken gewesen, dass sie überhaupt nicht bemerkt hatte, dass Jan Sternentänzer aus dem Stall geholt hatte.

Jan drückte ihr den Zügel in die Hand. „Vielleicht kann der dich ja trösten“, sagte er und zog wieder ab.

Sternentänzer schnupperte mit seinen samtigen Nüstern über ihr Gesicht. Seine feinen Tasthaare kitzelten sie.

„Ihhh, Süßer, lass das!“, beschwerte sich Carolin.

Doch Sternentänzer dachte gar nicht daran, aufzuhören. Dann wieherte er kurz und scharrte auffordernd mit dem Vorderhuf.

Carolin musste ein wenig lächeln. „Ich weiß ganz genau, was du willst. Und ich glaube, du hast recht.“ Sie führte den Araberhengst zurück zum Stall und band ihn fest. „Ich hol deinen Sattel, und dann geht’s los.“

Als Carolin wenig später auf Sternentänzers Rücken saß

und mit ihm über die Felder galoppierte, verschwanden die trüben Gedanken aus ihrem Kopf. Am Bach zügelte sie Sternentänzer und sprang ab. Während der Araber von dem kühlen, klaren Wasser trank, balancierte Carolin auf den großen Steinen am Ufer herum. „Seht ihr, ich kann ganz gut auf euch verzichten", murmelte sie dabei. „Solange ich meinen Sternentänzer habe, könnt ihr mir gestohlen bleiben! Ich brauch keine Freunde, um glücklich zu sein. Ich brauch nur mein Pferd."

Viele Stunden verweilte Carolin am Bach, bevor sie mit Sternentänzer nach Lindenhain zurückkehrte. Nachdem sie ihn versorgt und trocken gerieben hatte, holte sie Striegel und Kardätsche und bearbeitete ausgiebig sein weißes Fell, bis es herrlich glänzte. Der Hengst genoss jeden Bürstenstrich.

Als Carolin am Abend nach Hause kam und die Haustür aufsperrte, war alles ruhig in der Breitensteinstraße 9. „Mam?", rief sie in den Flur.

Keine Antwort.

„Hallo, Mam, bist du oben?"

Wieder keine Antwort. Da fiel Carolins Blick auf den Telefonhörer, an dem ein gelber Zettel klebte: *„Hi, Schatz, bin mit Joachim beim Essen. Schieb Dir eine Pizza in den Ofen, wenn Du magst. Kann spät werden."*

Na toll! Carolin hockte sich auf die unterste Treppenstufe und zog ihre Turnschuhe aus. *Sogar Ines lässt mich im Stich.*

Seit der Trennung von ihrem Vater Paul wohnte Carolin allein mit ihrer Mutter in einer Doppelhaushälfte in Lilienthal. Die beiden waren inzwischen ein eingespieltes Team, und normalerweise machte es Carolin überhaupt nichts aus, wenn Ines mit ihrem Freund, dem Tierarzt Dr. Joachim Sander, unterwegs war. Ganz im Gegenteil! Aber heute ... Das Gefühl der Leere kroch wieder durch ihren ganzen Körper.

Langsam stand Carolin auf, ging in die Küche, öffnete den Kühlschrank, drückte die Tür wieder zu. Holte sich einen Apfel aus der Obstschale, biss ihn an, legte ihn wieder zurück. Goss sich ein Glas Orangensaft ein, nippte einmal daran, stellte es wieder weg. Dann ging sie ins Wohnzimmer, schaltete den Fernseher ein, zappte einmal durch alle Programme, schaltete ihn wieder aus. Seufzend blickte sie in den Garten und beobachtete zwei kleine Vögel, die sich im Apfelbaum vergnügten. *Ihr habt es gut,* dachte sie. *Ihr seid zu zweit.*

Das Piepen ihres Handys riss sie aus ihren Gedanken. Carolin stand auf und holte es vom Telefontisch. Eine SMS von Ferdi.

„Hi, Carolinchen. Bin gut in Berlin angekommen. Alles okay hier. Wie geht's Dir? Ich denk an Dich und schick Dir tausend Küsse, Ferdi."

„Pah!", machte Carolin. „Wie's mir geht? ... Wie geht's einem, wenn einen alle Freunde auf einmal im Stich lassen? Obermies." Wütend warf sie ihr Handy auf den Tisch. „Toll, wenn bei dir alles super läuft! Deine dämliche SMS kannst du dir sparen", wütete sie vor sich hin und lief hoch in den ersten Stock in ihr Zimmer.

Dort setzte sie sich an ihren Schreibtisch und schaltete den Computer ein - die neueste Anschaffung im Hause Baumgarten. Ines hatte ihn erst kürzlich gekauft, damit Carolin öfter mal Kontakt mit ihrem Vater aufnehmen konnte. Denn seit Paul auf Mallorca lebte, hatte er sich - bis auf einen Mini-Überraschungsbesuch - kaum bei seiner Tochter gemeldet.

Lustlos klickte Carolin ihr Mailprogramm auf: Sie hatte Post.

„Meine liebe Caro, nach einer ewig langen Busfahrt bin ich in Westerhofen angekommen. Wir sind hier auf einem ehemaligen riesigen Landgut untergebracht. Voll schräg! Dicke Mauern, kein elektrisches Licht, überall nur Kerzen und Fackeln. Die schreiben hier wohl noch mit dem Federkiel, dachte ich zuerst. Aber dann, Caro, kamen wir in den Kursraum: Hightech vom Feinsten. Und die Bibliothek, alles computergesteuert. Total irre, würde Dir bestimmt auch gefallen. Ich teile mein Zimmer mit einer Amalia. Supernett. Muss jetzt Schluss machen, meld Dich mal! Lina."

Supernette Amalia, dachte Carolin bitter. *Lina hat sogar schon eine neue Freundin gefunden.* Carolin schloss die Mail. *Meld dich mal! ... Wozu? Du hast doch jetzt deine Amalia.*

„Caro, bist du da?", hörte sie von unten die Stimme ihrer Mutter.

Ines! Wenigstens etwas. Carolin lief die Treppe hinunter und fiel ihrer Mutter um den Hals. „Hi, Mam."

Ines Baumgarten strich ihrer Tochter etwas beunruhigt über die Wange. „Alles klar, Caro? Was ist denn mit dir los?

So stürmisch hast du mich ja noch nie begrüßt. Stimmt was nicht?“

Carolin schüttelte schnell den Kopf. „Alles bestens. Ich bin bloß froh, dass du zu Hause bist.“

„Aha“, machte Ines und betrachtete Carolin besorgt. „Brütest du was aus?“ Sie legte die Hand auf Carolins Stirn. „Heiß bist du nicht. Fieber hast du keins.“

„Alles okay, Mam“, wiederholte Carolin. „Aber warum bist du denn schon da? Ich dachte, du wolltest mit Jo zum Essen.“

„Wollte ich“, nickte Ines seufzend. „Aber da ist mir mal wieder eine kranke Kuh in die Quere gekommen.“

Carolin musste schmunzeln. Ihre Mutter hatte für Tiere in etwa so viel übrig wie ein Eisbär für heißen Wüstensand. Nämlich nichts. Dr. Sander dagegen war Tierarzt aus Leidenschaft. Und jedes Mal, wenn ein Notfall anstand, ließ er alles stehen und liegen, notfalls auch Ines. Früher hatte sich Ines immer höllisch aufgeregt, wenn Joachim sie wegen eines Tieres versetzte. Doch inzwischen hatte sie sich daran gewöhnt. Zumindest halbwegs!

„Irgendeine Kuh von irgendeinem Bauern hat irgendein Wehwehchen“, erklärte sie, während sie aus ihrer Jacke schlüpfte. „Damit war unser schöner Abend beim Italiener beendet. Nach der Vorspeise und vor der Pasta.“

„Dann machen eben wir zwei uns einen gemütlichen Abend“, schlug Carolin vor.

Ines warf ihrer Tochter einen noch skeptischeren Blick zu. „Wir zwei ... gemütlichen Abend ... Caro, muss ich mir Sorgen machen?“

Carolin schüttelte den Kopf.

„Normalerweise verschwindest du sofort, wenn ich mal einen Abend mit dir verbringen will“, wunderte sich Ines. „Und plötzlich ... Was ist denn mit deinen Freunden?“

„Nichts, die sind weggefahren“, antwortete Carolin knapp.

„Weggefahren, wohin?

„Ist doch egal“, winkte Carolin ab.

Ines sah ihre Tochter prüfend an und verstand, dass Carolin nicht weiter darüber sprechen wollte. „Also gut.“ Sie rieb sich die Hände. „Dann wollen wir die Gunst der Stunde mal nutzen. Worauf hättest du denn Lust? DVD-Abend?“

Warum nicht!? Carolin nickte.

„Action, Thriller, Komödie, Tragödie?“

Alles, nur nicht Tragödie, dachte Carolin. *Mein Bedarf an Tragödien ist für heute so was von gedeckt!*

Wenig später hockte Carolin in eine Decke gekuschelt vor dem Fernseher, nagte an einem Stück Pizza Margherita und guckte mit ihrer Mutter *Shrek – der tollkühne Held!* Ab und zu huschte sogar ein kleines Lächeln über ihr Gesicht, doch tief in ihrem Inneren fühlte sie sich leer und traurig.

Kurz vor Ende des Films stand Ines auf und schnappte sich ihre Jacke.

„Wo gehst du denn hin, Mam?“, fragte Carolin irritiert.

Ihre Mutter beugte sich zu ihr und strich ihr zärtlich über die Haare. „Ich fahr zur Tankstelle und hol dir einen Riesenbecher Schokoeis mit dicken Schokostückchen. Es gibt Tage, da hilft nichts anderes. Ich bin in fünf Minuten wieder da.“

Carolin sah Ines dankbar nach. *Manchmal, oder besser meistens, gibt es nichts Nervigeres als Mütter. Aber manchmal ist es richtig gut, dass es sie gibt. Auf die kann man sich wenigstens verlassen – im Gegensatz zu Freunden,* dachte Carolin und kuschelte sich noch tiefer in den Fernsehsessel.

Ein gruseliger Fund

Am nächsten Morgen wurde Carolin von einem Sonnenstrahl geweckt, der sie genau an der Nasenspitze kitzelte. Nach dem Film und dem dicken Becher Schokoeis hatte sie richtig gut geschlafen, und sie beschloss, ihre trübe Laune wegzuschicken. *Was sind denn schon vier Wochen?* Sie streckte sich, strampelte ihre Decke weg und sprang schwungvoll aus dem Bett. *Ich werde in den nächsten Wochen all das tun, wofür ich bisher nie Zeit hatte,* überlegte sie. *Und ich werde ganz viel Zeit mit Sternentänzer verbringen und ganz oft mit ihm ausreiten. Und außerdem ...,* Carolin fuhr sich mit beiden Händen durch die Haare, ... *höre ich auf, beleidigte Leberwurst zu spielen. Ich weiß ja schließlich, wie wichtig Eishockey für Ferdi ist und die Heilerei und Hexerei für Lina!*

Carolin setzte sich an den Computer und fuhr ihn hoch. *„Hi, Lina, sitzt Du zufällig gerade vor dem Computer? Wenn ja, melde Dich doch mal! Deine Caro. Ich warte“,* schrieb sie und schickte die Mail los. Die gleiche Mail schickte sie an Ferdi.

Zufrieden stand sie auf und ging ins Bad. *Lina und*

Ferdi melden sich bestimmt gleich. Am besten, wir machen einen Zeitpunkt aus, zu dem wir alle drei vor dem Computer sitzen und uns per Mail unterhalten, überlegte Carolin. Sie griff nach ihrer Zahnbürste und drückte einen langen Streifen Zahnpasta auf die Borsten. *Genau! Wenn wir jeden Tag Kontakt haben, ist alles halb so schlimm.* Carolin schrubbte ausgiebig ihre Zähne, gurgelte mit dem Wasser und spülte sich am Ende den Mund. Danach nahm sie den Waschlappen, machte ihn nass und rieb sich das Gesicht ab. Rasch fuhr sie sich mit der Bürste noch durch ihre kurzen braunen Haare, bevor sie in ihre Jeans und das gelbe T-Shirt von gestern schlüpfte. *So, inzwischen haben Ferdi und Lina bestimmt geantwortet,* überlegte sie.

Doch es war keine neue Post im Posteingang. „Pustekuchen!", murmelte Carolin und entschied, erst einmal zu frühstücken.

„Guten Morgen, mein Schatz", empfing ihre Mutter sie gut gelaunt. Sie deutete auf den Brotkorb auf dem Frühstückstisch. „Ich hab dir deine Lieblingscroissants vom Bäcker geholt."

„Danke, Mam." Carolin fischte sich gleich ein Schokocroissant aus dem Korb.

„Magst du lieber Kakao oder Tee?", erkundigte sich Ines fürsorglich.

„Kakao."

Ines goss Milch in die Tasse und setzte sich zu ihrer Tochter. „Schau, Caro, ich würde ja auch gern mit dir in Urlaub fahren, so wie deine Freunde", erklärte sie seufzend. „Aber das ist finanziell einfach nicht drin."

Seit Carolins Vater nach Mallorca gezogen war, erfolgten seine Zahlungen an Ines alles andere als pünktlich. „Ich könnte ihn dahin wünschen, wo der Pfeffer wächst, diesen Chaoten!", schimpfte sie dann immer. „Er bräuchte nur einen Dauerauftrag einrichten, damit er die Überweisung nicht vergisst. Aber nicht mal das schafft er."

Ines arbeitete zwar halbtags bei einem Rechtsanwalt und hatte seit Kurzem auch noch einen Nebenjob in der Modeboutique ihrer Freundin Florentine. Trotzdem reichte es meist nur einigermaßen bis zum Monatsende. Die Doppelhaushälfte verschlang so viel Miete, dass Ines sogar schon überlegt hatte, auszuziehen. Doch auf Umzug hatte Carolin überhaupt keine Lust. So ein Luxus wie Urlaub war daher im Hause Baumgarten überhaupt nicht drin.

„Ich weiß, Mam, aber Lina und Ferdi sind ja auch gar nicht im Urlaub", erklärte Carolin, während sie weiter ihr Croissant mampfte.

„Sondern?"

„Ferdi ist in einem Eishockey-Trainingslager, und Lina macht einen Kurs."

Ines nippte an ihrem Kaffee. „Was denn für einen Kurs?"

Gute Frage, Mam! Einen Kurs für Magie. Für künftige Hexen und Heilerinnen. Aber das kann ich dir nicht sagen. Du würdest aus allen Wolken fallen und mir den Umgang mit Lina ein für alle Mal verbieten. Das Mädchen mit den wilden Haaren, den bunten Röcken und den Schnürstiefeln war Ines ohnehin schon lange ein Dorn im Auge. „Kannst du denn keine normale Freundin haben, Caro?", fragte sie immer mal wieder. „Nein, Mam. Lina ist und bleibt meine beste Freundin und basta!", antwortete Carolin dann stets.

„Einen Fortbildungskurs", schmatzte sie vage.

„Für die Schule?", hakte Ines nach.

„So ähnlich."

„Und warum machst du den Kurs dann nicht?", forschte Ines nach.

Gute Frage! Zumal Carolin in die gleiche Klasse wie Lina ging. „Es ist eine Art Spezialfortbildungskurs für eine spezielle Arbeitsgruppe, in der ich nicht bin", erklärte Carolin.

„Aha!", machte Ines und hörte zum Glück endlich auf, weiterzufragen. „Und was hast du heute so für Pläne?"

„Ich geh nach Lindenhain und reite mit Sternentänzer aus", antwortete Carolin.

„Mal was ganz anderes", lächelte Ines, die überhaupt nicht verstehen konnte, warum man so viel Zeit mit einem Pferd verbringen wollte.

„Ach Mam", seufzte Carolin und trank ihre Kakaotasse leer. „Es gibt Dinge, die wirst du nie verstehen."

„Schätze, da hast du recht", gab Ines zu und räumte das Frühstücksgeschirr weg.

Carolin sauste nach oben und schaute erneut in ihre Mails. Gähnende Leere. *Na gut! Bestimmt hat Lina vormittags Megastress. Ist vermutlich wie in der Schule. Um acht Uhr Beginn. Aber Ferdi könnte sich wenigstens melden.* Carolin holte einen Pulli aus ihrem Schrank und zog ihn über ihr T-Shirt. Dann radelte sie nach Lindenhain.

Es war ein herrlich klarer und sonniger Tag. Sternentänzer war schon mit den anderen Pferden auf der Koppel. Sein weißes Fell glänzte im Sonnenlicht wie flüssiges Silber. Carolin stellte ihr Rad ab und setzte sich auf ihren Lieblingsplatz – das Holzgatter an der Weide. Als Sternentänzer sie erblickte, kam er sofort angetrabt, legte den Kopf auf ihre Beine und sah sie mit seinen großen, feuchten Kohleaugen an. Carolin beugte sich vor und drückte ihm ein Küsschen auf die Stirn. „Hallo, mein Schöner!" Ganz sacht tätschelte sie seinen Hals. „Alles in Ordnung. Geh zu den anderen Pferden!" Sie deutete mit dem Arm zur kleinen Herde, die auf der Koppel stand. „Deine Freunde warten schon." *Im Gegensatz zu meinen,* fügte sie in Gedanken hinzu.

Fröhlich wiehernd und mit hoch erhobenem Schweif trabte Sternentänzer wieder davon.

„He, Caro!", ertönte da Jans Stimme hinter ihr.

„Hallo, Jan." Carolin drehte sich um. „Na, wie geht's denn so? Tut mir übrigens leid, dass ich dich gestern so angemacht hab."

Jan winkte ab. „Schon vergessen. Sorry, Caro, aber ich muss gleich weiter", sagte er und deutete auf den Werkzeugkoffer, den er in der rechten Hand transportierte. „Gunnar, der alte Sklaventreiber, macht Stress ohne Ende. Wenn ich heute nicht den ganzen Zaun repariere, wirft er mich den Löwen zum Fraß vor." Damit lief er weiter.

Carolin blickte ihm seufzend nach. *Super! Jan ist zwar da, aber irgendwie doch nicht.* Sie hüpfte vom Gatter. *Bestimmt haben sich Lina und Ferdi inzwischen gemeldet!* Sie lief ins Haupthaus und steckte den Kopf in Gunnars

Büro. Der Lindenhain-Chef saß an seinem Schreibtisch, hatte seine Füße auf dem Tisch und las seine Lieblingslektüre, eine Fußballzeitschrift.

„Kann ich mal eben meine Mails an deinem Computer checken?"

„Aber klaro", nickte Gunnar und vertiefte sich wieder in seine Lektüre.

Carolin ließ sich auf den Stuhl vor dem Computer plumpsen. „Wo ist denn Vicky?"

„Keine Ahnung, wahrscheinlich irgendwelche Gemüsesamen oder Pflänzchen kaufen", brummte Gunnar in sein Heft.

Carolin gab ihre Mail-Adresse und ihr Passwort ein und blickte ganz erwartungsvoll auf den Bildschirm. Nichts! Der Posteingang war immer noch gähnend leer. *Blödmänner!,* dachte Carolin und stieß einen tiefen Seufzer der Enttäuschung aus.

„Und?", fragte Gunnar. „Alles klar?"

„Alles klar", wiederholte Carolin. *Meine Freunde haben mich vergessen. Ferdi hat seine Mutter und sein Eishockey, Lina ihre Amalia ... und ich ... aber sonst ist alles klar.*

„Du kannst den Computer anlassen", sagte Gunnar hinter seiner Zeitschrift. „Ich will mich gleich dranmachen und einen neuen Werbeprospekt entwerfen. Wir brauchen unbedingt neue Feriengäste auf dem Hof, dazu muss ich die Werbetrommel rühren."

„Dabei kann ich dir doch helfen", bot Carolin eifrig an.

Gunnar legte seine Zeitschrift zur Seite und streckte sich. „Danke für das Angebot, aber das krieg ich schon allein hin. Du hast doch sicher was Netteres zu tun."

Ach ja! Und was? Carolin nickte. „Okay, dann zieh ich mal wieder ab." Sie stand auf und marschierte Richtung Stall, wo sie in Sternentänzers leere Box spähte. Sie griff nach der Mistgabel und begann damit, die Box auszumisten - obwohl die es eigentlich gar nicht nötig hatte. Aber egal! Sie schrubbte sogar die Wände. Als alles blitzte, war es später Nachmittag, und Carolin lief wieder hinüber in Gunnars Büro.

Der Big Boss hockte immer noch hinter seinem Schreibtisch. Diesmal hatte er einen Stapel Papier vor sich liegen.

Carolin deutete auf den Computer. „Kann ich noch mal ran?"

Gunnar nickte.

Jetzt!, dachte Carolin, während sie sich anmeldete. *Jetzt ist bestimmt Post für mich da. Von Ferdi. Oder von Lina. Oder von beiden.* Im Posteingang befand sich eine neue Nachricht. Doch die Freude war nur von kurzer Dauer. Carolin blies die Backen auf. „Nur so bescheuerter Spam!", schimpfte sie und löschte die Mail enttäuscht.

Gunnar blickte von seinen Unterlagen auf. „Warum belauerst du den Computer eigentlich wie die Schlange das Kaninchen? Probleme?"

Carolin winkte ab. „Ach nee, nichts. Ich dachte nur, dass sich Ferdi und Lina ja mal melden könnten."

Gunnar zwinkerte ihr zu. „Dich plagt die Sehnsucht, Kleine." Er nahm das Telefon, stand auf und drückte es ihr in die Hand. „Ruf doch einfach mal an!"

Carolin sah ihn fragend an.

„Los, mach schon!"

Gunnar hat ja recht. Bestimmt würde es guttun, Linas und Ferdis Stimme zu hören. Wenigstens kurz. Sie tippte zuerst Ferdis Nummer ein. Mailbox. *Na toll!* Dann gab sie Linas Nummer ein. Freizeichen. Es läutete und läutete. Nach zehn Mal gab Carolin es auf. Enttäuscht reichte sie Gunnar wieder den Hörer.

„Die haben bestimmt jede Menge um die Ohren", meinte der und vertiefte sich wieder in seine Unterlagen.

Betrübt lief Carolin aus dem Büro. *Okay, das reicht,* dachte sie und beschloss, mit Sternentänzer auszureiten. Sie holte Sattel und Zaumzeug aus der Sattelkammer und schleppte beides hinüber zur Weide. Als Sternentänzer sie erblickte, kam er sofort freudig angaloppiert.

„Wenigstens du bist für mich da", nuschelte Carolin vor sich hin, während sie ihn sattelte. Sie schwang sich auf Sternentänzers Rücken und trabte vom Hof. Wenig später galoppierte sie mit dem Araberhengst den schmalen Feldweg entlang Richtung Lilienthal.

Irgendwann kamen sie an dem großen Festplatz am Ortsrand vorbei. Dort hatte bis vor Kurzem Linas Onkel Rocco mit seinem Zirkus gastiert. Nun war der Platz leer. Das große rot-weiß gestreifte Zelt war verschwunden, genauso wie die Wohnwagen der Artisten, die gleich daneben gestanden hatten.

Carolin schloss die Augen und sah für einen Moment Rocco mit seinen langen schwarzen Korkenzieherlocken vor sich, den Clown Alfonso in seinen knallroten, viel zu großen Schuhen und Annit, wie sie auf Silberstern eine Voltigiernummer vorführte.

Als Carolin die Augen wieder öffnete, waren die Bilder

verschwunden. Der Platz war gähnend leer wie zuvor. Sie spürte, wie Tränen in ihre Augen stiegen, und schluckte. „Lass uns weiterreiten, Sternentänzer! Los, mein Süßer, lauf! Einfach irgendwohin, nur weg von hier."

Sternentänzer trabte los, und bald darauf jagten sie im gestreckten Galopp über Felder und Wiesen. Carolin spürte, wie der Hengst den Ausritt genoss. „Schneller, Sternentänzer, schneller!", feuerte sie ihn an. Sie beugte sich tief über den Hals des Pferdes, die mondhelle Mähne klatschte ihr ins Gesicht.

Als sie in einen kleinen Waldweg einbogen, drosselte Carolin das Tempo und sah sich um. Der Weg führte durch ein dichtes Waldstück.

„Hier waren wir aber noch nie, Sternentänzer. Lass uns umdrehen, sonst verirren wir uns noch!" Sie fasste die Zügel enger, aber Sternentänzer reagierte nicht.

„Komm schon, mein Süßer, wir wollen nach Hause!"

Doch Sternentänzer trabte munter weiter - immer tiefer in den Wald hinein, als hätte er ihr Kommando nicht verstanden. Als sie eine kleine Lichtung erreichten, blieb er stehen. Dort war alles mit Heidekraut überwuchert.

„Okay, wir drehen um", befahl Carolin wieder. Aber Sternentänzer rührte sich nicht von der Stelle.

„Komm schon, wir reiten zurück nach Lindenhain!", versuchte sie es erneut.

Sternentänzer blieb einfach nur stehen und bewegte sich nicht mehr. Er ignorierte jedes Kommando.

Schließlich stieg Carolin ab und klopfte auf seinen Rücken. „Was ist denn los? Bist du erschöpft? Wir müssen zurück nach Lindenhain!"

Doch Sternentänzer blieb weiterhin stehen. Mit einem Mal senkte er seinen Kopf und beschnupperte den Boden. Wenig später tat er ein paar Schritte nach rechts. Dort begann er, zwischen zwei Heidekrautsträuchern mit dem Vorderhuf zu scharren. Erst ganz leicht, dann etwas schneller. Plötzlich schien der ganze Pferdekörper zu vibrieren.

„Schschscht, Sternentänzer, ganz ruhig!", versuchte Carolin, das aufgebrachte Pferd zu beruhigen.

Aber Sternentänzer hörte nicht auf mit dem Scharren.

Carolin tätschelte beruhigend seinen Hals. „Was hast du denn? Schscht, ganz ruhig!" Sie beugte sich nach unten und betrachtete die Stelle, an der Sternentänzer mit seinen Hufen schon ein kleines Loch in den weichen Boden gekratzt hatte. „Was soll das werden, Sternentänzer? Suchst du was?"

Sternentänzer senkte seinen Kopf und beschnupperte den Boden.

Carolin seufzte. „Also gut! Ich seh mal nach. Aber dann reiten wir nach Hause." Sie ließ sich auf ihre Knie fallen und überprüfte die Stelle, an der der Hengst so wild gescharrt hatte. „Hm, ich seh gar nichts!" Behutsam fuhr sie mit der Hand über die dunkle Erde. „Da ist nichts, Sternentänzer ... oder warte!" Mit beiden Händen buddelte sie in dem Loch noch ein bisschen tiefer. Auf einmal berührte sie etwas Hartes. „Da ist was. Ein Stein?" Sie grub noch etwas tiefer. Etwas Merkwürdiges, Dunkles kam zum Vorschein. Vorsichtig befühlte Carolin ihren Fund. „Das ist kein Stein", murmelte sie. Ein komisches Gefühl machte sich in ihrem Bauch breit, als sie noch ein bisschen weitergrub. „Oh mein Gott! Jetzt erkenn ich, was das ist ... ein großer Knochen."

Rasch stand sie auf, wischte sich die Hände an ihrer Hose ab und griff nach Sternentänzers Zügel. „Komm weg von hier, Sternentänzer, das ist nur eklig!" Sie warf noch mal einen Blick auf den Knochen, der nun halb aus der Erde ragte. „Das war ein ganz schön großes Tier. Vielleicht ein Bär? ... Quatsch, Caro! Bären gibt's hier nicht. Vielleicht eher ein Hirsch oder so. Egal."

Sie wollte den Hengst wegziehen, aber der bewegte sich nicht. Er warf nur nervös seinen Kopf hin und her und wieherte.

„Komm schon, ich hab mir das angesehen, was du mir zeigen wolltest! Aber jetzt lass uns gehen", sagte Carolin streng. Inzwischen dämmerte es bereits leicht, und der ganze Wald ringsum kam ihr mit einem Mal gruselig vor. „Ich will hier weg, Sternentänzer. Komm schon!"

Doch der rührte sich immer noch nicht vom Fleck.

„Was ist denn noch?", fragte Carolin genervt.

Sternentänzer senkte erneut seinen Kopf und stupste mit seinem Maul gegen den Knochen. Dann hob er seinen Kopf wieder.

Carolin verstand. „Nee, oder? Du willst nicht wirklich, dass ich dieses eklige Teil ganz ausgrabe und mitnehme?"

Sternentänzer warf seinen Kopf hoch und runter. Es sah fast so aus, als würde er nicken. Carolin zog noch einmal mit aller Kraft an seinem Halfter – doch ohne Erfolg. Der Hengst weigerte sich, ihr zu folgen.

„Manno, Sternentänzer! Jetzt komm endlich!", protestierte Carolin und wünschte sich, sie säße schon wie am

Abend zuvor mit einer Portion Schokoeis vor dem Fernseher. „Es ist duster, es ist eklig und gruselig hier. Ich will nach Hause."

Wieder stupste Sternentänzer gegen den Knochen.

„Also gut", seufzte Carolin schließlich. „Du gibst ja doch nicht eher Ruhe." Angewidert bückte sie sich und grub den ganzen Knochen aus. *Pah, der sieht echt genau so aus wie die Arm- und Beinknochen von dem Skelett, das bei uns an der Schule im Biologieraum steht,* ging es Carolin durch den Kopf. Rasch zog sie ihren Pulli aus und wickelte den Knochen darin ein. „So muss ich das Teil wenigstens nicht direkt anfassen", murmelte sie und hielt das Paket Sternentänzer hin. „So, jetzt zufrieden?"

Sternentänzer schnaubte laut und drehte sich um. Mit einer Hand griff Carolin in seine Mähne, mit der anderen Hand umklammerte sie angewidert ihren Pulli mit dem Knochen. Dann saß sie auf. Brav und folgsam, als wäre nichts geschehen, schritt Sternentänzer nun fast augenblicklich los.

Mit steifem Rücken - und den Knochen ganz weit von sich weghaltend - kehrte Carolin dann nach Lindenhain zurück. Auf dem Hof stand das zitronengelbe Cabrio von Tierarzt Dr. Sander. Der stieg sofort aus, als er Carolin erblickte.

„Hallo, Caro, ich soll dich schön von Thorben grüßen. Er hat sich gestern Abend aus den USA gemeldet", rief er ihr zu und schlug die Autotür zu.

Carolin nickte nur kurz.

Dr. Sander kam auf sie zu. „Du siehst ein bisschen blass aus, Caro. Ist alles in Ordnung?", erkundigte er sich. Er deutete auf die Gänsehaut auf ihren Unterarmen. „Außerdem solltest du dich wärmer anziehen, wenn du schon so spät noch ausreitest."

Oder keine komischen Knochen transportieren, fügte Carolin in Gedanken hinzu. Denn ihr war alles andere als kalt.

Dr. Sander zeigte auf ihren Pulli. „Du hast ja was dabei. Würd ich dann halt auch anziehen."

Carolin nickte wieder nur, schwang sich aus dem Sattel und glitt vorsichtig auf den Boden.

„Tja." Dr. Sander kratzte sich am Kopf. „Besonders gesprächig scheinst du ja heute nicht zu sein. Ich bin gleich weg, muss nur auf einen Sprung in Gunnars Büro."

Carolin sagte wieder nichts, durch ihren Kopf schossen ganz andere Gedanken. *Was soll ich denn jetzt mit diesem Knochen anfangen? Wo soll ich ihn hinpacken? Vor allem muss ich ihn gut verstecken, sonst schnappt Herr Maier ihn sich und schleppt ihn in seine Hundehütte!* Carolin blickte ihr Pferd ratlos an. „Was soll ich damit machen, Sternentänzer?"

In diesem Moment kam Dr. Sander wieder aus dem Büro und schritt auf sein Auto zu. Sternentänzer hob den Kopf und stupste sie sanft an.

„Du meinst, ich soll ...?" Carolin zögerte. „Also, Sternentänzer, ich weiß nicht. Andererseits ... was sonst?" Sie hob ihre Stimme. „Joachim, kommst du mal bitte?", rief sie zaghaft über den Hof.

Dr. Sander drehte sich um, nickte kurz und eilte dann in ihre Richtung. „Was gibt's denn noch, Caro?"

„Tja, also, ich hab da was gefunden", begann Carolin

zögerlich. „Im Wald ... vorhin ... mit Sternentänzer. Könntest du dir das mal ansehen?“

Dr. Sander blickte auf die Uhr. „Du, ich bin schon ziemlich spät dran. Ich bin mit deiner Mutter verabredet, und du weißt ja, wie viel Wert sie auf Pünktlichkeit legt.“

Carolin sah ihn bittend an. „Nur ganz kurz.“

„Also gut.“ Dr. Sander blickte sich um. „Was ist es denn?“

Carolin streckte ihm das Bündel entgegen, das sie in ihrer Hand hielt.

„Dein Pulli?“, fragte Dr. Sander irritiert.

„Da ist was eingewickelt“, erklärte Carolin.

„Dann wickle es doch aus“, bat Dr. Sander schon leicht ungeduldig.

„Im Stall“, entgegnete Carolin.

Dr. Sander seufzte. „Meinetwegen.“ Er ging voraus und hielt Carolin die Stalltür auf.

Carolin marschierte bis in die Sattelkammer und legte dort das Bündel auf den Boden. Vorsichtig zog sie ihren Pulli von dem Knochen. „Hier.“

„Was ist das?“ Dr. Sander blickte einen Moment erstaunt auf ihren Fund. Dann ging er in die Knie.

„Hat Sternentänzer erschnüffelt. Muss von irgendeinem großen Tier stammen“, erklärte Carolin. „Einem Hirsch vielleicht? Oder was schleicht da noch so durch unsere Wälder? Du als Tierarzt kennst dich doch mit Tieren aus.“

Dr. Sander begutachtete den Knochen von allen Seiten. Glitt mit den Fingern über die Oberfläche, schabte mit dem Fingernagel an einer Stelle einige Erdreste weg. „Das ist kein Tierknochen“, stellte er dann fest. „Das ist ein Menschenknochen, Caro.“

Entsetzt starrte Carolin den Doc mit großen Augen an. „Menschenknochen?!", wiederholte sie tonlos.

Dr. Sander kratzte sich nachdenklich am Kopf. „Wir müssen unbedingt die Polizei verständigen." Er holte sein Handy aus der Tasche und ging auf den Hof, um zu telefonieren.

Ein paar Minuten später kam er zurück. „Die schicken gleich jemanden vom Streifendienst vorbei, damit die unsere Personalien aufnehmen und den Knochen sicherstellen. Aber den Fundort jetzt im Dunkeln zu besichtigen macht keinen Sinn mehr, das soll dann gleich morgen um neun Uhr passieren. Du sollst dich bereithalten und ihnen die Stelle zeigen."

Carolin nickte. Mit einem beklommenen Gefühl im Magen wartete sie dann auf das Eintreffen der Polizei.

Die Leiche aus dem Moor

Es ist dunkel, stockdunkel und totenstill. Plötzlich schießt aus dem Unterholz eine große Gestalt mit einem ellenlangen Fleischermesser. Carolin lehnt an einem Baum. Sie will weglaufen, doch ihre Beine wollen ihr nicht gehorchen. Sie ist wie gelähmt. Die Gestalt kommt näher und näher. Die Messerspitze zeigt auf sie. Lauf weg, Caro, lauf! Aber es geht nicht. Die Gestalt steht beinahe vor ihr. Die Messerspitze deutet genau auf ihr Herz. Die Gestalt holt aus, will zustechen ...

„Wahhhhhhhh!“ Schweißgebadet schreckte Carolin hoch. Ihr Puls raste, ihr ganzer Körper zitterte. Sie blickte sich um. Kein Wald, keine Gestalt, kein Messer! Ihr Zimmer, ihr Pferdeposter an der Wand, ihre Jeans über der Stuhllehne, ihr Pferdewecker. „Es war nur ein Traum“, murmelte sie vor sich hin. „Keine Aufregung! Es war nur ein blöder Albtraum.“ Sie schüttelte den Kopf, um die letzten Fetzen des schrecklichen Traums aus ihrem Kopf zu vertreiben. „Alles in Ordnung. Ganz ruhig, Carolin Baumgarten.“

Sie wischte sich mit dem Ärmel ihres Schlafanzugs den Schweiß von der Stirn, stand mit zitternden Beinen auf und ging zum Fenster. Der neue Morgen war nicht mehr weit weg, der Himmel färbte sich bereits rosa. Durch das gekippte Fenster war Vogelgezwitscher zu hören. Allmählich ließ das Zittern ihrer Beine etwas nach. Carolin schnaufte tief durch. „Was für ein dämlicher Albtraum!"

Sie fuhr sich mit beiden Händen durch ihr Haar. *Kein Wunder, dass man Albträume bekommt, wenn man einen Menschenknochen im Wald findet,* dachte sie. *Nun, eigentlich hat Sternentänzer ihn ja entdeckt. Ob das wohl Zufall war? Hat er den Knochen aus der Entfernung gewittert? Oder hat er gewusst, dass an dieser Stelle ein Knochen liegt?,* fragte sie sich. Schließlich war Sternentänzer ja kein normales Pferd.

Carolin ging zu ihrem Schreibtisch und nahm den Silberrahmen mit Sternentänzers Foto in die Hand. Dann drehte sie den Rahmen um und holte einen kleinen, zerknitterten, inzwischen leicht vergilbten Zettel hervor: *„In einer stürmischen Vollmondnacht schlägt ein Blitz in eine jahrhundertealte Eiche ein, und eine Sternschnuppe fällt vom Himmel. Im gleichen Moment wird ein wunderschöner Schimmel mit einem kleinen schwarzen Stern auf der Stirn geboren. Naytukskie Kukatos, was in der Indianersprache ‚Der Stern' bedeutet, ist schön wie der junge Morgen, stark wie ein Bär, schnell wie der Wind und schlau wie ein Fuchs. Er soll über eine außergewöhnliche Gabe verfügen. Er kann in die Zukunft blicken. Schnell spricht sich die Kunde herum, und jeder ist bestrebt, dieses wunderschöne Pferd zu besitzen. Doch Unzählige sind an ihm gescheitert. Denn seine magischen Kräfte kann nur derjenige nutzen, der sein Vertrauen gewinnt."*

Sternentänzers Geheimnis: Er konnte in die Zukunft sehen, und Carolin konnte seine Gabe nutzen. Wenn sie in einer Vollmondnacht auf ihm ausritt und ihm eine Frage stellte, hatte sie eine Vision und konnte einen Blick in die Zukunft werfen.

„In die Zukunft blicken", murmelte sie. *Wie er sich geweigert hat, die Lichtung wieder zu verlassen ... Wie er darauf bestanden hat, dass ich den Knochen mitnehme ... Als ob er wollte, dass der zum Vorschein kommt.* Carolin nagte an ihrer Unterlippe. *Quatsch! Dieser Knochen gehört ja wohl eindeutig in die Vergangenheit und nicht in die Zukunft.* Sie steckte den Zettel wieder zurück und stellte den Rahmen an seinen Platz. *Wahrscheinlich hat ihn nur seine exzellente Nase dorthin geführt. Purer Zufall! Viel interessanter ist, was die Polizei herausfinden wird.*

Punkt neun Uhr hockte Carolin auf dem Rücksitz eines Streifenwagens. Neben ihr saß Dr. Sander, vorne die zwei Polizisten aus dem Präsidium in Grünstadt, die gestern Abend schon ihre Personalien aufgenommen hatten.

„Hier müssen wir rechts abbiegen", dirigierte sie die Beamten Richtung Wald.

Der Beamte auf dem Beifahrersitz, der sich als Polizeimeister Ingo Anger vorgestellt hatte, drehte sich zu ihr um. „Hast du die Stelle eigentlich zufällig gefunden?"

Carolin nickte eifrig. „Ganz plötzlich fing mein Pferd an, da zu scharren."

„Ich bin wirklich mal gespannt, ob Ihre Experten das

bestätigen, aber meiner Kenntnis nach handelt es sich um einen Menschenknochen“, meldete sich Dr. Sander.

Carolin nagte nervös an ihrer Unterlippe. „Da vorne links, dann rechts, dann kommen wir zu dem Waldweg“, erklärte sie. „Der Weg ist total schmal, da kommt man mit dem Auto nicht weiter, nur mit dem Pferd oder zu Fuß.“

Fred Facher, der Polizist, der den Wagen fuhr, hielt an und stieg aus. Sein Kollege Ingo Anger stieg ebenfalls aus, öffnete den Kofferraum und nahm eine große schwarze Tasche heraus.

„Dann wollen wir mal“, meinte Fred Facher, als Carolin und Dr. Sander neben ihm standen.

Carolin nickte und lief den Waldweg entlang bis zu einer Kreuzung. Dort blieb sie einen Moment stehen. „Ich bin mir nicht mehr ganz sicher, ob wir rechts oder links abgebogen sind.“

„Wär aber schon hilfreich“, gab Fred Facher zurück.

„Ist es denn noch weit?“, wollte Ingo Anger wissen.

Carolin schloss die Augen und versuchte, sich zu erinnern. „Rechts“, murmelte sie. „Genau, Sternentänzer ist dann einfach nach rechts getrabt.“ Sie lief vor und kam wenig später zu der kleinen Lichtung. Und da war auch die Stelle, an der Sternentänzer mit den Hufen gescharrt hatte. Das Loch, aus dem sie den Knochen gezogen hatte, war deutlich zu erkennen. „Hier war’s.“

Die beiden Polizisten stellten die Tasche ab und sahen sich um.

„Du bist ganz sicher?“, fragte Fred Facher nach. Als Carolin nickte, öffnete er die schwarze Tasche und holte ein orange-weiß gestreiftes Plastikband hervor. „Wir werden die Fundstelle erst mal großräumig absichern", erklärte er und rammte ein paar Äste in den weichen Boden, um die er das Band wickelte.

Indes zog Ingo Anger ein paar Plastikhandschuhe an und untersuchte die Stelle, an der Carolin den Knochen gefunden hatte, etwas genauer. „Fred, ich hab was!", rief er nach ein paar Minuten.

Fred Facher kniete sich neben seinen Kollegen und blickte ebenfalls in die Grube.

Aufgeregt stellte sich Carolin neben die Polizisten. „Was denn? Was haben Sie noch gefunden?"

Ingo Anger blickte auf. „Sieht fast so aus, als würden hier noch mehr Knochen liegen, vermutlich ein ganzes Skelett." Er deutete auf die Fundstelle. „Da guckt was aus dem Boden, sieht jedenfalls aus wie der Knochen von einem Finger."

Carolin zuckte zusammen. Dr. Sander legte den Arm um sie und zog sie weg.

Der Polizist stand auf, legte eine Plastikplane über das Loch, beschwerte sie und streifte die Handschuhe wieder ab. „Das ist auf jeden Fall was für die Kollegen von der Spurensicherung", erklärte er.

Auch Fred Facher stand auf. Er zückte sein Handy und entfernte sich von den anderen.

Carolin blickte atemlos von einem zum anderen. „Was passiert denn jetzt?"

„Wir geben den Fundort an die Kollegen von der Spurensicherung durch. Dann übernehmen die", erklärte der Polizist. „Wir können im Moment hier nichts weiter tun und fahren erst mal wieder zurück zum Reiterhof."

„Aber ... warum graben Sie denn nicht gleich selbst?“, fragte Carolin.

Der Polizist schüttelte den Kopf. „Das ist Sache der Spezialisten. Die haben das geeignete Werkzeug und werden behutsam Schicht für Schicht des Waldbodens freilegen. Wir würden womöglich nur irgendwelche Knochen oder sonstigen Hinweise auf den Toten zerstören.“

Fred Facher mit dem Handy winkte ihnen zu. „Alles klar, die Kollegen sind in einer guten Stunde hier.“ Er marschierte den Waldweg entlang, Ingo Anger nahm die schwarze Tasche und folgte ihm.

Carolin blieb stehen. „Ich will aber zusehen, wenn alles ausgegraben wird“, protestierte sie.

Der Polizist schüttelte den Kopf. „Das geht nicht, hier muss die Spurensicherung jetzt in Ruhe arbeiten.“

„Aber ich habe die Stelle doch gefunden“, beharrte Carolin.

Fred Facher kam zu ihr. „Das stellt doch auch niemand infrage. Aber das Graben kann einige Zeit dauern, wenn hier tatsächlich ein ganzes Skelett liegt. Wir können dich dann über das Ergebnis informieren.“

Carolin sah ihn an. „Echt?“

Der Polizist nickte. „Versprochen! Wir haben ja deine Personalien und deine Telefonnummer notiert.“

„Wann denken Sie, werden Sie mehr wissen?“, schaltete Dr. Sander sich ein.

Der Polizist kratzte sich am Kopf. „Ich denke in drei, vier Tagen.“

Ein Nachmittag kann schrecklich lang sein, wenn man auf einen Anruf wartet. Carolin schlich zu Hause um das Telefon herum und blickte es beschwörend an. „Komm schon, klingle!“ Sie setzte sich auf die unterste Treppenstufe. Die Polizisten hatten gesagt, es würde drei bis vier Tage dauern, bis sie etwas über Carolins Fund herausbekommen würden. Nun war schon der vierte Tag vorbei, und Carolin wartete sehnsüchtig auf eine Information von den Polizisten. „Ob die jetzt wohl ein ganzes Skelett gefunden haben?“, murmelte sie vor sich hin. „Bei uns im Wald. Das wär der absolute Oberhammer!“ Sie marschierte zum Kühlschrank und holte sich einen Trinkjoghurt heraus. *Und von wem das dann wohl stammt?,* überlegte sie dabei. *Wie ist der Mensch ums Leben gekommen? Wieso ist er genau dort gestorben? ... Vielleicht hat er sich ja verirrt und ist verhungert. Oder er hat einen Herzinfarkt erlitten?* Carolin war wie elektrisiert.

Ihre Unterlippe war inzwischen schon total ausgefranst und blutete leicht, so sehr hatte Carolin in der Aufregung darauf herumgebissen. Sie blickte zur Uhr. Vier Uhr. *Hoffentlich ruft die Polizei an, während Ines noch bei Florentine ist,* hoffte Carolin. *Sonst bekommt sie den Schock ihres Lebens und lässt mich nie wieder in den Wald reiten.* Carolin fixierte das Telefon. „Los, los, los, klingle endlich!“, murmelte sie.

Dann klingelte es schließlich. Und zwar genau in dem Augenblick, als ihre Mutter den Schlüssel ins Schloss steckte.

Hektisch griff Carolin nach dem Hörer. „Ja, hier Carolin Baumgarten ... ja, genau die ...“ Carolin presste den Hörer gegen ihr Ohr. „Wahnsinn!“, entfuhr es ihr. „... Vielleicht eine Moorleiche.“

Ines fuhr herum und beobachtete besorgt ihre Tochter.

„Boah! ... Echt, ein ganzes Skelett! ... Wahnsinn!“ Carolin war so aufgeregt, dass sie nur noch Wortfetzen in den Telefonhörer stammeln konnte. Nach ein paar Minuten legte sie auf.

Ihre Mutter sah sie streng an. „Mit wem hast du da gesprochen? Und worüber? Was für ein Skelett?“ Ines' Stimme klang höchst alarmiert.

„Mam, das ist echt der absolute Hammer!“, stieß Carolin hervor.

Ines schnaufte. „Würdest du mich bitte netterweise mal informieren!“

Es klingelte an der Haustür. Genervt öffnete Ines. Es war Dr. Sander.

Carolin stürmte auf ihn zu. „Die von der Polizei haben gerade angerufen, es handelt sich vermutlich um eine superalte Leiche.“

„Und weiter?“

„Sie war im Moor und ist daher so gut erhalten und ...“

„Worum geht es hier eigentlich?“, unterbrach Ines sie streng. „Ich will auf der Stelle aufgeklärt werden!“

Dr. Sander legte den Arm um Ines und führte sie ins Wohnzimmer. „Carolin wird dir jetzt alles ganz genau erklären. Und mir auch.“

Carolin lehnte sich gegen die Terrassentür. Sie war viel zu aufgeregt, um sich hinzusetzen.

„Also, die Polizei hat herausgefunden, dass es sich nicht um einen aktuellen Kriminalfall handelt. Sie können mit

Sicherheit ausschließen, dass die Knochen von einem erst kürzlich verstorbenen Menschen stammen", begann Carolin zu erzählen.

„Um Himmels willen!" Ines schlug vor Entsetzen die Hände vors Gesicht. Ihre Augen weiteten sich, sie waren groß wie Suppenteller.

Carolin holte tief Luft. „Sie vermuten, dass es sich um einen alten Fund handelt. Vielleicht sogar um eine Moorleiche. Sie haben ziemlich tief gegraben und unter dem mit Heide bewachsenen Boden dann einen Großteil der Knochen gefunden. Fast das komplette Skelett", zitierte Carolin den Polizisten.

Dr. Sander nickte anerkennend.

Carolin fuhr fort: „Die Polizei hat jetzt das *Städtische Museum* in Grünstadt kontaktiert und übergibt die Knochen einem Herrn Helmut Lampert, einem erfahrenen Wissenschaftler. Der wird das Skelett genau untersuchen."

„Hochinteressant", bestätigte Dr. Sander. „Ich hab vor Jahren in einem Museum mal eine richtige Moorleiche besichtigt. Die war schon etliche hundert Jahre alt, aber dennoch vollständig erhalten. Unglaublich! Wenn ein Körper tief unten im Moor liegt, also keine Luft an ihn rankommt und durch das Wasser drum herum, wird er konserviert."

Carolin hörte Dr. Sander aufmerksam zu.

„Nur wenn man die Leiche dem feuchten Moor entnimmt, trocknet der Körper rasch ein und verwest dann rasch bis auf die Knochen. In Europa hat man über tausend solcher Moorleichen beim Torfstechen gefunden."

Ines blickte von Dr. Sander zu ihrer Tochter und wieder

zurück. „Und was hat Caro mit der Geschichte zu tun?“, stieß sie hervor.

„Ich hab doch das Skelett entdeckt, Mam“, erklärte Carolin stolz. „Na ja, nicht das ganze Skelett, aber einen Knochen. Und ohne den hätte man den Rest nie im Leben gefunden. Der Polizist hat gemeint, es könnte ein Beinknochen gewesen sein.“

„Wo gefunden?“, bohrte Ines nach. „So ein Beinknochen liegt doch nicht einfach so auf der Straße rum.“

„Natürlich nicht auf der Straße, er lag im Wald“, antwortete Carolin. „Ich bin mit Sternentänzer ein bisschen ausgeritten und hab ihn im Wald auf einer kleinen Lichtung gefunden. Mam, stell dir vor, ein uralter Knochen!“

Ines stemmte die Hände in die Hüften. „Wo bitte schön reitest du denn eigentlich aus? Das ist ja ungeheuerlich, Caro!“, schimpfte sie empört.

Das darf doch wohl nicht wahr sein!, dachte Carolin. *Ich mach den Fund meines Lebens, und Mam meckert nur rum. Typisch!* „Mam!“

Doch Ines ließ sich nicht beruhigen. „Nichts Mam! Caro, ich will nicht, dass du dich in Wäldern rumtreibst! Wie oft soll ich dir das noch sagen?!“

„Ich treibe mich nicht rum, ich bin nur mit Sternentänzer ausgeritten“, korrigierte Carolin und versuchte, ruhig zu bleiben. „Aber stell dir vor, wenn der Knochen tatsächlich von einer uralten Moorleiche stammt ...“

„Das interessiert mich nicht, Caro. Irgendwann in ein paar Jahrhunderten findet dich jemand und sagt: Stell dir vor, die Caro aus dem einundzwanzigsten Jahrhundert!“ Ines war so aufgebracht, dass ihre Unterlippe vibrierte.

Carolin drehte die Augen zum Himmel. „Mam, du bist so was von unfair."

„Also, ich finde auch, dass du jetzt etwas übertreibst, Ines", kam Dr. Sander ihr zu Hilfe. „Caro war zu keinem Moment in Gefahr."

„Und ich will auch, dass das künftig so bleibt", funkelte Ines ihn an. In ihren Augen war eine Mischung aus Wut und Sorge.

„Oh Mann!", stieß Carolin kaum hörbar zwischen den Zähnen hervor und lief hoch in ihr Zimmer. *Mütter! ... Es handelt sich um einen alten Fund. Vielleicht sogar um eine Moorleiche, hat die Polizei gesagt. Wahnsinn!* Carolin tigerte in ihrem Zimmer auf und ab. *Unglaublich! Wer das wohl war? Welche Geschichte steckt dahinter? Wenn nur Lina jetzt da wäre! Oder Ferdi! Oder irgendjemand, mit dem ich darüber reden könnte! ... Ich ruf Lina an,* entschied Carolin. *Oder besser nicht. Ines hört mit.* Sie setzte sich an ihren Schreibtisch und fuhr den Computer hoch. *Ich schreib Lina eine Mail.*

Carolin öffnete ihr Mailprogramm. Lina und Ferdi hatten sich in den letzten Tagen zwar kaum gemeldet, doch das war ihr in diesem Augenblick egal. Rasch fasste sie die Geschichte von dem Skelettfund zusammen und schickte sie per Mail an Lina und an Ferdi.

So!, dachte sie mit ein klein wenig Schadenfreude. *Jetzt werdet ihr euch ärgern, dass ihr nicht hier seid! Wenn schon mal was passiert in Lilienthal!*

Etwas ruhiger stiefelte Carolin wieder nach unten. Auch im Wohnzimmer hatten sich die Segel inzwischen einigermaßen geglättet.

Ines und Dr. Sander saßen einträchtig auf dem Sofa nebeneinander und tranken ein Glas Rotwein.

Ines blickte Carolin entgegen. „Ich habe eben wohl ein bisschen übertrieben", gab sie zu. „Joachim konnte mich ein wenig beruhigen."

„Kann man wohl sagen", erwiderte Carolin und warf Dr. Sander einen dankbaren Blick zu.

Ines stellte ihr Glas ab. „Aber Caro, nichtsdestotrotz will ich nicht, dass du allein weite Ausritte unternimmst."

„Okay, Mam", stimmte Carolin folgsam zu.

Ines sah ihre Tochter streng an. „Ich muss mich da auf dein Wort verlassen können, Caro - sonst muss ich es dir ganz verbieten."

„Ja, Mam", nickte Carolin.

„Also gut." Ines lehnte sich zurück. „Magst du was essen? Und dich nachher ein bisschen zu uns setzen?"

Um Himmels willen!, dachte Carolin. *Wir wollen doch Mutter-Tochter-Abende nicht zur Gewohnheit werden lassen ...* „Nee, ich hab noch keinen Hunger. Ich hol mir nur mal eben was zu trinken", erklärte sie rasch. „Dann geh ich wieder nach oben. Ich warte auf Mails."

Carolin holte sich eine Flasche Orangenlimonade aus dem Kühlschrank und goss sich ein Glas ein. *Ich bin ja gespannt, was Lina und Ferdi zu meinem Fund sagen,* überlegte sie gut gelaunt.

Und tatsächlich! In ihrem Posteingang waren zwei neue Mails. Eine von Lina und eine von Ferdi. Zufrieden lehnte sich Carolin zurück.

Sie beschloss, zuerst die Mail von Ferdi aufzuklicken. *„Hi, Carolinchen, nur ganz kurz, weil ich gleich zum*

Essen muss. Das mit Deinem Fund klingt ja cool. Hier ist es auch super. Ich trainiere voll Power. Abends falle ich todmüde ins Bett. Aber ich hab schon ein paar geniale neue Tricks gelernt. Es macht total Spaß. Ich hab den ganzen Tag Kufen unter meinen Füßen, schätze, wenn ich zurückkomme, kann ich gar nicht mehr normal gehen. Ich muss los, sonst essen mir die anderen alles weg, und ich hab Kohldampf ohne Ende. Bis bald, in Liebe Ferdi.“

Na toll!, dachte Carolin und schloss die Mail. *Das mit dem Fund klingt ja cool. Super, Ferdi! Scheint dich ja total zu interessieren, was ich so mache. Toller Freund! Aber egal. Da ist ja noch Linas Mail. Lina versteht mich bestimmt besser.* Voller Vorfreude klickte Carolin die zweite Nachricht auf.

„Hi, Caro. Eine Moorleiche in Lilienthal – echt schräg! Hier ist auch alles voll schräg. Bloß gut, dass Ami mich hierhergeschickt hat. Es war eine super Idee. Du glaubst nicht, was ich schon alles gelernt hab. Die haben Pflanzen und Kräuter hier, von denen hab ich noch nicht mal den Namen gehört. Amalia ist auch total gut drauf. Stell Dir vor, gestern sind wir nachts zusammen aus unserem Zimmer geflüchtet, um an einem kleinen See in der Nähe zu baden. Fast hätten die uns erwischt. Das war voll knapp. Amalia würde Dir auch gefallen. Ich muss jetzt aufhören, der nächste Kurs beginnt. Bis bald! Deine Lina.“

Was ist das denn? Carolin starrte auf Linas Mail. *Ich mach den Fund meines Lebens, und Lina erzählt von irgendeiner dämlichen Amalia.*

Carolin war so wütend, dass sie auf „Löschen“ klickte. „Wollen Sie diese Mail tatsächlich löschen?“, fragte der Computer.

„Aber sicher“, murmelte Carolin und drückte sogleich auf die entsprechende Taste. „Auf so was kann ich echt verzichten.“

Carolin lehnte sich enttäuscht zurück und kaute auf ihrer Unterlippe.

Herr Lampert und Miss Moor

Grünstadt war die nächstgrößere Stadt bei Lilienthal und lag etwa eine halbe Stunde mit dem Auto entfernt. Die Kreisstadt hatte einen schönen Marktplatz. Zwei Straßen dahinter erhob sich neben dem Eingang zum Stadtpark ein wuchtiger Backsteinbau, das *Städtische Museum.*

Carolin hatte den Bus von Lilienthal nach Grünstadt genommen und stand nun ein wenig eingeschüchtert vor dem großen Gebäude. Man hatte ihr zwar die Zimmernummer und das Stockwerk genannt, in dem Helmut Lampert arbeitete. Doch in der Aufregung hatte Carolin ganz vergessen, es zu notieren.

Sie wandte sich an die platinblonde Frau, die an der Kasse saß. „Entschuldigung, ich suche Herrn Helmut Lampert."

„Hast du einen Termin?"

Carolin nickte. Die Frau erhob sich von ihrem Platz und kam auf Carolin zu. „Dann bring ich dich mal in sein Büro." Vor einem Zimmer im ersten Stock blieb sie stehen und klopfte an.

„Herein!"

Die Frau trat ein, Carolin folgte ihr.

Helmut Lampert sah genau so aus, wie man sich einen vergeistigten Wissenschaftler, der sich mit Moorleichen beschäftigt, vorstellt. Kurze silbergraue Haare, große Nickelbrille auf der Nase, dunkelblaue Flanellhose, hellblauer Pullunder, darunter ein weißes Hemd, um den Hals eine gepunktete Fliege.

„Da ist Ihre Besucherin", erklärte die platinblonde Dame.

„Guten Tag, ich bin Carolin Baumgarten", stellte sich Carolin vor.

Herr Lampert warf ihr über den Rand seiner Nickelbrille einen prüfenden Blick zu. „Ah, genau, die Finderin unseres sensationellen Skeletts."

Carolin schmunzelte. „Na ja, teilweise zumindest ..."

Herr Lampert deutete auf den Holzstuhl vor seinem Schreibtisch. „Dann nimm doch mal Platz."

Carolin setzte sich hin. Herr Lampert öffnete eine Schublade, zog eine Packung Schokoriegel heraus und schob sie zu ihr hinüber. „Hier, bedien dich."

„Mhm, meine Lieblingssorte", freute sich Carolin und griff zu.

„Meine auch." Herr Lampert holte sich ebenfalls ein Stück Schokolade.

„Konnten Sie denn schon etwas mehr über die Leiche herausfinden?", erkundigte sich Carolin.

„Nun ja", begann Herr Lampert. „Der Fund wurde ja erst vor einigen Tagen bei mir abgegeben. Meine Untersuchungen laufen also noch. Aber klar ist, dass die Knochen schon sehr, sehr alt sind. Sie stammen aus dem sechzehnten Jahrhundert nach Christus. Ein bisschen schade nur, dass das Skelett der Dame nicht ganz vollständig erhalten blieb. Ein, zwei Knochen fehlen.“

„Dame?“, fragte Carolin neugierig nach. „Die Leiche war also weiblich?“

Herr Lampert nickte. „Ja, zu neunundneunzig Prozent. Das hat eine DNA-Analyse der Gerichtsmediziner ergeben, die wir haben vornehmen lassen. Und auch der Körperbau, die Größe der Knochen, alles deutet darauf hin, dass es sich um eine Miss Moor handelt. Sie war noch recht jung. Vielleicht so alt wie du oder ein wenig älter.“ Herr Lampert schnappte sich noch einen Schokoriegel und schob die Packung dann wieder zu Carolin hinüber.

„Und?“, hakte Carolin nach. „Wissen Sie schon, warum die Leiche dort lag?“

Herr Lampert stand auf, nahm seine Brille von der Nase und wirbelte sie um seinen Finger. „Das Gebiet, in dem das Skelett gefunden wurde, war früher ein Moorgebiet. Wahrscheinlich ist das Mädchen aus irgendeinem Grund im Moor versunken, und ihr Körper wurde über die Jahrhunderte als Moorleiche konserviert. Durch die in Mooren oft enthaltenen Humin- und Gerbsäuren werden Haut, Haare, Knochen und Nägel regelrecht gegerbt und bleiben erhalten.“

Carolin hing wie gebannt an den Lippen des Forschers.

„Zu der Zeit, als Miss Moor gelebt hat, gab es in der Nähe der Fundstelle ein kleines Dorf, das sich um eine Burg angesiedelt hatte. Ich gehe mal davon aus, dass Miss Moor in diesem Dorf gelebt hat.“

Carolin sah Herrn Lampert an. „Wow! Wenn man sich

vorstellt, dass die Leiche tatsächlich mal gelebt hat. So ganz normal ...“

Herr Lampert lächelte milde. „Das verhält sich mit den meisten Leichen so.“

„Ja schon, aber dass sie Gefühle hatte, Pläne, Träume, Eltern, Freunde ...“ Carolin fuhr sich durch ihre kurzen braunen Haare. „Sie müssen unbedingt alles über Miss Moor herausfinden.“

Herr Lampert nickte. „Ich werde tun, was ich kann, junge Lady, um das Geheimnis der Toten zu lüften. Versprochen. Demnächst werde ich mich mal in den Keller begeben, um die Archive zu durchstöbern. Vielleicht kann ich dort erfahren, wer sie war und woher sie kam.“ Er setzte sich wieder an seinen Schreibtisch. „Aber jetzt erzähl du mir doch bitte mal alles über den Fundort. Haargenau, ja? Selbst die kleinste Kleinigkeit kann uns einen Schritt weiterbringen.“

Als Carolin Herrn Lamperts Büro verließ, waren geschlagene zwei Stunden vergangen. Das Gespräch war höchst interessant gewesen, und sie hatten die ganze Packung Schokoriegel dabei vertilgt. Als Carolin Richtung Bushaltestelle marschierte, blickte sie noch mal zurück. Helmut Lampert aus dem Grünstädter Museum sah zwar genau so aus, wie man sich einen Forscher vorstellte. Aber er war ganz anders drauf. Carolin lächelte. Sie hatte sich schon lange nicht mehr so klasse unterhalten. Und Herr Lampert hatte fest versprochen, sie sofort zu informieren, wenn er etwas Neues herausgefunden hatte.

Also gut, beschloss Carolin, als sie wieder zu Hause in der Breitensteinstraße war und ihren Computer einschaltete. *Ich gebe dir noch eine Chance, Lina. Vielleicht hast du ja wirklich keine Zeit bei deinem Kurs, weil du kaum schreibst. Vielleicht hast du ja auch gedacht, die Sache mit der Moorleiche sei ein Scherz gewesen und hast deshalb nicht viel dazu gesagt.*

Carolin seufzte tief. Dann setzte sie sich hin und schrieb eine Mail an Lina. *„Bitte Lina, melde Dich schnell bei mir. Ich muss wissen, was Du von der Moorleiche hältst. Es ist, oder besser, es war übrigens ein Mädchen, ungefähr in unserem Alter. Meld Dich noch heute Abend, okay? Deine beste Freundin Caro“,* schloss sie.

Als Carolin die Mail abgeschickt hatte, warf sie sich auf ihr Bett und blätterte durch ein paar Pferdezeitschriften. Dabei blickte sie immer wieder zu ihrem Computer. Carolin konnte es kaum abwarten, dass Lina sich meldete. *Ob ich sie einfach mal anrufe?,* überlegte sie in ihrer Ungeduld, doch sie verwarf den Gedanken rasch wieder. *Nee, die kann mir gefälligst eine Antwortmail schreiben,* entschied sie. Doch es vergingen drei Stunden, und keine Nachricht kam. Irgendwann schleuderte Carolin zutiefst enttäuscht ihre Pferdezeitschriften zur Seite und boxte wütend in ihr Kopfkissen. „Hätte ich mir ja gleich denken können, dass Lina mir nicht schreibt“, murmelte sie. „Die ist wahrscheinlich mit Amalia beschäftigt, und da ist es ihr egal, dass ich ihr die spannendste Geschichte aller Zeiten schreibe. Danke, Lina, du bist echt die beste Freundin, die man sich vorstellen kann. Aus den Augen, aus dem Sinn.“

Da blinkte auf einmal ihr Bildschirm auf. Eine neue Nachricht.

Sofort sprang Carolin auf und klickte die Nachricht auf. Aber die Mail kam nicht von Lina, sondern von Annit. *Annit!*, wunderte sich Carolin.

„Liebe Caro. Wir besuchen gerade einen Freund von Rocco, der mitten in Warschau ein Restaurant besitzt. Ab und zu kann ich den Computer in seinem Büro nutzen. Echt klasse. Wir sind ja nun schon eine ganze Weile von Lilienthal weg, und ich vermisse Euch alle, vor allem aber Dich. Es ist total aufregend in Warschau. Mit der ganzen Zirkustruppe habe ich schon den Lazienki-Park besichtigt, dort gibt's einen märchenhaften Wasserpalast und ein Amphitheater. Es sind unheimlich viele Leute aus aller Welt hier, das gefällt mir. Kennst Du Odra Matylda Krowka*? Das sind weiche Karamellen mit einer cremigen Vanille-Karamell-Füllung. So lecker, dass ich sie Tag und Nacht verputzen könnte. Ich muss unbedingt ein paar Beutel davon auf Vorrat kaufen, damit Du sie probieren kannst, wenn wir uns irgendwann mal wiedersehen. Mit Silberstern habe ich eine tolle Artistennummer einstudiert, und wir bekommen viel Applaus. Silberstern hat sich auch gut eingelebt. Manchmal habe ich das Gefühl, er guckt ein bisschen melancholisch, aber vielleicht bilde ich mir das ja nur ein. Es war total schön, eine Freundin wie Dich zu haben. Das fehlt mir hier ein bisschen. Rocco ist klasse, und auch die anderen mag ich total gern, aber eine Freundin ist doch was anderes. Ich hoffe, Dir und Lina und Ferdi und Sternentänzer geht es gut. Melde Dich doch mal, das würde mich freuen! Ich denke viel an Euch,*

Deine Annit. P.S.: Silberstern lässt Dich auch ganz lieb grüßen.“

Annit. Das Mädchen mit den langen dunklen Locken und den blauen Augen war eines Tages aufgetaucht und hatte sich um eine Pferdenummer in Roccos Zirkus beworben. Carolin hatte sich auf Anhieb recht gut mit ihr verstanden. Genauso wie Silberstern. Es hatte sofort zwischen Annit und ihm gefunkt. Annit war es dann auch gewesen, die Silbersterns Geheimnis herausfand.

Carolin musste lächeln. Wie oft war sie mit Silberstern in einer Vollmondnacht ausgeritten und hatte ihm eine Frage gestellt – so wie bei Sternentänzer. Aber sie hatte nie eine Antwort bekommen, keine Vision gesehen! Der schwarze Junghengst war wie sein Vater in einer stürmischen Gewitternacht zur Welt gekommen und hatte wie sein Vater einen kleinen Keilstern auf der Stirn. Daher hatte Carolin immer geglaubt, dass er die gleiche magische Gabe habe wie sein Vater. Als Carolin fast so weit war, aufzugeben, kam Annit. Und ihr offenbarte Silberstern seine magische Gabe. Der Junghengst teilte sich dem Menschen seines Vertrauens in Träumen mit. Er konnte Gefahren im Voraus erspüren und erkennen, wie es anderen Tieren ging. Und er konnte auch mit anderen Tieren sprechen. Damit war klar, dass Annit und Silberstern zusammengehörten.

Je länger Carolin über Annit nachdachte, desto mehr vermisste sie sie. *Wenigstens sie bleibt mir treu – ganz im Gegensatz zu meinen besten Freunden!*

Zur gleichen Zeit – ein paar hundert Kilometer von Lilienthal entfernt – hockte Lina in Westerhofen vor einem Computer in der Bibliothek und versuchte zum x-ten Mal, eine Mail an Carolin loszuschicken. Doch jedes Mal kam eine Fehlermeldung zurück. „Verdammter Mistkasten!", fluchte Lina.

Mit einem lauten Quietschen öffnete sich die schwere alte Holztür, und Adeline Herbert, die Bibliothekarin, kam auf Lina zu. „Es ist jetzt Schlafenszeit, auch für dich, Lina", sagte sie. „Würdest du bitte den Computer ausschalten und auf dein Zimmer gehen!"

„Gleich!" Lina warf Frau Herbert einen flehentlichen Blick zu. „Bitte, ich muss noch eine Mail an Caro rausschicken. Es ist superwichtig. Aber ich komm nicht durch und krieg diese verflixte Mail immer wieder zurück."

Frau Herbert hob ihre schmal gezupften Augenbrauen. „Dann versuchst du es eben morgen früh noch mal."

„Aber Caro, meine beste Freundin, hat ein Problem, und sie wartet auf Antwort. Heute noch. Ich kann sie doch nicht im Stich lassen."

Frau Herbert zuckte die Schultern. „Was nicht geht, geht nicht! Morgen soll sich ein Fachmann den Computer ansehen. Offenbar handelt es sich um ein technisches Problem, das wir heute Abend nicht mehr lösen können."

„Noch ein Versuch ... vorbereiten ... senden ... und los ... Mist!" Lina schlug mit der flachen Hand auf den Tisch. „Und wieder kommt diese dämliche Mail zurück."

„Lina!" Frau Herberts Stimme wurde jetzt richtig streng. „Du gehst jetzt auf der Stelle in dein Zimmer, sonst muss ich den Vorfall melden."

Weiß Sternentänzer weiter?

Kurz vor Mitternacht wachte Carolin auf. Sie lag vollständig angezogen unter ihrer Bettdecke, und der Jeansknopf drückte auf ihren Bauch. Sie raffte sich auf. Ihr Blick fiel auf den Computer, der noch eingeschaltet war. *Vielleicht ist inzwischen ja Post von Lina da?,* ging es ihr durch den Kopf.

Doch nichts! Keine Post. Weder von Lina noch von Ferdi. Carolin fuhr den Rechner runter, stand auf und lehnte sich gegen das Fenster. Sie blickte in die Nacht und fühlte sich mit einem Mal schrecklich einsam.

Was soll das, Lina?, fragte sie betrübt in den wolkenverhangenen Himmel. *Ich schreib dir, dass ich deine Hilfe brauche. Und du? Du antwortest nicht mal. Nichts. Kein Wort. Ist das das Ende unserer Freundschaft? Sind wir überhaupt noch Freunde? ... Und du, Ferdi? Ein bisschen Eis, und du vergisst alles um dich herum?* Carolin spürte einen dicken Kloß in ihrem Hals.

Auf einmal schob sich eine Wolke zur Seite und gab den Blick auf eine helle, runde Scheibe am Himmel frei. „Heute ist ja Vollmond“, murmelte Carolin total erstaunt.

Sie zögerte und überlegte einen Moment. *Vollmond. Das ist doch ein Zeichen!*

Rasch holte sie sich eine dicke Jacke aus dem Schrank und schlich auf Zehenspitzen hinaus auf den Gang. Vor dem Schlafzimmer ihrer Mutter blieb sie kurz stehen und drückte ihr Ohr gegen das Schlüsselloch. Das gleichmäßige Atmen ihrer Mutter war zu hören. Ganz leise tapste sie die Treppe hinunter, unten schlüpfte sie rasch in ihre Turnschuhe und huschte aus dem Haus. Sie setzte sich auf ihr Rad und radelte wie der Blitz nach Lindenhain.

So geräuschlos wie möglich schlich sie sich auf dem Reiterhof in den Stall. Als sie Sternentänzers Box öffnete, blickte ihr der Hengst schon putzmunter entgegen und begrüßte sie mit einem leisen Wiehern.

„Hallo, Sternentänzer, du hast schon auf mich gewartet?", flüsterte sie ihm zu und drückte ihm einen Kuss auf die Nüstern.

Wie zur Bestätigung warf Sternentänzer seinen eleganten Kopf rauf und runter. Carolin band rasch ein paar leere Hafersäcke um seine Hufe und führte das Pferd aus dem Stall. Dort, wo der kleine Feldweg begann, entfernte sie die Säcke und stieg auf.

„Sternentänzer, lauf los, so schnell du kannst! Hüa!", trieb Carolin den Hengst an und hielt sich an seiner Mähne fest. Schon bald jagten sie im Galopp durch die mondhelle Nacht. „Lauf, Sternentänzer, lauf!" Carolin schloss die Augen und beugte sich ganz tief über seinen Hals. Dann stellte sie ihre Frage. Die Frage, die ihr auf der Seele lag, seit Lina und Ferdi weggefahren waren. Und auf die sie nun endlich eine Antwort brauchte: „Ich wünschte, ich wüsste, was aus Lina und mir wird. Und aus Ferdi und mir", murmelte sie. „Ich wünschte, ich wüsste, ob wir Freunde bleiben."

Im gleichen Moment ging ein sanfter Ruck durch den sehnigen Körper des Pferdes. Es lief schneller. Schnell wie der Wind. Carolin drückte ihr Gesicht fest in Sternentänzers Mähne. Sie fühlte sich merkwürdig. Ihr Kopf schien sich zu drehen, ihr wurde schwindelig, wie in einem Kettenkarussell. Sternentänzer galoppierte schneller und schneller.

Carolin sah jede Menge Bilder in ihrem Kopf. Zuerst ganz klar. *Lindenhain, der Hof, der Stall, die Koppel.* Dann unklare Bilder, verwischte Bilder. *Lina, ihre langen Haare flattern wie eine Fahne, aber ihr Gesicht ist nicht zu erkennen, Ferdi mit seinem kurzen blonden Schopf, aber genauso undeutlich wie Lina. Dann sie selbst, auch sie ist ohne Gesicht ...* Wie in einem Rausch schoss eine Bilderflut durch Carolins Kopf. Schnell, konturenlos, wie durch einen Weichzeichner gefiltert.

Dann wurde Sternentänzer plötzlich langsamer. Er keuchte, lief schwerfälliger. Schließlich verlangsamte er zum Trab, dann zum Schritt.

Schwer atmend saß Carolin auf dem Rücken ihres Pferdes. Ihr Herz schlug wie ein Trommelfeuer. „Was war das denn für eine dämliche Vision?", murmelte sie verwirrt und versuchte, sich zu beruhigen. Sie legte den Kopf nach hinten und bemühte sich, gleichmäßig zu atmen. Normalerweise waren Sternentänzers Visionen klar und deutlich, und sie fühlte sich nach einem Vollmondritt nicht so angestrengt und ausgelaugt wie jetzt.

„Ich hatte schon einmal so eine unklare Vision", sagte Carolin leise. „Damals bei Ferdi." Sie hatte Sternentänzer befragt, ob sie und Ferdi zusammenkommen würden. Auch damals hatte Sternentänzer ihr völlig unklare Bilder gezeigt. *Und danach war ich körperlich genauso fertig wie jetzt,* erinnerte Carolin sich, während sie mit Sternentänzer langsam zurück nach Lindenhain ritt. *Vielleicht sind unklare Visionen anstrengender?*

Rasch führte sie ihr Pferd zurück in den Stall, rieb es trocken und legte eine Decke auf seinen Rücken. Nachdenklich strich sie über seine samtweichen Nüstern. „Was wolltest du mir heute bloß sagen, Sternentänzer? Dass ich meine Freunde verloren habe? ... Aber sie waren doch auf Lindenhain, also sind sie noch da. Aber warum waren unsere Gesichter nicht zu erkennen? Ach Sternentänzer, ist das schwierig!"

Sternentänzer drehte den Kopf und schnupperte liebevoll über ihr Gesicht. So, als wolle er sagen: „Ich kann dir nur die Vision liefern, interpretieren musst du sie schon allein."

Frustriert radelte Carolin nach diesem Vollmondritt nach Hause. Sie stellte ihr Rad ab und schloss die Haustür auf. Normalerweise versuchte sie, so leise wie möglich zu sein, wenn sie von ihren nächtlichen Ausflügen nach Hause kam, und huschte schnurstracks hoch in ihr Zimmer. Diesmal nicht.

Sie stiefelte in die Küche, öffnete den Kühlschrank und

holte sich eine Tüte Milch heraus. Dann nahm sie ein Glas aus dem Schrank und goss es voll Milch. Dabei machte sie eine unvorsichtige Bewegung, und mit lautem Getöse fiel ein Löffel auf den Boden. „Verdammter Mist!", fluchte Carolin mit Tränen in den Augen. „Hoffentlich hat Ines das nicht gehört."

Hatte sie natürlich doch! *Klar, in so einer Nacht, nach so einer Vision!* Keine drei Minuten später stand Ines in der Küche.

In ihrem weißen Nachthemd, mit der grünen Schlafmaske, die über ihrer Stirn hing, und den pinkfarbenen Lockenwicklern im Haar sah sie fast aus wie das kleine Nachtgespenst.

„Keine Sorge, ich bin's nur, Mam", gab sich Carolin rasch zu erkennen.

Erleichtert atmete Ines auf. „Hast du mir einen Riesenschreck eingejagt!" Sie schaute sich um. „Was machst du überhaupt hier mitten in der Nacht?"

„Ich hab mir ein Glas Milch geholt", erklärte Carolin. Stimmte ja auch.

Ines betrachtete ihre Tochter. „Und warum hast du dich dazu komplett angezogen?"

Oh Mist! „Ich konnte nicht schlafen und wollte noch einen kleinen Spaziergang machen", stammelte Carolin etwas hilflos. „Natürlich nur, falls das mit der Milch nicht geklappt hätte. Aber es heißt ja immer, Milch sei gut gegen Schlaflosigkeit."

Ines schnüffelte wie ein Drogenhund, der eine Fährte aufgenommen hatte. „Und warum stinkst du wie ein ganzer Pferdestall?"

Mist! Mist! Mist! „Weil ... das sind meine Klamotten ... die riechen doch immer nach Pferden. Das weißt du doch."

Ines sah ihre Tochter streng an. „Und wie oft soll ich dir noch sagen, dass ich diesen Gestank nicht in meinem Haus haben will?!"

„Ich zieh sie sofort wieder aus, Mam." Carolin wollte aus der Küche stürzen, doch ihre Mutter hielt sie am Ärmel ihres Pullis fest. „Warte!"

„Ja, Mam?" *Mist, Mist, Mist!,* dachte Carolin. *Jetzt kommt die große Standpauke. Ich will nicht, dass du nächtliche Spaziergänge machst. Das ist viel zu gefährlich, ich muss mich auf dich verlassen können ...*

Ines zupfte ihre Schlafmaske von der Stirn. „Ich kann mir gut vorstellen, dass es für dich zurzeit nicht ganz einfach ist, so ohne Freunde", begann sie einfühlsam.

Huch! Was wird denn das?

Ines blickte auf den Boden. „Manchmal mache ich mir wegen der Trennung von deinem Vater Vorwürfe, weißt du. Ich frage mich schon, ob es richtig war, dir den Vater zu nehmen."

Hä? ... Mam, das ist doch alles schon Geschichte! Paps ist schon ewig weg, und das ist auch gut so.

Ines war nicht mehr zu bremsen. „Wenn wir noch zusammen wären, sähe es auch finanziell besser aus, und du hättest ganz andere Möglichkeiten."

Darum geht es doch nicht, Mam! Es geht absolut nicht um Möglichkeiten, es geht um Freundschaft, um Im-Stich-gelassen-Werden, um ...

„Aber weißt du, Caro, die Zeit geht schneller rum, als du denkst, und ihr seid wieder alle zusammen."

Ach ja? Carolin hatte größte Mühe, die Tränen wegzublinzeln. *Und was soll dann Sternentänzers Vision? Werden wir noch Freunde sein, wenn sie wieder zurückkommen? Hab ich überhaupt noch Freunde?*

Ines strich Carolin sanft übers Haar. „Es gibt doch bestimmt noch andere nette Jugendliche in deinem Alter in Lilienthal, mit denen du was unternehmen kannst. Sieh dich doch einfach mal ein bisschen um."

Nette Jugendliche! Carolin musste trotz ihres Kummers schmunzeln. *Ach Ines! Klar, meine alten Freunde sind weg. Da geh ich doch einfach mal los und suche mir ein paar neue.*

Ines legte den Arm um ihre Tochter, zog sie aus der Küche und löschte das Licht. „Aber jetzt geh erst mal schlafen! Morgen früh sieht die Welt schon wieder ganz anders aus."

Und da sollte ihre Mutter wider Erwarten sogar recht behalten.

Als Carolin am nächsten Morgen den Rechner hochfuhr, vermeldete der Posteingang eine neue Nachricht. *Lina, endlich!*, freute sich Carolin. Aber die Mail kam gar nicht von ihrer besten Freundin. „Die ist ja wieder von Annit", murmelte Carolin. „Noch von gestern."

„Hallo, Caro. Noch mal ich. Da ist mir gerade noch was eingefallen, was ich Dir schon lang erzählen wollte und immer wieder vergessen hab. Nämlich von der Fahrt hierher nach Warschau, die war auch super. Ich liebe es,

unterwegs zu sein. Ich glaube, in einem früheren Leben war ich ein Zugvogel. Kennst Du übrigens Rübezahl, diesen launischen Berggeist? Ich war in seiner Heimat. Der Sage nach ist er der Wetterherr des Riesengebirges. Aus heiterem Himmel sendet er Donner und Blitz oder Regen und Schnee vom Berg nieder. Und er nimmt auch verschiedene Gestalten an. Besonders gern zeigt er sich als Mönch in aschgrauer Kutte mit einem Saitenspiel in der Hand. Das schlägt er dann so heftig, dass die ganze Erde zittert. Guten Menschen gegenüber zeigt er sich freundlich und beschenkt sie sogar. Nur wer ihn verspottet, muss mit seiner Rache rechnen. Die Berge dort sehen auch total seltsam aus. Stell Dir vor, es gibt sogar welche, die heißen Pferdeköpfe. Ganz schön schaurig, oder? Woher ich das alles weiß? Von Rosalia. Du weißt schon, die Frau von Roccos Schwertschlucker, die immer in Tuniken rumläuft. Sie ist total süß. Und weißt Du was, ein bisschen erinnert sie mich an Ami. So, jetzt muss ich endgültig aufhören, Rocco will gleich zurück zum Zirkus fahren. Also, bis bald! Annit.“

„Caro!“ Ihre Mutter klopfte kurz an und stand dann gleich im Zimmer. Sie trug ein dunkelblaues Kostüm, Seidenstrümpfe und hochhackige Schuhe. Ihre halblangen Haare fielen in leichten Locken auf ihre Schultern. „Ich muss dann mal los. Frühstück steht unten. Mach dir einen schönen Tag.“

„Okay, Mam.“

Ines wollte gerade wieder die Tür hinter sich schließen, da fiel ihr noch etwas ein. „Das hätte ich jetzt beinahe vergessen, Caro. Ein Herr Lampert aus dem Museum rief gestern an. Ich soll dir ausrichten, dass du morgen Nachmittag um zwei zu ihm ins Büro kommen sollst, wenn das bei dir passt."

„Herr Lampert?", wiederholte Carolin aufgebracht.

Ines nickte. „Von irgendeinem Museum in Grünstadt."

Carolin sprang so schnell auf, dass ihr Stuhl nach hinten kippte. *Herr Lampert! Das kann nur bedeuten, dass er etwas Neues über die Moorleiche herausgefunden hat.*

Eine uralte Geschichte sorgt für Aufregung

Punkt zwei Uhr stand Carolin tags darauf wieder im Museum in Grünstadt und klopfte an die Tür von Helmut Lampert.

„Herein." Der Forscher schaute auf und winkte ihr entgegen. „Ich hab dich schon erwartet, komm rein." Seine warmen braunen Augen hinter der Nickelbrille blitzten.

„Haben Sie was Neues herausgefunden?", wollte Carolin gleich wissen.

Herr Lampert zog wieder seine Schublade auf und holte diesmal eine Tüte Gummibären heraus. Er öffnete sie, kippte den Inhalt in ein Glasschälchen und schob es zu Carolin. „Hab ich", erklärte er dabei. „Greif zu."

Carolin pickte sich ein paar weiße Gummibärchen aus dem Schälchen. „Und?", fragte sie aufgeregt.

Herr Lampert griff in das Schälchen und pickte sich ein paar rote Gummibärchen heraus. „Wie ich dir ja schon erzählt habe, handelt es sich bei unserem Fund um das Skelett einer sehr jungen Frau. Das wurde durch die DNA-Analyse eindeutig nachgewiesen."

Carolin nickte.

„Inzwischen hab ich mich ein bisschen näher damit befasst, wer unsere Miss Moor gewesen sein könnte und wie sie ums Leben kam.“ Herr Lampert beugte sich über den Schreibtisch und sah Carolin über den Rand seiner Nickelbrille an. „Und was meine Forschungen bisher zeigen, ist die junge Frau wohl nicht aus Versehen ins Moor gefallen. Wir müssen nach unserem derzeitigen Erkenntnisstand von einem Verbrechen ausgehen.“

„Aber das würde ja bedeuten, dass ...“, stieß Carolin atemlos hervor.

„... dass es sich möglicherweise sogar um einen Mord gehandelt hat“, ergänzte Herr Lampert.

„Das heißt, dass sie jemand ins Moor gestoßen hat oder sie im Moor vergraben hat, nachdem er sie umgebracht hat“, spekulierte Carolin.

„Genau das. Es gab sichtbare Verletzungen an den Knochen, die das bestätigen könnten“, erklärte Herr Lampert und suchte sich noch mehr rote Gummibärchen aus dem Schälchen. „Ich habe übrigens auch schon die Presse informiert.“ Er blickte auf seine Uhr. „Die Reporter müssten jeden Augenblick hier erscheinen.“

Kaum hatte er ausgesprochen, klopfte es auch schon an der Tür.

„Herein.“

Die Tür öffnete sich. Zuerst betrat ein Mann mit großer Tasche und Mikrofon den Raum, ein weiterer folgte mit einer Kamera in der Hand.

„Herr Lampert?“, fragte der Erste von ihnen. Er hatte kurze blonde Haare, einen Dreitagebart und trug Jeans.

„Treten Sie ein, meine Herrschaften.“

Der Jeansmann deutete auf Carolin. „Ist sie das?"

Herr Lampert nickte. „Ja, das ist die Finderin, Carolin Baumgarten."

Der Jeansmann kniete sich vor Carolin hin. „Hi, ich bin Axel Reich. Ich arbeite für den *Grünstädter Kreisboten.* Wir wollen einen Bericht über den Mord an dem Moormädchen bringen. Es wird eine Riesenstory. Könntest du uns bitte mal kurz erzählen, wie du das Skelett gefunden hast?"

„Aber klar", stimmte Carolin begeistert zu.

Der Reporter stellte ein Aufnahmegerät auf den Schreibtisch und hörte aufmerksam zu, als Carolin ihre Geschichte erzählte. Ab und an kritzelte er dabei ein paar Notizen auf seinen Block. Sein Kollege machte indes reihenweise Aufnahmen - von Carolin, von Herrn Lampert, vom Büro, einfach von allem.

Nach dem Interview stellte der Reporter Carolin noch ein paar Fragen. „Du hast erzählt, dass du mit deinem Pferd unterwegs warst, als du den Knochen gefunden hast?"

Carolin nickte eifrig. „Ja, mit Sternentänzer, so heißt mein Pferd. Genau genommen hat Sternentänzer ja den Knochen gefunden."

Der Reporter grinste. „Schade, dass wir dein Pferd nicht befragen können, wie es den Knochen aufgespürt hat", meinte er grinsend. Dann wandte er sich Herrn Lampert zu und führte das Interview mit ihm fort.

Der Wissenschaftler beantwortete ausführlich eine ganze Reihe von Fragen, bis der Reporter schließlich seinen Block wegpackte. „Sensationell. Wirklich sensationell", lobte er. „Das Einzige, was wir jetzt noch bräuchten, wären ein paar schöne Fotos von den Knochenfunden“, schloss der Jeansmann, als er seine Geräte in der Tasche verstaute.

„Ja, aber selbstverständlich“, gab der Forscher zurück. „Das lässt sich arrangieren. Bitte folgen Sie mir.“

Als der Fotograf schließlich auch etliche Bilder von den Knochen im Kasten hatte, zogen die beiden Presseleute zufrieden ab.

Kurz darauf verabschiedete sich auch Carolin von Herrn Lampert und machte sich auf den Heimweg.

Als Carolin am nächsten Morgen verschlafen zum Frühstückstisch kam, empfing ihre Mutter sie mit einem verschmitzten Lächeln. „Ich soll dich von Frau Herrmann ganz herzlich grüßen“, sagte sie.

„Hä?“ Carolin ließ sich auf den Stuhl plumpsen. „Nie gehört. Wer soll das sein?“

„Die Verkäuferin aus der Bäckerei, in der ich gerade die Schokocroissants geholt habe“, erklärte Ines. „Herr Ullrich lässt dich auch grüßen.“

Carolin schnappte sich ein Croissant. „Und wer ist das?“

„Ihm gehört der kleine Zeitungskiosk.“

„Aha!“ Carolin biss in ihr Gebäck.

„Ach, und dann hat mich auf der Straße auch noch ein Mädchen angesprochen. Sie sagt, sie gehe in deine Klasse und wolle dich besuchen kommen.“

„Wer?“, fragte Carolin verdutzt.

„Sehr hübsch, lange blonde Haare, Julia heißt sie."

Carolin sah ihre Mutter so erstaunt an, als habe die soeben erzählt, dass statt Wasser Wackelpudding aus der Leitung käme. „Julia? Julia Schlupf? Will mich besuchen?"

Ines nickte. „Sagte sie."

Julia Schlupf war so etwas wie Caros Lieblingsfeindin. Steinreich, total verwöhnt und schrecklich arrogant. Wenn die beiden überhaupt miteinander sprachen, dann meist um Gehässigkeiten auszutauschen. Nur ab und an kam es vor, dass Julia aus einer Laune heraus auch mal einen Anfall von Nettigkeit zeigte, aber der ging dann meist rasch wieder vorbei.

„Machte einen sehr netten Eindruck das Mädchen", fügte Ines hinzu.

Klar, dachte Carolin. *Julia ist ja auch der absolute Müttertraum. Immer höflich, ordentlich frisiert und schick angezogen. Ganz im Gegensatz zu der wilden Lina, meiner besten Freundin. Falsch!* Carolin biss noch einmal in ihr Croissant. *Meiner Ex-Freundin.*

„Ach, und das hier." Ines bückte sich und zog einen Bund Karotten aus einer Einkaufstüte. „Das hat mir der Gemüsehändler mitgegeben. Für dein Pferd."

Carolin war so erstaunt, dass sie sich an ihrem Bissen verschluckte und einen Hustenanfall bekam. „Woher bitte weiß der Gemüsehändler, dass ich ein Pferd habe?", japste sie, als sie wieder Luft bekam. „Und warum richten wildfremde Leute mir plötzlich Grüße aus?"

Ines lächelte. „Das habe ich mich ebenfalls gefragt. Beziehungsweise das hab ich dann Florentine gefragt, die dich übrigens auch schön grüßen lässt."

Florentine war Ines' beste Freundin und die Besitzerin der einzigen Boutique in Lilienthal.

„Und?", fragte Carolin misstrauisch.

„Florentine war in ihrer Boutique und las gerade den *Grünstädter Kreisboten*." Ines bückte sich wieder und zog diesmal eine Zeitung aus der Einkaufstasche. „Hier, sieh selbst."

Carolin warf einen Blick auf die Titelseite und bekam erneut einen Hustenanfall. „Das bin ja ich."

„Ganz groß", bemerkte Ines stolz.

„Carolin aus Lilienthal findet Moorleiche. Von Axel Reich", las Carolin laut vor. *„Wer ist dieses geheimnisvolle Mädchen, das ein paar Jahrhunderte lang im Moor verborgen lag? Was ist ihm zugestoßen? Wenn Carolin Baumgarten mit ihrem Pferd nicht zufällig auf die Fundstelle gestoßen wäre, würden wir das alles nie erfahren."*

Carolin sah auf. „Hammer!"

Ines nickte. „Du weißt ja, was ich grundsätzlich von der ganzen Sache mit deinem Ausritt halte, aber ..." Ines machte eine Pause. „Ich bin schon ein bisschen stolz auf dich. Meine Tochter auf der ersten Seite des *Grünstädter Kreisboten*, das ist natürlich eine ziemlich tolle Sache."

Carolin strahlte ihre Mutter an. „Oh Mann! Wie gerne würde ich das jetzt Ferdi und Lina erzählen", sagte sie.

Ines stand auf und goss sich noch etwas Kaffee nach. „Ruf sie doch an!"

Carolin faltete das Blatt zusammen. „Genau, das mach ich jetzt auch", stimmte sie zu und fügte in Gedanken hinzu: *Ärger hin oder her!*

Sie flitzte nach oben in ihr Zimmer und schnappte sich

ihr Handy. Zuerst Ferdi. Nur die Mailbox dran. *Mist!* Danach Lina. Freizeichen. *Geh schon ran, Lina!*

Endlich meldete sich die Freundin am anderen Ende der Leitung. „Ja, hallo!"

„Lina, hey, hier ist Caro!"

„Caro! Hallo, wie geht's dir?"

„Gut. Stell dir vor, Lina, ich hab dir doch von der Moorleiche geschrieben. Herr Lampert aus dem Museum hat herausgefunden, dass es ein Mädchen war, das wohl ermordet wurde ..."

„Caro, ich ..."

„Die Geschichte steht in der Zeitung. Ganz groß, mit einem Bild von mir."

„Caro ..."

„Ich bin jetzt bekannt wie ein bunter Hund in Lilienthal, alle wollen mit mir über den Fund reden."

„Caro ..."

„Herr Lampert und ich, wir haben die Leiche Miss Moor getauft. Herr Lampert ist übrigens voll cool. Gar nicht so trocken, wie man sich einen Forscher vorstellt. Und er mag nur rote Gummibärchen, was ganz gut passt, weil ich ja nur weiße mag ..."

„Caro. Ich muss auflegen", unterbrach Lina sie nun.

„Wie?", fragte Carolin verdutzt in den Hörer.

„Sorry, Caro, aber wir dürfen hier eigentlich nicht telefonieren. Außerdem fängt gleich der Workshop *Kraft der Steine* an, und ich darf nicht zu spät kommen."

„Kraft der Steine", wiederholte Carolin tonlos. „Ich erzähl dir die spannendste Geschichte meines Lebens, und das ist alles, was du dazu zu sagen hast?"

„Sorry, Caro, aber wir haben hier striktes Handy-Verbot."

„Na ja", meinte Carolin eisig. „Dann stör ich dich mal nicht länger." Sprach's, drückte zuerst Lina weg und schaltete dann ihr Handy aus.

„Caro?" Lina blickte auf das tutende Handy. „Mist!" Sie zögerte einen Augenblick und spürte, wie das schlechte Gewissen sie plagte. *Carolin hat recht,* überlegte sie und wählte Carolins Nummer.

„Guten Tag, hier spricht die Mailbox von Carolin Baumgarten. Sie können nach dem Pfeifton eine Nachricht hinterlassen."

Carolin blickte verächtlich auf ihr Handy und feuerte es auf ihr Bett. *Alles klar, Lina. Mich abzufertigen wie einen Zeitungsvertreter. Auf dich kann ich echt verzichten.*

„Caro!", ertönte da die Stimme ihrer Mutter von unten.

„Was?", rief Carolin genervt zurück.

„Telefon!"

„Ich komme."

Carolin nahm ihrer Mutter den Hörer ab. „Ja, hallo, hier Carolin Baumgarten."

„Hi, Caro, hier ist die Tina."

„Tina!", rief Carolin überrascht.

Tina ging mit ihr in eine Klasse, und Carolin mochte sie eigentlich ganz gerne, aber viel Kontakt hatten sie nicht wirklich. Tina kämpfte ständig gegen ihre überflüssigen Pfunde, war aber dennoch immer gut drauf. „Ich bin total platt von deiner Geschichte. Ich hab's in der Zeitung gelesen", sagte Tina. „Ich würd so gerne mehr über diese Moorleiche wissen. Wollen wir uns nicht nachher zum Eisessen treffen? Hast du Lust?"

„Klar", antwortete Carolin. „Warum nicht? Heute Nachmittag um drei in der Eisdiele?"

„Super, bis dann."

Carolin legte auf. *Seht ihr, Lina und Ferdi, es gibt noch Menschen, die sich für mich interessieren.*

Es war ein sonniger Tag, und die Tische und Stühle vor der kleinen Eisdiele in Lilienthal waren fast alle besetzt. Tina war schon da, als Carolin kam. Sie hockte vor einem riesigen Eisbecher, auf dem drei Waffeln und drei Schirmchen steckten, und zog gerade genießerisch eine der Eiswaffeln heraus.

Carolin setzte sich zu ihr. „Hallo, Tina."

„Hallo, Caro." Tina schleckte genüsslich die Eiswaffel ab. „Den Mega-Früchte-Becher kann ich dir wirklich empfehlen."

Carolin grinste. „Nee, mir ist eher nach einem Kiba. Ich hab in der letzten Zeit schon viel zu viel Eis gegessen." Carolin dachte an die dicken Schoko-Eisbecher, die sie abends vor dem Schlafengehen öfters vertilgte.

„Als ich meiner Nachbarin erzählt habe, dass wir befreundet sind, war sie ganz schön beeindruckt", plapperte Tina drauflos, während sie die Schirmchen abbaute und an den Tellerrand legte. „Ganz Lilienthal spricht nur noch von dir und der Moorleiche." Sie seufzte. „Ich wär zu gerne dabei gewesen, als du diesen Knochen entdeckt hast. Das war bestimmt voll aufregend, oder?"

„Es war schon beinahe dunkel, irgendwo mitten im

Wald. Ich sag's dir, ich hatte zentimeterhohe Gänsehaut", berichtete Carolin und genoss Tinas Begeisterung.

Tina sah sie voll Bewunderung an. „Und trotzdem hast du den Knochen in deinen Pulli gewickelt und mitgenommen, hab ich zumindest in der Zeitung gelesen." Sie schüttelte sich. „Ich wär auf und davon gelaufen - ohne Knochen."

„Stimmt", nickte Carolin. „War schon ziemlich eklig."

Tina zog eine Grimasse und tauchte ihren Löffel in das Eis. „Du bist vielleicht ganz schön mutig."

„He, du bist doch die Caro", hörte Carolin auf einmal eine Stimme hinter sich.

Sie drehte sich um und blickte in zwei stahlblaue Augen. „Ja?"

„Ich bin der Rafael. Stör ich, oder kann ich mich kurz zu euch setzen?"

Rafael Wagner, der coolste Typ der Schule, der Junge, hinter dem alle Mädchen her sind, in den Julia Schlupf verknallt ist, kennt meinen Namen und will sich zu mir setzen!? Bin ich im falschen Film? „Äh ... ja, klar."

„Cool!" Rafael ließ sich lässig auf den Stuhl fallen.

Tina betrachtete ihn mit weit aufgerissenen Augen. Auch Carolin wusste nicht, was sie sagen sollte. *Was will der hier?*

Rafael winkte dem Kellner. „Bringst du mir 'ne Cola? Merci." Dann lächelte er Carolin mit seinen stahlblauen Augen an. „Ist ja 'ne heiße Sache, was dir da passiert ist."

Carolin konnte nur nicken.

„Reitest einfach so rum und entdeckst eine uralte Moorleiche. Respekt!"

„Caro ist total mutig“, schwärmte Tina, die allmählich die Sprache wiederfand.

„Ach was“, winkte Carolin ab. „So ein großer Akt war das auch wieder nicht.“

„Die Zeitungen sehen das etwas anders“, meinte Rafael und blickte Carolin tief in die Augen.

Bevor Carolin antworten konnte, knatterte ein knallroter Motorroller an der Eisdiele vorbei. Der Fahrer winkte Rafael zu. „Ey, Raffi, da bist du ja. Ich such dich schon, los, avanti!“

Rafael zuckte die Schultern. „Mein Typ wird verlangt.“ Er drehte sich zu Carolin um. „Sag mal, Caro, wie wär's, wenn wir mal zusammen was losmachen? Hast du Bock, mal mit mir wegzugehen?“

Nee, oder? Das war definitiv der falsche Film. Das kann doch gar nicht wahr sein, dass hier gerade der schöne Rafael mir, Carolin Baumgarten, anbietet, mit ihm wegzugehen? Carolin schluckte.

„Ich meld mich! Bis denn!“ Rafael stand auf, schlenderte lässig zu dem Jungen mit dem Motorroller, schwang sich hinter ihm auf den Sitz, und weg waren sie.

Tina und Carolin sahen ihnen mit offenen Mündern nach. „Wow! Der wollte sich mit dir verabreden, Caro“, stammelte Tina nach einer Weile. „Der obercoole Raffi.“

Carolin schluckte noch einmal. „Sah ganz so aus.“

Tief beeindruckt steckte Tina den Löffel in ihren Eisbecher. „Hammer!“

„Aber echt“, erwiderte Carolin. „Ich hab den schon ewig oft im Schulhof gesehen, bisher hat der mich nicht mal beachtet.“

„Oder du ihn?“, gab Tina zu bedenken.

Carolin nippte an ihrem Saft, der inzwischen schon lauwarm geworden war. „Wie meinst du das denn?“

„Na, du hängst ja ständig mit Lina und Thorben rum, da trau ich mich ja kaum, mit dir zu reden“, meinte Tina und schob eine große Ladung Erdbeereis in ihren Mund. „Vielleicht geht's Raffi ja genauso?“

Nachdenklich blickte Carolin Tina an. *Vielleicht hat Tina ja recht!?*

War Miss Moor eine Hexe?

Carolin war gerade dabei, Sternentänzers Box auszumisten, als Jan angestiefelt kam. Er deutete nach draußen. „Da ist jemand für dich."

Carolin wischte sich rasch mit dem Overallärmel den Schweiß von der Stirn. „Und wer?"

Jan zuckte mit den Schultern. „Keine Ahnung." Er grinste. „Sieht aber ein bisschen schräg aus."

„Wie schräg?"

„Na, wie 'ne Mischung aus einem Insektenfänger und einem Oberstudienrat", antwortete Jan.

„Gepunktete Fliege?"

„Gepunktete Fliege."

Carolin stellte die Mistgabel zur Seite. „Das kann nur Herr Lampert sein, und das kann nur bedeuten, dass er Neuigkeiten zu Miss Moor hat." Geschwind lief sie aus dem Stall.

Es war tatsächlich Herr Lampert. Er stand mitten auf dem Hof. In der rechten Hand hielt er eine große schwarze Aktentasche.

„Hallo", rief Carolin ihm schon von Weitem zu.

Herr Lampert drehte sich zu ihr um und hob ein wenig erstaunt die Augenbrauen.

Carolin schaute an sich hinunter, auf ihren alten Overall und ihre Gummistiefel. „Sorry, ich war gerade dabei, den Stall auszumisten."

Herr Lampert lächelte. „Nun ja, dass man dies nicht im Abendkleid tut, ist ja wohl klar."

„Und? Wissen Sie mehr über unsere Miss Moor?", fragte Carolin aufgeregt.

Herr Lampert nickte und klopfte auf seine Aktentasche. „Deswegen bin ich hier." Er sah sich um. „Das ist aber ein sehr schönes Anwesen."

Carolin strahlte. „Reiterhof Lindenhain. So was wie meine zweite Heimat."

„Schön. Wirklich schön."

„Wir könnten uns in den Gemeinschaftsraum setzen", schlug Carolin vor.

„Einverstanden."

Carolin zeigte ihm den Weg. „Ich komm sofort, ich zieh mich nur noch rasch um. Sie können sich ja in der Zwischenzeit einen Saft oder eine Cola aus dem Automaten holen. Oder eine Tüte Gummibärchen."

„Keine Eile", lächelte Herr Lampert.

Als Carolin ein paar Minuten später den Gemeinschaftsraum betrat, hatte sich Herr Lampert an einen der Fenstertische gesetzt. Vor ihm stand eine kleine Flasche Apfelsaft, die aber noch verschlossen war.

Atemlos ließ sich Carolin auf den Stuhl fallen. „Also?"

Herr Lampert schob seine Brille zurück auf die Nasenwurzel. Seine Augen blitzten. „Bei unserer Miss Moor handelt es sich mit großer Wahrscheinlichkeit um die sterblichen Überreste der jungen Silvana von Stöbe, die wohl um das Jahr 1580 gelebt hat."

„Silvana von Stöbe", wiederholte Carolin beeindruckt. „Wie haben Sie das denn rausgekriegt? Weil ... ich meine, das ist ja schon ewig lange her ... über vierhundert Jahre."

„Nun, ich hab inzwischen ausgiebig in den Archiven geschmökert, und dort auch so manche Nacht verbracht." Herr Lampert zog an seiner Fliege. „Zum Glück ist die Geschichte unserer Gegend dank eines ausgezeichneten Historikers recht gut dokumentiert, und es ist vieles in den Büchern nachzulesen."

„Und was wissen Sie noch über sie?"

„Silvana war damals sechzehn Jahre alt und die junge Frau des Bürgermeisters."

Carolin sah Herrn Lampert entsetzt an. „Mit sechzehn war sie schon verheiratet?"

Herr Lampert nickte. „Das waren noch andere Zeiten damals. Frauen wurden im Alter zwischen zwölf und sechzehn Jahren verheiratet."

„Weiter", drängelte Carolin.

„Nun ja, die junge Silvana stand wohl im Verdacht, eine Hexe zu sein."

„Eine Hexe? Wieso das denn?"

„Tja, Carolin." Herr Lampert rückte erneut seine Brille zurecht. „Das waren schlimme Zeiten damals. Es brauchte nicht viel, um als Hexe zu gelten. Da reichte es aus, wenn eine Frau besonders schön oder besonders hässlich war, rote Haare hatte oder schielte. Oder wenn sie Lesen und Schreiben konnte oder sich mit Heilkräutern auskannte."

„Weil man Lesen und Schreiben konnte?! Eine Hexe? Aber warum?"

„Nun ja, früher war die Frau dem Mann untertan, der Mann hatte das Recht, die Frau zu verstoßen oder zu züchtigen. Sie musste ihm in allen Dingen Gehorsam leisten, und jegliche Bildung blieb den Männern vorbehalten."

Carolin grinste. „Wie schrecklich! Ich werde nie wieder über die Schule meckern."

„Aber es gab auch damals schon Frauen, die sich widersetzten und sich heimlich Wissen aneigneten. Darüber hinaus machte man Hexen häufig auch für schlechtes Wetter, Missernten, Hungersnöte, Fehlgeburten und Krankheiten verantwortlich. Die Folge waren regelrechte Hexenverfolgungen."

Carolin schüttelte ungläubig den Kopf. „Von so einem Unsinn kann doch niemand ernsthaft überzeugt sein, oder?"

„Oh", machte Herr Lampert. „Die Menschen damals hatten sogar die Vorstellung, dass Hexen auf Stühlen, Besen oder Tieren durch die Luft fliegen könnten. Ja, sie glaubten sogar an Hexensalben, Mischungen aus betäubenden und berauschenden Pflanzen, denen eine Flugwirkung zugeschrieben wurde."

Carolin kicherte. „Und an den Weihnachtsmann glaubten die bestimmt auch noch."

„Nun ja." Herr Lampert schaute Carolin ernst an. „Die

Hexenverfolgung forderte in ganz Europa nach neueren Forschungen und recht umfangreichen Auswertungen der Gerichtsakten viele Zehntausende von Todesopfern."

„So viele!", staunte Carolin.

Herr Lampert nickte. „Ja, ein Großteil davon waren Frauen, aber auch Männer und Kinder wurden der Hexerei beschuldigt und verurteilt. Häufig genügte ein Gerücht aus der Bevölkerung, um jemanden zu verdächtigen. Wollte man zum Beispiel jemanden loswerden, einen Nachbarn, mit dem man Streit hatte, bezichtigte man ihn einfach der Hexerei."

„Puh!", machte Carolin. „Und wie ging es mit Silvana weiter?"

„Sie sollte wohl festgenommen und verhört werden. Aber ihre Freundin, die Schwester des Bürgermeisters, warnte sie rechtzeitig, und Silvana konnte fliehen."

„Aber wenn sie unschuldig war, warum ist sie denn dann geflohen?", wunderte sich Carolin.

„Tja." Herr Lampert öffnete seinen Apfelsaft und trank einen Schluck. „Wenn dich erst mal jemand denunziert hatte, hattest du richtig schlechte Karten. Wenn sie geleugnet hätte, hätte man sie grausam gefoltert, bis sie es irgendwann nicht mehr ausgehalten und alles gestanden hätte, was die Richter hören wollten. Und danach wäre sie sofort auf dem Scheiterhaufen gelandet."

Carolin schluckte. „Boah, heftig!"

„Nun ja, jedenfalls schaffte es unsere Silvana wohl noch rechtzeitig, zu fliehen, bevor sie verhaftet wurde. Und ich vermute, auf der Flucht verirrte sich die junge Frau im Moor und kam dabei um."

Carolin fuhr sich durch ihre Haare. „Wahnsinn! Und dort lag sie dann, bis ich sie gefunden habe."

„So sieht es aus", nickte Herr Lampert und leerte seine Flasche in einem Zug.

„Aber warum denn Moor?", stutzte Carolin mit einem Mal. „Wo ich mit Sternentänzer geritten bin, war doch gar kein Moor."

Herr Lampert stellte die Flasche zur Seite. „Wir sprechen hier vom Jahre 1580, Carolin. Damals sah es in unserer Gegend noch etwas anders aus. In den letzten Jahrzehnten wurde der Torf, der Hauptbestandteil des Moors ist, gestochen, und das Gebiet trockengelegt. Jetzt wächst dort Heide."

Carolin blickte aus dem Fenster. „Hammer! Aber ..."

Herr Lampert stand auf. „Was denn?"

„Wie kam man denn dazu, zu denken, Silvana sei eine Hexe?", überlegte Carolin. „Als Frau des Bürgermeisters hatte sie doch eine wichtige Stellung."

„Vermutlich wurde sie - wie so viele andere auch - von jemandem als Hexe verschrien. Doch warum das so war, diesen Sachverhalt muss ich erst noch genauer recherchieren", erklärte der Wissenschaftler.

Carolin beugte sich zu ihm. „Was für Kleidung trug Silvana überhaupt? Wissen Sie das?"

Herr Lampert lächelte. „Ich vermute mal dasselbe wie alle Frauen im Mittelalter."

„Wie?"

„Nun ja. Das typische Kleidungsstück jener Zeit war für Männer sowie für Frauen die Schaube. Dieser mantelartige bauschige Umhang zeichnete sich durch eine verschwenderische Stofffülle aus, hatte bei Frauen einen Stehkragen, Armschlitze und reichte bis zum Boden. Das Hemd oder Unterkleid schaute unter dem Ausschnitt und den geschlitzten Ärmeln hervor", erklärte er. „Ihr Haar bedeckte die Frau mit einer Haube oder einem Schleier." Herr Lampert zog einen Stift aus seiner Aktentasche, skizzierte eine Schaube und schob die Zeichnung zu Carolin.

„Wie umständlich! Kein Wunder, dass die gute Silvana in diesem Kleid ins Moor gestolpert ist." Sie konnte sich ein Schmunzeln nicht verkneifen. „Mit Jeans wäre ihr das bestimmt nicht passiert. Oder wenn sie geritten wäre." Sie sah Herrn Lampert nachdenklich an. „Denken Sie, dass Silvana reiten konnte?"

Herr Lampert nickte. „Könnte schon sein. Aber das musst du dir noch ein wenig anders vorstellen als heute. Es gab damals spezielle Damensättel."

„Ob sie dann wohl auch ein eigenes Pferd hatte?", überlegte Carolin weiter.

„Vielleicht, wenn sie wohlhabend genug war." Dann blickte Herr Lampert auf seine Uhr. „Ich muss jetzt leider los, Carolin, ich habe noch einen anderen Termin. Da darf ich nicht zu spät kommen."

Er klopfte Carolin noch kurz auf die Schulter, dann eilte er nach draußen.

Carolin blickte ihm nach. „Arme Silvana!", seufzte sie. In Gedanken versunken stützte sie ihren Kopf auf ihre Hände. *Wie hast du wohl ausgesehen? Wie war dein Leben? Welches war deine Lieblingsspeise? Welche Musik hast du gerne gehört?* Carolin stutzte. *Gab es zu deiner*

Zeit denn schon Musik? Sie biss auf ihre Unterlippe. „Auf all diese Fragen werde ich wohl nie eine Antwort bekommen ... aber auf eine andere vielleicht", murmelte Carolin und sprang auf. „Wenn sich jemand mit Hexen auskennt, dann ja wohl Ami!"

Keine Viertelstunde später holperte Carolin mit ihrem Rad den schmalen Feldweg entlang, der zu der großen Wiese führte, auf der die Wohnwagen von Linas Familie standen. In dem hellgelben Wohnwagen wohnte Lina. Ihre Eltern waren nur selten da, sie zogen fast das ganze Jahr über von Jahrmarkt zu Jahrmarkt und verkauften Kräuterprodukte.

Etwas weiter hinten, nahe beim Waldrand, stand der kunterbunte Wohnwagen von Linas Großmutter Ami. Carolin schob ihr Rad das letzte Stück. Dann lehnte sie es gegen Amis Wohnwagen und klopfte an die Tür.

„Hallo, Ami!"

Nichts! Die Vorhänge waren zugezogen, aber neben dem Wohnwagen war eine Leine aufgespannt, an der Wäsche zum Trocknen im Wind flatterte. *Wenn Ami heute Waschtag hat, kann sie doch auch nicht weit sein,* überlegte Carolin und lief einmal um den Wagen herum. Aber von Ami keine Spur.

„Ami!" Sie lief ein Stück den schmalen Waldweg entlang. „Ami!" Dann endlich, kurz vor dem kleinen See, hörte sie Amis lange Ohrringe klimpern. Carolin folgte dem Geräusch und entdeckte die alte Frau, die gerade ganz vorsichtig eine Pflanze aus dem Waldboden zog und sie in ihren großen Korb legte. Carolin kniete sich neben sie. „Ami, endlich!“

Ami blickte sie kurz mit ihren merkwürdig zweifarbig grünen Augen an. „Du suchst mich?“

Carolin nickte. „Du bist wenigstens noch da“, fügte sie mit einer Portion Galgenhumor hinzu.

Ein kleines Lächeln huschte über Amis zerfurchtes Gesicht. „Du vermisst Lina, ich tue es auch. Und sie vermisst uns ebenso. Aber man muss manchmal im Leben Dinge tun, die einem nicht leichtfallen.“

Deswegen kann man trotzdem der besten Freundin ab und zu mal zuhören, dachte Carolin. „Darum geht es gar nicht“, sagte sie laut.

„Ich weiß“, erwiderte Ami. Sie stellte den Korb zur Seite und setzte sich auf einen Baumstumpf. „Es geht um die Vergangenheit.“

Carolin sah die alte Frau mit großen Augen an. „Woher weißt du das?“

„Das ist die Botschaft, die du mit dir herumträgst“, erklärte Ami. Sie rückte das Kopftuch auf ihren langen grauen Wallehaaren zurecht. „Jeder Mensch trägt zu jeder Zeit eine Botschaft mit sich herum.“

„Aha“, meinte Carolin nur, ohne weiter nachzufragen. Sie hatte es schon lange aufgegeben, sich über das Wissen dieser weisen alten Frau zu wundern. Rasch setzte sie sich im Schneidersitz neben Ami auf den Boden. „Ich habe ein Skelett im Wald gefunden“, begann Carolin. „Oder genauer gesagt einen Knochen. Und um ganz genau zu sein: Sternentänzer hat ihn gefunden.“

Ami hörte ihr aufmerksam zu, ohne ein Wort zu sagen.

„Das Skelett stammt von einer Silvana von Stöbe, einer jungen Frau, die einmal eine Hexe gewesen sein soll“, sprudelte es aus Carolin heraus. „Ami, erzähl mir was über Hexen! Gibt es Hexen wirklich?“

Ami bückte sich und holte die Pflanze, die sie zuvor in den Korb hineingelegt hatte, wieder heraus. „Siehst du dieses Gewächs?“

Carolin zuckte mit der Schulter. „Ja, und?“

„Das ist eine Brennnessel. Deine Haut brennt, wenn du sie berührst. Sie tut dir gut, wenn du einen Tee zubereitest und den Sud trinkst. Sie macht dich gesund und stark.“ Ami strich zart über die Blätter. „Unwissende schenken ihr keinen Blick am Wegesrand. Oder vernichten sie gar.“

Carolin lehnte sich an den Baumstamm. „Na ja, wenn man nicht weiß, dass sie so gesund ist.“

Ami bedachte Carolin mit einem durchdringenden Blick. „Manche Menschen hören besser zu, beschäftigen sich mit der Natur, kommunizieren mit den Pflanzen und verstehen ihre Sprache.“

Carolin verstand. „Und das ist anderen, die damit nichts am Hut haben, ein Dorn im Auge.“

Ami strich weiter über die Blätter der Brennnessel. „Heute ist es einfacher, mehr zu wissen. Früher war es lebensgefährlich.“

„Aber Ami, gab es denn jetzt Hexen oder nicht?“

Ami hievte sich hoch. „Hexen sind immer unter uns, oder nie“, erklärte sie wissend. „Und jetzt muss ich mein Werk fortsetzen.“ Doch bevor sie weiter in den Wald ging und verschwand, drehte sie sich noch einmal um. „Viel schlimmer noch als Hexen sind falsche Freunde, Caro, hüte dich davor."

Carolin blickte der alten Frau noch nach, bis sie im Wald verschwunden war. *Das ist ja mal wieder typisch Ami. Jede Menge schlaue Sprüche, aber nichts Genaues.* Carolin schmunzelte. *Eine Interpretationshilfe für Ami wär wirklich gut. Falsche Freunde! Wen meint Ami denn damit?*

Carolins Treffen mit Rafael

Carolin wartete mit vollgepacktem Wagen vor der Kasse im einzigen Supermarkt in Lilienthal. Ines hatte sie zum Einkaufen verdonnert. „Du hast Ferien, ich muss arbeiten, also kannst du auch in den Supermarkt gehen.“ Carolin ging noch mal den Einkaufszettel durch, den ihre Mutter ihr mitgegeben hatte. „Mist, ich hab Ingwer vergessen!“, murmelte sie vor sich hin. *Was ist eigentlich Ingwer? Und wozu braucht Ines den? Wahrscheinlich will sie wieder was besonders Exotisches kochen,* überlegte Carolin.

Ihre Mutter kochte nicht jeden Tag. Oft gab es im Hause Baumgarten Tiefkühlkost oder Pizza. Aber wenn Ines kochte, dann musste es meist etwas Ausgefallenes sein. So was wie gegrillter Strauß mit Chili-Curry-Ananas-Soße oder Haifisch im Salzmantel. Weder Carolin noch Dr. Sander waren von den verwegenen Kreationen besonders begeistert, aber Ines gab nicht auf. Carolin schmunzelte vor sich hin. *Vielleicht vergesse ich diesen Ingwer einfach!*

„He, Caro, wie geht's dir denn so?“

Carolin fuhr herum und blickte in das Gesicht von Julia Schlupf. In der Hand hielt sie eine sehr teure Haarkur.

„Sonst kauf ich die ja nicht im Supermarkt, aber heute ist ein echter Notfall.“ Sie griff nach einer Strähne ihrer langen, blonden, glänzenden Haare und zwirbelte sie zwischen den Fingern. „Nicht dass die kaputtgehen und ich sie abschneiden muss.“ Sie bedachte Carolin mit einem herablassenden Blick. „Kurze Haare sind ja so was von uncool! Aber klar, fürs Reiten sind die natürlich praktischer.“

Danke, Julia. Du hast doch immer einen Spruch parat, für den man dich am liebsten erwürgen würde. Aber nicht nur das – du schaffst es immer wieder, dass man sich neben dir wie eine hässliche Kröte vorkommt.

Auf einmal tippte ihr jemand auf die Schulter. Carolin drehte sich um und blickte direkt in Rafaels stahlblaue Augen. „He, Caro, auch beim Shoppen?“ Er hielt die Dose eines Energydrinks hoch. „Ich brauch was zur Stärkung.“

„Hi“, stammelte Carolin und spürte, wie ihre Wangen heiß wurden.

„Hi, Rafael“, machte sich Julia von hinten bemerkbar. „Ich brauch auch nur eine Kleinigkeit.“ Sie deutete auf Carolins vollen Wagen. „Vielleicht lässt uns Carolin ja netterweise vor. Bei ihr dauert das ja viel länger, so viel, wie sie im Wagen hat.“

Carolin zog ihren Einkaufswagen rasch zurück. „Klar, geht nur vor.“

Julia drängelte sich gleich durch. „Danke dir.“

Rafael blieb noch einen Moment neben Carolin stehen. „Wie sieht’s aus, wollen wir mal zusammen ausgehen? Hast du’s dir überlegt?“

Carolin zögerte. *Nee, eigentlich nicht! Warum auch? Ich hab einen Freund. Ferdi ist mein Freund. Ist er das noch?*

So wenig, wie er sich meldet. Außerdem macht mich Rafael irgendwie nervös.

Rafael stieß sie an. „Ey, komm schon. Wird bestimmt lustig." Er zwinkerte ihr zu. „Ich beiß auch nicht."

Carolin wollte gerade antworten, da spürte sie Julias Blick. Ihre Augen funkelten. Julia kochte. Carolin grinste in sich hinein. *Wenn das kein Grund ist, doch mit Rafael auszugehen,* beschloss sie und nickte schließlich. „Also gut, meinetwegen."

„Cool. Dann gleich morgen Abend? Sieben Uhr an der Eisdiele?"

„Abgemacht", antwortete Carolin und spürte, wie Julia sie anstarrte. *Wenn Blicke töten könnten, würde ich auf der Stelle zu Boden sinken!*

Rafael drückte sich an Carolin vorbei und stellte sich noch vor Julia an die Kasse. „Bei mir geht's noch schneller, ich hab's passend." Damit zählte er der Kassiererin das Geld hin und lief pfeifend nach draußen.

Mit zusammengekniffenen Lippen legte Julia einen Zehneuroschein auf das Band, steckte das Wechselgeld rasch in ihre Designerhandtasche und flitzte aus dem Supermarkt.

Hochzufrieden legte Carolin ihre Einkäufe auf das Band. *Tja, Julia Schlupf, der Punkt geht ja wohl eindeutig an mich!*

Punkt sieben Uhr stand Carolin am nächsten Abend an der Eisdiele. In ihrer neuesten Jeans, mit einem olivfarbenen T-Shirt, olivfarbenen Sneakers, etwas schwarzer Wimperntusche und leichter Nervosität. Rafael war noch nicht da. Carolin trat von einem Bein auf das andere. *Vielleicht ist es doch nur ein Scherz gewesen. Wahrscheinlich wollte er mich auf den Arm nehmen ...*

Dann endlich kam er. Ganz lässig schlenderte er um die Ecke. Er trug eine ausgewaschene Jeans, ein gelbes Poloshirt und sah richtig gut aus. Wie eine Mischung aus Orlando Bloom und Brad Pitt.

„Hallo, Caro, sorry, ich bin ein bisschen spät", entschuldigte er sich und lächelte süß.

Carolin winkte ab. „Kein Problem." Sie sah ihn an. „Und was machen wir jetzt?"

Rafael grinste sie an. „Wie wär's denn mit einer kleinen Spritztour?"

Carolin runzelte die Stirn. „Wie meinst du das?"

Rafael deutete auf einen Roller, der am Straßenrand geparkt war. „Damit."

„Ich weiß nicht."

Rafael zeigte auf den Helm, der an der Seite hing. „Ich hab zwei davon, und ich fahr auch nicht schnell. Ganz easy, versprochen."

Carolin zögerte immer noch.

Rafael legte eine Hand auf ihren Arm. „Du reitest doch, oder?"

Carolin nickte. „Schon."

„Ey, dann bist du doch Geschwindigkeit gewöhnt. Schneller als so ein cooler Ritt auf deinem Gaul ist meine Kiste auch nicht."

Gaul! Carolin musste grinsen. *Genau wie Jan.* Auch der

nannte Pferde immer Gäule, obwohl er Pferde über alles mochte. Ein bisschen erinnerte Rafael sie überhaupt an Jan. Zumindest die lässige Art. „Also gut, warum nicht!"

„Cool." Rafael reichte ihr einen Helm, setzte sich den anderen auf und schwang sich auf seinen Roller.

Carolin stieg hinter ihm auf.

Rafael startete. „Halt dich gut fest, wir fahren los."

Carolin schlang ihre Arme um Rafaels Taille und drückte sich an ihn. Er roch gut. Ein bisschen nach frisch gemähtem Gras. „Wir können."

Es war ein lauer Abend, und es war ein wunderschönes Gefühl, mit Rafael durch die Straßen von Lilienthal zu düsen. Carolin legte den Kopf zurück und genoss den Fahrtwind.

Rafael hielt Wort und fuhr nicht schneller, als sie mit Sternentänzer im Galopp dahinjagte. Als sie zurück zur Eisdiele knatterten, war Carolin beinahe ein wenig traurig.

„Und?", fragte Rafael, während er seinen Roller parkte.

„Hat echt Spaß gemacht", schwärmte sie, während sie den Helm absetzte.

„Es gibt wirklich nichts Besseres", bestätigte Rafael. Er deutete auf die Eisdiele. „Kann ich dich noch auf ein Eis einladen?"

„Klar, gerne", sagte Carolin mit blitzenden Augen.

Carolin bestellte eine Kugel Pistazieneis, Rafael wählte Zitrone. Eis schleckend gingen sie nebeneinander her zum Radständer.

„Ich hab schon lange nicht mehr so viel Spaß gehabt", sagte Carolin und meinte es auch so.

„Von mir aus können wir das jederzeit wiederholen“, schlug Rafael vor.

„Klar“, nickte Carolin und schleckte an ihrem Eis. „Kannst du eigentlich reiten?“, fragte sie nach einer Weile.

Rafael schüttelte den Kopf. „Nee, Gäule sind absolut nicht mein Ding.“ Er grinste. „Pferdestärken ja, Pferde nein.“

„Hast du's denn schon mal probiert?“, wollte Carolin wissen.

„Was?“

„Das Reiten.“

Rafael schleuderte seine leere Waffel ins Gebüsch. „Nee danke. Hab ich auch nicht vor.“

„Du weißt nicht, was du verpasst“, erklärte Carolin. „Pferde sind wunderbare Tiere. Sie sind lieb, treu, immer für dich da.“ Sie seufzte. „Ich könnte ohne Pferde nicht leben. Oder besser, ohne meinen Sternentänzer.“

„Ach ja“, meinte Rafael. „Du hast ja einen eigenen Gaul. Stand in der Zeitung.“

„Oh ja!“ Carolins Augen funkelten. „Das schönste Pferd der Welt. Und das klügste.“

„Cool!“, sagte Rafael. „Obwohl ich deine Begeisterung ja nicht so ganz nachvollziehen kann.“

„Du kannst gern mal mit nach Lindenhain kommen und dir Sternentänzer ansehen“, schlug Carolin eifrig vor. „Vielleicht kommst du ja doch auf den Geschmack. Mein Sternentänzer ist das tollste Pferd der Welt.“

„Lass mal stecken“, winkte Rafael ab.

Carolin zwinkerte ihm zu. „Na ja, Rollerfahren hat auch was.“

Rafael kam einen Schritt näher. „Du hast auch was", flüsterte er und strich ihr ganz sanft über die Wange. „See you, Caro." Damit drehte er sich um und schlenderte zurück zu seinem Roller.

Carolin zog ihr Rad aus dem Ständer und radelte los. *Das war ein total netter Abend,* dachte sie und fuhr beschwingt Schlangenlinien. Zum ersten Mal seit Lina und Ferdi weg waren, fühlte sie sich wieder gelöst und vergnügt. *Hätte ich nie gedacht. Und Rafael ist eigentlich auch supernett.* Sie lächelte. *Eigentlich hab ich ihn nur getroffen, um Julia zu ärgern.* Carolin ließ ihr Bike in die Breitensteinstraße rollen. *Er mag keine Pferde, gut, aber das hat er mit Ferdi gemeinsam.* Vergnügt schloss sie die Haustür auf.

Im Wohnzimmer war noch Licht. Carolin zog ihre Jacke aus und lugte hinein. „Hi, Mam."

„Oh, hallo, Schatz." Ines legte das Buch zur Seite, in dem sie gerade gelesen hatte, und klopfte neben sich auf das Sofa. „Komm doch mal kurz her!"

Carolin ließ sich wortlos neben ihrer Mutter aufs Sofa plumpsen.

„Und, hattest du einen schönen Abend?", wollte Ines wissen.

„Oh ja", antwortete Carolin. „Rafael ist viel netter, als ich dachte."

„Rafael?"

„Ein Junge von meiner Schule."

Ines legte den Arm um ihre Tochter und zog sie an sich. „Siehst du, die Welt ist voller netter Menschen. Du musst also wegen Lina und Ferdi gar nicht traurig sein."

Carolin beugte sich vor und stibitzte sich eine Handvoll Chips. „Mhm“, schmatzte sie.

„Und?“, fragte Ines. „Gehst du noch mal aus mit diesem Rafael?“

Carolin zuckte die Schultern. „Mal sehen.“

Doch gleich am übernächsten Abend traf sich Carolin erneut mit Rafael und verbrachte wieder einen schönen Abend mit ihm. Drei Tage später war sie nochmals mit ihm unterwegs. Diesmal waren ein paar Freunde von ihm dabei, die Carolin auch alle recht nett fand.

Als sie von diesem Treffen nach Hause kam, war sie noch putzmunter. Sie setzte sich noch an ihren Computer, um in ihr Mailprogramm zu gucken. Zum ersten Mal seit Langem hatte sie wieder Post von Ferdi und Lina.

„He, Carolinchen, wie geht's Dir denn so? Ich hab ein paar Mal versucht, Dich anzurufen, aber es war immer nur die Mailbox dran“, schrieb Ferdi. *„Meld Dich doch mal.“*

„Oh ja, das kannst du haben“, murmelte Carolin entschlossen und machte sich sofort an eine Antwort. *„Hi, Ferdi, alles bestens. Mir geht's gut. Sogar super. Ich war in letzter Zeit ziemlich viel unterwegs. Mit Rafael. Er ist auch an unserer Schule, eine Klasse über mir, und richtig süß. Wir kurven auf seinem Roller durch Lilienthal. Macht echt Spaß. Ich wünsch Dir noch eine tolle Zeit. Grüße Caro.“* Carolin nickte zufrieden. „Und jetzt schnell weg damit“, murmelte sie.

Dann klickte sie die zweite Nachricht auf. „Mal sehen, was meine beste Freundin so zu sagen hat." Carolin las. *„Hi, Caro, es ist superstressig hier, und ich hab kaum Zeit für irgendetwas. Megastress. Ich flitze von einem Kurs in den anderen. Ein paar ganz liebe Grüße zwischendurch. Bis bald, Lina. Ach, ich hoffe, Dir geht's gut!"*

„Pah!", machte Carolin und drückte auf die Antworten-Taste. *„Hi, Lina, alles bestens, ich hab auch ein paar neue Freunde gefunden. Vor allem einen, Rafael. Er ist auch an unserer Schule. Du weißt schon, auf den Julia so steht. Du hättest Julias Gesicht sehen sollen, als ich mich mit ihm verabredet hab. Die ist schier geplatzt vor Wut. Wir sind mit seinem Roller durch Lilienthal geknattert. Ich hab Rafael diese Woche schon dreimal getroffen, macht echt Spaß mit ihm. Bis denn, Caro."* Klick und weg. Carolin lehnte sich zurück und hing ihren Gedanken nach. Sie fühlte sich gut. „Bin ja mal gespannt, was die beiden mir antworten werden", sagte sie leise.

Carolin surfte noch eine Weile durchs Internet. Bevor sie den Rechner herunterfuhr, schaute sie noch kurz in ihren Posteingang. Tatsächlich! Eine neue Nachricht. „Aha, von Ferdi." Carolin klickte die Mail auf. *„He, Carolinchen, muss ich mir Sorgen machen, wenn Du mit diesem Rafael rumziehst? Muss ich eifersüchtig sein? Ich hoffe, Du amüsierst Dich nicht allzu sehr mit ihm und vergisst mich nicht! Bis bald, Ferdi."*

„Ich frag mich echt, wer hier wen vergessen hat", murmelte Carolin und klickte Ferdis Mail weg.

In diesem Moment meldete sich auch Lina nochmals. *„He, Caro, ist das der Rafael, den ich meine? So ein arro-*

ganter, blonder Schnösel, der schon ein bisschen älter ist, weil er mal die Schule gewechselt hat? Sag bloß, Du ziehst jetzt mit dem rum? Soll ja ein ziemlicher Angeber sein. Pass bloß auf Dich auf!"

„Pass bloß auf dich auf!", äffte Carolin Lina nach und klickte Linas Mail weg. *Pah! Du bist ja bloß eifersüchtig, dass ich auch ohne dich Spaß haben kann.*

Der Verrat der Freunde

Archiv stand in großen schwarzen Buchstaben an der schweren Eisentür. Carolin blickte sich um. Es war ein langer Gang mit hohen Mauern, und es war finster, kühl und ein wenig gruselig. *Wer weiß, was sich im Keller eines Museums so alles befindet! Hier muss es sein.*

„Es gibt ein paar neue Recherche-Ergebnisse", hatte Herr Lampert ihr gestern Nachmittag telefonisch angekündigt. „Komm doch morgen vorbei! Du findest mich im Archiv im Keller."

Zaghaft klopfte Carolin an die Tür.

„Herein."

Carolin drückte die Tür auf. Herr Lampert saß an einem langen alten Holztisch, darauf lagen aufgeschlagen drei überdimensional große Bücher. Der Raum war nicht besonders hell erleuchtet, aber auf dem Tisch brannte eine Leselampe.

„Setz dich doch." Herr Lampert deutete auf einen kleinen Holzschemel vor dem Tisch.

Carolin schaute sich um. Die rechte Seite des Raumes bestand aus einem einzigen Bücherregal, gefüllt mit alten und neuen Büchern, wie an den Buchrücken zu erkennen war. Auf der linken Seite standen ein paar Holztruhen. Groß und schön verziert, die Carolin ein bisschen an Schatztruhen erinnerten. Neben dem winzigen vergitterten Fenster erhob sich etwas Großes, das mit einem Tuch zugedeckt war.

Der Wissenschaftler beobachtete sie lächelnd. „Mein Lieblingsraum", erklärte er. „Du ahnst gar nicht, wie viele Geheimnisse er birgt."

„Oh doch", murmelte Caro ein wenig eingeschüchtert. „Kann ich mir sehr gut vorstellen." Sie grinste. „Die Nacht würde ich hier allerdings nicht verbringen wollen."

„Oh!", machte Herr Lampert und sah sie über den Rand seiner Nickelbrille an. „Gerade dann. Dann fangen sie an zu leben, diese uralten Bücher", erwiderte er, und die Begeisterung war aus seinen Worten zu hören.

„Haha", lachte Carolin.

Doch Herr Lampert verzog keine Miene. Offenbar hatte er gar keinen Scherz gemacht. „Manchmal suchst du verzweifelt nach Erkenntnissen, die so nahe liegen."

Carolin blickte den Wissenschaftler an. Mit einem Mal erinnerte er sie ein wenig an Ami. Wie hatte sie noch gesagt: „Menschen, die genauer hinhören!"

„Nun ja", unterbrach Herr Lampert ihre Gedanken. „Ich habe weiter über unsere Silvana recherchiert. Wie es zu ihrem unseligen Tod kam und wie der Verdacht aufkam, dass sie eine Hexe sei."

„Und?", hakte Carolin aufgeregt nach.

„Wir wissen ja, sie war mit dem Bürgermeister verheiratet, also eigentlich eine höher gestellte Persönlichkeit", begann Herr Lampert. „Geachtet, geliebt oder gefürchtet, je nachdem." Er nahm seine Brille ab. „Offensichtlich wurden im Laufe der Hexenverfolgung auch Mitglieder führender Familien nicht verschont und angeschwärzt. Obwohl die zu Hexen erklärten Personen anfangs wohl eher der Unter- und Mittelschicht angehörten."

Carolin hörte ihm atemlos zu.

„Bei unserer Silvana habe ich nach meiner Recherche nun eine ganz konkrete Vermutung. Ich glaube, sie ist von einer ihr nahestehenden Person verdächtigt worden. Einer Person, die sie gut kannte."

„Einem Verwandten oder einem Freund?", fragte Carolin ungläubig.

Herr Lampert nickte heftig. „Ja genau, ich tippe auf eine Freundin.

Carolin machte große Augen. „Sie meinen wirklich, Silvana wurde von einer Freundin verraten?", stieß sie entsetzt hervor.

„Davon gehe ich aus. Aber nicht nur das. Möglicherweise geschah der Verrat sogar mit Wissen ihres Mannes. Denn sehr rasch nach Silvanas Verschwinden ehelichte der Bürgermeister eine junge Frau in Silvanas Alter, die eine Nachbarin und Vertraute Silvanas gewesen sein muss."

„Boah!", machte Carolin und blies entsetzt ihre Backen auf. „Wie fies ist das denn!" Sie überlegte einen Moment. „Aber was kann sie verraten haben? Sie kann doch nicht einfach zur Polizei laufen und sagen: Guten Tag, Leute, übrigens, meine Freundin ist eine Hexe!"

Herr Lampert schmunzelte. „Nun, wie ich schon mal erklärte, damals war es ganz einfach, jemanden der Hexerei anzuschwärzen und einen Prozess einzuleiten. Es war völlig ausreichend, eine Beschuldigung zu äußern oder ein Gerücht aufzubringen. So genügte schon die Behauptung, dass eben diese Person nachts merkwürdige Dinge getan habe oder einen Fluch über jemanden gelegt habe. Oft wurden durch die grausame Folter auch weitere Namen von angeblichen Hexen genannt, was dann zu weiteren Verhören und Anklagen führte."

Carolin schüttelte sich vor Entsetzen. „Wie grausam!"

Herr Lampert nickte. „Ein recht dunkles Kapitel in der Geschichte. Jeder wurde aufgefordert, jeden anzuzeigen, sogar Eltern ihre Kinder."

„Und nach dieser Beschuldigung konnte Silvana nur noch flüchten?", vergewisserte sich Carolin.

Herr Lampert klappte eines der Bücher zu, die vor ihm lagen. „Ja. Du meinst, sie hätte sich einen Anwalt nehmen und sich verteidigen können, stimmt's?" Er gab die Antwort gleich selbst. „Wenn erst mal der Verdacht bestand, wurde oft eine ‚Hexenprobe' vollführt, zum Beispiel die Wasserprobe: Eine angebliche Hexe wurde gefesselt und ins Wasser geworfen. Schwamm sie auf dem Wasser, war sie schuldig, weil das heilige Wasser sie abstieß. Ging sie unter und ertrank, war sie unschuldig."

„Und was, wenn sie oben schwamm, also schuldig zu sein schien?"

Herr Lampert blickte sie über seinen Brillenrand an. „Dann galt sie ganz klar als Hexe und wurde auf dem Scheiterhaufen verbrannt."

Carolin schluckte.

Herr Lampert fuhr fort. „Aber selbst wenn ihr die Wasserprobe erspart geblieben wäre, hätte man sie bestimmt gefoltert: mit Daumenschrauben, glühenden Zangen, Streckfolter und anderen Grausamkeiten. Da ist es schon nachvollziehbar, dass die junge Silvana die Flucht gewählt hat. Dies war der Weg: denunziert, verhaftet, gefoltert, verbrannt."

In diesem Moment fiel mit lautem Getöse eines der Bücher aus dem Bücherregal. Carolin erschrak so sehr, dass sie von ihrem Hocker aufsprang. „Oh mein Gott!", japste sie. „Hab ich mich jetzt erschreckt."

Herr Lampert schmunzelte. „Nun, ich muss zugeben, dass dieser Raum nicht die beste Umgebung für eine derartige Unterhaltung ist."

Carolin nickte und versuchte, ihren Herzschlag wieder unter Kontrolle zu bekommen. Sie nagte an ihrer Unterlippe. *Arme Silvana!,* dachte sie entsetzt. *Erst schwärzt dich deine Freundin an, dann heiratet sie deinen Mann. Wie sagte Ami doch kürzlich: „Schlimmer als Hexen sind falsche Freunde. Hüte dich vor ihnen!" Hättest du das mal getan, Silvana, dann wärst du nicht als Moorleiche geendet und ich hätte nicht Jahrhunderte später einen Knochen von dir finden müssen!*

Herr Lampert stand auf. „Und jetzt musst du mich leider entschuldigen, ich habe noch etwas anderes zu erledigen. Tschüss, Caro."

Nur zu gern! „Tschüss, Herr Lampert", rief Carolin noch, dann flitzte sie davon. Draußen lehnte sie sich erst mal gegen die Fassade des Backsteinbaus, blinzelte in die Sonne und schnaufte ein paar Mal tief durch, bevor sie in

Richtung Bushaltestelle marschierte. Kurz darauf stieg sie in den Bus nach Lilienthal.

Nachdenklich und immer noch mit einem merkwürdigen Grummeln im Bauch radelte Carolin an diesem Nachmittag - nach ihrem Besuch im Museum - nach Lindenhain. Das kleine schwarze Kätzchen kam gleich angetapst und schlich um ihre Beine, als sie ihr Fahrrad abstellte.

Carolin nahm das Katzenjunge hoch. „Na du! Menschen sind manchmal ganz schön übel drauf." Sie drückte ihre Nase in das weiche Katzenfell. „Da sind Tiere doch ganz anders." Zärtlich streichelte sie die Katze am Kopf, dann setzte sie sie wieder ab.

Da kam Jan mit einer Liste in der Hand angestiefelt. „He, Caro!" Er deutete auf das Haupthaus. „Dicke Luft da drin, weißt du warum?"

Carolin nickte. „Zucchini-Machtkampf."

„Wie?"

„Vicky will Zucchini anbauen, Gunnar nicht."

Jan kratzte sich am Kopf. „Das muss ich jetzt aber nicht verstehen, oder?"

Carolin lachte. „Eher nicht."

Jan steckte den Zettel in die Tasche seines Overalls. „Ich soll dich übrigens von Nick grüßen."

„Nick!" Bei dem Namen zog sich ein Leuchten über Carolins Gesicht. „Wie geht es ihm denn? Und wie geht es Cinderella?"

Jan kramte eine Kaugummipackung aus seiner Tasche

und hielt sie Carolin hin. „Super, alles super. Total genial und einzigartig."

Carolin nahm einen Streifen. „Das heißt also, es geht ihm richtig gut?"

Jan schob sich einen Kaugummi in den Mund. „Na ja, also, wenn jemand so schwärmt, dann werd ich immer ein wenig misstrauisch."

„Wie meinst du das?"

„Er ist jetzt Mitglied in so einem Edelreitklub in Berlin. Mal ehrlich, Caro!" Jan blies eine dicke Blase mit seinem Kaugummi. „Kannst du dir Nick zwischen lauter so Schnöseln in Jacketts mit Goldknöpfen vorstellen?"

Carolin schmunzelte. „Das kann ich mir in etwa so gut vorstellen wie einen Hai in unserem Hoftümpel."

„Eben", pflichtete Jan ihr bei. Er klopfte auf seine Tasche mit dem Zettel. „Ich muss los. Fresschen für unsere Vierbeiner besorgen."

„Bis dann", nickte Carolin und stiefelte hinüber zum Stall. Als sie die Tür öffnete und ihr der vertraute Geruch von Stroh, Heu und Pferden entgegenströmte, fühlte sie sich gleich etwas besser. Und als ihr Sternentänzer entgegenwieherte, hörte allmählich auch das Grummeln in ihrem Bauch auf.

Sie sattelte und zäumte den weißen Hengst, dann führte sie ihn auf den Hof bis hinüber zur Einfahrt. Dort schwang sie sich auf seinen Rücken und ritt los. Zunächst im Leichttrab, dann im Galopp. Über Felder und Wiesen, bis sie nach einer Weile den kleinen See erreichten. Linas Lieblingsplatz.

Carolin sprang ab, band Sternentänzer fest und hockte

sich ans Ufer. *Wie oft bin ich hier schon mit Lina gesessen?,* dachte Carolin wehmütig. *Hier habe ich ihr von Sternentänzers magischen Fähigkeiten erzählt. Hier hat sie mir geschworen, dieses Geheimnis niemandem zu verraten. Um den Schwur zu besiegeln, haben wir hier unsere Haarsträhnen eingegraben. Damals dachte ich, unsere Freundschaft würde nie zu Ende gehen!* Carolin hob einen Stein auf und warf ihn ins Wasser. *Aber das dachte Silvana vermutlich auch.* Carolin fuhr sich mit beiden Händen durch die Haare. *Jeder kann zum Verräter werden. Lina, Ferdi, Nick ...* Wenn sie an die drei dachte, spürte sie einen brennenden Schmerz in ihrem Bauch. Es tat weh, im Stich gelassen zu werden. Sie zog ihre Beine an und legte den Kopf darauf.

Lohnt es sich überhaupt, Freunde zu haben? Vielleicht sollte man niemanden an sich heranlassen, wenn man so verletzt werden kann? Carolin blinzelte eine Träne weg. Sternentänzer wieherte leise hinter ihr. Sie drehte sich um und blickte direkt in seine dunklen, feuchten Kohleaugen. Der Hengst sah sie einen Moment an, dann schüttelte er den Kopf – so, als wolle er sagen: „Lass das Trübsalblasen, lass uns lieber weiter über die Wiesen jagen."

Carolin nickte. „Du hast recht, mein Süßer. Ich hab viel zu oft über diese Verräter nachgegrübelt." Sie stand auf. „Dieses Kapitel ist ein für alle Mal beendet." Sie saß wieder auf, legte den Kopf zurück und genoss den Wind, der ihren Kopf frei pustete. *Na und? Ich habe ja auch noch andere Freunde. Rafael zum Beispiel.* Wenn sie ganz intensiv an ihn dachte, spürte sie den Flügelschlag eines winzigen Schmetterlings in ihrem Bauch. Nicht so wie bei

Ferdi, aber es war ein Anfang. „Wer weiß?“, schrie Carolin über die Wiesen. Und da war ja auch noch Annit. Carolin lächelte. *Die wilde Annit. Aber es ist schön, wenigstens eine treue Freundin zu haben.*

Als Carolin nach Hause zurückkam, war es bereits Abend.

„Hi, Mam“, rief sie ins Wohnzimmer, wo ihre Mutter über einem Stapel von Unterlagen saß.

„Ach Caro, vor einer halben Stunde rief ein Rafael an. Ich soll dir ausrichten, dass er dich um halb acht abholt.“

„Was?“, kreischte Carolin ganz entsetzt. „In einer halben Stunde? Aber ... ich ... ich ... riech nach Pferd, mein T-Shirt ist schmutzig. Ich ... ich muss noch duschen und mich umziehen ... und ...“

„Aber Caro, so ein bisschen Pferdedunst wird doch einen Pferdefreund nicht stören.“

„Rafael mag keine Pferde“, erklärte Carolin, machte auf dem Absatz kehrt und raste nach oben.

„Der Junge wird mir immer sympathischer“, rief Ines ihr lachend nach.

Noch im Laufen zog Carolin sich das Shirt aus und knöpfte ihre Hose auf. In Rekordgeschwindigkeit stellte sie sich unter die Dusche und rubbelte Haut und Haare.

Als es klingelte, war sie gerade dabei, nach einem passenden Oberteil zu suchen.

„Ich mach schon auf“, hörte sie von unten ihre Mutter.

„Bin gleich da“, rief Carolin, zog ein dunkelblaues T-Shirt aus dem Schrank und lief nach unten.

Rafael und ihre Mutter standen sich in der Haustür gegenüber. Rafael trug ausgewaschene Jeans und ein Poloshirt, das genauso stahlblau war wie seine Augen. Seine Haare hatte er mit Gel zurückgekämmt, um den Hals trug er eine schwarze Kautschukkette mit einem silbernen Totenkopfanhänger.

„Hi, Rafael, ich hab's gleich."

„Cool", nickte der und lehnte sich in den Türrahmen.

Carolin schlüpfte in ihre Sneakers, nahm ihre Jacke und wollte los. „Wir können."

Rafael ging vor, Carolin wollte nach. Doch Ines hielt sie am Ärmel ihrer Jacke zurück.

„Warte mal kurz, Caro."

„Was ist denn?", fragte Carolin ungeduldig.

„Das also ist dieser Rafael?"

„Klar, sag ich doch." Carolin nickte. „Ist der nicht total süß? Und er mag keine Pferde", fügte sie grinsend hinzu.

Ines sah ihre Tochter an. „Den hab ich mir irgendwie ganz anders vorgestellt. Er wirkt schon so erwachsen."

Carolin verdrehte die Augen. „Erwachsen! Mam, Rafael ist gerade mal zwei Jahre älter als ich."

Ines runzelte die Stirn. „Ich hab irgendwie gar kein gutes Gefühl bei diesem Jungen."

„Und warum?", fragte Carolin genervt. „Gefällt dir seine Nase nicht? Oder seine Frisur?"

Ines zuckte mit den Schultern. „Kann ich gar nicht so genau sagen. Mutterinstinkt vielleicht."

Carolin schnaufte tief durch. „Na toll! Du hast selbst gesagt, dass ich mir neue Freunde suchen soll. Ich hab welche gefunden, also bitte. Freu dich lieber mit mir, statt sie mir wieder madig zu machen. Manno! Ich muss jetzt los." Carolin drückte sich an ihrer Mutter vorbei und flitzte nach draußen.

Ines blickte ihrer Tochter besorgt hinterher.

„Hallo, Annit, bist Du da draußen irgendwo? Wahrscheinlich nicht. Wahrscheinlich sitzt Du um diese Zeit nicht in einem Internetcafé in Warschau. Ich bin gerade erst heimgekommen. Ich war wieder mit Rafael aus. Es war total cool. Er ist so süß, Annit. Und das Rollerfahren macht superviel Spaß." Carolin streckte sich und schickte die Mail los.

Carolin war nach den Erlebnissen des ganzen Tages viel zu aufgewühlt, um schon schlafen zu können. So blieb sie noch an ihrem Computer sitzen. Bald meldete der eine neue Nachricht. Annit! Überrascht klickte Carolin sie auf.

„Hallo, Caro. Das ist ja witzig, ich saß gerade hier im Büro von Roccos Freund und wollte Dir schreiben, als Deine Mail kam. Wir hatten heute eine Nachmittagsshow, und ich bin noch voll aufgedreht von dem Applaus. Jetzt feiern wir hier ein bisschen. Vor ein paar Nächten ist mir wieder was total Merkwürdiges mit Silberstern passiert. Er war tagsüber total nervös, und in der Nacht drauf hatte ich dann so einen seltsamen Traum, von einem Jungen. Und dann bin ich diesem Jungen tatsächlich begegnet. Bei einer Zirkusvorstellung. Ach Caro, inzwischen kann ich mir ein Leben ohne den schönen schwarzen

Araberhengst mit dem weißen Keilstern auf der Stirn gar nicht mehr vorstellen. Ich fühle mich so tief verbunden mit ihm. Manchmal kommt es mir fast so vor, als ob Silberstern ein Teil von mir wäre, ein Teil meiner Seele – ohne dass ich genau erklären könnte, warum das so ist. Klingt ziemlich schräg, oder? Aber ich weiß, wenn mich jemand versteht, dann Du.“

„Oh ja, Annit!“, murmelte Carolin und begann gleich zu antworten. *„Hallo, Annit. Mir geht es mit Sternentänzer genauso. Als ich ihn das erste Mal sah, wusste ich, dass wir zusammengehören. Und, Annit, was am allertollsten ist: Silberstern wird Dich nie im Stich lassen.“* Carolin überlegte kurz, dann fügte sie noch einen Halbsatz hinzu. *„Im Gegensatz zu untreuen Freunden. Aber egal. Stell Dir vor, nächstes Wochenende gehe ich auf eine Party. Auf die Party aller Partys, die angesagteste Party des Jahres. Mit Rafael. Ich werd Dir berichten. Bis bald, Caro.“* Und weg damit.

Eine Party mit dramatischen Folgen

Fröhlich pfeifend hockte Carolin in der Sattelkammer auf einem Strohballen und putzte Sternentänzers Sattel.

„Ey, wenn ich ständig diese Säcke rumschleppen muss, brauch ich echt kein Muckitraining mehr“, stöhnte Jan und lehnte sich in die Tür.

„Ist doch perfekt“, erklärte Carolin kurz und pfiff dann weiter.

„Wie bist du denn heute drauf?“, fragte Jan verwundert. „Du strahlst ja so, als hättest du ’nen Jackpot im Lotto geknackt.“

„Ach was, Lotto, viel besser.“ Sie strahlte ihn an. „Stell dir vor, ich geh auf die coolste Party des Jahres und mit dem coolsten Jungen der Schule.“

„Uiii!“, machte Jan und pfiff durch die Zähne. „Und was sagt der liebe Ferdi dazu?“

Carolin lächelte zuckersüß. „Der liebe Ferdi kann mir so was von gestohlen bleiben.“

Jan grinste. „In deinem Alter hab ich die Schnitten auch noch öfters getauscht.“

Carolin kicherte. „Und heute in deinem hohen Alter?“

„Momentan sind die Schnitten etwas rar." Jan seufzte. „Zwischen Weide, Haupthaus und Misthaufen laufen dir nicht allzu viele Mädchen über den Weg. Und wenn ich Feierabend hab, bin ich so tot, dass ich nach einem Bierchen aus den Latschen kippe."

Carolin kicherte. „Armer Jan!"

„Oh ja!", nickte der. „Spotte nur." Er machte das Daumen-hoch-Zeichen. „Ich wünsch dir eine supergeniale Party."

„Ich kann's kaum noch erwarten." Sie sah ihn verschwörerisch an. „Meine Erzfeindin Julia würde das halbe Vermögen ihres stinkreichen Vaters dafür hergeben, um auf diese Party eingeladen zu werden."

Jan streckte sich. „Na dann."

Carolin nahm den Sattel von ihren Beinen und legte ihn an seinen Platz zurück. Sie schaute sich um. „Wo hast du die Leckerli denn hin, die du gestern besorgt hast?"

Jan deutete auf einen großen, noch verschlossenen Sack, der ganz hinten in der Ecke stand. „Dort."

Carolin öffnete den Sack und holte etwas Futter heraus. „An so einem genialen Tag soll sich auch mein Liebster freuen", verkündete sie augenzwinkernd und ging zu Sternentänzers Box.

Als Carolin die Boxentür öffnete, blickte Sternentänzer ihr entgegen. Seine Nüstern waren gebläht, sein Schweif peitschte unruhig hin und her. „Was bist du denn so aufgeregt, mein Süßer?", fragte Carolin heiter. Sie legte ein paar Leckerli auf ihre Handfläche und hielt sie ihm hin. „Ich hab dir was Feines mitgebracht." Sternentänzer schnüffelte einmal kurz über ihre Hand, dann wandte er den Kopf ab. „Das magst du doch sonst", wunderte sich

Carolin und hielt ihm die Hand erneut hin. Doch der Hengst drehte sich auch diesmal nur weg. „Hm! Hast du vielleicht keinen Hunger?“ Sie kippte die Leckerchen in die Futterkrippe und stellte sich neben ihn. Sternentänzer schien merkwürdig nervös. Begann plötzlich auch noch, mit dem rechten Vorderhuf zu scharren, und stieß sie mit seinem Kopf an, als wolle er ihr etwas sagen.

„Was ist denn, Sternentänzer? Ganz ruhig!“

Doch der Araberhengst beruhigte sich nicht.

„Was hast du denn?“, fragte Carolin besorgt und strich gleichmäßig über sein Fell. „Hast du heute einen schlechten Tag, mein Süßer?“ Zärtlich liebkoste sie seinen eleganten Hals. „Ich hab heute einen supertollen Tag. Ich bin heute Abend eingeladen“, erzählte sie mit gleichmäßiger Stimme, um den Hengst zu beruhigen. Doch der schien immer noch nervöser zu werden. „Das wird eine geniale Party.“ Plötzlich warf Sternentänzer den Kopf hin und her, die Ohren weit nach hinten gelegt, und stieß ein heiseres Wiehern aus.

„Hehe“, grinste Carolin. „Man könnte meinen, du willst nicht, dass ich auf diese Party gehe.“ Sie drückte ihren Kopf an seinen Hals. „Bist du vielleicht eifersüchtig?“, fragte sie. „Keine Sorge, auch wenn ich jetzt neue Freunde habe, du bist und bleibst meine Nummer eins. Ich bin ja schließlich keine Verräterin.“

Carolin lief zurück in die Sattelkammer und holte den Striegel. Mit kreisenden Bewegungen fuhr sie langsam vom Hals bis zum Schweif über Sternentänzers Fell. Ganz allmählich schien sich der Araber wieder etwas zu beruhigen. Doch als sie den Striegel zur Seite legte und die

Box verlassen wollte, kehrte Sternentänzers Unruhe zurück. Er drehte den Kopf und schien nach ihr schnappen zu wollen. Carolin kicherte und wich rasch aus. „Hehe, Süßer, ich hab keine Zeit mehr für Spielchen, ich muss nach Hause, mich umziehen, Rafael holt mich ab." Damit verließ sie die Box. Wenn sie sich noch einmal umgedreht hätte, hätte sie das heftige Blitzen in Sternentänzers Augen bemerkt.

Die Party fand in einer ehemaligen Lagerhalle statt. Rafaels Freunde hatten die Fenster mit dunklen Decken zugehängt und überall bunte Scheinwerfer angebracht, sodass es aussah wie in einer Disco. Am hinteren Ende der Halle war ein Discjockey-Pult aufgebaut, dahinter wippte ein Junge mit trendy Haarschnitt zum Sound unter seinem Kopfhörer. In der Nähe des Eingangs befand sich eine improvisierte Bar aus Holzkisten, auf denen Getränke aufgereiht waren. Daneben kästenweise Bierflaschen und andere Getränke. Ringsum an den Wänden standen einige Stühle und etliche Bierzeltbänke.

„Wow, klasse!", staunte Carolin, als sie mit Rafael die Halle betrat.

„Wie?", fragte der zurück. „Der Sound ist zu fett!"

„Toll hier", schrie Carolin in sein Ohr.

Rafael nickte und schnippte mit den Fingern den Sound mit. „Der DJ ist genial, er legt total geile Beats auf."

„Super", nickte Carolin, ohne genau verstanden zu haben, wovon Rafael eigentlich sprach.

Rafael beugte sich zu ihr. Der intensive Duft von frisch gemähtem Gras stieg in ihre Nase. „Ne Cola?"

„Lieber Orangensaft."

Rafael nickte und schlenderte zur Bar, um die Getränke zu besorgen. Allmählich kamen immer mehr Leute, und die Halle füllte sich. Carolin spähte umher. Doch bisher entdeckte sie noch niemanden, den sie kannte. *Wen auch?*, grinste sie in sich hinein. *Tina vielleicht? Julia. Die wäre auf jeden Fall gekommen, aber ohne Einladung ...*

„Hier." Rafael hielt ihr ein Glas hin, in dem Eiswürfel auf einer orangenfarbenen Flüssigkeit tanzten.

„Danke." Durstig trank Carolin den Saft, es war ziemlich heiß in der Halle.

„Ey, cool, *The Egg!* Fetter Sound!", rief Rafael bei der nächsten Nummer, nahm Carolin an den Händen und wollte sie auf die Tanzfläche ziehen.

Carolin befreite sich aus seinem Griff. „Äh, nee, ich ... später vielleicht."

Rafael zuckte nur mit der Schulter und zog alleine los.

Nee, nee, nee!, dachte Carolin, während sie die wippenden Gestalten auf der Tanzfläche beobachtete. *Bei denen sieht das cool aus, aber bei mir ... Auf die Blamage hab ich null Bock. Ich würd mich anstellen wie ein Nilpferd auf dem Eis.*

Nach einer Weile kam Rafael wieder zu ihr zurück. Im Schlepptau hatte er zwei Typen. Einen mit halblangen dunklen Haaren, einen anderen mit raspelkurzen platinblonden Haaren. „He, Caro, das ist Ricky." Er klatschte auf die Brust des dunkelhaarigen Typen. „Und das ist Tommy. Das sind zwei Kumpels von mir."

Dann deutete er auf Carolin. „Und das ist Caro. Die legendäre Finderin der Moorleiche von Lilienthal."

„Cool!", nickte Ricky. „Hab ich in der Zeitung gelesen."

„Spitzenstory", stimmte Tommy zu und grinste.

„Danke", murmelte Carolin. Aber da war etwas im Tonfall dieser beiden Typen, was ihr überhaupt nicht gefiel. *Ach was!,* wischte sie den Gedanken beiseite. *Es ist wahrscheinlich nur, weil die alle so anders sind als das, was ich kenne. Na und?* Sie hielt Rafael ihr leeres Glas hin. „Holst du mir bitte noch einen O-Saft? Es ist so heiß hier drin."

Rafael nahm ihr das Glas ab und zwinkerte seinen Freunden zu. „Aber ganz besonders gerne, meine liebe Carolin."

Tommy lehnte sich neben sie. „Und, alles im grünen Bereich so?"

Carolin strahlte ihn an. „Alles bestens. Gehst du auch in unsere Schule?"

Tommy schüttelte den Kopf. „Nee, keinen Bock mehr auf die Penne."

„Aha!"

„So, hier kommt dein Saft", verkündete Rafael und drückte ihr das volle Glas in die Hand. „Zum Wohl", sagte er und zwinkerte dabei wieder seinen Kumpels zu.

Carolin nahm einen großen Schluck. „Das schmeckt aber ein bisschen anders", fand sie dann.

„Ist O-Saft mit Lemon und ein paar pikanten Gewürzen, so ein neues Szenegetränk. Kennst du doch bestimmt?"

„Klar", erklärte Carolin schnell. „Schmeckt gut."

„Und löscht den Durst noch viel besser", fügte Rafael hinzu. „Ich find O-Saft pur immer etwas pappig."

„Stimmt“, pflichtete Carolin ihm eifrig bei. „Am allerliebsten trink ich Apfelsaftschorle.“

„Cool“, meinte Rafael und zwinkerte wieder seinen Freunden zu. „Ich schwirr mal eben ab, ’ne Freundin begrüßen“, sagte er dann und deutete auf eine langhaarige Blondine in einem kurzen Minirock und mit hohen Stiefeln, die gerade die Halle betrat. Lässig schlenderte er auf sie zu und begrüßte sie mit einem Küsschen.

„Wer ist das?“, fragte Carolin Ricky, der neben ihr auf der Bank saß.

„Jessi. Eine richtig klasse Braut“, erklärte er. „Aber erzähl doch mal, wie du dieses Zeug gefunden hast?“

Carolins Augen blitzten. „Ich bin mit meinem Pferd ausgeritten. Mit Sternentänzer. Dem tollsten Pferd der Welt. Und plötzlich wollte er einfach nicht mehr weiter.“ Sie trank noch einen Schluck. Irgendwie wurde es plötzlich immer heißer in der Halle. Und ein bisschen schummrig fühlte sie sich mit einem Mal auch.

„Und dann?“, fragte Ricky weiter.

„Dann wollte er nicht mehr weiter ...“ Carolin schluckte. Plötzlich fühlte ihr Hals sich ganz komisch an.

„Cool“, sagte Ricky. „Weiter.“

„Es ist total heiß hier drin“, murmelte Carolin und fächelte sich mit einer Hand Luft zu.

Ricky deutete auf ihr Glas. „Da hilft wirklich nur eins, viel trinken.“

Carolin nickte und trank das Glas in einem Zug leer. Ricky nahm es ihr aus der Hand. „Schön hierbleiben, ich hol Nachschub!“

„Ja, Nachschub“, wiederholte Carolin und begann zu

kichern, als hätte Ricky den besten Witz aller Zeiten gerissen. „Nachschub ist gut!"

Ein paar Minuten später drückte Ricky ihr ein volles Glas in die Hand. „Bitte schön."

„Hui!" Carolin streckte den Arm mit dem Glas in die Höhe. „Hui, ist das eine tolle Party! Ich hab mich noch nie so amisi... so amüsi... so amüsiert!"

„Cool!", grinste Ricky.

Carolin nahm noch einen großen Schluck. „Wo ischt ... ist ... denn ... wo ist denn ... Raffi ... hin?"

„Ach, der kreuzt gleich wieder auf." Ricky legte den Arm um sie und zog sie an sich. „Sag bloß, du hast keinen Spaß mit mir. Da bin ich aber traurig."

Carolin kuschelte sich an ihn. „Doch ... doch ... doch ..."

Ricky legte den Finger unter ihr Kinn und zog ihr Gesicht zu seinem. „Dann ist ja gut."

„Gut", wiederholte Carolin kichernd.

Plötzlich stand Rafael vor ihr und griff nach ihrer Hand. „Komm schon, wir zwei gehen jetzt tanzen!"

Widerstandslos ließ Carolin sich hochziehen. Ließ sich in den Rhythmus der Musik fallen, drehte sich im Kreis, warf die Arme in die Höhe, hatte das Gefühl, als würde sie fliegen. Von ganz weit her hörte sie noch Rafaels Stimme, als er rief: „Eh, die Caro geht ja ab wie eine Rakete", hörte noch vielstimmiges Gelächter und das rhythmische Klatschen von Händen. Sie spürte auch noch, wie jemand an ihrer Schulter riss, dann wurde plötzlich alles dunkel um sie herum.

Das Nächste, was sie wahrnahm, war ein kräftiges Rütteln an ihrer Schulter. Einmal, zweimal, noch mal. „Caro!"

„Nein", brummelte Carolin in ihr Kopfkissen.

„Carolin!" Das war doch die Stimme ihrer Mutter. Ganz vorsichtig schlug Carolin ein Auge auf, blinzelte kurz, schloss es gleich wieder.

„Caro!"

„Es ist so hell", stöhnte Carolin. „Und mein Kopf tut so weh." Wehtun war untertrieben. Er hämmerte, als wäre darin ein ganzer Trupp Bauarbeiter unterwegs.

„Es ist schon Mittag, Caro." Wieder dieses Rütteln an ihrer Schulter. „Aufstehen."

„Och nee!" Carolin packte ihre Decke und wollte sie über ihren Kopf ziehen.

„Abends lange feiern und dann nicht aus dem Bett kommen", schimpfte ihre Mutter und riss ihr die Decke aus der Hand. „Ab unter die Dusche, Fräulein." Ines stand auf und verließ das Zimmer.

Ein paar Minuten blieb Carolin noch reglos in ihrem Bett liegen. Doch dann spürte sie die Kälte und wie ihre Zähne klapperten. Vorsichtig versuchte sie, sich aufzurichten. „Ahhhh!", jammerte sie. Bei jeder Bewegung dröhnte und klopfte es in ihrem Kopf. Sie hob beide Hände und presste sie ganz fest gegen die Schläfen. Doch das half nicht viel.

Langsam stand sie auf. Sie fühlte sich wackelig. Außerdem verursachte ihr Bauch merkwürdige Geräusche. Und wenn sie die Augen schloss, schien sich ihr Zimmer im Kreis zu drehen. „Oh Mann!", stöhnte sie. Im gleichen Moment bäumte sich ihr Magen auf, und Carolin stürzte ins

Badezimmer. Danach kauerte sie auf dem Boden neben der Kloschüssel und wünschte sich, sie wäre tot. Nach einer kurzen Pause schaffte sie es schließlich doch noch, sich hochzuziehen. Sie stellte sich in die Dusche und ließ das Wasser eiskalt auf sich herabprasseln. „Boah!", ächzte sie. „Nie wieder in meinem Leben geh ich auf eine Party", jammerte sie weiter und streckte ihr Gesicht dem Wasserstrahl entgegen. „Nie wieder Party!"

Nach einer ausgiebigen kalten Dusche fühlte sich Carolin ein klein wenig besser. Sie trocknete sich ab, stemmte die Hände auf das Waschbecken und blickte in den Spiegel. Sie war bleich wie die Wand, unter ihren Augen hing eine Ladung schwarzer Wimperntusche. „Ich seh aus wie ein Gespenst", murmelte sie. Auf einmal stutzte sie. „Was ist denn das?"

Auf ihrer Wange waren pinkfarbene Streifen, auf ihrer Stirn ein paar kaum noch sichtbare schwarze Punkte. „Komisch", wunderte sich Carolin, war aber viel zu fertig, um sich ernsthaft Gedanken darüber zu machen.

Ines erwartete sie unten in der Küche mit einer Tasse Kaffee in der Hand. „Das muss ja eine tolle Party gewesen sein", meinte sie.

„Ich glaub schon", antwortete Carolin und ließ sich total fertig auf einen Stuhl sinken.

„Du warst ja völlig am Ende, als Rafael dich nach Hause gebracht hat."

„Er hat mich nach Hause gebracht?", fragte Carolin erstaunt. Ihre Erinnerungen reichten bis zu dem Zeitpunkt, als Rafael losgezogen war, um die langhaarige Blondine zu begrüßen.

Ines nickte. „Scheint ja doch ein ganz anständiger junger Mann zu sein." Sie sah ihre Tochter streng an. „Im Gegensatz zu dir. Ich fass es nicht, dass du Alkohol trinkst."

Carolin machte große Augen. „Wieso denn Alkohol? Ich hab nur Orangensaft getrunken."

Ines seufzte. „Caro, für wie dämlich hältst du mich eigentlich!?" Sie beugte sich zu ihr. „Du hast ja jetzt noch eine Fahne. Bloß gut, dass Rafael auf dich aufgepasst hat." Sie setzte sich zu Carolin. „Schatz, versprich mir, dass du künftig die Finger von alkoholischen Getränken lässt."

„Ich hab wirklich keinen Alkohol getrunken, Mam", wiederholte Carolin.

Ines stand auf, holte eine Tablette aus dem Arzneischränkchen und löste sie in einem Glas mit Wasser auf. „Ich hoffe, dieser Zustand ist dir eine Lehre." Sie lächelte. „Ich erinnere mich noch genau an meine erste Party. Ich war neugierig. Alle haben was getrunken, ich auch." Sie stellte Carolin das Glas hin. „Ich bin genau so abgestürzt wie du. Ich weiß noch, dass meine Mutter damals außer sich vor Sorge war. Und ich saß nur da mit dröhnenden Kopfschmerzen und wünschte: Mutti, sei bitte still, auf solche Hammerschmerzen hab ich sowieso keinen Bock mehr!" Sie blickte Carolin an. „Allerdings war ich da ein paar Jährchen älter als du."

„Ich hab wirklich nichts getrunken", beteuerte Carolin und leerte das Glas mit der aufgelösten Tablette in einem Zug.

Eine riesengroße Gemeinheit

Die vier Wochen waren wie im Flug vergangen. Und am übernächsten Tag fing bereits wieder die Schule an. Carolin hatte an den Tagen nach der Party viel geschlafen und fühlte sich nun wieder einigermaßen gut. Fit und munter radelte sie am Morgen in die Schule.

Lilienthal war durch eine Bahnschranke in zwei Hälften geteilt. Die Schule lag auf der anderen Seite des Ortes, und Carolin musste die Gleise überqueren, wenn sie dorthin fuhr. Die Schranke war so etwas wie ein Orakel für Carolin. War sie geöffnet, versprach es ein guter Tag zu werden, war sie geschlossen, schien das eher ein schlechtes Zeichen. An diesem Morgen war die Schranke unten, und Carolin musste ganze zehn Minuten warten, bis sie weiterradeln konnte. Als sie ihr Fahrrad auf dem Schulhof parkte, drehten sich ein paar Schüler nach ihr um, sahen sie an und grinsten.

Die erinnern sich sicher an die Moorleichenstory, vermutete Carolin und lächelte zurück. Auch im Gang blickte sie immer wieder in grinsende Gesichter. *Was so ein alter Knochen alles ausmachen kann!,* dachte sie vergnügt.

Als sie ihr Klassenzimmer betrat, erstarb mit einem Mal jedes Gespräch, und alle Augen richteten sich auf sie. Einige schmunzelten, andere grinsten vor sich hin. Ein Junge prustete los.

„Hi", grüßte Carolin in die Klasse und ging zu ihrem Platz. Der Sitz neben ihr war noch leer, denn Lina kam erst am übernächsten Tag von ihrem Kurs zurück, und ausnahmsweise hatte die Schulleitung ihr eine Extrabefreiung gewährt. Genauso wie Thorben. Carolin packte ihre Bücher aus der Schultasche.

Tina, die vor ihr saß, drehte sich zu ihr um. „Wie geht's dir denn, Caro?", fragte sie. Irgendwie klang ihre Stimme mitleidig.

„Super", erklärte Carolin. „Abgesehen davon, dass nun wieder Schule ist."

Streber Rino kam an ihren Tisch. Auch er sah sie mitleidig an. „Du, ich wollte dir nur sagen, dass ich das total fies finde." Er nickte. „Richtig oberfies." Er nickte noch einmal, dann zog er wieder ab.

Was findet Rino denn oberfies?, überlegte Carolin kurz. *Vermutlich hat jemand von ihm abgeschrieben und die bessere Note bekommen. Aber warum erzählt er das mir?* Nach Rino kam Heike an ihren Tisch. Höchst ungewöhnlich, denn Heike war eigentlich Julias beste Freundin, und Carolin und sie hatten nicht sehr oft miteinander zu tun.

„Wir sind ja nicht gerade so dicke", begann Heike gleich. „Aber so was ist einfach nur voll daneben. So was Mieses!"

Was läuft hier eigentlich?, überlegte Carolin und tippte Tina auf die Schulter. „Worum geht's hier überhaupt?"

„Du weißt es noch gar nicht?", fragte Tina vorsichtig.

„Was denn?“

Tina zögerte, überlegte kurz und stand auf. „Komm mal mit in den Computerraum!“

„Was soll ich denn dort?“, wunderte sich Carolin. Doch dann folgte sie Tina, die schon vorausgegangen war. Den Computerraum an ihrer Schule gab es seit einem guten Jahr. Und die Schüler aller Klassen nutzten ihn fleißig für alle möglichen Arbeiten.

Tina setzte sich an einen Tisch und fuhr den Rechner hoch. „Setz dich besser hin, Caro“, murmelte sie.

„Ich versteh kein Wort.“

„Das dauert immer ewig, bis der hochfährt“, beschwerte sich Tina ungeduldig und bewegte die Maus. „Die meisten, die das gesehen haben, sind auf deiner Seite und finden die Aktion voll mies“, erklärte sie.

Carolin schüttelte den Kopf. „Mann, Tina, welche Aktion denn? Ich hab null Ahnung.“

„Also ...“ Tina gab eine Adresse ein.

Carolin schaute auf den Bildschirm. „Das ist doch die Kuriositätenseite unserer Schule.“

Tina nickte nur.

Die Seite baute sich langsam auf, und Carolin hielt vor Schreck den Atem an. Auf dem Bildschirm war in der Mitte ein großes Foto von ihr zu sehen. Sie hing schräg auf einem Stuhl, die Arme baumelten zur Seite. Ihr Gesicht war mit pinkfarbenen Streifen und schwarzen Punkten bemalt. Auf dem Kopf hatte sie einen umgestülpten Eimer, um den Hals ein Lätzchen, wie es kleine Kinder haben, die sich vollsabbern. Carolin gefror schier das Blut in den Adern.

„Tut mir echt leid, Caro“, sagte Tina.

Carolin starrte wie gelähmt auf das Bild. Am liebsten wäre sie auf der Stelle im Erdboden versunken. Für immer. „Oh mein Gott!“, presste sie hervor. „Ich fass es nicht!“

„Es gibt noch mehr von den Fotos“, erklärte Tina, ging auf eine Fotogalerie und klickte ein Bild nach dem anderen auf: Carolin mit weit ausgebreiteten Armen auf der Tanzfläche, über eine Bierbank gebeugt ...

„Lass es, das reicht“, stammelte Carolin, sprang auf, rannte erst aus dem Raum und dann aus der Schule. Sie zog ihr Rad aus dem Fahrradständer und wollte losradeln.

In diesem Moment kam Rafael um die Ecke. Carolin ließ ihr Bike fallen, stürmte auf ihn zu und trommelte mit den Fäusten gegen seine Brust. „Du verdammter Mistkerl, du ... fieser ... gemeiner ... ich hasse dich!“, kreischte sie tränenüberströmt.

Rafael fing lachend ihre Fäuste ab. „Hehe, warum so wütend? Worum geht's denn bei dir?“

„Das weißt du verdammt genau, du fieser ...“

Rafael hielt ihre Hände fest. „Ach, sag bloß, du meinst unsere kleine Fotoaktion?“

„Du ... du ...“

„Ach komm schon, Caro!“ Rafael grinste über das ganze Gesicht. „Das war doch nur ein kleiner Scherz unter Freunden. Ich fand, das war eine voll coole Party. Total gelungen.“

„Du verdammter Mistkerl! Du bist eine ganz üble Ratte ...“, tobte Carolin.

„He, langsam, reg dich mal wieder ab! So was passiert

immer wieder. In den USA ist das an der Tagesordnung, eine Art Mutprobe, komm wieder runter.“ Er lachte fies auf. „Du hast voll bestanden. Wie du den O-Saft mit dem Wodka runtergekippt hast, war ja rekordverdächtig. Und dann bist du echt abgegangen wie eine Rakete auf dem Flug ins Weltall.“ Er zog eine Grimasse. „Hätte gar nicht gedacht, dass du so viel Temperament hast. Hätte ich dir gar nicht zugetraut.“

„Du ... du ...“ Carolin zitterte vor Wut, Empörung und Scham. „Ich hasse dich ... ich ...“, kreischte sie.

„Ich muss weiter. Mein Unterricht beginnt“, sagte Rafael trocken, ging an ihr vorbei und ließ sie stehen. „Ach, ich sag dir Bescheid, wenn wir die nächste Party feiern.“ Er machte das Daumen-hoch-Zeichen. „Du hast echt richtig Stimmung reingebracht!“

Völlig fassungslos starrte Carolin ihm nach. Dann packte sie ihr Rad und radelte davon.

So schnell sie konnte, fuhr sie nach Lindenhain. Als sie auf den Hof rollte, kam Vicky gerade aus dem Haupthaus. „Hi, Caro! Du glaubst nicht, was sich Gunnar jetzt wieder geleistet hat“, begann sie.

Doch Carolin winkte ab. „Ich hab grad keine Zeit“, murmelte sie und lief zum Stall. Es gibt Momente im Leben, da kann man keinen Menschen um sich herum ertragen. Dies war so einer für Carolin. Sie fühlte sich so tief verletzt und gedemütigt wie noch nie in ihrem Leben, und es gab nur ein einziges Lebewesen, dessen Gesellschaft sie jetzt ertragen konnte. Mit Tränen in den Augen stolperte sie den Gang entlang bis zu Sternentänzers Box und riss die Tür auf.

Der weiße Hengst drehte den Kopf und blickte ihr ganz ruhig entgegen. Die Unruhe von neulich schien wie weggeblasen. Carolin betrat die Box, schloss sie hinter sich und kauerte sich in eine Ecke. Sie zog ihre Beine an und legte ihren Kopf darauf. Sternentänzer näherte sich ihr ganz vorsichtig und stieß sie sacht mit seinem Maul an.

„Ach, Sternentänzer, Menschen können so verdammt gemein sein", schluchzte sie in ihre verschränkten Arme. „Ich geh nie wieder in diese Schule. Ich kann mich da nie wieder blicken lassen." Sie schluchzte auf. „Das waren die peinlichsten Bilder, die ich je in meinem Leben gesehen habe." Carolin hob den Kopf. Unaufhörlich flossen Tränen über ihre Wangen. „Es tut so weh, Sternentänzer", schniefte sie.

Der Araberhengst schnupperte ganz behutsam über ihr Haar, es fühlte sich an wie ein zärtliches Über-den-Kopf-Streicheln.

„Ich hasse sie", stieß Carolin hervor. „Alle. Das konnte nur passieren, weil die mich einfach im Stich gelassen haben. Diese Verräter und dieser Fiesling, alle." Sie verbarg ihren Kopf wieder auf ihren Knien. „Die können mir alle gestohlen bleiben. Ich will sie nie wieder sehen. Nie wieder. Keinen von ihnen."

Sternentänzer ließ seinen Kopf ganz dicht bei ihr – so, als wolle er ihr mit seiner Nähe Trost spenden.

Carolin hob wieder den Kopf und blickte mit tränenverhangenen Augen zur Stalldecke. „Ich bin so dämlich,

ich bin so superbescheuert. Ich ...“ Weiter kam sie nicht, denn die Tränen stürzten wie die Niagarafälle über ihr Gesicht. Lange blieb Carolin zusammengekauert wie ein Häufchen Elend in Sternentänzers Box sitzen.

„Mam.“ Am nächsten Morgen wankte Carolin die Treppe hinunter wie ein betrunkener Seemann. Sie hatte fürchterlich geschlafen. Jedes Mal, wenn sie die Augen geschlossen hatte, waren die schrecklichen Bilder vor ihr aufgetaucht, dazwischen Rafaels hämisch grinsendes Gesicht, dann wieder Linas und Ferdis Gesicht und zwischendrin Silvana, wie sie in einem wallenden Gewand durch das Moor irrte.

„Was gibt's denn, Caro?“ Ines stand fertig angezogen in der Küche und überflog die Zeitung.

„Ich kann heute nicht in die Schule.“

Ines drehte sich zu ihr. „Und warum nicht?“

Carolin lehnte sich in den Rahmen der Küchentür und schnaufte tief durch. „Mir geht's nicht gut. Gar nicht gut“, erklärte sie und spürte, wie ihr schon wieder Tränen in die Augen stiegen.

Ines legte die Zeitung zur Seite und kam auf sie zu. „Du siehst auch schlecht aus, Schatz.“ Sie zog die Augenbrauen hoch. „Siehst du“, fügte sie hinzu. „Alkohol ist ein Teufelsgesöff, von dem man besser die Finger lässt. Oder man büßt noch tagelang.“ Sie holte eine Tablette aus dem Arzneischrank und löste sie auf. „Hier, trink das und mach einen Spaziergang, etwas frische Luft wird dir guttun!“

Sie griff nach ihrer Tasche. „Ich muss los, ich bin schon spät dran.“ Kurz bevor sie das Haus verließ, drehte sie sich noch einmal kurz um. „Für heute schreib ich dir eine Entschuldigung. Aber morgen gehst du wieder in die Schule - nur dass das klar ist.“

Da geh ich nie wieder hin, dachte Carolin, nickte jedoch folgsam.

Als Ines weg war, legte sich Carolin wieder ins Bett und schlief bis Mittag. Danach nahm sie eine ausgiebige Dusche, zog sich an, trödelte noch ein wenig herum und radelte später nach Lindenhain.

Wenn sie bei Sternentänzer war, fühlte sie sich wenigstens ein kleines bisschen besser. Sie stellte ihr Rad ab und lief zu ihrem Pferd in den Stall. „Wollen wir ausreiten, Sternentänzer?“ Der Hengst spitzte die Ohren. „Das tut uns beiden bestimmt gut“, murmelte Carolin. „Dann kommen wir, oder besser, dann komm ich auf andere Gedanken.“

Da wurde auf einmal mit einem kräftigen Ruck die Boxentür aufgestoßen. „Hier bist du also, das dachte ich mir schon!“

Carolin drehte sich um. Da stand Lina. Mit ihren wilden langen Locken, zwei Röcken übereinander, ihren derben Schnürstiefeln und blitzenden Augen.

„Hi“, grüßte Carolin knapp.

„He, was ist? Freust du dich gar nicht, mich zu sehen?“, fragte Lina gut gelaunt.

Carolin schwieg. *Freue ich mich?,* überlegte sie. *Ja, nein, ein bisschen! Nicht wirklich!* Zu viel war passiert in der Zwischenzeit.

„Ich freu mich so, dich wiederzusehen!“ Lina stürzte auf die Freundin zu und umarmte sie. Carolin blieb steif wie ein Brett. „Der Kurs war so genial, Caro“, sprudelte es aus Lina heraus. „Ich hab Sachen gelernt, das kannst du dir gar nicht vorstellen.“

„Schön für dich“, gab Carolin kurz angebunden zurück, griff nach Sternentänzers Striegel und begann, sein Fell zu striegeln. Einfach nur so, um Lina nicht in die Augen blicken zu müssen.

„Wir hatten auch einen Kurs, da ging's um Tiere, der hätte dir bestimmt gefallen“, plauderte Lina munter weiter. „Außerdem hab ich jede Menge über Pflanzen und Heilkräuter gelernt. Und stell dir vor, es gab sogar ein Wahlfach *Glaskugel.*“ Lina grinste. „Klar, dass ich das genommen hab, oder?!“

Carolin schwieg und bearbeitete weiter Sternentänzers Fell.

„Ich hab dir auch was mitgebracht“, fuhr Lina unbeirrt fort. „Einen Kraftstein. Aber der ist noch in meiner Reisetasche, die muss ich erst auspacken. Ich hab alles stehen und liegen lassen, weil ich zuallererst zu dir wollte. Und morgen geh ich dann ja auch wieder in die Schule.“

Carolin hörte Linas Worte, doch sie drangen nicht zu ihr durch. Sie fühlte sich, als sei sie umgeben von einer undurchdringlichen Mauer, und wünschte nur, Lina würde endlich wieder gehen.

Doch Lina kam näher, nahm die Freundin mit beiden Händen fest an der Schulter und drehte sie zu sich. „Caro? Alles in Ordnung?“

Carolin nickte, ohne sie anzusehen. „Alles bestens.“

„Du scheinst dich ja gar nicht zu freuen, mich wiederzusehen“, stellte Lina dann fest. „Was ist denn los? Bist du mit dem falschen Fuß aufgestanden, oder was?“

Caro sagte wieder nichts, zuckte nur mit der Schulter.

Lina holte tief Luft. „Na ja“, meinte sie dann. „Wenn das so ist, kann ich ja auch wieder abdampfen.“ Sie blieb noch einen Moment stehen, als würde sie darauf warten, dass Carolin sie zurückhielt. Doch als die keinerlei Anstalten machte, drehte sie sich abrupt um und rauschte mit wehenden Röcken und Haaren aus der Box.

Sternentänzer stupste Carolin sanft an.

„Die meint, die kommt einfach wieder her, und alles ist wie früher“, wütete sie und war kurz davor zu explodieren. „Ich muss jetzt was tun, irgendwas!“ Aufgebracht lief sie in die Sattelkammer und holte Sternentänzers Putzkasten. Sie zog die Kardätsche heraus und führte sie mit leichten kreisförmigen Bewegungen vom Kopf beginnend in Richtung Schweif. Erst auf der einen Seite, dann auf der anderen. Anschließend verlas sie Sternentänzers Schweifhaare mit der Hand.

„Das kann sie echt vergessen! Richtige Freunde sind immer für einen da und verschwinden nicht einfach so. Ich hab die Nase voll von Freunden“, schimpfte sie dabei vor sich hin. Dann bearbeitete sie Sternentänzers Mähne mit dem Mähnenkamm. „Wären die da gewesen, wäre ich nie auf diese blöde Party gegangen, es würde diese schrecklichen Bilder nicht geben, und die ganze Schule würde jetzt nicht über mich lachen.“

Zum Schluss säuberte sie noch Sternentänzers Hufe. Sie lehnte sich dabei an den Körper des Pferdes, nahm sich einen Huf nach dem anderen vor und kratzte ihn mit dem Hufkratzer aus. Am Ende strich sie die Hufe noch mit Huffett ein. „Schöne Freunde“, fauchte sie dabei immer wieder. Nach einer kurzen Pause fügte sie hinzu: „Die können mir so was von gestohlen bleiben. Und ich will auch nicht so enden wie die arme Silvana. Ganz bestimmt nicht!“

Total aufgewühlt brachte sie den Putzkasten wieder zurück in die Sattelkammer und schleppte den Sattel an. „Sternentänzer, ich muss jetzt mit dir ausreiten, sonst begeh ich noch einen Mord!“

Freundschaft, die nicht vergeht

Als Carolin am späten Nachmittag nach einem langen Ausritt mit Sternentänzer nach Lindenhain zurückkehrte und sich wieder einigermaßen beruhigt hatte, stand ein Taxi im Hof, und Ferdi stieg aus.

„Supertiming. Das hab ich in der ganzen Aufregung ja total vergessen, dass Ferdi heute zurückkommt. Zu blöd", murmelte sie und wollte wieder wegreiten. Doch Ferdi hatte sie schon erblickt und winkte ihr strahlend zu. „Der fehlt mir jetzt wirklich noch", brummelte sie weiter. Ihre Gefühle fuhren Achterbahn.

Ferdi warf schwungvoll die Taxitür zu und lief mit weit ausgebreiteten Armen auf sie zu. „Carolinchen, endlich!", rief er und strahlte dabei über das ganze Gesicht.

„Du kannst mich mal, von wegen Carolinchen", knurrte Carolin, trieb Sternentänzer an und lenkte ihn zum Stall. Dort stieg sie ab.

Ferdi lief hinter ihnen her und wollte Carolin in die Arme nehmen. Aber sie wich zurück. Ferdi ließ sich jedoch nicht beirren und drückte Carolin fest an sich. „Carolinchen, ich hab dich so vermisst", murmelte er.

Wie vorhin bei Linas Umarmung blieb Carolin steif wie eine Salzsäule, obwohl ihr Herz wie wild klopfte.

„Ich bin so was von alle“, erzählte Ferdi. „Das war kein Trainingslager, das war Folter pur. Ich hab so viele blaue Flecken, dass ich die gar nicht mehr zählen kann.“

Carolin griff an Sternentänzers Halfter. „Ich muss Sternentänzer trocken reiben, sonst wird er krank“, erklärte sie schnell.

Ferdi sah sie etwas bedröppelt an, nickte aber dann. „Okay, ich bring dann erst mal meine Sachen in mein Zimmer. Wir sehen uns später. Am besten kommst du hoch zu mir.“

„Okay“, nickte Carolin, obwohl sie schon wusste, dass sie das ganz sicher nicht tun würde.

„Okay.“

Wie zwei Fremde ging jeder seinen Weg. Carolin hatte das Gefühl, als würde ihr Herz jeden Moment zerspringen, doch sie konnte nicht anders. Als sie Sternentänzer versorgt hatte, schlich sie zum Stallausgang, öffnete die Tür einen Spalt und spähte hinaus. „Puh!“ Weit und breit kein Ferdi. Rasch huschte sie über den Hof zu ihrem Bike und radelte wie der Blitz nach Hause.

Als sie die Haustür aufschloss, kam ihr Ines mit blitzenden Augen entgegen. „Ich verklag den. Ich will Schadensersatz, ach was, Schmerzensgeld“, wütete sie.

Gedankenverloren hockte sich Carolin im Flur auf die unterste Treppenstufe und schnürte ihre Turnschuhe auf. „Wen denn?“

„Na, schau mich doch mal an!“

Carolin betrachtete ihre Mutter. Irgendwie sah sie aus

wie immer. Ihre Haare kräuselten sich etwas merkwürdig, aber wahrscheinlich hatte sie zu lange auf ihren pinkfarbenen Lockenwicklern geschlafen.

„Hier.“ Ines zupfte an einer gekräuselten Strähne. „Ich seh aus wie ein Pudel! Wie ein dämlicher Pudel!“

Trotz ihrer miesen Stimmung musste Carolin schmunzeln. Genau betrachtet hatte Ines gar nicht so unrecht. Aber Carolin hütete sich davor, das laut zu sagen. Was ihre Haare anging, war Ines sehr empfindlich. Es gab nichts, was sie nicht schon ausprobiert hatte. Schwarz, rot, platinblond, Strähnchen. Lockenwickler über Nacht, Lockenwickler unter der Heizhaube, Lockenstab. Aber selten war sie zufrieden.

„Eine leichte Welle wollte ich haben, nur eine ganz leichte Welle. ‚Ja, Madame‘, sagt dieser Neuzugang aus Frankreich in Annamarias Salon. ‚Ich habe da was für Sie, frisch aus *Fronkreisch.*‘“ Ines hatte vor Wut ein ganz rotes Gesicht. „Und das hier ist die neueste Mode aus Frankreich. Da pfeif ich drauf! Mit diesem neumodischen Schnickschnack kann der mir gestohlen bleiben. Ich verklag diesen Stümper.“ Sie stellte sich vor den Spiegel und zupfte an ihren Haaren. „Da ist nicht mal mehr was zu machen.“ Sie schnaubte wütend. „Kopftuch. Was bleibt, ist nur ein Kopftuch.“

„Ich kann dir meine Basecap leihen“, bot Carolin an. „Aber ganz ehrlich, so schlimm finde ich es auch wieder nicht.“ *Vor allem nicht im Vergleich zu den karottenroten Strähnchen oder dem raspelkurzen Haarschnitt im letzten Jahr,* fügte sie in Gedanken hinzu.

„Danke, Schatz“, seufzte Ines. „Nutzt ja alles nichts.“ Sie

bückte sich und hob ihre Tasche auf, die sie im Flur abgestellt hatte. „Dabei wollte ich extra schön sein, wenn ich heute Abend mit Joachim ins Theater gehe."

Carolin stand auf und wollte nach oben in ihr Zimmer verschwinden.

„Ach, Caro, komm doch mal her!", rief Ines ihr aus der Küche nach.

Carolin lehnte sich in den Türrahmen. „Was gibt's denn?"

Ines betrachtete sie prüfend. „Du siehst immer noch nicht gut aus, Kind. So ein Kater müsste eigentlich schon längst wieder vorbei sein."

Carolin schwieg. *Nicht gut? Am liebsten wär ich tot! Mausetot und unter der Erde!*

Ines legte die Hand auf Carolins Stirn. „Du fühlst dich heiß an. Und deine Augen sind auch ganz rot. Du wirst doch nichts ausbrüten?" Sie ließ Carolin los und zog eine Schublade auf. „Ich mach dir rasch eine heiße Zitrone, nicht dass du mir noch krank wirst."

Krank? Wenn es eine Krankheit ist, sich verraten und verkauft zu fühlen, dann bin ich so was von krank, dachte Carolin und merkte, wie ihr wieder die Tränen in die Augen stiegen.

Ines bereitete das heiße Wasser zu, ohne den Blick von ihr zu lassen. „Willst du dich nicht ein bisschen auf das Sofa legen?"

Carolin schüttelte den Kopf. „Ich geh lieber in mein Zimmer", erwiderte sie.

„Ich bring dir die Zitrone dann hoch", bot Ines an.

Mit schweren Schritten schleppte sich Carolin die Treppe hoch. In ihrem Zimmer schaltete sie den Computer ein. Sie hatte Post. *Mir doch egal,* dachte sie, las die Mail aber dann doch.

„Hi, Caro, wie war denn Deine Riesenparty? Hast Du viel Spaß gehabt? Wer war denn alles da? Du hast noch gar nicht berichtet, hoffentlich bist Du nicht unter die Räder gekommen. Ich reite mit Silberstern fast jeden Tag aus. Die Gegend hier ist super. Gestern sind wir über die Felder gejagt und standen plötzlich an einem Bach, der kniehoch Wasser hatte. Silberstern und ich, wir sind dann durchgewatet, es war ein Traum. Viele Grüße Annit."

Die Party! Carolin schnaubte bitter. *Die Party war so toll, dass sie mein ganzes Leben zerstört hat. Dass ich mich nie wieder auf der Straße, geschweige denn in der Schule blicken lassen kann.* Carolin wollte aufstehen und sich auf ihr Bett werfen, doch dann blieb sie sitzen.

„Ich muss Annit antworten", murmelte sie und zog eine Grimasse. „Ich weiß ja selbst am besten, wie es ist, wenn man auf Post wartet und keine kriegt."

„Hi, Annit. Nur ganz kurz: Die Party war der Reinfall des Jahres, ach was, des Jahrhunderts! Es war ganz schrecklich. Ich melde mich wieder, wenn es mir besser geht. Tschüss, Caro."

Am nächsten Tag blieb der Platz neben Lina in der Schule leer. *Komisch,* dachte Lina. *Wo bleibt Caro?* Immer wieder blickte sie zur Tür. Nach und nach trudelten alle ein. Alle außer Carolin. Als schließlich Dr. Hutmacher in der Klasse stand und mit der Mathestunde begann, packte Lina das Geschenk, das sie auf Carolins Tisch gestellt hatte, enttäuscht wieder zurück in ihren Rucksack. Sie tippte Tina auf die Schulter. „Weißt du, was mit Caro los ist?", raunte sie ihr zu. „Warum sie nicht kommt?"

Tina schüttelte den Kopf. „Vielleicht ist sie ja krank. Gestern war sie auch nicht da."

Gestern hab ich sie doch im Stall bei Sternentänzer gesehen, überlegte Lina. *Sie war zwar ziemlich schräg drauf, aber bestimmt nicht krank.*

In der großen Pause beriet sie sich mit Thorben. Er kam gleich auf sie zugestürmt und legte den Arm um sie. „Das war gestern ein total schöner Wiedersehensabend", schwärmte er.

Lina grinste. „Kein Wunder, wenn man sich vier Wochen lang nicht gesehen hat."

Thorben drückte ihr einen Kuss auf die Wange. „Ich bin so froh, dass ich dich wiederhabe. Es war absolut klasse in Amerika. Aber am allerschönsten ist es, wenn wir zusammen sind."

„Find ich doch auch", seufzte Lina.

„Aber ...?"

„Kein Aber!"

„Klang aber ganz extrem nach einem Aber", beharrte Thorben.

Lina pustete eine Locke aus ihrer Stirn. „Es ist nur ... ich mach mir ein bisschen Sorgen um Caro. Sie war gestern total komisch."

Thorben runzelte die Stirn. „Wie meinst du das? Wie komisch?"

Lina verzog das Gesicht. „Kalt wie ein Eisberg, unfreundlich wie die Kassiererin im Supermarkt zu Stoßzeiten, distanziert wie Dr. Hutmacher, steif wie ein Brett, als ich sie umarmen wollte."

„Jetzt, wo du's sagst ...", bestätigte Thorben. „Ich hab gestern Abend noch bei ihr angerufen und wollte mich zurückmelden."

„Und?"

„Sie hat mich regelrecht abgefertigt", berichtete Thorben. „Ganz knapp und kurz angebunden. Als hätte ich vorgehabt, ihr ein Zeitungsabo zu verkaufen." Er überlegte. „Vielleicht ist sie ja krank? Und deshalb so komisch?"

Lina zuckte mit der Schulter. „Möglich, hat Tina auch schon vermutet. Gestern war sie jedenfalls auch nicht im Unterricht."

„Ach komm!" Thorben legte den Arm um sie. „Das wird schon wieder. Vielleicht hat sie einfach nur eine Grippe."

Lina blieb nachdenklich. „Sag mal, hast du schon mit Ferdi gesprochen? Der müsste doch inzwischen auch wieder da sein. Vielleicht weiß der mehr?"

„Alles klar, ich verstehe." Thorben kramte sein Handy aus der Hosentasche. „Ich ruf ihn mal kurz an. Solange du nicht weißt, was mit Caro los ist, gibst du eh keine Ruhe." Er wählte Ferdis Nummer. „Ich geh da hinüber, hier ist der Empfang so schlecht."

Lina nickte. „Caro ist eben meine beste Freundin", erklärte sie. „Und irgendwas ist da oberfaul, das merk ich ganz genau. Sie hat sich in der Zwischenzeit irgendwie total verändert." Sie packte ihr Pausenbrot aus und kaute gedankenverloren darauf herum, bis Thorben zurückkam.

„Und?“, fragte Lina.

Thorben steckte sein Handy weg. „Ferdi weiß auch nicht, was los ist. Sie war zu ihm wohl genauso kurz angebunden wie zu uns.“

„Im Ernst?“ Lina sah Thorben mit großen Augen an. „Auch zu Ferdi?“

Thorben fuhr fort: „Gleich nach einer sehr knappen und unterkühlten Begrüßung hat sie sich einfach aus dem Staub gemacht – obwohl sie wusste, dass Ferdi wartete. Ferdi klang ziemlich fertig.“

Lina zog eine lange rote Strähne aus ihrem Pferdeschwanz und wickelte sie um ihren Zeigefinger. „Ob das was mit diesem Rafael zu tun hat, von dem sie so geschwärmt hat?“

Thorben schüttelte den Kopf. „Kann ich mir nicht vorstellen. Was hätte das denn mit uns zu tun? Wenn sie Ferdi gegenüber ein schlechtes Gewissen hätte, okay. Aber warum blockt sie uns gegenüber ab? Das ergibt keinen Sinn! Irgendwas muss passiert sein.“

„Stimmt“, pflichtete Lina ihm bei und ließ ihre Haarsträhne wieder los. „Ich werd sie heute Nachmittag mal besuchen, ob sie will oder nicht!“

Thorben nickte. „Gute Idee.“

Bevor Lina nach der großen Pause ins Klassenzimmer zurückkehrte, machte sie noch einen Abstecher in die Waschräume. Kaum hatte sie die Toilettentür hinter sich zugezogen, drangen Stimmen an ihr Ohr.

„Ist doch voll fies, was der Typ mit Caro abgezogen hat. Echt oberfies. Ich hätte nie gedacht, dass der so übel drauf ist.“

Lina horchte auf. Das war eindeutig die Stimme von Julia Schlupf. *Und was hat wer mit Caro gemacht?,* fragte sich Lina.

„Find ich auch. Die arme Caro tut mir echt leid."

Das ist Heikes Stimme, dachte Lina. *Und warum um Himmels willen tut der Caro leid?*

„Ich fand den ja echt ganz süß, aber nach dieser total üblen Aktion ist der Typ für mich so was von gestorben", erklärte Julia empört.

„Die ganze Schule hat diese fiesen Bilder im Internet gesehen", sagte Heike. Ihre Stimme klang ebenfalls ehrlich empört. „Erst abfüllen, dann abschießen, das ist echt unterste Schublade."

„Genau das wollte der Fiesling von Rafael ja auch erreichen, sonst hätte er sie ja wohl kaum auf unsere Kuriositätenseite gestellt", ergänzte Julia. „Boah, ich an Caros Stelle wär im Erdboden versunken, echt! Ey, die arme Caro! Nee, das hat sie nicht verdient. So was nicht."

Worum geht's eigentlich?, dachte Lina empört. *Sagt das endlich! Was ist hier los? Was hat Rafael Caro angetan?*

Doch es war nur noch das Geräusch von fließendem Wasser zu hören, dann das Zuschlagen einer Tür.

Nach der Schule schnappte sich Lina Thorben, und sie fuhren zusammen nach Lindenhain, wo sie sich mit Ferdi verabredet hatten. Immer wieder spähte einer von ihnen aus dem Fenster im Gästehaus hinaus auf den Hof. Doch von Carolin war nichts zu sehen.

„Caro kommt nicht einmal mehr nach Lindenhain", wunderte sich Lina. „Da muss was ganz, ganz Schlimmes vorgefallen sein."

„Das werden wir gleich wissen", erklärte Ferdi und fuhr seinen Rechner hoch. „Wie sagtest du noch heißt die Seite, die Julia und Heike im Waschraum erwähnt haben?"

Lina hockte sich auf die Bettkante. „Sie sprachen von einer Kuriositätenseite."

Ferdi zog eine Grimasse. „Mal schauen, ob wir das rasch finden."

Thorben überlegte kurz. „Ich weiß, was die meinen. Das ist die Kuriositätenseite der Schule. Klassenkameraden von mir haben da mal ihre schrägsten Urlaubsbilder eingestellt. Kampftrinken am Ballermann in Malle." Er beugte sich über Ferdis Schulter und tippte die Adresse ein.

„Oh nein!", rief Ferdi, als sich die Seite öffnete.

„So eine verdammte Sauerei!", schimpfte Thorben.

„Oh mein Gott, die arme Caro!", murmelte Lina entsetzt.

Eine Weile saßen die drei Freunde schweigend da und starrten betroffen auf Carolins Partybilder.

„Wer auch immer dafür verantwortlich ist, dem dreh ich den Kragen um", knurrte Ferdi schließlich gefährlich leise. „Ich mach den fertig, das schwör ich euch."

„Ich helf dir", unterstützte Thorben ihn.

Lina ballte die Fäuste. „Und ich erst!"

„Wir müssen es ihm heimzahlen", erklärte Thorben. „Aber wie?"

Ferdi klickte die Seite weg. „Zuallererst müssen wir dafür sorgen, dass diese unglaublichen Bilder aus dem Web verschwinden. Ich werd nachher gleich mal in der Schule anrufen, damit sich euer Administrator drum kümmert und die Bilder sofort rausnimmt."

Thorben nickte. „Ja, dafür ist einer unserer Lehrer verantwortlich. Aber ich schätze mal, der guckt nicht jeden Tag auf die Seite und weiß so noch nicht, was da für Bilder drin sind. Sonst hätte er schon was unternommen."

Lina sprang auf. „Und dann müssen wir überlegen, wie wir diesem Fiesling so richtig eines auswischen können."

„Aber wie?", seufzte Thorben. „Am besten wäre es, ihn mit den eigenen Waffen zu schlagen."

Lina sah ihn an. „Wie meinst du das?"

„Na ja, superpeinliche Aufnahmen von ihm auf diese Seite stellen."

Ferdi setzte eine grimmige Miene auf. „Oder noch besser: als Postwurfsendung in allen Briefkästen verteilen, dass sie auch ja jeder sieht."

Lina zog eine Grimasse. „Super Plan, Leute, fehlen nur noch die Bilder. Sollen wir uns die vielleicht schnitzen!?"

„Vielleicht nicht!" Ferdi lehnte sich zurück. „Wir wissen, wie der Typ heißt und wie alt er ist. Und er kommt hier aus der Gegend. Vielleicht haben wir ja Glück und irgendjemand kennt irgendjemanden, der diesen Rafael kennt!"

Thorben zuckte die Schulter. „Nun, wir können ja alle mal rumfragen. Obwohl ich nicht wirklich an einen Erfolg glaube." Er sah auf die Uhr. „Ich muss nach Hause. Lina, fahren wir zusammen?"

„Ja, machen wir. Ich schau dann gleich noch bei Caro vorbei. Vielleicht lässt sie ja heute mit sich reden."

Thorben nickte. „Wenigstens wissen wir jetzt, warum sie sich verkriecht."

Nach dem dritten Mal Klingeln öffnete Carolins Mutter die Tür. „Ach, guten Tag, Lina."

„Guten Tag, Frau Baumgarten. Ist Caro da?", erkundigte sich Lina ungeduldig.

Ines nickte kurz. „Ja, sie ist hier."

„Super. Ich wollte sie besuchen", erklärte Lina und stieg eine Treppenstufe weiter hoch.

Doch Ines stellte sich in den Weg. „Sie will dich nicht sehen."

Lina machte ein völlig verblüfftes Gesicht. „Das hat sie gesagt? Und warum? Warum nicht?"

„Um genau zu sein, hat sie gesagt, dass sie niemanden sehen will", erläuterte Ines. „Sie liegt im Bett. Es geht ihr nicht gut. Ich vermute, sie brütet eine Erkältung aus."

„Ich hab gute Abwehrkräfte, ich steck mich schon nicht an", meinte Lina leichthin. „Nur ganz kurz, bitte Frau Baumgarten."

Ines schüttelte den Kopf. „Vielleicht ein anderes Mal."

„Aha", machte Lina und zuckte mit den Schultern. „Na ja, da kann man wohl nichts machen."

„Ich sag ihr, dass du da warst. Wiedersehen, Lina." Ines trat einen Schritt zurück und schloss die Tür.

Lina starrte noch kurz auf die verschlossene Tür, dann stiefelte sie zu ihrem Rad und fuhr nach Hause.

Ines ging zu Carolin, die im Wohnzimmer auf der Couch vor sich hin döste. Carolin fühlte sich krank, obwohl sie es eigentlich gar nicht war. *Ich muss es mir nur stark genug einbilden,* dachte sie.

Ines setzte sich zu Carolin auf die Couch. „Das war Lina."
Carolin zeigte keinerlei Reaktion.

„Sie wollte dich besuchen."

„Mir doch egal."

„Warum wolltest du sie denn nicht sehen?", fragte Ines einfühlsam.

„Weil ich krank bin", antwortete Carolin knapp. „Ich fühl mich hundeelend. Sie soll mich in Ruhe lassen."

Ines setzte ihren Röntgenblick auf. „Seit dieser Party geht es dir so schlecht. Hat es etwas damit zu tun? Oder mit diesem Rafael? Ist da irgendwas vorgefallen, Caro?"

„Nein, Mam", presste Carolin zwischen zusammengebissenen Zähnen hervor. „Gar nichts."

„Du weißt, dass du mit mir über alles reden kannst, egal, was es ist." Ganz sacht legte Ines die Hand auf Carolins Schulter, doch Carolin kam sie tonnenschwer vor.

„Es ist nichts, gar nichts, ich bin nur krank, einfach nur krank." *Und bitte hör auf zu fragen, hör auf zu nerven, hör einfach auf, mit mir zu reden,* flehte sie in Gedanken.

Seufzend stand Ines auf.

Carolin schaltete den Fernseher ein und richtete ihren Blick starr auf den Bildschirm. Aber sie sah nichts. Es tauchten nur immer wieder diese Bilder vor ihrem geistigen Auge auf. Diese schrecklichen, peinlichen, gemeinen Bilder und dazwischen Rafaels Gesicht. Mit einem dicken, fiesen Grinsen. Und dann wieder diese Bilder.

Rache ist süß

Es war Mittag, und im Bistro *Salamander* herrschte Hochbetrieb. Ferdi hatte einen Tisch reserviert und Thorben und Lina zu einer Krisensitzung einbestellt.

„Also, erzähl, was für Neuigkeiten gibt's?", legte Thorben gleich los, als er vor Ferdi an einem der Ecktische stand.

„Hoffentlich ist es was Brauchbares", seufzte Lina.

Ferdi blickte von Lina zu Thorben. „Setzt euch doch erst mal. Ich hab eine Runde Apfelsaftschorle bestellt, da hat doch bestimmt niemand was dagegen, oder?"

Lina ließ sich auf einen Stuhl plumpsen. „Nee. Passt schon." Besorgt warf sie ihre langen Locken zurück. „Caro war heute wieder nicht in der Schule. Drei Tage in Folge."

„Sie kann sich doch nicht den Rest ihres Lebens vergraben", meinte Thorben.

„Also ich hätte nach einer solchen Frechheit auch erst mal die Nase gestrichen voll", erklärte Lina mitfühlend und nahm ihr Getränk von dem Kellner entgegen.

Ferdi zog eine Mappe heraus und trommelte mit den Fingerspitzen auf dem Deckel herum. „Bald wird es der liebe Rafael sein, der die Nase gestrichen voll hat", verkündete er mit einem süffisanten Lächeln. „Und von Caro wird niemand mehr sprechen."

Lina verschluckte sich fast an ihrem Saft. „Sag bloß, du hast was herausgefunden?"

Ferdi nickte. „Aber hallo. Jede Menge Material."

„Echt?", staunte Thorben. „Genial! Und wie?"

„Und vor allem was?", ergänzte Lina aufgeregt.

Ferdi klappte seine Mappe auf. „Ich hab den Namen Rafael Wagner mal unter den Eishockeyspielern gestreut. So quer durch alle Jahrgänge. Die kenn ich ja jetzt alle seit dem Trainingslager."

„Und weiter?", fragte Lina atemlos.

„Volltreffer. Der Bruder vom Torwart der Neudorfer Pinguine kennt ihn." Er grinste breit. „Und mag ihn nicht besonders, weil der schöne Raffi ihm mal ganz übel die Freundin ausgespannt hat."

Lina klatschte in die Hände. „Juhu! Genial!"

„Erzähl! Was wissen die über diese Ratte?", drängelte Thorben.

„Der coole Rafael stand früher voll auf Volksmusik. Je schnulziger und schmalziger, desto lieber. Raffi kennt jede Menge Lieder und ist mit einem Jodel-Song sogar mal bei einer Karaoke-Veranstaltung aufgetreten. Mit kurzer Lederhose, Kniestrümpfen und Trachtenhut."

Lina prustete los. „Rafael als Volksmusikfan. Käme bestimmt gut, wenn's davon Bilder gäbe."

„Das ist noch nicht alles." Ferdi hob die Hand. „Ich hab noch was: Halloweenparty, Geisterstunde, Lichter aus, gruseliger Sound, und der coole Rafael liegt unter dem

Sofa, macht sich die Hosen voll und weint verzweifelt nach der Mami.“ Er lachte. „Wie eine alte Heulsuse.“

Thorben zog eine Grimasse. „Au ja, so ein wimmernder Rafael unter dem Sofa, das wär schon was.“

Lina kicherte. „Da wär er bei seiner Clique unten durch, hundertpro.“

Thorben nahm einen kräftigen Schluck von seinem Saft. „Nur schade, dass es davon keine Fotos gibt.“

Ferdi nickte bedächtig. „Stimmt, Fotos gibt’s leider nicht davon.“

Lina legte die Hand auf Ferdis Arm. „Ohne Fotos bringt das leider wenig. Aber du hast es wenigstens versucht.“

„Schätze, wir müssen den Fiesling doch verprügeln, Ferdi“, feixte Thorben und rieb sich die Hände.

„Na ja, nicht ganz.“ Ferdi guckte verschmitzt. „Von Raffis Schauergeschichten gibt es zwar keine Fotos, aber es existieren Videos.“ Er tippte auf seine Mappe. „Und von jedem befindet sich eine Kopie auf CD-ROM hier drin in meinem Besitz.“

Lina sah ihn mit großen ungläubigen Augen an. „Im Ernst?!“

Ferdi nickte.

„Cool!“, rief Thorben begeistert. „Am besten, wir brennen davon ein paar Dutzend Kopien und verteilen sie überall in der Schule.“

„Wir könnten sie auch in ein paar Läden in Lilienthal auslegen. Beim Bäcker und beim Metzger oder so“, schlug Lina eifrig vor.

„Gar nicht nötig“, entgegnete Ferdi mit glänzenden Augen. „Das Beste kommt jetzt: Ich hab mir überlegt, wenn ihr mir helft, dann stellen wir diesen superpeinlichen Jodel-Auftritt und Raffi unter dem Sofa ins Internet auf eure Kuriositätenseite. Da kann dann jeder live und in Farbe den tollen Raffi bei der Karaoke-Veranstaltung und als Angsthase unter Mamas Sofa sehen." Er grinste noch breiter. „Zum Runterladen aufs Handy. Der heulende Raffi als Bildschirmschoner."

Lina sprang auf und klatschte in die Hände. „Du bist der Allerallerallergrößte. Das ist so was von genial!"

Thorben klopfte Ferdi auf die Schulter. „Spitze, Alter!" Er zog sein Handy aus seiner Tasche und gab es Lina. „Hier."

„Was soll ich damit?"

„Du lädst Raffis gesammelte Werke drauf und zeigst sie Caro."

Lina reichte das Handy weiter an Ferdi. „Damit bin ich technisch hoffnungslos überfordert. Darum soll sich lieber Ferdi kümmern."

Ferdi steckte das Handy ein. „Geht klar. Ich rechne die Videos am Computer runter und speichere sie dann aufs Handy." Er rieb sich die Hände. „Ich muss jetzt auch los. Es gibt noch viel zu tun!"

Am nächsten Morgen hing über dem Eingang zur Schule ein riesiges rotes Banner. Darauf prangte überlebensgroß ein Bild von Rafael mit verheultem und verängstigtem Gesicht unter dem Sofa. Darüber stand eine Internetadresse, daneben *Sachen zum Lachen über Raffi.*

Nach Schulschluss hatte jeder Schüler mindestens einmal auf die Seite geklickt. Rafael hatte schon nach der zweiten Stunde seine Sachen zusammengepackt und war geflüchtet.

Zufrieden verließ Lina nun das Schulgebäude und schlürfte ihren Kakao. „Der hatte einen knallroten Kopf, als er abgedampft ist, und war ganz klein mit Hut", kicherte sie.

„Geschieht ihm ganz recht", fügte Thorben schadenfroh hinzu. Er ballte die Fäuste. „Ich hätte trotzdem noch Lust, ihm ein paar Prügel zu verpassen."

„Ferdi muss die ganze Nacht gewerkelt haben, um dieses gigantische Banner da oben zu befestigen", bemerkte Lina beeindruckt.

Thorben schmunzelte. „Geniale Tat. Die ganze Schule lacht nur noch über Raffi. Dagegen war die Geschichte mit Caro voll harmlos."

Lina schleuderte ihre leere Kakaotüte in den Papierkorb. „Apropos Caro. Blöd, dass sie heute wieder nicht in der Schule war! So bekommt sie die ganze Aktion ja gar nicht mit."

Thorben schmunzelte. „Das lässt sich rasch ändern."

Lina sah ihn fragend an. „Wie meinst du das?"

Thorben hielt ihr sein Handy hin. „Hier. Ferdi hat mir inzwischen die beiden Videos von Rafael draufgespielt. Du bringst Caro einfach das Handy vorbei." Er schaltete sein Handy ein. „Das ganze Programm. Und guck mal, gleich auf dem Display: der verängstigte, wimmernde Rafael unter dem Sofa."

„Genial", jubelte Lina und schob grinsend das Handy

ein. Dann verabschiedete sie sich von Thorben und machte sich auf den Weg zu Carolin in die Breitensteinstraße.

Wieder öffnete Ines Baumgarten die Haustür, und wieder war die Antwort die gleiche. „Hallo, Lina, tut mir leid. Caro will dich immer noch nicht sehen."

„Ich will nur rasch was abgeben, Frau Baumgarten", sagte Lina schnell und hielt Ines Thorbens Handy hin. „Könnten Sie das bitte Caro geben. Sie soll sich einfach nur die beiden Videos ansehen, die auf dem Handy drauf sind."

Ines zögerte. Sie war etwas unschlüssig, ob sie das Handy nehmen sollte. „Ich weiß nicht."

Lina sah sie flehentlich an. „Bitte, Frau Baumgarten! Es ist wichtig!"

Ines zuckte die Schultern. „Also gut, meinetwegen", gab sie nach und griff nach dem Handy.

„Danke, und sagen Sie Caro bitte, sie soll sich die Videos sofort ansehen", setzte Lina noch nach. „Sofort!"

Ines nickte und schloss seufzend die Tür.

Lina wollte gerade auf ihr Fahrrad steigen, da fiel ihr noch etwas ein. „Super, Lina!", murmelte sie vor sich hin und kramte rasch einen Stift und einen Zettel aus ihrer Schultasche. *„Hi, Caro, was Du auf dem Handy siehst, kennt schon die ganze Schule. Spiel einfach die Videos ab. Alles lacht jetzt über Rafael, niemand mehr über Caro. Wir, Ferdi, Thorben und ich, hoffen, dass wir Dich bald wiedersehen! Deine Lina."* Sie faltete den Zettel rasch zusammen, ging die paar Schritte zurück zum Haus und klingelte erneut.

Ines öffnete die Tür. „Was gibt's denn noch?"

Lina reichte ihr den Zettel. „Könnten Sie das bitte auch noch Caro geben? Zusammen mit dem Handy? Danke und tschüss."

Zaghaft klopfte Ines wenig später an Carolins Tür. „Schatz?"

Als Antwort kam ein kraftloses „Ja, herein!"

Ines drückte die Tür auf und stellte das Tablett, das sie bei sich hatte, vorsichtig auf dem Tisch ab. „Na, Caro, wie geht's dir, mein Schatz?"

„Hi, Mam." Carolin kauerte wie ein Häufchen Elend auf ihrem Bett. Sie hatte einen Jogginganzug an und so traurige Augen, dass es Ines beinahe das Herz zerriss.

Ines setzte sich auf die Bettkante und strich ihrer Tochter übers Haar. „Allmählich mache ich mir richtig Sorgen um dich."

Carolin winkte ab. „Das geht schon wieder vorbei. Es ist einfach nur eine blöde, hartnäckige Erkältung."

„Wenn es dir morgen nicht besser geht, hol ich den Arzt", erklärte Ines entschlossen. „Keine Widerrede!"

„Dr. Sander?", versuchte Carolin zu scherzen.

Aber Ines war nicht zu Scherzen aufgelegt. „Oh nein, nicht den Tierarzt, den richtigen Arzt."

Carolin schwieg. *Und was soll ich mit dem? Hat der vielleicht Anti-Peinlichkeits-Tabletten?*

Ines stand auf und brachte ihr das Tablett ans Bett. „Ich hab dir einen schönen heißen Kakao gemacht, und hier, diese Schokokekse magst du doch so gern." Sie seufzte.

„Damit du mir nicht auch noch vom Fleisch fällst. Du bist sowieso schon ganz dünn geworden."

„Okay, Mam", gab Carolin folgsam zurück.

Ines strich ihrer Tochter über die Wange. „Was magst du denn heute Abend essen? Hast du auf irgendwas Lust?"

Warum meinen Mütter eigentlich immer, dass alles wieder gut wird, wenn man was isst? Carolin zuckte mit den Schultern. „Mir egal." *Oder halt – wie wäre es mit einem Rafael am Spieß, gegrillt und mit Chili gewürzt?*

„Ich mach dir ein leckeres Rührei, das kann man immer essen", beschloss Ines.

Carolin nickte ergeben.

Ines war schon so gut wie zur Tür hinaus, da wandte sie sich noch einmal um. „Ach, Caro, fast hätte ich es vergessen. Lina war vorhin hier."

Carolin verdrehte die Augen. „Schon wieder?"

„Ich hab ihr gesagt, dass du sie nicht sehen willst", erklärte Ines.

„Gut."

Ines blieb – mit der Klinke in der Hand – in der Tür stehen. „Hätte ich sie nicht doch kurz hereinbitten sollen? Sie war jetzt schon zum zweiten Mal da. Offenbar macht sie sich wirklich Sorgen um dich."

Carolin lächelte schwach. „Ausgerechnet du verteidigst Lina, du kannst sie doch gar nicht leiden."

Ines zuckte etwas hilflos mit der Schulter und wollte die Tür zuziehen. „Ach, sie hat mir was für dich mitgegeben." Ines griff in ihre rechte Jackentasche und holte Thorbens Handy heraus. „Das hier." Dann griff sie in ihre linke Tasche und holte den Zettel hervor. „Und das hier."

Carolin winkte ab. „Interessiert mich nicht."

Ines kam zurück ins Zimmer und legte Handy und Zettel auf das Bett. „Mich auch nicht." Damit verschwand sie endgültig.

Carolin starrte die beiden Sachen auf ihrem Bett verärgert an. *Was soll das, Lina, hast du mir eine Botschaft auf Band gesprochen? Vergiss es, es interessiert mich nicht!* Mit spitzen Fingern nahm sie Handy und Zettel, legte beides auf ihren Schreibtisch und widmete sich wieder ihrem Pferdemagazin. Aber während sie las, wanderte ihr Blick immer wieder zum Schreibtisch. Irgendwann siegte die Neugier.

„Also gut, meinetwegen", murmelte Carolin und hievte sich hoch. „Angucken kann ich mir das Video ja mal. Aber nur angucken und basta!" Sie nahm erst den Zettel und las Linas Nachricht. „Alles lacht jetzt über Rafael? ... Was soll denn der Blödsinn?"

Carolin zerknüllte den Zettel und feuerte ihn in ihren Papierkorb. *Immerhin hat sich die ganze Blamage auch schon bis zu Lina und Ferdi herumgesprochen,* ärgerte sie sich und griff nach dem Handy. *Und was bitte soll hier drauf sein, was schon die ganze Schule kennt?,* dachte sie. Neugierig schaute sie auf das Display, erkannte Rafael unter dem Sofa und hielt erst mal den Atem an. „Was ist denn das?", entfuhr es ihr. Mitsamt Handy kauerte sie sich auf ihr Bett. *Spiel einfach die Videos ab! Na gut, dann mach ich das mal ...* Das erste Video zeigte Rafael jodelnd in kurzer Lederhose, Kniestrümpfen und Trachtenhut, das zweite als wimmernden Angsthasen unter dem Sofa.

Als die Videos zu Ende waren, saß Carolin nur mit offenem Mund da. „Das ist ja echt der Hammer! Das ist ja so was von hammerhart!“, stieß sie schließlich hervor. Sie war so überrascht, dass sie nicht einmal lachen konnte. „Das gibt’s doch gar nicht!“ Sie sprang auf und holte den zerknüllten Zettel wieder aus dem Papierkorb. *„... kennt schon die ganze Schule. Alles lacht über Rafael.“*

Carolin fuhr sich durch die Haare, nagte an ihrer Unterlippe und wusste nicht, ob sie lachen oder weinen sollte. „Die sind ja verrückt!“ Sie schüttelte den Kopf über ihre Freunde. „Die sind ja komplett verrückt!“ Carolin startete noch einmal das erste Video und sah sich genüsslich Rafaels Karaoke-Auftritt an. „Pah, sieht der da bescheuert aus! Ist das peinlich“, kicherte sie. „Voll uncool! Und er war nicht einmal betrunken dabei.“ Sie klatschte vor Begeisterung in die Hände. „Damit ist der bei seinen obercoolen Freunden aber so was von unten durch.“

„Caro, Essen“, ertönte da die Stimme ihrer Mutter.

Carolin riss die Tür auf und lief nach unten. Mit einem Mal hatte sie richtig Appetit.

Ines schaufelte gerade das Rührei auf einen Teller. „Magst du vielleicht ein kleines Stück Toast dazu?“

Carolin zog den Teller zu sich her und verputzte in Rekordtempo die ganze Portion Ei.

Ines, die noch die Pfanne in der Hand hielt, beobachtete ihre Tochter höchst erstaunt. „Du hattest doch ein wenig Appetit, wie mir scheint!“

Carolin wischte sich mit der Serviette den Mund ab. „Und was gibt’s jetzt?“

„Äh, ich dachte, du hast keinen Hunger?“, wunderte sich Ines.

Carolin sprang auf. „Oh doch, der kam ganz plötzlich zurück." Sie öffnete das Tiefkühlfach und lugte hinein. „Ah, lecker!" Sie zog einen Becher Schokoeis heraus. „Genau das, was ich jetzt brauche."

Ines musterte ihre Tochter kopfschüttelnd. „Du bist ja plötzlich wie verwandelt."

Carolin nickte. „Alles wieder gut." Entschlossen bohrte sie den Löffel in das Eis. „Und morgen gehe ich auch wieder in die Schule."

Carolins Wiederauferstehung

Ein bisschen mulmig war es Carolin dann aber doch, als sie am nächsten Morgen in die Schule radelte. Wenigstens war die Bahnschranke in Lilienthal auf. *Egal,* machte sie sich Mut. *Irgendwann muss es ja sein. Ich kann mich ja nicht ewig verstecken. Also, Carolin Baumgarten, Kopf hoch und durch!*

Als sie ihr Rad abstellte, kamen zwei Mädchen aus der Klasse unter ihr auf sie zu. „He, Caro, kennst du schon Raffis Videos? So was von uncool", kicherte eine.

„Raffi hat sich seither nicht mehr in der Schule blicken lassen, der schämt sich ohne Ende", fügte die andere hinzu und zwinkerte Carolin zu. „Ich wette, da hattest du deine Finger im Spiel." Sie machte das Daumen-hoch-Zeichen. „Allerhöchste Zeit, dass Raffi mal eine Lektion bekam."

„Stimmt", pflichtete die andere ihr bei. „Sonst wird der noch zum Überflieger."

Carolin strahlte über das ganze Gesicht. Lina hatte recht. Kein Mensch sprach mehr über die peinlichen Partyfotos von ihr.

„Sag mal, wo hast du diese schrägen Videos eigentlich aufgetrieben?“, wollte eines der Mädchen wissen.

Carolin zuckte mit den Schultern. „Keine Ahnung, die Aktion haben Freunde von mir gestartet.“

Das andere Mädchen nickte anerkennend. „Super Freunde hast du, echt!“

„Stimmt“, sagte Carolin, mehr zu sich selbst als zu dem Mädchen.

Als Carolin dann ins Klassenzimmer huschte, saßen fast all ihre Mitschüler schon auf ihren Plätzen.

Lina strahlte ihr entgegen. Als Carolin sich gesetzt hatte, nahm die Freundin ihre Hand und drückte sie ganz fest. „Mann, Caro, es ist so schön, dich zu sehen“, begrüßte Lina sie mit blitzenden Augen.

„Ich freu mich auch, dich zu sehen“, seufzte Carolin und meinte es auch so. Es schien mit einem Mal, als würde der Panzer aus Eis, den sie um sich herum errichtet hatte, anfangen zu schmelzen.

„Warte mal!“ Lina bückte sich und zog ein kleines Paket aus ihrem Rucksack. „Hier.“ Sie legte es vor Carolin auf den Tisch.

Carolin blickte sie fragend an. „Für mich?“

Lina nickte. „Für dich.“

Carolin öffnete das Päckchen und heraus kullerte ein wunderschöner, glänzender Stein.

„Das ist ein Granat“, erklärte Lina. „Das ist ein Kraftstein. Er soll dir Stärke und Freude geben.“

Carolin strich mit den Fingern über die glatte Oberfläche des Steins. „Danke.“

Lina knuffte die Freundin in die Seite. „Hast du schon

gehört, dieser Schlappschwanz von Rafael hat sich in der Schule nicht mehr blicken lassen. Ganz schön feige! Erst große Klappe und dann Weichei."

Carolin lächelte leicht. „Wie habt ihr das alles eigentlich hingekriegt? Wo habt ihr diese Videos aufgetrieben?"

Lina zwinkerte der Freundin zu. „Frag Ferdi! Der hat das alles so obergenial organisiert."

Ferdi! Carolin lehnte sich zurück und sah aus dem Fenster. Bei dem Gedanken an Ferdi schien es, als wäre es auch ein paar Schmetterlingen gelungen, ihren Eispanzer zu durchdringen.

Nach der Schule radelte Carolin nach Lindenhain. Je näher sie dem Reiterhof kam, desto wilder flatterten die Schmetterlinge in ihrem Bauch. *Vielleicht ist Ferdi ja gar nicht da,* überlegte sie, während sie auf den Hof rollte. *Obwohl – ich würde ihn schon ganz gerne treffen. Oder nein? Oder doch?*

„Hi, Caro." Plötzlich stand er vor ihr. In Jeans, mit einem schwarzen T-Shirt, seinen kurzen blonden Haaren, den wasserblauen Augen – und grinste sie mit seinem frechen Lausbubengrinsen an.

Die Schmetterlinge in Caros Bauch schlugen heftiger mit ihren Flügeln. „Hi, Ferdi", murmelte sie verlegen.

Ferdi steckte seine Hände in die Hosentaschen und sah sie an. „Schön, dich zu sehen, Caro."

Carolin nickte. „Ja, ich freu mich auch, dich zu sehen."

„Wie geht's denn so?", fragte Ferdi.

Carolin lächelte leicht. „Jetzt wieder besser."

Ferdi grinste. „Freut mich."

„Und daran bist du nicht ganz unschuldig", fügte Carolin hinzu. „Ich meine, dass es mir jetzt wieder besser geht."

Ferdi winkte ab. „Ach, vergiss es! War keine große Sache."

Sie wussten beide, worum es ging. Doch keiner wagte es, es auszusprechen.

Carolin holte tief Luft. „Trotzdem danke. Schätze, du hast meinen Ruf gerettet."

„Ey!" Ferdi gab sich ganz locker. „Wenn einer meiner Freundin was antut, bekommt er's mit mir zu tun."

Carolin blickte verlegen auf ihre Turnschuhe. „Bin ich es denn noch? Ich meine, deine Freundin?"

Ferdi sah sie einen Moment lang an. Dann machte er einen Schritt auf sie zu und strich ganz sacht über ihre Wange. „Natürlich. Wenn du es willst."

Carolin schloss die Augen. „Ja klar will ich."

Ferdi räusperte sich. „Na, dann wär ja jetzt alles geklärt." Er legte den Arm um sie und zog sie an sich.

Noch nicht alles! „Du, Ferdi, ich hab immer mal wieder versucht, dich anzurufen, aber da meldete sich nur die Mailbox. Hast du dein Handy ausgestellt, weil du nicht mit mir sprechen wolltest?"

„Blödsinn!", erwiderte Ferdi. „Der Trainer hat gleich am zweiten Tag die Handys einkassiert. Alle. Ich dachte erst, der macht Spaß, aber dann war das Ding weg. Eingeschlossen in einem Safe."

„Ach so." Carolin kuschelte sich an seine Schulter. Es tat so gut, wieder in Ferdis Armen zu liegen. Eine Weile blieben sie eng umschlungen so stehen. Dann ließ Ferdi sie los und klatschte in die Hände. „So, dann machen wir uns mal an die Organisation“, verkündete er.

Carolin runzelte fragend die Stirn. „Was willst du denn organisieren?“

„Na, unsere Mega-Welcome-Back-Party, weißt du doch.“

Carolin wich einen Schritt zurück und hob entsetzt die Hände. „Oh nein! Ohne mich! Alles, nur keine Party. Von Partys hab ich erst mal die Nase gestrichen voll!“

„Liebe Annit, bei mir haben sich die Ereignisse in letzter Zeit überstürzt. Lina, Thorben und Ferdi haben eine geniale Ruf-Rettungsaktion gestartet. Jedenfalls lacht jetzt die Schule nicht mehr über mich, sondern über Rafael. Das war voll süß von meinen Freunden.“ Carolin saß an ihrem Schreibtisch und schrieb mal wieder eine Mail an ihre Freundin in Warschau.

Komisch, dass man manchmal seine Gefühle besser mit jemandem teilen kann, den man nicht sieht!, überlegte sie. Gedankenverloren blickte sie aus dem Fenster. Es war schon dunkel. Den Rest des Nachmittags hatte sie mit Ferdi verbracht. Es war schön gewesen, entspannt, aber noch nicht ganz so unbeschwert wie früher.

„Weißt Du, Annit, es ist irgendwie alles wieder okay, aber ein bisschen fühlt es sich an, als würde etwas zwischen uns stehen. Es ist nicht mehr ganz so wie früher.“ Carolin strich mit dem Finger über das Bild von Sternentänzer auf ihrem Schreibtisch. *„So richtig hundertprozentig wohl*

fühle ich mich eigentlich nur, wenn ich mit meinem Sternentänzer zusammen bin, und Du bist wahrscheinlich die Einzige, die das so richtig versteht. Du schreibst ja auch immer, dass es Dir mit Silberstern genauso geht. Ich meine, die können doch nicht einfach vier Wochen verschwinden, zurückkommen und erwarten, dass alles wie früher ist??? Ach Annit, Du fehlst mir. Deine Caro.“

Zack und versenden! Carolin knabberte an einem Keks, der noch von gestern auf ihrem Schreibtisch lag. *Ferdi ist der coolste Freund der Welt, so viel steht fest,* dachte sie. *Und Lina die beste aller Freundinnen, aber trotzdem ...*

Carolin saß noch lange in Gedanken versunken an ihrem Schreibtisch, als ihr Mailprogramm eine neue Nachricht anzeigte. Sie war von Annit. Carolin legte den Keks weg und öffnete die Mail.

„Liebe Caro. Ich verstehe sehr gut, wie es Dir geht. Wenn ich auf Silberstern über die Felder jage, dann bin ich der glücklichste Mensch auf der Welt. Und ich versteh auch, dass mit so einer Aktion nicht sofort alles ungeschehen gemacht werden kann. Obwohl, es schon echt cool von Deinem Ferdi war. Klar bist Du tief drin noch sauer und verletzt. Aber mal ehrlich, Caro, die haben sich für Dich ganz schön ins Zeug gelegt! Also, wenn Du mich fragst, dann haben die eine zweite Chance verdient! Freu Dich, dass Du so tolle Freunde hast. Pack Deinen verletzten Stolz und pfeffer ihn auf den Misthaufen zu Fridolin, wo er hingehört!“

Carolin las Annits Zeilen wieder und wieder. *Klar, irgendwie hat sie recht, aber da ist noch etwas anderes, was ich nicht verstehe.* Carolin dachte an ihren letzten

Vollmondritt mit Sternentänzer und die Frage, die sie ihm über ihre Freunde gestellt hatte. Sie wollte wissen, ob sie zusammenbleiben würden. Die Antwort war eine sehr undeutliche Vision gewesen. Alles war verschwommen, kein Gesicht klar zu erkennen, und hinterher hatte sie sich sehr schlecht gefühlt.

Carolin grübelte und grübelte. *Bisher waren Sternentänzers Visionen immer klar, und es ist auch immer alles eingetroffen, was Sternentänzer mir geantwortet hat. Aber was wollte er mir bloß mit dieser Vision sagen?* Nachdenklich schnappte sich Carolin noch einen Keks und biss hinein. *Ob es was mit dieser Party und der Sache mit Rafael zu tun hatte, dass die Vision unklar war?*

Carolin stand auf, ging zum Fenster und schaute hinaus. Kugelrund und hell leuchtend stand der Vollmond am klaren Nachthimmel. Sie schmunzelte. *Na klar! Ich hab's! Ich werd Sternentänzer meine Frage eben noch mal stellen,* entschied sie. *Manche Fragen muss man vielleicht zwei Mal stellen. Vielleicht hat ja jede Frage ihre Zeit. Und jede Antwort auch.*

Carolin blickte auf ihren Wecker. Es war kurz vor Mitternacht. Sie zog einen schwarzen Rollkragenpullover über, öffnete ihre Zimmertür einen Spalt und spähte hinaus. Alles war dunkel. Vor dem Zimmer ihrer Mutter blieb sie kurz stehen und lauschte. Als ein gleichmäßiges Atmen zu hören war, schlich sie auf Zehenspitzen die Treppe hinunter und aus dem Haus. Dann radelte sie, so schnell sie konnte, nach Lindenhain.

Es war eine klare Nacht. Auf dem Reiterhof war alles ruhig. Leise schlich Carolin in Sternentänzers Box. Der Hengst schien schon auf sie gewartet zu haben und blickte ihr mit seinen dunklen Augen entgegen. Wie immer verhielt sich Carolin mucksmäuschenstill, wenn sie Sternentänzer in einer Vollmondnacht aus dem Stall holte. Erst als sie außer Hörweite waren, schwang sie sich auf seinen Rücken.

„Hüa, Sternentänzer, lauf! Los!“, trieb sie ihn an. Der Araberhengst stieß ein leises Wiehern aus und setzte sich in Bewegung. Die laue Nacht war wie geschaffen für einen Ausritt. Der Mond tauchte die Landschaft in ein romantisches Licht. „Schneller, mein Schöner!“, raunte Carolin ihrem Pferd zu und beugte sich tief über seinen Hals. Sie schloss die Augen und versuchte, sich haargenau an die Worte zu erinnern, die sie bei ihrem letzten Vollmondritt gesagt hatte. „Ich wünschte, ich wüsste, was aus Lina und mir wird. Und aus Ferdi und mir“, murmelte sie dann und drückte ihre Augen ganz fest zu.

Im gleichen Moment ging ein sanfter Ruck durch den sehnigen Körper des Pferdes. Es lief schneller. Immer schneller. Schnell wie der Wind. Carolin klammerte sich in seiner Mähne fest. Sie fühlte sich merkwürdig. Ihr Kopf schien sich zu drehen, ihr wurde schwindelig, wie in einem Kettenkarussell. Sternentänzer galoppierte schneller und schneller.

Carolin sah Bilder in ihrem Kopf. *Lindenhain, der Hof, der Stall, Vicky im Garten. Lina, ihre langen roten Haare flattern wie eine Fahne, sie strahlt. Ihre Augen funkeln wie ein Edelstein. Carolin, neben ihr. Sie hält den Arm um sie. Neben Carolin steht Ferdi mit seinem kurzen blonden Schopf, er strahlt, legt den Arm um Carolin.* Wie in einem Rausch schoss eine Bilderflut durch Carolins Kopf. Schnell, konturenlos, wie durch einen Weichzeichner gefiltert. Dann wurde Sternentänzer plötzlich langsamer, lief schwerfälliger, fiel in den Trab, dann in den Schritt.

Carolin war außer Atem und keuchte wie ein Walross. Dennoch fühlte sie sich nicht so ausgelaugt und unruhig wie bei ihrem letzten Vollmondritt. Ganz im Gegenteil, ein wohliges Gefühl breitete sich in ihrem Bauch aus. Eine angenehme Wärme durchströmte ihren Körper. Sie tätschelte den Hals ihres Pferdes. „Ach Sternentänzer, jetzt weiß ich ganz sicher, dass ich meinen Freunden vertrauen kann. Immer. Jederzeit", seufzte sie und fuhr zärtlich durch die seidige Mähne des Hengstes. „Und dass ich mich auf sie verlassen kann, auch wenn sie mal ein paar Wochen nicht da sind." Carolin schnaufte tief durch.

„Komm, mein Süßer, lass uns zusehen, dass wir nach Hause kommen!" Leise brachte sie den Hengst dann zurück in den Stall, rieb ihn geschwind trocken und machte sich auf den Heimweg.

Sie war froh, als sie endlich in ihrem Bett lag. Glücklich kuschelte sie sich in ihr Kissen und schlief kurz darauf ein.

Alles klärt sich auf

Am nächsten Morgen, einem Samstag, wachte Carolin auf und hörte einen Moment in sich hinein. Ja, das warme, wohlige Gefühl war noch da! Voller Elan hüpfte sie aus dem Bett, machte sich fertig und flitzte nach unten. „Einen wunderschönen guten Morgen, Mam.“

Ines stand in der Küche und füllte Wasser in die Kaffeemaschine. Sie zuckte zusammen und fuhr herum. „Um Himmels willen, was ist denn mit dir passiert?“

Carolin nahm sich eine Handvoll Cornpops aus der Schachtel. „Nichts, warum?“

„Du hast mal wieder gute Laune!“ Skeptisch musterte sie ihre Tochter. „Das allein grenzt schon an ein Wunder. Und du siehst frisch und munter aus. Und deine Augen glänzen wieder.“ Theatralisch streckte Ines die Hände zum Himmel. „Danke! Ich wusste schon nicht mehr, was ich noch mit dir anstellen sollte.“

„War ich wirklich so schlimm drauf?“, fragte Carolin vergnügt.

„Schlimmer“, erwiderte Ines. Sie holte ihre Handtasche und zog einen großen Umschlag heraus. „Hier.“

„Was ist das?“, wunderte sich Carolin.

Ines streckte ihr den Umschlag hin. „Mach einfach auf und schau's dir an!“

Carolin öffnete das Kuvert und zog einen Brief heraus. „Gutschein für einen Hin- und Rückflug für Carolin Baumgarten nach Palma de Mallorca.“ Carolin wedelte verdutzt mit dem Brief. „Was soll denn das?“

Ines seufzte. „Wie gesagt, ich war mit meinem Latein komplett am Ende, und daher wollte ich dich zu deinem Vater nach Mallorca schicken.“

Carolin kicherte. „Und du meinst, Paps hätte mehr Latein drauf als du?“

„Latein nicht, aber Spanisch ...“, grinste Ines. „Nein, aber im Ernst, ich dachte, so ein kleiner Klimawechsel würde dir vielleicht guttun. Dir und deiner Gesundheit.“

„Ach Mam“, seufzte Carolin und gab ihrer Mutter den Umschlag zurück.

Ines zögerte. „Mein Angebot steht noch.“

Carolin schüttelte den Kopf. „Nee danke, Mam. Ich muss erst mal hier so einiges wieder in Ordnung bringen.“

„Wie du meinst.“ Ines steckte alles wieder zurück in ihre Tasche.

Nach dem Frühstück fuhr Carolin mit dem Bus nach Grünstadt. Sie wollte ins *Städtische Museum*.

„Guten Tag, ich würde gerne zu Herrn Lampert“, meldete sie sich bei der platinblonden Dame an der Pforte.

Die sah sie prüfend an. „Hast du einen Termin?“

Carolin schüttelte den Kopf. „Ich wollte nur kurz mit ihm sprechen“, erklärte sie.

Die Dame sah sie bedauernd an. „Das tut mir jetzt aber leid für dich, Herr Lampert ist heute nicht im Haus.“

Carolin zog eine Grimasse. „Schade.“ Sie wollte das Museum gerade verlassen, da rief die Dame sie noch mal zurück. „Samstags macht Herr Lampert manchmal einen Spaziergang im Stadtpark. Vielleicht hast du da ja Glück.“

Carolin zuckte die Schulter. „Ich kann's ja mal versuchen.“ *Der nächste Bus nach Lilienthal fährt sowieso erst in einer Stunde,* fügte sie in Gedanken hinzu. Sie lief durch den Stadtpark. Doch Herr Lampert war weit und breit nicht zu sehen. Ein paar Mütter mit Kinderwagen, ein paar Jogger und zwei ältere Herren, die ihre Hunde ausführten.

Carolin wollte die Suche gerade aufgeben, als ihr Blick auf die große Voliere in der Parkmitte fiel. Mittendrin, umgeben von zahlreichen Sittichen, stand Herr Lampert. Er trug wieder eine dunkle Flanellhose, einen Pullunder und seine gepunktete Fliege, über dem Arm hing sein Jackett. Carolin schmunzelte. Es sah ziemlich witzig aus, wie er da in diesem Vogelkäfig stand.

„Hallo, Herr Lampert!“, rief Carolin ihm zu.

Herr Lampert winkte ihr zu und kam aus dem Käfig. „Ach sieh mal einer an, die Carolin.“

Carolin deutete auf die Voliere. „Nette Vögel.“

Herr Lampert zog seine Fliege zurecht. „Ich habe bei meiner Arbeit im Museum so viel mit leblosen Dingen zu tun, dass ich mich am Wochenende unter die Lebewesen mische“, erklärte er. „Manchmal gehe ich ins Aquarium, manchmal in den Zoo, und manchmal komme ich eben hierher."

Lebewesen, wiederholte Carolin in Gedanken und grinste in sich hinein. *Komischer Vogel!*

Herr Lampert deutete auf eine Parkbank. „Wollen wir uns nicht setzen?" Sprach's und saß schon. Er griff in seine Jackentasche, zog eine Tüte Gummibärchen heraus und hielt sie Carolin hin. „Die weißen sind deine."

Carolin nickte ernst. „Die roten gehören Ihnen."

„Nun, was verschafft mir die Ehre deines Besuches?" Er schmunzelte. „Hast du etwa wieder einen alten Knochen gefunden?"

Carolin lächelte. „Ich wollte eigentlich nur wissen, was jetzt mit Silvana passiert?"

„Silvanas sterbliche Überreste werden zur letzten Ruhe gebettet", erklärte Herr Lampert.

„Ach so", machte Carolin ein wenig enttäuscht. „So, als wäre nie etwas geschehen."

„Aber", redete Herr Lampert weiter, „zuvor werden ihre Knochen vermessen, alles haargenau dokumentiert, und mithilfe eines Computers werden wir auch versuchen zu rekonstruieren, wie sie früher ausgesehen haben mag."

„Echt?" Carolin machte große Augen. „Und das geht? Man weiß dann echt, wie sie aussah?"

„Das ist natürlich alles sehr aufwendig", erklärte Herr Lampert. „Und es dauert eine ganze Weile, aber es ist möglich. Und es kostet natürlich ziemlich viel Geld. Aber wir bemühen uns um Fördermittel."

Carolin horchte aufmerksam zu.

„Nun ja." Herr Lampert steckte die Hand in die Gummibärchentüte. „Silvana stammt aus unserer Gegend. Sie ist gewissermaßen eine Vorfahrin von uns. Ein Teil unserer Vergangenheit. Wir wollen ihr im Museum einen ganzen Raum einrichten und den Besuchern ihre Geschichte erzählen. Die Geschichte von Silvana, dem Mädchen aus dem Moor." Er blickte Carolin über seinen Brillenrand hinweg an. „Zugleich wollen wir einen Aufruf starten. Alle, die darüber verfügen, sollen dem Museum ihren Familienstammbaum zur Verfügung stellen."

„Warum das denn?", wollte Carolin wissen.

Herrn Lamperts Augen funkelten. „Wer weiß? Vielleicht lassen sich irgendwelche Verbindungen von Silvana bis heute feststellen."

Carolin stutzte. „Was denn für Verbindungen?"

„Nun, Silvana hatte womöglich Geschwister."

„Und die Kinder von denen und Kindeskinder und so weiter leben womöglich heute noch hier irgendwo in der Gegend?", fragte Carolin wie elektrisiert.

Herr Lampert nickte bedächtig. „Ist natürlich äußerst unwahrscheinlich, aber einen Versuch wert und eine große Herausforderung für jeden Forscher. Das wird wie eine Reise in die Vergangenheit. Wann hat ein so kleines Museum wie unseres schon mal so eine große Chance?!"

„Wow!", stieß Carolin beeindruckt hervor. „Cool."

„Voll cool", bestätigte Herr Lampert.

Carolin musste schmunzeln. Voll cool war ein Ausdruck, den sie bei ihm niemals erwartet hätte. Sie pickte zwei weiße Gummibärchen aus der Tüte. „Und wie lange dauert das?"

Herr Lampert zuckte mit der Schulter. „Das kann ich dir

nicht sagen, Caro. Drei Monate, drei Jahre, bis zu meiner Pensionierung."

Carolin holte noch das letzte weiße Bärchen heraus. „Sie müssen mir was versprechen", schmatzte sie. „Sie müssen mir Bescheid geben, wenn Sie etwas Neues erfahren."

Herr Lampert nickte. „Versprochen. So wahr ich Helmut Lampert heiße."

Carolin blickte auf die Kirchturmuhr. „Ich muss los, mein Bus fährt gleich."

Herr Lampert stand auf und hielt ihr seine Hand hin. „Auf Wiedersehen, Caro."

„Auf Wiedersehen, Herr Lampert."

Zu Hause in der Breitensteinstraße schwang sich Carolin gleich auf ihr Fahrrad, um weiter nach Lindenhain zu radeln. *Komischer Gedanke! Aber eigentlich gar nicht so unmöglich. Silvana lebte hier, und jetzt leben wir hier. Was wohl aus ihr geworden wäre, wenn ihre Freunde sie nicht verraten hätten?* Carolin ließ ihre Beine kurz pendeln und lächelte. *Dann wäre sie vermutlich hundert Jahre alt geworden und hätte jede Menge Kinder bekommen. Und ich hätte nie ihren Knochen gefunden.*

„He, Caro!"

Carolin zuckte zusammen. Sie war so in Gedanken versunken gewesen, dass sie gar nicht bemerkt hatte, dass ein Wagen neben ihr herfuhr. Ferdi grinste ihr aus dem offenen Fenster zu. „Na, trainierst du für die Tour de France?", feixte er.

„Ich bin auf dem Weg nach Lindenhain", antwortete Carolin.

„Ich auch."

„Dann sehen wir uns ja gleich."

Der Wagen hielt an, und Ferdi stieg aus. „Nein, jetzt. Du schiebst einfach dein Rad, und ich leiste dir Gesellschaft."

„Kommst du gerade vom Training?", erkundigte sich Carolin.

Ferdi nickte. „Training ist gut, Folter wär treffender. Unser Trainer hat das Tempo so unglaublich hochgeschraubt. Der Erste hat schon das Handtuch geworfen." Ferdi griff nach ihrer Hand. „Ich weiß, es war blöd für dich, dass ich einfach für vier Wochen verschwunden bin, aber ..."

Carolin drückte seine Hand. „Schon okay."

„Ich muss dich noch was fragen, Caro." Ferdi stellte sich vor sie und schaute ihr tief in die Augen. „Wenn das mit diesem Rafael nicht so blöd ausgegangen wäre, ich mein, wenn das mit der Party nicht passiert wär ..."

„Dann wär auch nicht mehr passiert", unterbrach Carolin ihn.

Ferdi sah sie an mit einem Dackelblick. „Sicher?"

Carolin nickte. „Ganz sicher."

Ferdi zog sie an sich. „Ich hab dich lieb, Carolinchen. Von hier bis zum Mars."

„Und wieder zurück", seufzte Carolin in seine Schulter.

Hand in Hand - mit der anderen schob Ferdi Carolins Rad - marschierten sie auf den Reiterhof.

„Ganz im Ernst, ich hab schon überlegt, ob ich auch aussteige", sagte Ferdi.

„Spinnst du", empörte sich Carolin. „Eishockey ist doch für dich wie ... wie Sternentänzer für mich."

„Schon, aber das Training, die Schule, das wird langsam alles richtig eng."

„Hör auf den Rat deiner Freundin: Für das, was man liebt, muss man kämpfen!"

Carolin dachte an Annit, und ein Lächeln huschte über ihr Gesicht. *„Wirf deine Bedenken auf den Misthaufen zu Fridolin, wo sie hingehören!", hatte sie gesagt.*

„Ey, sieh mal an, wer da ist!" Ferdi deutete auf die Holzbank unter der großen Linde. Dort saß Lina. Um sie herum hatte sie Eulalias vier Kätzchen versammelt und spielte mit ihnen.

Als sie Ferdi und Carolin Hand in Hand auf sich zukommen sah, sprang sie auf und lief ihnen entgegen. Sie legte den Arm um die Freundin, ihre Augen strahlten. „Echt super, euch zu sehen, Freunde!"

„Schön, dass wir wieder zusammen sind", erwiderte Ferdi und legte ebenfalls den Arm um Carolin.

Überglücklich drehte Carolin den Kopf zur Weide und blickte zu Sternentänzer hinüber. Der weiße Hengst stand ganz ruhig da und beobachtete sie. Plötzlich bewegte er seinen edlen Kopf ein paar Mal auf und ab. Es schien fast, als wolle er sagen: „Siehst du, es ist alles genau wie in meiner Vision!" Dann schnaubte er laut und galoppierte davon. Carolin lächelte. *Alles wie in der Vision, bis auf ...*

„Was ist denn mit Vicky los?", unterbrach Linas Stimme sie. Die Freundin deutete mit dem Kopf zum Eingang des Haupthauses.

Vicky kam heraus. Sie trug wieder den Strohhut, die

grüne Schürze über ihrer Reithose und hatte einen großen Korb aus Stroh in der Hand. Als sie die drei erblickte, kam sie auf sie zu. „Hi, ihr!"

Carolin zeigte wissend auf den Korb. „Zucchini?"

Vicky schüttelte den Kopf. „Gurken." Sie seufzte. „Gurken mag Gunnar, und der Klügere gibt eben nach ... Doch Gurken und Zucchini sehen sich sehr, sehr ähnlich." Sie warf Carolin einen verschwörerischen Blick zu und marschierte Richtung Garten davon.

„Ich muss euch leider auch verlassen, die Hausi macht sich nicht von allein", erklärte Ferdi.

Lina setzte sich im Schneidersitz auf die Holzbank und klopfte auf den Platz neben sich.

Carolin hob das pechschwarze Kätzchen hoch und setzte sich neben Lina. Zärtlich strich sie über das samtweiche Katzenfell. „Ich war übrigens auch bei Ami."

Lina holte sich eins der getigerten Kätzchen auf den Schoß. „Und?"

Carolin seufzte. „Sie hat mich vor falschen Freunden gewarnt. Ich hab's damals nicht gecheckt, aber sie hatte wohl recht."

„Ami hat immer recht", gab Lina zurück. „Weißt du, Caro, dieser Kurs war ziemlich anstrengend für mich. Ich hab einfach tierisch Angst, dass ich nie so gut werde wie Ami und sie von mir enttäuscht ist. Und das wär ziemlich schlimm für mich. Aber ich habe sehr viel über Magie, Heilerei und so fort gelernt."

Carolin schmunzelte. „Hast du denn auch gelernt, wie man Hexensalbe herstellt?"

Lina schmunzelte ebenfalls. „Logo, was denkst du denn!"

Carolin zog erstaunt die Augenbrauen hoch. „Dann gibt es das wirklich? Dann kannst du jetzt fliegen?"

Lina breitete die Arme aus. „Na klar, ein bisschen Salbe auf meine Flügel, und los geht's!"

„Im Ernst, Lina?"

„Wenn du ein paar bestimmte Pflanzen miteinander mischst, fühlst du dich, als könntest du fliegen – bestenfalls." Lina kicherte. „Wenn es schiefgeht, siehst du überall weiße Mäuse."

„Ach so!" Carolin fuhr sich mit der Hand durch ihre kurzen Haare. Es gab noch etwas, was sie loswerden musste. „Da ist noch eine Sache, die hat mich besonders verletzt."

Lina ließ das Kätzchen von ihrem Schoß hüpfen. „Was denn?"

„An dem Tag, als Herr Lampert all die Infos über Silvana zusammenhatte, hab ich dir geschrieben. Ich hab dich um Antwort gebeten." Carolin schnaufte tief durch. „Weißt du, dass ich fast die ganze Nacht auf eine Mail von dir gewartet hab, aber es kam nichts? Gar nichts!"

Lina lehnte den Kopf an Carolins Schulter. „Weißt du, dass ich an diesem Abend in der Bibliothek war? Ich hatte dir eine Antwort geschrieben und ungefähr hundertfünfzigtausend Mal versucht, dir die zu schicken. Und immer wieder erhielt ich eine Fehlermeldung. Ich hab mich sogar noch mit der strengen Bibliothekarin angelegt, weil ich nicht aufgeben wollte. Aber ich kam nicht durch."

Carolin zog eine Grimasse. „Kann ich ja nicht riechen. Boah, ich war so sauer auf dich! Ich hätte dich auf den Mond schießen können, echt!"

Lina schaute Carolin ernst an. „Riechen nicht, aber

wissen! Ami würde jetzt sagen: Freundschaft hat weder mit Zeit noch mit dem Ort zu tun."

„Stimmt", gab Carolin ihr recht und musste für einen Augenblick an Annit denken. *Sie ist zwar weit weg, doch in der Zeit, als Lina und Ferdi nicht da waren, war sie ganz nah bei mir.*

Lina legte den Arm um Carolins Schulter. „Wir sind beste Freundinnen für immer und ewig und einen Tag. Schon vergessen?"

Carolin schüttelte den Kopf. „Jetzt werde ich das nie mehr vergessen."

Lange saßen die beiden schweigend nebeneinander. Dann drehte Lina den Kopf zu Carolin. Dabei kniff sie ihre Augen zusammen – so, als würde sie angestrengt nachdenken. „Weißt du, was ich mich die ganze Zeit frage?"

Carolin grinste. „Nee – du warst doch im Magie-Fortbildungskurs. Ich bin in Gedankenlesen nicht gerade eine Granate."

„Wie kam es, dass Sternentänzer ausgerechnet auf diese Stelle stieß? Und dass Silvana ungefähr in unserem Alter war?" Lina funkelte die Freundin an. „Sternentänzer ist ja ein magischer Hengst. Ob seine Vorfahren, die vor vielen, vielen Jahrhunderten gelebt haben, Silvana kannten und er deshalb von ihr wusste? Vielleicht war einer dieser Vorfahren Silvanas Pferd? Vielleicht kannte er daher die Stelle, an der sie starb?"

„Tja", lächelte Carolin. „Das wird wohl für immer Silvanas Geheimnis bleiben."

Sternentänzer

Ponys in Not

Lisa Capelli

Der Neue in der Klasse

Carolin kauerte mit verschränkten Armen auf ihrem Stuhl, kaute am hinteren Ende ihres Bleistiftes und schaute gedankenverloren nach draußen. Das hohe, weiß gerahmte Fenster in ihrem Klassenzimmer gab den Blick frei auf einen strahlend blauen, beinahe wolkenlosen Himmel. Kein Lüftchen wehte. Auf dem Wipfel der mächtigen Fichte schaukelten zwei Vögel und zwitscherten fröhlich vor sich hin.

Wie gerne würde ich jetzt mit meinem Sternentänzer ausreiten!, dachte Carolin sehnsüchtig. *Über die Felder bei Lindenhain galoppieren, den Wind um meine Nase wehen lassen, mich ganz dicht in Sternentänzers seidenweiches Fell drücken, seine mondhelle Mähne in meinem Gesicht spüren und ...*

„Guten Morgen, die Herrschaften!" Die raue Stimme ihres Mathelehrers Dr. Hutmacher holte Carolin höchst unsanft aus ihren Träumen zurück in die Realität.

„Die Hausi war diesmal echt richtig schwierig", raunte Lina ihr besorgt zu. „Hast du das hingekriegt?" Lina Schniggenfittich saß auf dem Platz neben ihr. Sie war

Carolins beste Freundin und – ganz im Gegensatz zu ihr – normalerweise ausgesprochen gut in Mathe.

Carolin zog eine Grimasse. „Nur mit Nachhilfe." Sie seufzte. „Ich glaub, ich check das alles nie. Und wenn ich bis an mein Lebensende täglich Nachhilfe bekomme."

„Dann holt gleich einmal eure Hefte raus", forderte Dr. Hutmacher seine Schüler auf.

Lina wollte gerade etwas erwidern, als sich mit einem leisen Knarren ein wenig zögerlich die Klassenzimmertür öffnete. Erst einen Spalt, dann immer weiter. Herein trat ein mittelgroßer, untersetzter Junge mit kurzen, dunklen, leicht lockigen Haaren. Auf seiner Nase saß eine kleine Nickelbrille, die im Verhältnis zu seinem großen runden Gesicht viel zu klein wirkte. Zudem hatte er dicke rote Pickel im Gesicht. Er sah wirklich nicht besonders hübsch aus.

Dr. Hutmacher blickte dem Jungen sichtlich erstaunt entgegen. „Ja bitte? Kann ich dir helfen? Hast du dich im Klassenzimmer geirrt?"

„Nein, ich bin der Neue hier", erklärte der Junge etwas schüchtern, aber mit fester Stimme.

Julia Schlupf prustete los. „Der Neue, wo? Im Gruselkabinett?", kreischte sie laut wie eine Sirene durch die Klasse. Die anderen brachen in schallendes Gelächter aus.

Dr. Hutmacher warf Julia einen strafenden Blick zu. „Wenn ich um Ruhe bitten dürfte!"

Tapfer rückte der Junge seine Nickelbrille zurecht. „Der Neue in dieser Klasse. Ich heiße Matthias Kömpke, und die Dame vom Sekretariat hat mich hierhergeschickt."

Dr. Hutmacher zwickte die Augen zusammen und musterte Matthias kurz. „Hm, ich wusste eigentlich gar nicht, dass diese Klasse einen Neuen bekommen soll, aber gut."

„Oh Mann! Können wir nicht mal einen schicken Neuzugang kriegen?", rief Julia vorlaut. „So was wie Brad Pitt oder Justin Timberlake. Coole Frisur, super Body ..."

Dr. Hutmacher ignorierte ihren Einwand. Er sah sich in der Klasse um. „Wo ist denn noch ein Platz frei? Mal schauen ... ja ... setz dich doch neben Viola, Matthias."

„Arme Viola", kicherte Julia. „Dafür würde ihr eigentlich Schmerzensgeld zustehen."

Viola verdrehte angewidert die Augen und schüttelte ihre langen, braunen Haare wie einen Vorhang vor ihr Gesicht.

Verschüchtert ließ sich Matthias an dem angegebenen Platz nieder. Viola warf ihm durch ihre Haare einen so verächtlichen Blick zu, als wäre er ihr ärgster Feind. Matthias spürte ihre Ablehnung und krümelte sich am äußeren Ende des Tisches zusammen – so, als wollte er am liebsten schnurstracks im Fußboden versinken.

Carolin blickte voller Mitgefühl zu Matthias. „Voll mies, so in einer neuen Klasse aufgenommen zu werden."

Lina grinste schief. „Unsere liebe Frau Schlupf ist echt das freundlichste Empfangskomitee der Welt."

Carolin betrachtete ihre beste Freundin aus den Augenwinkeln. Lina hatte auch ihre Probleme mit Julia. Immer wieder! Die beiden waren schon des Öfteren richtig heftig aneinandergeraten. Zwischen den zwei Mädchen lagen Welten: Julia hatte lange, hellblonde, glänzende Haare und war stets nach der neuesten Mode gekleidet, sie war stinkreich, denn ihrer Familie gehörte die Strumpfwarenfabrik *Cecilia.* Linas Eltern hingegen lebten in einem Wohnwagen und zogen von Jahrmarkt zu Jahrmarkt, um Kräuterprodukte zu verkaufen. Lina hatte eine wilde rote Lockenmähne, trug eigentlich fast immer mehrere bunt gemusterte Röcke übereinander, geschnürte Blusen und derbe Schnürstiefel dazu.

„Matthias tut mir echt leid“, beharrte Carolin voller Mitleid. „Das ist echt unfair!“

Tina, die vor ihnen saß, drehte sich um. „Find ich auch. Er kann ja nichts dafür, dass er etwas mehr wiegt. Vermutlich schmeckt's ihm auch so gut wie mir“, meinte sie mitfühlend. Tina wusste, wovon sie sprach. Sie brachte ebenfalls ein paar Pfündchen mehr auf die Waage. Ihre Mutter setzte sie zwar immer mal wieder auf Diät, aber Möhren- und Gurkenschnitze waren eben nur ein schlechter Ersatz für Schokokekse und Gummibärchen. Tina schickte noch einen prüfenden Blick zu Matthias. „Eigentlich macht er ja einen ganz netten Eindruck.“

Lina knuffte Carolin in die Seite. „Wir können ihm ja zeigen, dass in der Schule in Lilienthal nicht nur bescheuerte, eingebildete Tussen anzutreffen sind.“

In der Pause lehnte Matthias ganz allein in einem Eck an der Schulhofmauer und kaute an einem dick belegten Pausenbrot. Carolin und Lina steuerten auf ihn zu.

„Hi, ich bin Caro, und das ist Lina, meine beste Freundin“, begann Carolin gleich.

Matthias schwieg einen Moment lang. Dann verzog er

den Mund zu einem breiten Grinsen. „Hey, und ich bin Matthias. Frisch aus dem Gruselkabinett."

Carolin grinste zurück. *Offenbar hat er Humor.*

„Denk dir nichts", gab Lina leichthin zurück. „Unsere liebe Julia würde dafür beim Wettbewerb ‚Deutschland sucht die Superzicke' den ersten Platz belegen."

„Sieht ganz so aus", nickte Matthias und biss genüsslich in sein Pausenbrot. Dabei klopfte er demonstrativ auf seine Rettungsringe am Bauch. „Muss schließlich was für mein Anti-Timberlake-Image tun."

„Pah!", winkte Lina ab. „Wer braucht den denn schon?"

„Wo kommst du eigentlich her?", wollte Carolin wissen.

„Ich bin vorher in Silberthann in die Schule gegangen", erzählte Matthias. „Aber wir sind vor Kurzem umgezogen, und so bin ich hier gelandet." Er biss erneut mit Appetit in sein Brot. „Leider."

„Ach was!" Carolin schüttelte den Kopf. „Du hast einen völlig falschen Eindruck von uns. So schlimm ist es hier echt nicht."

„Stimmt", bestätigte Lina. „Wenn man Julia einfach ignoriert, dann geht's."

Matthias kaute schmatzend weiter.

„Kannst du reiten?", erkundigte sich Carolin dann – ohne eigentlich genau zu wissen, warum.

Matthias grinste sie an, sodass seine Backen noch dicker wurden. „Ey, ich bin doch kein Tierquäler. Jedes kluge Pferd läuft, was es kann, wenn es mich sieht."

Carolin kicherte. Dieser Matthias war zwar keine Schönheit, schien aber richtig lustig zu sein.

„Und was machst du sonst so?", fragte Lina neugierig.

„Ich lebe." Er deutete auf sein Pausenbrot. „Und esse."

In diesem Moment schlenderte Julia mit ihren Freundinnen an ihnen vorbei. Heike hatte sich rechts untergehakt, Viola links. Viola war seit gut einem halben Jahr in ihrer Klasse und genauso zickig wie Julia. Daher hatten sich die beiden auf Anhieb super verstanden. Manchmal schaukelten sie sich mit ihrem Gezicke gegenseitig richtig hoch.

„Sieh mal an, unsere zwei Pferdedamen haben ja auch ein Herz für andere Tiere. Für Nilpferde zum Beispiel", spottete Julia.

Heike, Julias beste Freundin und größter Fan, prustete pflichtschuldig laut los. Auch Viola kicherte hysterisch.

Matthias kaute immer heftiger.

„Hör einfach nicht drauf", versuchte Carolin, Matthias zu trösten.

Der wehrte gleich ab. „Vergiss es! Das macht mir nichts." Er klopfte auf seinen Bauch. „Ich bin Spott gewöhnt. Als Zielscheibe unübersehbar!"

Es war nicht das, was er sagte, sondern es war die Art, wie er es sagte: der Ton in seiner Stimme, der traurige Blick in seinen braunen Augen – sie weckten das Mitleid in Carolin. Matthias versuchte zwar, über dem Spott zu stehen, doch man merkte ihm deutlich an, dass es ihn tief in seinem Inneren verletzte.

„He, Leute!" Thorben kam angestiefelt. Er war Linas Freund und ging ebenfalls in ihre Klasse.

Lina packte ihn gleich an seiner Jacke und zog ihn mit einer Hand zu sich heran. „Während du im Computerraum warst, haben wir uns ein bisschen mit Matthias angefreundet“, erklärte sie. Dann wandte sie den Kopf und deutete auf Thorben. „Matthias, das ist Thorben, mein Freund.“

Thorben nickte ihm kurz zu. „Hi, Matthias.“

Matthias verzog den Mund zu einem Lächeln. In diesem Augenblick ertönte die Schulglocke. Matthias schluckte den letzten Rest seines Brotes hinunter und ging wieder ins Gebäude.

Carolin zögerte kurz. „Wir fahren nach der Schule nach Lindenhain. Hast du vielleicht Lust, mitzukommen?“, fragte sie dann auf dem Weg ins Klassenzimmer. Normalerweise war es zwar gar nicht ihre Art, einfach irgendwen mit nach Lindenhain zu nehmen. Aber da war irgendetwas, was sie drängte, Matthias einzuladen.

„Was ist denn dieses Lindenhain?“, fragte Matthias zurück. Er zog eine Grimasse und gab die Antwort gleich selbst. „Oh, ich weiß! Das ist ein Jahrmarkt. Dort wollt ihr mich ausstellen und mit mir Geld verdienen.“

Carolin schmunzelte leicht. „Quatsch! Lindenhain liegt ganz in der Nähe. Es ist meine zweite Heimat und der tollste Reiterhof der Welt. Also, hast du Lust? Kommst du mit?“

Matthias zuckte die Achseln. „Klar, warum nicht! Kann ich mir ja mal anschauen.“

Julia drückte sich an Matthias vorbei ins Klassenzimmer. „Boah ey! Wir müssen dringend dem Hausmeister Bescheid sagen, dass er die Türen verbreitert, bevor hier noch jemand stecken bleibt“, stänkerte sie.

Lina verdrehte die Augen. „Möge diese alte Giftspritze irgendwann an ihrer eigenen Bosheit ersticken!“

Auf nach Lindenhain!

Nach der Schule warteten Lina und Carolin am Fahrradständer auf Matthias. Sie erklärten ihm rasch, mit welchem Bus er nach Lindenhain kam, und radelten schon mal vor.

Lilienthal war durch einen beschrankten Bahnübergang in zwei Hälften geteilt. Die Schranke gehörte zu einem von Carolins Omen. Wenn sie geschlossen war, verhieß das nichts Gutes, stand sie offen, betrachtete Carolin das als gutes Zeichen. An diesem Tag war die Schranke oben, und die beiden Freundinnen konnten ungehindert weiterradeln. Nach einer guten halben Stunde bogen Lina und Carolin in die Zufahrt zum Reiterhof und ließen ihre Räder zum Haupthaus rollen. Carolin stellte ihr Bike ab und hielt sogleich Ausschau nach ihrem Pferd.

Lina deutete zur Weide, die direkt an den Hof angrenzte und sich bis weit hinüber zum nächsten Hügel erstreckte. Darauf thronte eine Gruppe hoher alter Linden – ihnen hatte Lindenhain seinen Namen zu verdanken. „Sternentänzer ist ganz hinten auf der Koppel."

Carolin ließ ihren Blick schweifen. Dort oben stand er, ihr wunderschöner weißer Hengst. Das Fell des Schimmels glänzte wie flüssiges Silber in der Sonne. „Ist er nicht einfach traumhaft?!“, schwärmte Carolin. Der Anblick ihres geliebten Pferdes erfüllte sie jedes Mal aufs Neue mit großem Glücksgefühl.

Lina schmunzelte. „Du hast ihn jetzt schon ewig. Langsam müsstest du dich an sein Aussehen gewöhnt haben.“

Carolin seufzte tief. „Ich freue mich eben jedes Mal wieder, wenn ich ihn sehe.“

Lina stieß Carolin in die Seite. „Da ist ja auch schon Matthias.“

Etwas unschlüssig – mit beiden Händen in der Hosentasche – stand der rundliche Junge in der großen Toreinfahrt und spähte umher. Sein Blick wanderte vom Hügel mit den hohen Linden über die Pferdekoppel zum Haupthaus mit dem kleinen Tümpel und dem Garten daneben, in dem seit Kurzem Zucchini wuchsen. Von dort weiter zum Paddock über die Reithalle zum Stall und dem Misthaufen, auf dem gerade Hofhahn Fridolin aufgeregt mit den Flügeln schlug und lauthals krähte.

Carolin und Lina winkten Matthias zu sich. Etwas zögerlich kam der Junge angetrottet. „Hi, Matthias“, riefen die Mädchen im Chor.

„Das ist ja ein richtiger Reiterhof“, staunte Matthias.

„Was dachtest du denn?“, fragte Carolin empört.

Matthias zuckte mit den Schultern. „Keine Ahnung, eher so was Ponyhof-mäßiges. Eine kleine Wiese mit ein paar Haflingern drauf.“ Er ließ seinen Blick erneut über das Anwesen bis hin zur Weide schweifen und nickte dabei anerkennend. „Aber ihr habt hier ja richtig schicke Pferde. Der Schimmel dort oben beispielsweise ist ein Prachtexemplar.“

„Dieser wunderschöne weiße Hengst gehört mir“, erklärte Carolin voller Stolz. „Er heißt Sternentänzer.“ *Und er ist nicht nur wunderschön, sondern hat auch eine ganz besondere Gabe,* fügte sie in Gedanken hinzu.

Matthias nickte begeistert. „Cool. So einen hab ich mal im Fernsehen gesehen.“

Aber bestimmt keinen, der eine magische Gabe besitzt und in die Zukunft blicken kann!

In diesem Moment kam Ferdi aus dem Ferienhaus, das gleich hinter dem Haupthaus lag. Wie so oft hatte er seine riesige Sporttasche dabei, die so schwer war, dass er sie kaum schleppen konnte. Als er Carolin und Lina entdeckte, ließ er die Tasche fallen und lief auf die Mädchen zu. „Hi, Lina.“ Carolin drückte er zur Begrüßung ein Küsschen auf die Wange. „Hi, Carolinchen, alles klar?“

Carolin nickte. „Aber immer. Und du?“

„Ich muss leider gleich los.“ Ferdi deutete auf seine Tasche. Seine wasserblauen Augen funkelten. „Neuerdings müssen wir ein paar Strafrunden laufen, wenn wir zu spät zum Training erscheinen.“ Er drehte sich um und war auch schon wieder verschwunden.

„Und wer war das?“, fragte Matthias neugierig.

„Ferdi“, erklärte Carolin. Ferdinand Reifenbach war ihr Freund. Er stammte eigentlich aus Berlin – aus einer stinkreichen Familie –, hatte sich aber ihr zuliebe im Ferienhaus des Reiterhofes einquartiert und besuchte eine Privatschule in Grünstadt.

„Ist der auch so ein Pferdefreak?“, wollte Matthias wissen.

Lina prustete los. „Ferdi hat mit Pferden in etwa so viel am Hut wie mit Topflappenhäkeln.“

„Ferdi ist reittechnisch völlig unbegabt“, ergänzte Carolin mit einem Schmunzeln. „Dafür spielt er supergut Eishockey.“

„Eishockey“, wiederholte Matthias andächtig. „Wollte ich auch mal spielen.“ Er lachte. „Da sind alle so dick angezogen, dass das Gewicht gar nicht auffällt. Aber meine Eltern haben es nicht erlaubt. Viel zu gefährlich.“

„Ferdis Mannschaft hat sogar schon den Meistertitel in der Regionalliga geholt“, berichtete Carolin stolz.

Matthias nahm seinen Schulrucksack vom Rücken und stellte ihn ab. „Ich dachte immer, auf einem Reiterhof laufen nur Pferdefreaks herum. Dass man dort auch Eishockeyspieler trifft, damit hätte ich im Leben nicht gerechnet.“

Lina grinste breit. „So kann man sich täuschen! Aber keine Sorge, mein lieber Thorben ist auch kein Superman auf dem Pferderücken.“

Matthias sah sich noch einmal um. „Aber cool habt ihr’s hier schon. Hier könnt’s mir auch gefallen.“

„Wie wär’s denn mit einem kleinen Rundgang?“, schlug Carolin eifrig vor.

Matthias stimmte zu und folgte den beiden Mädchen.

Als sie eine Stunde später das ganze Anwesen besichtigt hatten, näherten sich drei Fahrräder der Hofeinfahrt.

„Ätz!“ Lina verdrehte die Augen. „Nichts wie weg!“ Sie lief zu ihrem Bike und radelte in Windeseile davon.

Matthias blickte Lina verwundert nach. „Was hat die denn so plötzlich in die Flucht geschlagen?"

Carolin deutete Richtung Hofeinfahrt. „Wirst du gleich selbst sehen."

Da erkannte auch Matthias, wer auf den Fahrrädern saß, und zog eine Grimasse. „Alles klar! Wo ist hier der Notausgang?"

Kurz darauf stellten Julia, Heike und Viola ihre Fahrräder ab, winkten Carolin kurz zu und verschwanden dann im Ferienhaus.

Matthias sah ihnen nach. „Reiten die etwa auch?"

Carolin zuckte die Schultern. „Eigentlich nicht, aber seit ein paar Tagen kreuzen die immer mal wieder hier auf. Keine Ahnung, warum!" Sie boxte Matthias in die Seite. „Soll uns aber egal sein!"

Matthias war so begeistert von Lindenhain, dass er am nächsten Tag nach der Schule gleich wieder mit Carolin und Lina dorthin fuhr. Erst machten sie alle zusammen im Gemeinschaftsraum ihre Hausaufgaben, dann spazierten sie auf dem Reiterhof herum. Als Carolin Sternentänzer vor dem Stall putzte, assistierte Matthias ihr begeistert. Unermüdlich zog er immer wieder los und holte frisches Wasser. Jedes Mal, wenn er einen Eimer voll Wasser brachte, schnupperte Sternentänzer liebevoll an seiner Hand.

„Du bist der perfekte Putz-Assi", lobte Carolin. „Und ich glaube, Sternentänzer mag dich."

„Wenn die Tiere nur nicht so hoch wären!", klagte Matthias zerknirscht. „Und so pelzig und so tierisch ..."

Carolin schüttelte lachend den Kopf. „Wie Ferdi!" Sie freute sich über Matthias' sichtliche Begeisterung für Lindenhain, wobei sie sich auch ein bisschen über sich selbst wunderte. *Warum liegt mir eigentlich so viel an Matthias? Warum wollte ich, dass er nach Lindenhain kommt?* In diesem Augenblick drehte Sternentänzer seinen Kopf und blickte sie mit seinen dunklen feuchten Kohleaugen so intensiv an, dass Carolin eine Gänsehaut bekam. Es schien fast, als wolle er sagen: „Du wirst schon noch erfahren, warum."

„Und jetzt?" Matthias' laute Stimme riss sie aus ihren Gedanken.

„Äh ... was?"

Matthias stand neben ihr. Sein weißes T-Shirt war nass und hatte schon ein paar Flecken, aber seine Augen hinter der Brille funkelten. „Was soll ich jetzt tun?"

Carolin grinste. „Kannst du mir mal eben aus der Sattelkammer eine Kardätsche holen?"

Matthias runzelte die Stirn. „Klar! ... Äh ... was ist das?"

„Kar-dät-sche!" Grinsend beschrieb Carolin ihm, wie das Teil aussah.

Matthias legte die Hand an eine nicht vorhandene Mütze. „Ay, ay, Sir!", erklärte er fröhlich, bevor er Richtung Stall verschwand. Pfeifend marschierte er den Gang entlang bis zur Sattelkammer. Mit Schwung riss er die Tür auf und spähte hinein.

„He, musst du mich so erschrecken?", machte eine Stimme ihn gleich an.

„Äh, sorry ...“, stammelte Matthias, ohne erkennen zu können, wessen Stimme das war.

Da tauchte ein Mädchen mit langen braunen Haaren auf, das einen Sattel über dem Arm hielt. „Was guckst du denn so dämlich wie eine Kuh, wenn's blitzt?“

Die Stimme gehörte Viola. *Na toll!*, dachte Matthias und wollte schon den Rückzug antreten. Doch dann fiel ihm ein, dass er Carolin etwas bringen sollte. „Äh, ich wollte nur ... also wenn du hier eine Kardätsche siehst ...“

Viola lüpfte eine Augenbraue. „Was ist dann?“

„Dann könntest du mir die geben, weil ich die brauche“, ergänzte Matthias, immer noch gut gelaunt.

Viola zog eine Grimasse. „Weißt du, was mir das ist, Fettsack? Schnurzpiepegal! Such dir das Teil doch selber. Kommst dabei vielleicht ins Schwitzen und verlierst ein paar Gramm Lebendgewicht.“ Sie fasste den Sattel fester, warf ihm noch einen verächtlichen Blick zu und stiefelte davon.

Matthias sah ihr nach und schluckte. Die hämischen Bemerkungen taten ja schon weh genug, wenn man sie erwartete. Doch wenn man sich in Sicherheit wiegte – gerade hatte er begonnen, sich auf Lindenhain richtig wohlzufühlen. Er schluckte die aufkommenden Tränen hinunter, suchte nach der Kardätsche und brachte sie nach draußen.

„Wo bleibst du denn? Hast du den ganzen Stall durchsucht?“, rief Carolin ihm fröhlich entgegen. „Sternentänzer wird auch schon ganz ungeduldig.“

Wortlos und mit gesenktem Kopf reichte Matthias ihr die Kardätsche.

„He, was ist dir denn für eine Laus über die Leber gelaufen?“, wunderte sich Carolin über sein geknicktes Gesicht. „Eben warst du doch noch richtig gut drauf.“

Matthias winkte nur ab. „Ach nichts, alles bestens.“

„Lass mich mal raten? ... Dich hat ein Floh gebissen“, versuchte Carolin zu scherzen.

Matthias schüttelte nur stumm den Kopf.

Dann eben nicht! Carolin zuckte mit den Schultern und kümmerte sich weiter um Sternentänzer. Wenn sie sich noch einmal umgedreht hätte, hätte sie bemerkt, wie sich Matthias rasch eine Träne aus dem Augenwinkel wischte.

„So!“ Nach einer Weile tätschelte Carolin Sternentänzers Hals. „Fertig!“, sagte sie und griff nach dem Führstrick. „Jetzt können wir das sauberste Pferd der Welt wieder in den Stall bringen.“

In diesem Moment kam Ferdi aus dem Haupthaus. Grinsend tippte er Matthias auf die Schulter. „Pass bloß auf, Kumpel, Caro bekehrt dich am Ende noch zum Pferdeliebhaber! Mit mir hat sie das auch schon versucht.“

„Ich glaub nicht.“ Matthias rollte die Augen. „Ich kann gut verstehen, dass du Eishockey vorziehst.“

„Echt?“ Ferdi sah Matthias überrascht an. „Du magst Eishockey?“

„Oh Mann, ich liebe es! Im Fernsehen gucke ich mir jedes Spiel an, das übertragen wird. Mein Favorit ist Torhüter Oliver Jonas“, erzählte Matthias mit leuchtenden Augen.

„Im Ernst?“ Ferdi war auch gleich Feuer und Flamme.

Matthias nickte. „Ganz großes Kino. Aber auch die nordamerikanische Basketball-Liga find ich voll klasse.“

„Stimmt", pflichtete Ferdi ihm bei. „Nowitzki ist echt voll genial."

„Ich hab ein Autogramm von ihm", erzählte Matthias mit blitzenden Augen.

„Von Nowitzki?"

„Von Jonas!"

„Nein!" Ferdi rüttelte gespielt theatralisch an Matthias' Schulter. „Bringst du das mal mit? Darf ich das mal sehen?"

„Na klar!" Matthias' Wangen färbten sich vor Freude knallrot.

Ferdi grinste. „Carolinchen, hast du das gehört?"

Carolin verdrehte die Augen. „Ich hab nur mitgekriegt, dass sich da zwei gefunden haben. Komm, Sternentänzer, wir werden hier nicht mehr gebraucht!" Sie drückte ihrem Pferd ein Küsschen auf die weichen Nüstern und führte es zurück in den Stall.

Zickenalarm

Am Tag darauf nach der Schule warteten Carolin und Lina wieder im Schulhof bei ihren Rädern auf Matthias. Während er tags zuvor schnell angeschossen kam, schlich er diesmal als Letzter und mit hängendem Kopf aus dem Gebäude.

Carolin winkte ihm zu. „Jetzt komm schon, Matthias! Beeil dich, wir wollen nach Lindenhain abdüsen."

Lina grinste. „Jede Minute auf dem Schulhof ist eine Minute zu viel!"

Matthias stellte sich neben die beiden Mädchen, blickte auf den Boden und scharrte verlegen mit seinem Fuß. „Ich weiß nicht." Er hatte vorhin gehört, wie sich Julia mit ihren Freundinnen auf Lindenhain verabredet hatte. Und er hatte keine Lust auf eine ähnliche Begegnung wie gestern.

Lina sah ihn verwundert an. „Was soll denn das heißen?"

Matthias schob seine Brille auf der Nase zurecht. „Fahrt heute mal ohne mich."

Carolin klopfte Matthias auf die Schulter. „Ach komm schon, es gefällt dir dort doch."

„Schon. Aber ...“ Matthias zögerte. „Ich weiß nicht ... Ist Ferdi denn auch da?“

Carolin schüttelte den Kopf. „Nee, leider nicht, der hat heute Eishockeytraining.“

„Dann komm ich auch nicht“, sagte Matthias entschieden, ohne mit dem Scharren aufzuhören.

Lina stemmte die Hände in die Hüften. „Ach, unsere Gesellschaft reicht dir wohl nicht, oder was?“, fragte sie gespielt empört.

„Quatsch!“ Matthias zog eine Grimasse. Dann gab er sich einen Ruck. „Also gut, meinetwegen.“

Carolin verstaute ihre Schultasche auf dem Gepäckständer. „Super! Also, dann bis gleich. Wir treffen uns auf Lindenhain.“

Damit schwangen sich die beiden Mädchen auf ihre Räder und fuhren los.

„Komisch!“, meinte Carolin, als sie später ihr Bike auf dem Reiterhof abstellte. „Heute hatte Matthias ja irgendwie überhaupt keine Lust. Gestern konnte er es kaum erwarten. Versteh ich nicht!“

„Wird schon seine Gründe haben.“ Lina lehnte ihr Rad gegen die Hauswand und nahm ein kohlrabenschwarzes Etwas hoch, das sich an ihre Beine schmiegte. Es war Sternchen, eines der vier Kätzchen, die die Hofkatze Eulalia im letzten Sommer zur Welt gebracht hatte. Die Katzenmama hatte die Geburt ihrer Jungen leider nicht überlebt. Lina drückte ihre Nase in das seidenweiche Katzenfell. „Na, du süße Kleine!“ Sternchen schnurrte genüsslich.

„Hi, Mädels!“ Gunnar kam aus dem Haupthaus und

winkte den beiden zu. Gunnar Hilmer war der Besitzer von Lindenhain. Eine Seele von einem Menschen, aber in Geschäftsangelegenheit nicht besonders talentiert. Er hatte seinen Autoschlüssel in der Hand und marschierte mit großen Schritten los.

Lina lief auf ihn zu. „Ach Gunnar!"

„Was gibt's?"

„Wie lange treiben diese Zicken eigentlich noch ihr Unwesen auf Lindenhain?", erkundigte sie sich.

Gunnar sah sie verständnislos an.

„Na, das Horrortrio! Julia, Heike und Viola."

Gunnar schob seinen Cowboyhut zurück, den er jahrein, jahraus trug. Dann zuckte er mit den Schultern. „Keine Ahnung."

Lina verdrehte die Augen. „Na toll! Ich frag mich echt, warum bei denen plötzlich die große Pferdeliebe ausgebrochen ist."

„Stimmt", bemerkte Carolin. „Völlig ungewöhnlich für unsere liebe Julia."

Gunnar grinste. „Schätze, die Mädels sind mehr an unseren zweibeinigen Gästen interessiert."

Carolin runzelte kurz die Stirn. „Wie kommst du denn darauf?"

„Nun, sie sind neulich mit ein paar Jungs von unseren neuen Feriengästen losgezogen." Er zwinkerte ihr zu. „Vermutlich ist es das, was ihr Interesse weckt."

„Alles klar." Carolin rollte die Augen.

„Und wie lange bleiben diese Feriengäste noch?", wollte Lina wissen.

„Noch zwei Tage", erklärte Gunnar.

„Na super!“, stöhnte Lina.

Gunnar warf ihr einen strengen Blick zu. „Du, ich bin froh, um jeden Euro, der in die Kasse kommt, und je länger die Feriengäste bleiben, desto besser.“

Lina verzog das Gesicht, als hätte sie in eine saure Zitrone gebissen.

Gunnar rückte seinen Cowboyhut wieder zurecht. „Jetzt muss ich aber los.“

„Wie wär's, wenn wir nachher ein bisschen ausreiten?“, schlug Carolin vor, als Gunnar weg war.

Lina schüttelte den Kopf. „Geht leider nicht, ich hab heute Unterricht bei Ami, da darf ich nicht so spät kommen.“

Ami war Linas Oma. Die ungewöhnlichste Großmutter der Welt. Sie arbeitete als Kräuterhexe und Heilerin und besaß übersinnliche Fähigkeiten. Lina nahm Unterricht bei ihr, weil sie eines Tages ihre Nachfolgerin werden sollte.

„Ich dachte, nach deinem Ferienkurs weißt du alles?“, wunderte sich Carolin. In den Ferien hatte Lina vier Wochen lang ein Magie-Seminar auf einem Landgut bei Westerhofen besucht.

Lina seufzte. „Dachte ich auch. Aber Ami meint, das sei erst das Fundament, auf dem man nun das Haus bauen könne.“ Sie grinste. „Schätze, bis das Haus steht, bin ich alt und grau.“

Die beiden Mädchen schlenderten hinüber zur Koppel, hockten sich auf das Holzgatter und beobachteten die Pferde. Nach einer Weile kam auch Matthias und stellte sich zu ihnen.

Sternentänzer, Marhaba, Sophia und die anderen Pferde freuten sich über das Publikum und galoppierten ausgelassen – mit wehender Mähne und wehendem Schweif – über die Weide.

Carolin kicherte. „Ich könnte denen echt stundenlang zuschauen."

Lina stimmte ihr zu. „Ich auch, aber ich mach mich jetzt besser vom Acker. Ami wird sauer, wenn ich nicht pünktlich bin." Sie deutete Richtung Hofeinfahrt, wo drei Räder anrollten. „Außerdem tanzen da auch gerade meine Lieblingsfeindinnen an."

„Ich verschwinde dann auch mal", murmelte Matthias.

Doch Carolin packte ihn am Arm. „Keine Panik, Matthias! Die suchen nur ihre Kumpels im Gästehaus."

Aber es dauerte nicht lang, da steuerten Julia, Heike und Viola schnurstracks auf sie zu.

„Hi, Caro", rief Julia ihr schon von Weitem entgegen. „Wo sind denn die Jungs aus dem Ferienhaus? Wir waren eigentlich verabredet."

„Keine Ahnung!", erklärte Carolin knapp.

„Ätzend!" Julia verdrehte die Augen. „Dann sind wir vielleicht ganz umsonst hier."

Heike lehnte sich neben Carolin an das Gatter. „Dein Sternentänzer ist echt ein Traum, Caro", schwärmte sie.

Als hätte er das Kompliment gehört, kam Sternentänzer angetrabt und legte seinen Kopf auf Carolins Schulter. Carolin strich zärtlich über seine samtweichen Nüstern. „Sternentänzer ist das schönste Pferd der Welt", nickte sie. *Aber nicht nur das!,* fügte Carolin in Gedanken hinzu, und ein Lächeln huschte über ihr Gesicht. *Wenn die wüssten, dass Sternentänzer ein magisches Pferd ist. Dass ich in Vollmondnächten auf ihm reiten und in die Zukunft blicken kann, dann würden die erst staunen. Julia würde platzen vor Neid.* Manchmal verspürte Carolin große Lust, es ihr unter die Nase zu reiben. Zu sagen: „He, Julia, ich hab etwas, was du mit deiner ganzen vielen Kohle nicht kaufen kannst!"

Aber dann ließ sie es. Es gab bisher nur ganz wenige Menschen, die von Sternentänzers Gabe wussten: Lina, Ferdi, Nick, Ami und Annit. Und dabei sollte es auch bleiben.

Matthias zog eine Tüte Gummifrösche aus seinem Schulrucksack und reichte sie herum. „Mag jemand?", fragte er freundlich.

„Au ja!" Carolin holte sich einen Frosch aus der Tüte.

Viola warf ihm nur einen verächtlichen Blick zu, Heike schüttelte sich so angewidert, als hätte er Spinatbonbons angeboten, und Julia verzog den Mund. Sie beugte sich zu ihm. „Nee danke, ich will ja nicht so dick werden wie du", raunte sie ihm zu. Dabei musterte sie ihn abfällig von oben bis unten. „Du bist echt voll eklig!"

Sie sprach so leise, dass Carolin nicht hören konnte, was sie sagte. Doch Sternentänzer schien es verstanden zu haben, denn er spitzte plötzlich aufmerksam die Ohren und drehte den Kopf in ihre Richtung. Seine dunklen Kohleaugen funkelten.

„Ich glaub, mein Schöner hat auch Lust auf was Süßes!", kicherte Carolin. Sie liebkoste seinen Hals. „Aber Gummifrösche sind nichts für Pferde, mein Süßer."

Sternentänzer stupste sie sanft an.

Carolin grinste. „Also gut! Ich hol dir dann mal rasch ein paar Leckerli." Mit einem Satz hüpfte sie vom Gatter und lief Richtung Stall.

Matthias blieb mit den Mädchen allein zurück. Etwas unsicher hielt er sich an seiner Gummifroschtüte fest.

„Kein Wunder, dass du so fett bist, wenn du dauernd so ein ungesundes Zeug mampfst!", spottete Viola höhnisch.

„Solltest es mal mit Sternentänzers Leckerli probieren", fügte Heike grinsend hinzu. „Die haben bestimmt weniger Kalorien."

„Vielleicht verschwinden ja dann auch deine fiesen, dicken, ekligen Pickel." Julia trat ganz nah zu ihm, blickte ihm ins Gesicht und schüttelte sich vor Ekel. „Boah, ist das widerlich! Wie kannst du dir eigentlich noch ins Gesicht ...? Aahhhhhhh! ... Aaauuuuuu...!"

„Was ist denn los?", fragte Heike besorgt.

Julia hielt sich den Arm. „Dieses blöde Vieh hat mich gezwickt", rief sie mit schmerzverzerrtem Gesicht.

„Welches?"

„Dieses voll blöde, dämliche Pferd!" Julia deutete auf Sternentänzer, der mit wild glänzenden Augen seinen eleganten Kopf hin und her warf und leise wieherte.

„Das tut echt höllisch weh!", jammerte Julia.

In diesem Moment kam Carolin mit einer Tüte voll Leckerli aus dem Stall zurück. Verwundert blickte sie auf die aufgebrachte Gruppe. „Was geht denn hier ab?"

„Dein dämliches Pferd hat Julia gezwickt", erklärte Heike empört.

Viola pumpte wie ein Maikäfer. „Das Tier ist ja gemeingefährlich, so was dürfte gar nicht frei rumlaufen."

Carolin blickte verständnislos von einer zur anderen. „Ich glaub's nicht, Sternentänzer zwickt nicht", murmelte sie. „Er ist total brav und friedlich."

„Ach ja!", empörte sich Julia und streckte ihr ihren Arm hin. „Sieht das nach einem braven Pferd aus?"

Bestürzt blickte Carolin auf Julias Arm, auf dem noch leicht die Abdrücke von einem Pferdegebiss zu erkennen waren. „Und das soll Sternentänzer gewesen sein?"

„Nee, Heike hat mich gebissen!", fauchte Julia außer sich. Ihr Kopf war vor Wut schon ganz rot.

„Das ist kein Ponyhof, das ist lebensgefährlich", rief Viola aufgebracht. Sie stemmte ihre Hände in die Hüften.

In diesem Augenblick fuhr Gunnars Wagen auf den Hof. Am Steuer saß Vicky, Gunnars Lebensgefährtin.

„Los, Mädels, wir beschweren uns!" Julia lief los, die anderen im Gänsemarsch hinter ihr her.

Kopfschüttelnd blickte Carolin zu Matthias, der vor lauter Aufregung einen Gummifrosch nach dem anderen in seinen Mund schob. „Hast du das mitbekommen? Hat Sternentänzer die echt gezwickt?"

Matthias schluckte die Frösche hinunter. „Ja, schon ... irgendwie ... es war voll komisch", stammelte er dann. „Es war fast so, als ob mich dein Sternentänzer verteidigen wollte."

„Hä? Wieso denn verteidigen? Wer hat dich denn angegriffen?", fragte Carolin irritiert. „Und wie? Und warum?"

„Na ja." Matthias wollte nicht so recht mit der Sprache herausrücken. „Eigentlich niemand ..."

„Und warum bitte musste Sternentänzer dich dann verteidigen?"

Matthias schluckte unbehaglich. „Na ja, nicht richtig angegriffen. Die haben halt wieder so ein paar dämliche Bemerkungen gemacht, nichts Besonderes. Wie immer, du weißt schon."

Carolin hatte verstanden. Sie überlegte kurz, dann eilte sie zu Vicky und den Mädchen, die im Hof standen und gestenreich diskutierten.

Julia deutete gleich mit hochrotem Gesicht auf Carolin. „Ihr Pferd hat mich gezwickt. Caros wild gewordener Gaul!"

„Wenn man sein Pferd nicht richtig erziehen kann, darf man keins haben", schickte Viola gleich böse nach.

Vicky hob beschwichtigend die Arme. „Moment mal, Mädels! Immer mit der Ruhe!" Sie blickte in die Runde. „Normalerweise ist Sternentänzer ein sehr friedliches, gut erzogenes Pferd, das keinem Menschen etwas zuleide tut. Wenn es sich anders verhalten haben sollte, gab es sicher einen Grund."

Julia blies die Backen auf. „Was soll das heißen? ... Dass ich ihn provoziert habe!? Wollen Sie das vielleicht damit sagen?"

Vicky winkte ab. „Ich bin sicher, dass es sich einfach nur um ein Missverständnis handelt."

„Ach ja!", funkelte Julia sie erzürnt an. „Was ist denn das für ein blöder Spruch?"

Nun konnte Carolin nicht mehr an sich halten. „Sternentänzer hat Matthias verteidigt, weil ihr ihn blöd angemacht hat", rief sie aufgebracht dazwischen. „Weil ihr wieder blöde Sprüche losgelassen habt!"

Julia tippte sich mit dem Finger an die Stirn. „Bei dir

piept's wohl! Als ob das Pferd verstanden hätte, was wir gesagt haben. So ein Megaschwachsinn!"

„Mein Sternentänzer versteht alles!", gab Carolin aufgebracht zurück.

Julia schüttelte den Kopf. „Mir wird das alles langsam zu dämlich. Kommt, Mädels, wir halten uns künftig von dem Dicken und dem durchgeknallten Pferd fern!" Wütend stapfte sie davon, die anderen folgten ihr.

Vicky öffnete die Beifahrertür und holte ihren vollgepackten Einkaufskorb heraus.

„Wo ist denn Gunnar?", erkundigte sich Carolin.

Vicky stellte den Korb auf dem Boden ab. „Ist er noch nicht hier? Wir haben uns in der Stadt getroffen. Danach wollte er irgendwelche Ponys abholen. Ich war so lange Einkaufen und fuhr dann direkt hierher."

„Was denn für Ponys?", wunderte sich Carolin.

„Ach du, das ist eine längere Geschichte." Vicky warf schwungvoll die Autotür zu. Sie zeigte auf den Korb. „Ich muss rein, sonst taut mir der ganze Tiefkühlkram auf."

Carolin drehte sich zu Matthias, der völlig verwundert zu Sternentänzer schaute. „Ich hatte echt das Gefühl, als ob er mich verteidigen wollte", murmelte er. „Voll seltsam! Ich meine, er kann ja nicht wirklich verstanden haben, was die gesagt haben."

Carolin folgte seinem Blick, hin zu ihrem geliebten Pferd. *Schon merkwürdig!,* dachte sie irritiert. *Was ist nur in ihn gefahren? Sternentänzer und zwicken, das passt eigentlich gar nicht!?*

Als Carolin am Abend nach Hause kam, stand der hellgelbe Sportwagen von Dr. Sander vor der Haustür. Dr. Sander war Tierarzt in Lilienthal, er war der Vater von Thorben und seit Längerem schon mit ihrer Mutter befreundet. Seit der Trennung von ihrem Vater Paul wohnte Carolin mit ihrer Mutter Ines allein in der Doppelhaushälfte in der Breitensteinstraße in Lilienthal. Paul hatte Ines damals mit seiner rothaarigen Sekretärin Rosanna betrogen und war ausgezogen – aber das war Schnee von gestern. Momentan lebte Paul auf einer Finca auf Mallorca und war aus ihrem Leben verschwunden. Carolin und ihre Mutter hatten sich inzwischen auch richtig gut eingerichtet. Carolin konnte sich kaum noch daran erinnern, wie es war, als Paul noch bei ihnen gewohnt hatte. Ab und zu kam nun Dr. Sander vorbei. Manchmal blieb er auch über Nacht, aber zum Glück nicht allzu oft. Obwohl – in letzter Zeit hatten sich seine Besuche deutlich vermehrt. Allzu deutlich! Viel zu deutlich für Carolins Empfinden!

Der Doc war doch erst gestern da, überlegte Carolin und warf einen fragenden Blick auf den Sportwagen. *Und vorgestern auch.* Sie stellte ihr Rad ab und sperrte die Haustür auf. Schallendes Gelächter drang aus dem Wohnzimmer. *Na, die scheinen ja richtig viel Spaß zu haben,* dachte Carolin. Sie ging in den Flur und zog ihre Turnschuhe aus.

„Carolin, bist du's?", rief ihre Mutter mit vergnügter Stimme aus dem Wohnzimmer.

Nein, der Elektriker!, feixte Carolin in Gedanken. „Ja, Mam."

„Jo und ich sind im Wohnzimmer."

Ach was! Wär mir gar nicht aufgefallen! „Okay." Carolin ging in die Küche, öffnete den Kühlschrank und holte eine Flasche Orangensaft heraus.

„Willst du dich nicht ein bisschen zu uns setzen?", tönte es.

Unbedingt! Ich wüsste nicht, was ich lieber täte. Carolin schenkte sich ein Glas Saft ein. „Äh, nein danke, Mam. Ich geh gleich nach oben."

Da tauchte ihre Mutter in der Küchentür auf. Ihre Augen glänzten, ihre Wangen glühten. Sie strahlte richtig. „Hast du Hunger, Schatz? Im Kühlschrank sind noch ein paar Ravioli. Hat Jo mitgebracht."

Carolin schüttelte den Kopf. Sie hasste Ravioli. *Wer diese hellen, weichen nudeligen Pappteile mit dem zusammengequetschten Zeug in der Mitte erfunden hat, muss an Geschmacksverirrung leiden!,* dachte sie. Das Thema Essen war ohnehin ein heikles Thema im Hause Baumgarten. Ines kochte nicht allzu oft - aber wenn, dann probierte sie gern neue oder exotische Gerichte aus. So kam bei ihnen gelegentlich auch Peking-Ente, Kängurubraten oder Straußensteak auf den Tisch.

„Hi, Caro." Dr. Sander tauchte neben Ines in der Tür auf. Er legte die Hand auf Ines' Schulter. „Wir machen uns einen gemütlichen Abend. Willst du uns nicht Gesellschaft leisten?"

Um Himmels willen! Carolin schüttelte den Kopf und flüchtete nach oben in ihr Zimmer. *Irgendwie ist es unten heute pappsüß vor lauter Harmonie.*

Leicht genervt schlug sie die Tür zu ihrem Zimmer hinter sich zu, setzte sich an den Schreibtisch und schaltete den Computer ein. In ihrem Posteingang war eine neue Mail. *Annit!* Ein Lächeln huschte über Carolins Gesicht. Schon eine ganze Weile hatte sie nichts mehr von der Freundin gehört und sich daher ein wenig um sie gesorgt. Das dunkelhaarige Mädchen war im Sommer letzten Jahres zu Onkel Roccos Zirkus gestoßen, als dieser noch in Lilienthal gastierte. Annit trat dort zusammen mit Silberstern, Sternentänzers Sohn, mit einer eigenen Voltigiernummer auf. Als der Zirkus dann auf Tournee ging, hatte sie sich der Zirkustruppe angeschlossen und war monatelang zusammen mit ihr in Warschau gewesen. Inzwischen hatten sie und Silberstern den Zirkus allerdings verlassen.

Carolin öffnete die Mail. *„Hi, Caro. Sorry, dass ich mich so lange nicht gemeldet habe, aber von unterwegs war das schier unmöglich. Wir sind inzwischen am Ziel unserer Reise angelangt, in einem kleinen Dorf in Rumänien, und das nächste Internetcafé ist kilometerweit entfernt. Mir geht es gut, nur bin ich momentan ziemlich ratlos. Es gibt hier ein Naturschutzgebiet, das von Bären bewohnt wird, und wir müssen es retten. Irgendwie! Aber ich habe noch keinen blassen Schimmer, wie! Mannito, ein Freund von mir, der sonst immer gute Ideen hat, weiß auch nicht weiter. Fällt Dir vielleicht was ein, Caro? Grüße Annit.“*

Carolin machte sich gleich daran, eine Antwort zu schreiben.

„Hi, Annit. Nun bist Du also in Rumänien gelandet, wow! Du kommst ja ganz schön rum. Ich dagegen bin

und bleibe hier in Lilienthal. Aber bei uns gibt es auch Neuigkeiten. Wir haben einen neuen Mitschüler bekommen: Matthias. Er ist ganz nett. Da er ein bisschen pummelig ist, verhalten sich Julia und ihre Clique ziemlich fies ihm gegenüber. Aber Lina und ich, wir kümmern uns ein bisschen um ihn. Sorgen macht mir im Moment nur meine Mam. Ich freu mich zwar, dass sie einen Freund hat, aber die beiden verbringen immer mehr Zeit zusammen. Ich hab echt Bammel davor, wo das noch hinführt. Ich denke mal nach, ob mir eine Lösung für Dein Naturschutzgebiet einfällt. Aber ich bin ganz sicher, ihr findet einen Weg, die Bären zu retten. He, Annit, das wär doch gelacht, oder? Mach's gut!"

Speichern, senden und weg! Carolin stand auf und ging ans Fenster. Plötzlich tauchte Julias Gesicht vor ihrem geistigen Auge auf.

Sie musste grinsen. *Süßer Sternentänzer! Dass du Matthias so vehement verteidigt hast! So was hast du bisher ja noch nie gemacht. Na ja, aber in jedem Fall hast du mit Julia die Richtige gezwickt.* Carolin verschränkte die Arme. *Wer weiß, was noch alles in dir steckt, mein schöner weißer Hengst!*

Carolin hielt inne. Ein Gedanke schoss durch ihren Kopf. Silberstern, Sternentänzers Sohn, konnte unter anderem mit Tieren kommunizieren. Cinderella, Silbersterns Mutter, war zwar eine wunderschöne schwarze Araberstute, aber ohne jegliche magische Gabe.

Also kann Silberstern seine Gabe eigentlich nur von Sternentänzer oder dessen Vorfahren geerbt haben, kombinierte Carolin. *Und Sternentänzer hat wohl ein klein wenig von dieser Gabe auch in sich! Oder? Diese Gabe und vielleicht auch noch andere? Andere, von denen ich noch nichts weiß.* Carolin blickte gedankenverloren hinaus in die tiefdunkle Nacht. *Wer bist du wirklich, Sternentänzer? Was steckt noch alles in dir?*

Retter in der Not

Als Carolin einige Tage später nach der Schule nach Lindenhain kam, standen zwei weiße Transporter mitten auf dem Hof. Neugierig beäugte Carolin die Wagen. Neben einem der Fahrzeuge stand Gunnar. Er hielt ein paar Papiere in der Hand und sprach mit einem Mann in einem dunkelblauen Overall. Ein paar Meter weiter weg befand sich Jan, Vickys Neffe und Lindenhains neuer Mann für alles. Der junge Mann mit den halblangen blonden Haaren kümmerte sich um den Stall, um den Hof und um die Pferde. Sein Vorgänger, Nick Neuber, hatte sich in Ferdis Schwester Nina verliebt und war zusammen mit ihr nach Berlin gezogen.

Jan kaute so kräftig auf seinem Kaugummi, dass seine Wangenmuskeln hervortraten.

Carolin gesellte sich zu ihm und sah ihn fragend an. „Was ist denn hier los?“

Jan schob seinen Kaugummi von einer Wange in die andere und guckte nachdenklich. „Gute Frage!“

„Was sollen diese Transporter hier?“

Jan grinste schief. „Gunnar hat eingekauft.“

„Was denn eingekauft?“, bohrte Carolin weiter.

„Lauter Schnäppchen.“ Jan grinste noch breiter.

Carolin stieß ihn in die Seite. „Jetzt mach's nicht so spannend! Sag endlich, was los ist!“

Da ging der Mann im Overall auf den ersten Transporter zu und öffnete die Laderampe. Mit lautem Krachen knallte sie auf den Boden. Dann stieg der Mann hinein und zerrte ein Pony heraus, das in einem erbärmlichen Zustand war und völlig kraftlos wirkte.

Carolin schlug vor Entsetzen beide Hände vor das Gesicht. „Oh Gott, was ist das?“

„Schnäppchen, sag ich doch!“, feixte Jan mit ernster Miene.

Der Mann führte das Pony bis vor den Stall und band es dort fest. Dann marschierte er zurück in den Transporter und zerrte ein weiteres heraus, das genauso mitgenommen aussah und widerstandslos mit hängendem Kopf hinter dem Mann herstolperte.

„Was sind denn das für arme Tiere?“, stöhnte Carolin.

Im zweiten Transporter befanden sich zwei weitere Ponys, die der Mann im Overall zu den anderen führte. Danach schloss er geräuschvoll die Laderampen, stieg in einen der Transporter und gab dem Fahrer des zweiten Fahrzeugs durch ein Handzeichen zu verstehen, dass er losfahren konnte. Mit quietschenden Reifen verließen die beiden Fahrzeuge den Hof – zurück blieben die vier geschundenen Ponys.

Carolin lief zu Gunnar, der seufzte bewegt. „Schaut euch nur mal diese armen Kreaturen an! Ist das nicht entsetzlich?“ Seine Stimme zitterte leicht.

„Wo hast du die denn her?", fragte Carolin starr vor Mitleid.

Gunnar faltete die Papiere zusammen, die er in Händen hielt, und steckte sie in die hintere Tasche seiner Jeans. „Die haben auf einem Jahrmarkt gearbeitet. Ich hab sie zufällig entdeckt."

„Und?"

Gunnar zuckte mit den Schultern. „Ich konnte nicht anders, ich musste sie einfach mitnehmen."

Carolin musste schmunzeln. Gunnar hatte ein riesengroßes Herz für Tiere. Wenn er gekonnt hätte, wie er wollte, hätte er jedes kranke Pferd aus dem gesamten Umkreis nach Lindenhain geholt und es gesund gepflegt. Doch dies scheiterte zum einen am Geld, zum anderen an seiner Lebensgefährtin Vicky, die ihn davon abhielt.

„Sollen die jetzt hier auf Lindenhain bleiben?", fragte Carolin.

Gunnar kratzte sich am Kopf. „Mal sehen. Zuallererst müssen wir sie jedenfalls wieder fit machen."

Jan blies eine Kaugummiblase und ließ sie mit lautem Knall zerplatzen. „Und wer?"

Gunnar sah ihn fragend an. „Was meinst du?"

„Na, wer soll die wieder fit machen?"

„Ich helf natürlich mit", meldete sich Carolin gleich.

„Super", meinte Jan trocken. „Da stehen vier völlig ramponierte Gäule, dazu gibt's hier noch die anderen Gäule plus die tägliche Arbeit, die anfällt. Und hier stehen wir zwei: Caro und ich." Jan pustete laut die Luft aus. „Selbst wenn wir Tag und Nacht durcharbeiten, kriegen wir das alles nicht gebacken, Chef."

Gunnar seufzte. „Hast ja recht."

„Ich frage Lina und Thorben, die helfen bestimmt", erklärte Carolin eifrig. „Und Ferdi muss halt auch. Und Matthias ..."

Jan nickte leicht. „Na ja, das hört sich doch gleich etwas besser an."

Carolin näherte sich den vier Ponys, die dicht aneinandergedrängt, Fell an Fell, mit traurigen Augen vor dem Stall standen. Sie steckten ihre Köpfe zusammen – so, als wollten sie vom Rest der Welt nichts wissen. Als Carolin auf sie zukam, drückten sie sich noch enger zusammen. Es waren zwei helle Haflingerponys sowie ein braunes und ein schwarz-weiß geschecktes Shetlandpony. Carolins Herz krampfte sich bei dem Anblick der Tiere zusammen. Bei allen vier Ponys war das Fell glanzlos, ihre Mähnen waren ziemlich verfilzt. Eines der Haflingerponys hatte hässliche Schürfwunden und Narben, die von älteren Verletzungen herrührten. Das andere Haflingerpony hatte ein völlig aufgeriebenes Hinterteil. Auf dem Fell des braunen Shettys waren ebenfalls Abschürfungen zu erkennen, und das schwarz-weiß gescheckte Shetty hatte Narben am Rücken, die nach Peitschenstriemen aussahen.

Ganz vorsichtig streckte Carolin dem schwarz-weiß gescheckten Shetty die Hand entgegen. „Hallo, du!" Als das Pony den Kopf hob, stockte Carolin der Atem. Das arme Tier sah sie mit großen, leeren, trüben Augen kurz an. Dann drehte es seinen Kopf wieder weg. Doch Carolin hatte für einen Augenblick das merkwürdige Gefühl, dieses Pony zu kennen.

„Heftig, oder?“ Gunnar stand neben ihr.

Carolin schluckte und nickte nur. Sie kaute auf ihrer Unterlippe – wie immer, wenn sie nervös war oder nicht mehr weiter wusste.

„Diese armen Viecher hab ich auf einem Jahrmarkt aufgegabelt. Sie liefen dort immer nur im Kreis, Runde um Runde, wie Automaten. In einem Reitkarussell, bis der Veterinär auf sie aufmerksam wurde und sie beschlagnahmen ließ. Gunnar deutete auf die bedauernswerten Tiere. „Der Besitzer hat sie wirklich alles andere als gut behandelt.“ Er schüttelte den Kopf.

Carolin schlug die Hand vor den Mund. „Unfassbar!“

„Ich konnte nicht anders, ich musste sie einfach freikaufen“, fuhr Gunnar fort. „Sonst hätte mir das Elend dieser Tiere für den Rest meines Lebens Albträume beschert.“

Carolin fuhr sich mit den Händen durch ihre kurzen braunen Haare. Sie war immer noch sprachlos.

„Mir sind ja schon einige verwahrloste Jahrmarktpferde untergekommen, aber die vier toppen alles“, fügte Gunnar leise hinzu. „Aber das tatsächliche Ausmaß der Schinderei erkennt man natürlich immer erst, wenn die Tiere ohne Sattel und Decken sind.“

Carolin streckte ihre Hand aus und wollte das Fell eines Haflingers berühren, doch das Tier zuckte zurück. Entsetzt deutete sie auf das aufgescheuerte Hinterteil. „Woher kommt denn das?“

Gunnar nickte bitter. „So etwas hatte ich vorher auch noch nie gesehen. Moritz heißt er, der Besitzer hat ihn quasi als Fiakerpferd arbeiten lassen.“

„Als was?“, fragte Carolin verblüfft.

„Das sind diese Pferde, die die Kutschen ziehen, die jeden Tag neben stinkenden, lauten und hupenden Autos fahren müssen.“ Gunnar redete sich richtig in Rage. „Stundenlang müssen die armen Tiere oft bei Hitze und Kälte auf ihren ungeschützten Plätzen ausharren. Ihren Feierabend verbringen sie dann angebunden in dunklen, muffigen Stallungen, manche liegen sogar auf blankem Beton oder Fliesenböden.“ Gunnar schüttelte seinen Kopf so heftig, dass sein Cowboyhut verrutschte.

„Und das Hinterteil?“, fragte Carolin.

„Aus hygienischen Gründen wird den Pferden dabei oft so eine Art Windel umgeschnallt, um die Pferdeäpfel auf den Straßen zu vermeiden. Und das wurde bei dem Tier hier auch gemacht.“

„Oh mein Gott, armer Moritz!“, murmelte Carolin total entsetzt.

Gunnar schnaufte laut. „Den anderen geht es leider auch nicht viel besser.“ Er deutete auf das struppige Fell, die verfilzten Schweife und Mähnen und die schlimmen Hufe. „Es wird Stunden, ach was, Tage dauern, bis wir die erst mal einigermaßen sauber haben.“ Gunnar zog eine Grimasse. „Aber erst werde ich Dr. Sander herbestellen, damit er die vier untersucht. Du kannst ja inzwischen die anderen informieren. Wir brauchen hier wirklich jede Hand, die helfen kann.“ Er rückte seinen Cowboyhut zurecht und stiefelte Richtung Büro davon.

Nachdenklich betrachtete Carolin noch einmal das schwarz-weiß gescheckte Shetty. *Warum hab ich das Gefühl, dass ich dich kenne? Wo bin ich dir bloß schon mal begegnet?,* überlegte sie. „Warte mal, Gunnar!“, rief sie dann und eilte Gunnar hinterher. „Auf welchem Jahrmarkt hast du die Ponys eigentlich gefunden?“

„Auf dem Festplatz in Fahrenhausen. Warum?“

„Fahrenhausen“, wiederholte Carolin tonlos. Mit einem Mal wurde ihr abwechselnd heiß und kalt. Sie sah den Festplatz Fahrenhausen vor sich. Eine Achterbahn, eine Geisterbahn, Autoscooter, laute Discomusik, der Geruch von Mandeln und Zuckerwatte. Am Rand des Rummelplatzes war ein kleines Zelt mit rotem Dach aufgebaut. Darauf stand geschrieben: *„Pferdereiten für Groß und Klein“.* Mit hängendem Kopf waren die Pferde dort im Kreis herumgetrottet. Ohne Kraft und Lebensfreude. Auf einem der Ponys saß ein viel zu großer Junge, dessen Füße schon beinahe über den Sägemehlboden schleiften. Immer wieder versuchte er, das Pferd anzutreiben, indem er mit seinen Absätzen gegen dessen Hinterbeine trat. *Kann das sein?,* schoss es Carolin durch den Kopf.

„Tja“, machte Gunnar und wollte ins Haus gehen.

„Wie sah der Mann denn aus?“, stieß Carolin hervor.

„Welcher Mann?“, wunderte sich Gunnar.

„Der Tierquäler, der Typ, von dem du die Ponys hast?“

Gunnar runzelte die Stirn. „Warum willst du das wissen?“

Carolin fühlte, wie ihr das Blut in den Kopf stieg. „Erzähl schon, war er klein und kräftig? Hatte er einen dicken Schnurrbart?“

Gunnar schüttelte den Kopf. „Nee, eher riesig und sehr dünn. Warum?“

Carolin winkte ab. „Vergiss es, dann hab ich mich wohl getäuscht.“

„Wenn's dich interessiert." Gunnar zog die Papiere aus seiner Hosentasche und kramte dazwischen ein Foto hervor. „Hier."

Carolin nahm das Foto, blickte darauf und erstarrte. „Aber ... du hast doch gesagt, der Typ war riesig und dünn?", stammelte sie. Der Mann auf dem Foto hingegen war kräftig und hatte einen Schnurrbart.

Gunnar nahm ihr das Foto wieder aus der Hand. „Der, der mir die Ponys übergeben hat, war riesig und dünn. Das auf dem Bild ist der eigentliche Besitzer. Der Typ hat sich aber inzwischen aus dem Staub gemacht. Hat sich vermutlich ins Ausland abgesetzt und kann nicht haftbar gemacht werden." Gunnar guckte grimmig. „Den hätt ich mir sonst vorgenommen, das kannst du mir glauben."

Carolin schluckte. „Das ist er ...", murmelte sie entsetzt.

Gunnar stutzte. „Wer ist wer, Caro?"

Carolin winkte ab. „Ach nichts."

In diesem Moment klingelte das Telefon in Gunnars Büro. „Entschuldige", sagte er und eilte in sein Büro.

Carolin lehnte sich gegen die Hausmauer. Ihre Knie zitterten wie Espenlaub. Auf dem Festplatz von Fahrenhausen hatte sie zusammen mit Nick nach Sternentänzer gesucht. Damals, als ihn sein früherer Besitzer Frank Stone entführt hatte. Carolins Zähne bohrten sich in ihre Unterlippe. Damals, vor einer halben Ewigkeit. Damals, als sie noch jeden Tag Angst haben musste, dass sie Sternentänzer verlieren könnte. Sie blickte hinüber zur Weide, auf der ihr geliebter Hengst mit den anderen Pferden graste. „Erinnerst du dich, Sternentänzer?"

Jetzt kann dich mir niemand mehr wegnehmen, dachte sie voller Glück und Dankbarkeit. *Ich hab mich auf den allerersten Blick in dich verliebt. Sofort, als Stone dich nach Lindenhain gebracht hat, hab ich gespürt, dass wir beide zusammengehören.*

Carolin atmete tief durch. *Und jetzt weiß ich auch sicher, dass ich dieses Pony kenne. Mein Gefühl hat mich nicht getäuscht! Es stammt von diesem Reitkarussell. Vielleicht ist es ja ein Zeichen, dass ausgerechnet diese geschundenen Pferde zu uns nach Lindenhain kommen?*, überlegte Carolin weiter. Sie nickte entschlossen. *Jedenfalls werde ich alles tun, damit es ihnen künftig besser geht.*

Vier geschundene Ponys brauchen Hilfe

Ähnlich entsetzt wie Carolin betrachteten wenig später Lina, Thorben, Ferdi und Matthias die Ponys, die immer noch dicht aneinandergedrängt vor dem Stall standen.

„Du meine Güte!“, stieß Matthias bestürzt hervor. „So was Schreckliches hab ich noch nie gesehen!“

Ferdi, der sonst immer einen lockeren Spruch auf den Lippen hatte, schüttelte nur noch fassungslos den Kopf.

„Was sind das bloß für Menschen?“, murmelte Lina völlig schockiert.

Carolin hatte sich inzwischen ein bisschen aus ihrer Schockstarre gelöst. Sie krempelte die Ärmel ihres Sweatshirts hoch und stemmte tatkräftig die Arme in die Hüften. „Dann fangen wir am besten mal an. Alle mir nach.“

Die Freunde stiefelten in die Stallkammer und schleppten alles Putzzeug heraus, was sie finden konnten. Jan brachte den Schlauch und stellte noch ein paar Eimer daneben.

Ferdi kratzte sich etwas nachdenklich am Kopf. „Da weiß man ja irgendwie gar nicht, wo man bei denen anfangen soll“, stellte er bedrückt fest.

„Zuerst mal putzen“, bestimmte Carolin. „Dann sehen wir weiter.“

„Der Doc ist auch schon auf dem Weg hierher“, erklärte Gunnar. Er deutete auf den Rücken eines Shettys. „Das arme Tier sieht aus, als hätte es gewaltig was mit der Peitsche abbekommen. Bloß gut, dass damit jetzt Schluss ist.“ Ein kleines Lächeln umspielte seine Lippen. „Es heißt übrigens Bella, die Schöne. Welch ein Hohn!“

Matthias stemmte empört die Hände in die Hüften. „Wieso eigentlich freikaufen, wenn sich der Besitzer doch sowieso aus dem Staub gemacht hatte?“

Gunnar schob seinen Cowboyhut nach hinten. „Der Veterinär hatte inzwischen die Beschlagnahmung der Tiere veranlasst. Der Besitzer kommt nicht mehr für sie auf. Da blieb mir nur die Möglichkeit, sie zum Schlachtpreis freizukaufen, um sie mitnehmen zu können“, erklärte Gunnar.

„Heißt das, dass diese Ponys sonst vielleicht auf dem Schlachthof gelandet wären?“, empörte sich Matthias.

Gunnar zuckte nur die Achseln. „Keine Ahnung, wo die gelandet wären, wenn ich sie nicht nach Lindenhain gebracht hätte.“

Carolin holte tief Luft. „Also, ich kümmere mich um Bella“, erklärte sie dann und näherte sich vorsichtig dem verschüchterten Tier. Obwohl sie es nur ganz sacht berührte, zuckte das Pony zusammen. „Schschsch! Ich will dir doch nur helfen“, redete Carolin sanft auf das Tier ein. „Das hätte ich damals schon tun sollen. Aber damals war ich total auf Sternentänzer fixiert. Aber ich mach das wieder gut, das verspreche ich dir!“

„Hier." Matthias platzierte einen mit Wasser gefüllten Eimer neben ihr.

„Danke", murmelte Carolin.

Kopfschüttelnd und mit verschränkten Armen stand Jan vor einem der anderen Ponys. „Ich versteh nicht, wie man auf diese armen Gäule auch noch Kids setzen konnte!"

Ferdi zuckte die Schultern. „Decke drüber und los geht's! Keiner merkt, wie's drunter aussieht."

„Keinen interessiert es", ergänzte Matthias eifrig.

„Stimmt. Zum Glück ist dem Fiesling jetzt doch mal jemand auf die Schliche gekommen. Also, hört auf zu labern, macht euch lieber an die Arbeit!", kommandierte Lina energisch.

Nach der großen Ponyputzaktion versammelten sich alle Helfer im Gemeinschaftsraum im Haupthaus und tranken Cola, die Gunnar spendiert hatte. Dazu gab es eine Riesenpackung Käsenachos und fünf Tüten Gummibären. Erschöpft schnappte sich Carolin eine der Gummibärchentüten und fischte die weißen Gummitiere heraus. „Ich versteh nicht, wie Menschen Tieren so etwas antun können", sagte sie. „Das zerreißt einem doch das Herz."

„Die gehören echt bestraft", stimmte Jan ihr zu.

Mit sorgenvollen Gesichtern betraten kurz darauf Gunnar und Dr. Sander den Raum.

Dr. Sander stellte seinen großen schwarzen Arztkoffer ab und zog einen Block heraus.

Gunnar beobachtete ihn mit sehr ernster Miene. „Der Doc hat unsere Sorgenkinder jetzt mal durchgecheckt und ..." Er holte tief Luft. „Es ist noch schlimmer, als ich befürchtet hatte." Er nickte Dr. Sander zu. „Leg los, Joachim!"

Dr. Sander runzelte die Stirn. „Eines der Haflingerponys leidet unter einem aufgeriebenen Hinterteil, was sich aber mit der richtigen Pflege wieder geben wird."

„Es heißt Moritz", rief Carolin laut in den Raum.

„Hinzu kommt ...", fuhr Dr. Sander fort, „... dass Moritz an Hufrehe leidet."

„Was soll das denn sein?", wunderte sich Lina. „Klingt ja seltsam."

„Das ist eine Entzündung der Huflederhaut. Sie kann mehrere Ursachen haben, meist entsteht sie aber durch falsche Ernährung", erklärte Dr. Sander.

„Was kann man denn dagegen tun?", erkundigte sich Carolin.

„Moritz muss mit Medikamenten behandelt werden." Der Tierarzt blickte in die Runde. „Er darf kein Kraftfutter fressen, und gut wäre es auch, die befallenen Hufe mit kaltem Wasser zu kühlen. Das lindert den Schmerz und hemmt den Entzündungsprozess. Die Heilungschancen sind vom Grad der Erkrankung abhängig."

Bedrücktes Schweigen lag im Raum.

Dr. Sander blickte kurz auf seinen Block. „Das andere Haflingerpony hat einige offene Scheuerstellen am Rücken. Ich tippe mal auf unsaubere Satteldecken oder Polsterungsfehler. Dies kann zu einer Schwellung führen, die nach kurzer Zeit wund wird. Aber ..." Er holte tief

Luft. „Wenn man den Wunden Zeit zum Ausheilen gibt, also das Pony nicht reitet und die Stellen mit milder Heilsalbe behandelt, dann wird das wieder gut. Gleiches gilt für das braune Shetlandpony, das den Rücken voller Abschürfungen hat." Dr. Sander blätterte weiter. „Und das gilt auch für das schwarz-weiß gescheckte Shetty, das den Rücken voller Peitschenstriemen hat. Nur leidet es zusätzlich an einer Bindehautentzündung. Ich vermute mal, der Grund dafür ist eine Infektion. Eine Weile in einer abgedunkelten Box und etwas Ruhe, dann müsste diese Erkrankung wieder abheilen."

Er blickte in die großen, entsetzten Augen seiner Zuhörer. „Für alle Ponys gilt, dass sie extrem scheu sind. Und ich befürchte, daran wird sich so bald auch nichts ändern." Er deutete auf seine Tasche. „Ich habe übrigens alles auf Fotos dokumentiert. Solch üble Fälle von Tiermisshandlung sind selbst mir noch nicht oft begegnet."

Gunnar verzog etwas gequält das Gesicht. „Damit hat sich mein Traum vom Ponyhof wohl erledigt."

Dr. Sander klopfte Gunnar auf den Rücken. „Was diese vier Ponys anbelangt, kannst du das tatsächlich vergessen. Alles, was diese Tiere brauchen und wollen, sind gute Pflege, überaus viel Zuwendung und ein ruhiger Lebensabend."

Carolin lehnte sich zurück und kaute auf ihrer Unterlippe, Lina ringelte versunken an einer ihrer langen Locken, Jan schüttelte den Kopf, Ferdi guckte einfach nur stumm auf den Tisch, Thorben schaute nach draußen, und Matthias starrte mit großen Augen auf den Doc.

Dr. Sander öffnete seine Tasche, steckte seinen Block

hinein und wandte sich wieder an Gunnar. „Da hast du dir einiges vorgenommen", sagte er. „Auch finanziell."

Gunnar nickte nur leicht. Über seiner Nase zeigte sich eine dicke Sorgenfalte.

„Jedenfalls werden wir es den armen Ponys so schön wie möglich auf Lindenhain machen", rief Carolin entschlossen. „Sie sollen sich hier einfach nur wohlfühlen und ihr Leben genießen. Das Schlimmste haben sie jetzt überstanden." Sie blickte in die Runde, bemerkte aber nicht das besorgte Flackern in Gunnars Augen.

Als Gunnar und Dr. Sander gegangen waren, herrschte bedrückte Stimmung im Gemeinschaftsraum.

Jan blies eine dicke Blase mit seinem Kaugummi und ließ sie geräuschvoll zerplatzen. „Extrem scheu ist gut. Die schrecken ja schon zurück, wenn man nur die Hand ausstreckt."

Carolin sah ihn empört an. „Wenn man dich so schlecht behandelt hätte, wärst du bestimmt auch so scheu." Doch im selben Moment schämte sie sich ein bisschen, weil ihr einfiel, dass Jan überhaupt keine leichte Kindheit gehabt hatte und sein Leben lang auch nicht besonders gut behandelt worden war.

Jan nickte nur und stiefelte dann nach draußen.

Die anderen erhoben sich ebenfalls und folgten ihm.

Als Carolin hinausgehen wollte, hielt Thorben sie zurück. „Du, Caro, ich wollt mal kurz mit dir reden."

Carolin blickte ihn erstaunt an. „Warum?"

Etwas verlegen kratzte sich Thorben am Kopf. „Mein Dad und deine Mam."

„Okay!", meinte Carolin und stieß einen tiefen Seufzer aus. „Superthema."

„Kann man wohl sagen." Thorben holte tief Luft. „Ist dir eigentlich auch schon aufgefallen, dass mein Dad zurzeit dauernd bei euch rumhängt?"

Carolin nickte heftig. „Ist ja wohl nicht zu übersehen."

Thorben zupfte am Reißverschluss seiner Kapuzenjacke. Das Thema war ihm sichtlich unangenehm. „Und wenn er mal zu Hause ist, quatschen er und deine Mam ständig am Telefon."

„Echt?", wunderte sich Carolin. „*Das* wusste ich nicht." *Die Sache scheint ja noch schlimmer zu sein, als ich befürchtet hab! Was ist denn bloß in den Doc gefahren, dass er sich neuerdings so intensiv um Ines kümmert? Das war doch bisher nicht der Fall.*

Thorben nickte. „Aber hallo! Die kichern blöd rum und blockieren ewig die Leitung. Echt voll Panne!"

Carolin rümpfte die Nase. „Klingt nicht gut."

„Gar nicht gut", stimmte Thorben zu. „Müssen wir im Auge behalten."

„Das müssen wir", bestätigte Carolin.

„Nicht, dass die am Ende zusammenziehen wollen!", erklärte Thorben.

„Und ihr zwei euch dann noch ein Zimmer teilen müsst", kicherte Lina, die gerade zurückgekommen war und Thorbens letzten Satz gehört hatte.

„Sehr witzig", fauchte Carolin. Nachdenklich fischte sie sich noch ein weißes Gummibärchen aus einer der

Tüten, die auf dem Tisch lagen, und kaute darauf herum. Dabei betrachtete sie Thorben aus den Augenwinkeln. *Thorben ist ja echt ein netter Typ und voll cool als Kumpel – aber zusammenziehen. Nee, lieber nicht! ... Aber wenn sich Ines und Jo gerade so gut verstehen, ist es wohl nur noch eine Frage der Zeit, bis die beiden das wollen.* Carolin schüttelte sich innerlich bei dem Gedanken. *Ausgerechnet jetzt, wo Ines und ich uns so gut miteinander arrangiert haben und alles so klasse läuft. Nee,* dachte Carolin und verschränkte die Arme. *Nicht mit mir. Never!*

Da legten sich von hinten zwei Arme um ihren Hals. „Na, meine Süße."

„Ferdi." Carolin lächelte. „Nochmals danke, dass du dein Eishockeytraining hast sausen lassen. Du warst heute beim Putzen echt eine große Hilfe", lobte sie.

„Bin ich das nicht immer?", grinste Ferdi und wandte sich wieder Matthias zu, der ihm gefolgt war. „Wenn meine Freundin Hilfe braucht, bin ich da. Das ist ja wohl klar."

Matthias nickte und sah ihn bewundernd an.

Carolin schnappte sich noch eine Handvoll Nachos. *Ach was! Thorben übertreibt bestimmt. Mam und Jo mögen sich halt. Ist doch schön, wenn die sich so prima verstehen. Jo möchte ganz bestimmt nicht, dass wir alle zusammenziehen. Das würde gar nicht zu ihm passen. Und Ines hat nach dem Desaster mit Paul bestimmt auch keine Lust, wieder mit einem Mann unter einem Dach zu wohnen. Wahrscheinlich seh ich schon Gespenster,* versuchte Carolin, sich zu beruhigen.

Doch als sie am Abend nach Hause kam, stand schon wieder der hellgelbe Sportwagen am Straßenrand. „Ich fass es nicht!", schnaubte Carolin empört. „Hat der Mann kein Zuhause? Kann er nicht mal einen Abend mit seinem Sohn verbringen?"

Als sie die Haustür aufschloss, drang gleich leise softe Musik an ihr Ohr. *Oh nein!,* dachte sie entgeistert. *Das ist doch diese grässliche Kuschelmusik aus der Werbung. Ich hab mich immer gefragt, wer so was Kitschiges kauft ... Jetzt weiß ich es: meine Mutter! So was von peinlich!* Carolin schüttelte sich. Im Haus war es dunkel, bis auf einen Lichtschimmer im Wohnzimmer. *Wenig Licht, Schmusemusik, wer weiß, was die zwei da machen! Ihh! Die knutschen bestimmt rum. Voll peinlich!,* überlegte Carolin weiter und machte extra Krach, um die beiden aufzuschrecken.

„Mam, ich bin da!", rief sie laut. *Und benimm dich bitte wie eine Mutter, nicht wie ein Teenager!,* fügte sie in Gedanken hinzu. „Und ich hab Riesenhunger! Machst du mir bitte was zu essen?" Carolin hatte zwar den Bauch voller Nachos und Gummibärchen. Doch das war eventuell eine gute Möglichkeit, die beiden Turteltäubchen auseinanderzubringen. Immerhin musste Ines dazu aufstehen und in die Küche kommen.

Musste sie nicht. „Hol dir was aus dem Kühlschrank, wir sitzen hier gerade so kuschelig", antwortete Ines aus dem Wohnzimmer.

„Kuschelig", äffte Carolin ihre Mutter nach. *Na toll!* Sie zog rasch die Kühlschranktür auf, um sie gleich wieder geräuschvoll zuzuwerfen.

„Da ist nichts!", rief sie, so laut sie konnte.

„Ach Caro!", ertönte Ines' Stimme von nebenan.

„Ich finde nichts, kannst du bitte kommen, Mam?", nervte Carolin weiter.

Nach ein paar Minuten erschien Ines schließlich in der Küche. Ihre Haare waren leicht verstrubbelt, ihre Wangen glühten. Hinter ihr stand Dr. Sander, er hatte die Hände auf ihre Schultern gelegt.

Müssen die sich denn dauernd antatschen?, dachte Carolin angewidert.

„Was soll ich dir machen?", fragte Ines schwer seufzend. „Spiegelei?"

Ja klar, das geht am schnellsten, dachte Carolin und überlegte sich fieberhaft einige Speisen, deren Zubereitung richtig lang dauerte. „Pfannkuchen. Ich hab Lust auf Pfannkuchen. Mit Apfelkompott. Mit selbst gemachtem Apfelkompott." Carolin deutete auf ein paar rotbackige Äpfel im Obstkorb. „Und zwar mit diesen Äpfeln."

Ines runzelte die Stirn. „Was? Apfelkompott? Jetzt noch? Um die Uhrzeit? Außerdem wolltest du die Äpfel doch deinem Pferd nach Lindenhain mitnehmen."

Sorry, Sternentänzer, aber manchmal ändern sich Pläne eben! Carolin guckte ihre Mutter vorwurfsvoll an. „Machst du mir jetzt was zu essen, oder willst du mich verhungern lassen?"

„Na, ganz so dramatisch wird's ja wohl nicht sein! Aber gut." Ines bückte sich und holte eine große Schüssel aus dem Küchenschrank.

Carolin schnaufte erleichtert durch. *Genau! Mam kocht, und der Doc geht nach Hause.*

Von wegen! „Ich kann ja dann die Äpfel schälen“, bot Dr. Sander an.

„Au ja!“, kicherte Ines. „Gute Idee! Wir haben noch nie zusammen gekocht, das wird lustig.“

Total lustig, dachte Carolin sauer.

Den Rest des Abends musste sie mit ansehen, wie Ines und Dr. Sander kichernd und turtelnd die Äpfel schälten und die Pfannkuchen vorbereiteten. Und dann musste sich Carolin auch noch zwingen, die Pfannkuchen in ihren bereits pappsatten Magen zu stopfen – was gar nicht so einfach war.

Als sie schließlich spätabends in ihrem Bett lag, war ihr Bauch voll und kugelrund wie ein aufgeblasener Luftballon und zwickte an allen Ecken und Enden. *Toller Abend!,* dachte Caro nur.

Fiese Schikanen

Als Carolin am nächsten Morgen in die Schule radelte, war die Bahnschranke geschlossen. „Mist!“, grummelte sie, hielt an und ließ das Fahrrad zwischen ihren Beinen hin und her pendeln. „Schlechtes Omen! Hoffentlich hat das nichts mit Dr. Sander und seinen Plänen zu tun!“ Ächzend rutschte sie vom Sattel und öffnete den oberen Knopf ihrer Jeans. Die Pfannkuchen von gestern Abend lagen immer noch wie Steine in ihrem Magen.

Die Schranke war an diesem Morgen so lange unten geblieben, dass Carolin nur knapp vor dem Gongschlag in die Klasse rauschte. „Boah, ist mir übel!“, stöhnte sie und ließ sich auf ihren Platz neben Lina fallen.

Ein paar Sekunden später öffnete sich die Tür erneut, und Matthias kam herein. Er war völlig außer Atem. „Hab total verpennt“, raunte er Carolin und Lina im Vorbeigehen zu. Er deponierte seinen Schulrucksack unter dem Tisch und zog seine Jacke aus.

In der ersten Stunde war Englisch, und Carolin bückte sich, um ihr Heft aus ihrer Schultasche zu ziehen.

Auf einmal hörte sie einen ohrenbetäubenden Krach,

einen gellenden Schrei und dann wildes, ausgelassenes Gelächter. *Was geht denn da ab?* Carolin schreckte hoch. Die halbe Klasse hatte sich um Matthias versammelt, der mit hochrotem Kopf auf dem Hosenboden saß. Um ihn herum lag sein Stuhl – zerborsten in Einzelteile.

Julia quietschte vor Vergnügen. „Du bist einfach viel zu fett für den Stuhl", kreischte sie beinahe schon hysterisch. Auch die anderen kicherten und grölten.

Panisch machte sich Matthias daran, die Holzteile zusammenzusuchen und auf einen Haufen zu schichten.

„Der arme Matthias!", murmelte Lina und sprang auf, um ihm zu helfen.

Carolin auch. Sie flitzte aus dem Klassenzimmer und besorgte aus dem Nebenraum einen neuen Stuhl. Als sie zurückkam, hatte sich der Tumult wieder etwas gelegt.

Julia saß mit einem fiesen Grinsen im Gesicht da und feilte ihre Fingernägel. Matthias stand am Fenster und starrte hinaus.

Carolin platzierte den Stuhl vor Matthias' Pult und tippte ihm auf die Schulter. „Ich hab dir einen neuen Stuhl besorgt", sagte sie.

Matthias nickte nur, dann ging er wortlos zurück an seinen Platz.

Julia drehte sich zu ihm. „Sag vorher Bescheid, wenn dein Stuhl wieder zusammenkracht! Dann erschreckst du uns nicht so", raunte sie ihm bösartig zu.

„Good morning, ladies and gentlemen!" Katie Somerset betrat die Klasse und warf schwungvoll die Tür hinter sich zu.

„Armer Matthias!", murmelte Carolin vor sich hin.

„Muss furchtbar sein, wenn man so viel wiegt, dass schon Stühle zusammenkrachen!"

„Nee!" Lina schüttelte den Kopf. „Das war Sabotage", behauptete sie. Ihre grünen Augen blitzten.

Carolin machte große Augen. „Hä? Wie meinst du das denn? ... Matthias war halt zu schwer für den Stuhl."

„Nee, das war eine ganz billige, fiese Nummer von Julia und Co.", erklärte Lina.

„Meinst du?", überlegte Carolin. *Julia ist ja schon allerhand zuzutrauen!*

Lina guckte grimmig zu Julia. „Weiß ich! Ich hab Matthias doch geholfen, die Stuhlreste aufzusammeln. Das war eindeutig dieser wackelige wurmstichige Uraltstuhl aus der Besenkammer, den wir schon lange aussortiert haben."

Carolin fuhr sich mit beiden Händen durch die Haare. „Das ist ja echt der Hammer!"

„Dieser dämlichen Kuh müsste man echt mal eine richtige Lektion verpassen", knurrte Lina.

„Fangen wir an!" Miss Somerset stellte ihre Aktentasche auf den Tisch. „Dann wollen wir doch gleich mal mit der Korrektur unserer Englisch-Hausaufgaben beginnen." Sie spähte in der Klasse umher, ihr Blick fiel schließlich auf Matthias. „Also, Matthias, würdest du uns bitte aus deinem Heft vorlesen."

Matthias bückte sich und kramte in seinem Rucksack. Sekundenlang. Minutenlang. Mit hochrotem Kopf tauchte er dann unter der Bank hervor. Nahm den Rucksack auf seinen Schoß und suchte weiter. Schüttelte dabei immer wieder ratlos seinen Kopf.

„Come on, Matthias!“, kommandierte Miss Somerset. „Wir haben nicht den ganzen Vormittag Zeit.“

„Ich weiß auch nicht“, murmelte Matthias. Dann blickte er ratlos auf. „Ich kann mein Heft nicht finden.“

Miss Somerset schüttelte den Kopf. „Sehr originelle Ausrede. Gib doch gleich zu, dass du die Hausaufgaben nicht erledigt hast.“

„Nein ... ich meine doch, klar hab ich sie gemacht. Es ist nur, mein Heft ist weg“, stotterte er.

„Gestohlen, vermute ich“, spottete Miss Somerset.

„Nein, ich ...“

Lina knuffte Carolin in die Seite. „Schau dir mal Julias fieses Grinsen an. Ich wette, sie hat auch was mit dem verschwundenen Heft zu tun.“

„Oder vielleicht hat es Flügel bekommen und ist weggeflogen“, sagte Miss Somerset ärgerlich. „Jeder ist für seine Sachen selbst verantwortlich. Wie auch immer, du hast jedenfalls deine Hausaufgaben nicht gemacht, und das bedeutet eine glatte Sechs.“

Matthias umschlang den Rucksack auf seinen Beinen mit beiden Händen.

Julia kicherte. „Der hatte wahrscheinlich vor lauter Mampfen keine Zeit für die Hausi.“

„Jetzt halt doch endlich mal deine dämliche Klappe!“, rief Lina ihr zu. „Bei dir kommt doch echt nur Müll raus. Erst tauschst du den Stuhl aus, dann mopst du das Heft, du ... du ... miese Giftschlange!“

Julia lehnte sich gelassen zurück. „Ich hab mal gelesen, dass Kräuterbonbons Halluzinationen hervorrufen. Scheint bei dir der Fall zu sein!“

„Du Miststück!“, fauchte Lina und ballte die Fäuste.

„Girls!“, rief Miss Somerset in die Runde. „Es reicht, Girls! Julia, wärst du dann bitte so freundlich.“

„Aber klar!“ Julia zog ihr Heft heraus, schielte schadenfreudig zu Matthias und las ihre Aufgaben vor.

Als Miss Somerset endlich das Klassenzimmer verlassen hatte, stürzten Carolin und Lina gleich zu Matthias. Der kauerte zusammengesunken auf seinem Platz.

„Das war so was von peinlich, am liebsten wär ich im Erdboden versunken“, murmelte er bedrückt.

„Das war so was von billig“, zischte Lina und warf Julia einen bitterbösen Blick zu. „Stuhl austauschen, Heft verstecken, bescheuerter geht's echt nicht!“

„Mannomann!“, seufzte Matthias leise. „In Englisch bin ich sowieso keine Leuchte. Die Sechs reißt mich jetzt noch tiefer rein. Mein Vater tickt aus.“

„Denk dir nichts“, versuchte Carolin, ihn zu trösten. „Mir geht's nachher nicht viel besser in Mathe. Meine Nachhilfe musste ausfallen, und allein hab ich gar nichts gerafft. Wenn mich Dr. Hutmacher heute erwischt, bin ich so was von dran.“

Lina rollte die Augen. „Ich würde dir meine Hausi ja zum Abschreiben geben, hab's aber auch nicht geschafft, war superschwer diesmal.“

Matthias bückte sich und zog ein Heft aus seinem Rucksack. „Hier, kannst von mir abschreiben.“

„Echt?“

Matthias drückte ihr sein Heft in die Hand. „Mach schon!"

Carolin hüpfte von der Bank, nahm sein Matheheft und flitzte zurück an ihren Platz. „Genial!"

Lina folgte ihr. „Kann ich dann auch?"

„Klar!", nickte Matthias.

„Ich dann auch?", schloss sich Tina an. „Ich glaub, du bist der Einzige, der diese krassen Aufgaben geknackt hat."

Bis zur Mathestunde hatte Matthias' Heft die Runde in der ganzen Klasse gemacht – nur Julia, Heike und Viola hatten es nicht gekriegt.

Entsprechend klein machte sich Julia, was Dr. Hutmacher natürlich sofort bemerkte.

„Julia, würdest du mal bitte mit deinen Hausaufgaben nach vorne kommen", forderte er sie auf.

„Jaaah!", jubelte Lina. „Es gibt noch Gerechtigkeit auf dieser Welt."

Mit zusammengekniffenen Lippen schlich Julia zur Tafel. Dr. Hutmacher drückte Julia ein Stück Kreide in die Hand. Dann verschränkte er die Arme und nickte ihr zu. „Also, dann wollen wir mal die erste Aufgabe lösen."

„Ähm ... tja ... also ...", druckste Julia herum.

„Julia hat wahrscheinlich ihr Heft vergessen", rief Lina kichernd in die Klasse und kassierte dafür einen strengen Blick von Dr. Hutmacher.

„Ich hab die Aufgaben nicht gelöst", gab Julia schließlich zu. „Die waren superschwer."

Dr. Hutmacher rückte seine Brille zurecht. „Das ist gar nicht gut. Dann setz dich wieder hin."

Kleinlaut huschte Julia zurück auf ihren Platz.

Dr. Hutmacher blickte in die Runde. „Wer von euch hat die Hausaufgaben ebenfalls nicht gelöst? Wer fand die Aufgaben ebenfalls zu schwer?“

Nur die Hände von Heike und Viola streckten sich zaghaft in die Höhe. Alle anderen hatten von Matthias abgeschrieben.

„Na also.“ Dr. Hutmacher rieb sich zufrieden die Hände. „Der Großteil der Klasse kam mit den Aufgaben zurecht, also waren sie auch nicht zu schwer. Carolin, wie sieht's mit dir aus?“

Carolin bejahte.

„Dann komm doch mal vor an die Tafel.“

Carolin stiefelte nach vorne und schaffte es – dank Matthias –, alle Aufgaben richtig zu lösen.

Dr. Hutmacher nickte anerkennend. „Sehr gut, Carolin.“

Auf dem Weg zurück zu ihrem Platz lächelte Carolin Matthias dankbar zu. Julia kochte vor Wut.

Als Dr. Hutmacher nach der Stunde das Klassenzimmer verlassen hatte, stürmte Carolin sofort zu Matthias. „Du hast mich gerettet“, seufzte sie dankbar.

Julia dagegen bedachte Matthias mit einem bitterbösen Blick. „Dich pickligen Fettwanst mach ich fertig!“, zischte sie so bösartig, dass Matthias den Kopf einzog.

Nach der großen Pause tauchte Julia erst mal nicht mehr auf. Ihr Platz blieb leer.

„Julia war so sauer, dass sie zur Mami heimgelaufen ist“, lästerte Lina.

„Umso besser“, erwiderte Carolin. Doch ein mulmiges Gefühl in der Magengegend sagte ihr, dass das dicke Ende noch kommen würde.

Lina spähte Richtung Tür. „Noch besser wär, wenn Frau Asenbeck auch nicht auftauchen würde und wir statt Geschichte eine Freistunde hätten.“

In diesem Moment öffnete sich die Tür und Frau Asenbeck kam samt Julia herein. Julia sah völlig derangiert aus: Ihr Gesicht war schmerzverzerrt, sie hielt sich den rechten Arm, als würde er schmerzen, und humpelte.

„Was hat die denn in der Pause getrieben?“, grinste Lina.

Vorsichtig führte Frau Asenbeck Julia an ihren Platz. Dabei warf sie Matthias einen äußerst strengen Blick zu. „Matthias, melde dich bitte sofort im Sekretariat.“

Verwundert fragte Matthias nach. „Warum das denn?“

„Unverzüglich!“, fügte Frau Asenbeck hinzu.

Matthias zuckte mit der Achsel und ging. Julia blickte ihm mit einem teuflischen Lächeln nach.

„Das gefällt mir gar nicht“, murmelte Lina besorgt.

Als Matthias bis zum Schulschluss nicht aufgetaucht war, machten sich Lina und Carolin auf die Suche nach ihm. Sie entdeckten ihn schließlich in der hintersten Ecke des Schulhofs. Er hatte die Hände tief in seinen Hosentaschen vergraben, lehnte an der Mauer und starrte auf den Boden, als befinde sich dort ein Goldschatz.

„He, Matthias, was war denn?“, erkundigte sich Lina.

Matthias blickte Lina an. Zuckte mit den Schultern. „Nichts.“

„Ach, und wegen nichts hängst du hier rum wie ein Schluck Wasser in der Kurve?“, fragte Carolin.

„Nee, echt!“

Lina boxte ihn in die Seite. „Jetzt erzähl schon, wir sind doch Freunde.“

Matthias verdrehte die Augen. „Ich hab langsam wirklich die Nase voll.“

„Wie meinst du das?“

Matthias blies seine Backen auf, sodass sein Gesicht noch runder wirkte, als es schon war. „Ich bin ja einiges gewöhnt, aber was hier abgeht, ist echt der Hammer.“

„Was denn?“, drängelte Carolin.

„Sag doch endlich!“

„Ich hab Fräulein Schlupf angeblich so böse geschubst, dass sie sich richtig wehgetan hat“, stieß Matthias schließlich hervor.

Lina schüttelte den Kopf. „Glaub ich nie im Leben.“

„Du nicht, aber die Asenbeck, die Pausenaufsicht und die Somerset“, zählte Matthias auf.

„Hä?“ Carolin verstand nur Bahnhof. „Jetzt mal ganz langsam von vorne.“

Matthias senkte den Blick. „Julia Schlupf hat all diesen Damen erzählt, dass ich sie so heftig geschubst hätte, dass sie gestürzt sei. Weil ich mich rächen wollte. Weil ich behaupten würde, sie sei schuld daran, dass mein Stuhl zusammengebrochen ist.“

„Ist sie doch auch“, rief Lina lauthals. „Dafür müsste sie doch einen Verweis bekommen.“

„Pah!“, machte Matthias. „Goldlöckchen macht auf unschuldig. Und ich bin der Böse und schubse sie herum.“

„Was du natürlich nicht hast“, ergänzte Carolin.

„Natürlich nicht!“ Matthias schnaubte bitter. „Diese Giftspritze würd ich nicht mal mit der Kneifzange anfassen. Um die mach ich einen gewaltigen Bogen."

„Aber das haben die dir nicht geglaubt?"

Matthias sah die beiden Mädchen an. „Julia hat da wohl eine bühnenreife Show abgezogen und alle überzeugt."

„Miststück!", fauchte Lina.

„Aber du hast doch erklärt, dass du unschuldig bist", ereiferte sich Carolin.

Matthias verdrehte die Augen. „Schon, klar, nutzte nur wenig."

„Und jetzt?"

„Es könne ja sein, dass ich meine Masse unbewusst in Bewegung gesetzt und unabsichtlich Schaden verursacht habe – ich zitiere Frau Somerset. Darauf haben die sich dann geeinigt."

Lina schüttelte den Kopf. „Das heißt im Klartext, dass du zu dämlich bist, dich unter Kontrolle zu haben, und einfach gegen Julia getaumelt bist."

„Der rollende Fettkloß", nickte Matthias geknickt. „Der besser aufpassen soll, wo er hinrollt. Ach ja, und die Reinigung von Julias Klamotten soll ich auch noch zahlen."

„Weißt du was", sagte Carolin dann, um ihn aufzuheitern. „Wir fahren nachher nach Lindenhain, da sieht die Welt schon wieder viel besser aus."

Mutlos winkte Matthias ab. „Nee, lass mal! Für heute bin ich bedient."

Zuspruch tut gut!

Die Tage vergingen, und Carolin besuchte fast jeden Nachmittag die Ponys. Als sie heute auf Lindenhain eintraf, standen Jan und Gunnar mit ernsten Gesichtern mitten im Hof und diskutierten gestenreich.

„Hi, ihr zwei", rief Carolin ihnen zu.

Jan winkte ihr gleich zu. „Caro, komm doch mal!"

„Was gibt's denn?"

Jan nickte Gunnar auffordernd zu. „Sag du es ihr!"

Alarmiert blickte Carolin von einem zum anderen. „Was denn?" Es ging um nichts Gutes, so viel war ihr klar.

Jan zog eine Grimasse. „Das funktioniert alles so nicht. Wir haben uns übernommen mit diesen Gäulen." Seine blauen Augen blitzten. „Die werden gar nicht gesund, wollen nicht fressen und haben panische Angst vor Menschen. Ach, was sag ich: Die haben Angst vor allem, sogar vor den anderen Gäulen hier. Ich komm damit nicht klar."

„Mag ja sein, Jan", erwiderte Gunnar bekümmert. „So gern ich wollte, aber eine Aushilfe ist finanziell einfach nicht drin. Die Kosten für die ganzen Medikamente, die

Impfungen, Wurmkuren und das hochwertige Spezialfutter fressen schon ein viel zu dickes Loch in unsere Kasse." Er seufzte. „Ich hatte eigentlich gehofft, dass wir mit den Tieren irgendwann Ponyreiten auf dem Hof anbieten können und damit ein bisschen Geld verdienen."

„Pah! Träum weiter! Auf den Gäulen kann doch niemand reiten", erklärte Jan aufgebracht. „Die sind so was von verstört."

„Und warum werden sie denn gar nicht gesund?", wollte Carolin wissen. *Wahrscheinlich, weil sich der Tierarzt von Lindenhain mehr um meine Mutter kümmert, als nach den kranken Tieren zu schauen,* fügte sie in Gedanken ein wenig bitter hinzu.

„Dr. Sander tut schon, was er kann", entschuldigte Gunnar gleich den Doc. „Aber die armen Tiere sind einfach so geschwächt, dass ihre Heilung länger dauert." Besorgt blickte er hinüber zum Stall. „Was mir aber mindestens genauso viel Sorge bereitet, ist, dass sie weiterhin so scheu sind."

Jan stöhnte. „Selten dämlich. Haben ewig viel Platz und stehen in einem kleinen Eck zusammen. Und sobald jemand näher kommt, packt sie die Panik und sie rotten sich noch enger zusammen."

Carolin musste schmunzeln. „Haben halt keinen Bock auf Gesellschaft", meinte sie. „Gibt's bei Menschen doch auch."

„Nee." Gunnar schüttelte den Kopf. „Diese armen Viecher haben offenbar in ihrem Leben bisher nur schlechte Erfahrungen gemacht, ihnen fehlt einfach das Vertrauen." Während die Lindenhain-Pferde vergnügt über die Koppel tobten, waren die vier geschundenen Ponys draußen nicht zu sehen. „Du weißt, sie kommen vom Jahrmarkt“, sagte Gunnar.

Jan zog eine Grimasse. „Ich hab auch schon mal auf einem Jahrmarkt gejobbt, als Aufpasser beim Kettenkarussell. Und danach war ich auch nicht ballaballa.“

„Na ja“, feixte Carolin.

„Ich hab's!“ Jan runzelte die Stirn. „Das wär doch echt ein Fall für diesen durchgeknallten Typen, der mit den Pferden tanzt.“

Gunnar grinste. „Das mit dem Tanz waren Wölfe, Jan. Du meinst vermutlich den Pferdeflüsterer.“

Jan winkte ab. „Kann schon sein, jedenfalls hab ich da mal so einen Film gesehen ...“

Carolin blickte besorgt zu den Ponys. „Wär vielleicht echt nicht schlecht. Der Film war klasse, und wie Monty mit den Pferden umgehen kann.“

Gunnar nickte. „Er hat viel Erfahrung und strahlt viel Ruhe aus, und das ist wohl auch sein Geheimnis.“

Jan verschränkte die Arme. „Tu ich doch auch, hilft aber nichts.“

„Monty Roberts bietet Pferden in Stresssituationen Kommunikation an und baut dann das Vertrauen des Tieres auf, er enttäuscht sie anschließend nicht. So funktioniert seine Methode“, erklärte Gunnar. „Ich hab erst neulich im Fernsehen wieder eine Sendung darüber gesehen.“

„Mit anderen Worten: Pferde sind auch nur Schnitten“, seufzte Jan.

„Hä?“, wunderte sich Carolin.

„Na ja, die Mädels wollen doch auch immer nur zwei Dinge: Kommunikation, also ewig rumlabern, und lebenslange Treue", witzelte Jan.

„Mensch, Jan!", fuhr Carolin ihn an. „Das ist nicht lustig."

Jan zuckte die Achseln. „Okay, dann lasst uns die Gäule für den Transport vorbereiten und nach Amerika bringen."

„Jan!!!" Carolin funkelte ihn zornig an. „He, das ist echt kein Spaß! Den Ponys geht es schlecht, wir wissen nicht mehr weiter, und du hast nichts als doofe Sprüche auf Lager! Wir müssen den armen Tieren helfen", rief sie außer sich. *Ich hab's versprochen,* fügte sie in Gedanken hinzu. „Wieso sind die eigentlich nicht auf der Weide?"

„Pah!", machte Jan. „Weil das ewig dauert, bis ich diese vier Ponys draußen hab. Und auf der Koppel stehen sie genauso apathisch rum wie im Stall auch. Dann kann ich sie also gleich drin lassen." Er sah Gunnar an. „Oder ich krieg eine Extrazulage!"

Gunnar blickte sorgenvoll Richtung Stall. „Ich hab gehofft, nach ein paar Tagen Ruhe entspannen sie sich."

„Oh Mann!" Mit einer Mischung aus Zorn und Besorgnis blickte Carolin von Gunnar zu Jan. „Wir labern hier rum, und den armen Ponys geht es immer schlechter." Sie spürte einen dicken Kloß im Hals. „Vielleicht sterben sie. Sie hatten so ein elendes Leben und jetzt ..."

„Wir tun doch schon, was wir können!" Gunnar streckte den Arm nach ihr aus und wollte sie an sich ziehen.

Doch Carolin riss sich los. „Na und? Vielleicht ist das nicht genug!" Sie merkte, wie ihr die Tränen in die Augen stiegen, und versuchte, sie hinunterzuschlucken. Sie wusste ganz genau, dass es unfair war, Gunnar und Jan so anzumachen. Aber sie fühlte sich einfach nur noch unendlich hilflos.

Zornig und traurig zugleich marschierte sie in den Stall zu den Ponys. „Hallo, ihr", rief sie ihnen zu. Doch die vier zeigten keinerlei Regung.

Carolin hockte sich auf einen Strohballen und betrachtete sie. Die Ponys standen in ihren Boxen und hielten ihre Köpfe gesenkt. Nur ab und an war zu hören, wie sie die Luft durch die Nüstern ausstießen.

Da kam auf einmal eines der Kätzchen an und schnurrte um Carolins Beine. Es war das hell gefleckte, das sie *Bastiano zwei* genannt hatten.

Carolin nahm das Kätzchen hoch und setzte es behutsam auf ihren Schoß. „Na du!" Sie drückte ihr Gesicht in das weiche Fell. Plötzlich konnte sie nicht mehr an sich halten, und dicke Tränen kullerten aus ihren Augen auf Bastianos Fell.

Eine Weile hielt das Kätzchen still, dann befreite es sich aus Carolins Armen und schüttelte sich. Carolin lächelte leicht. „Sorry, Kleines, ich hab dich mit meinen Tränen ganz nass gemacht." Sie schniefte und wischte mit dem Jackenärmel über ihre Augen und Wangen.

„Hi, Caro!", hörte sie auf einmal eine Stimme. Es war Dr. Sander, der seine Hand sanft auf ihren Rücken legte. „Alles in Ordnung?"

Oh Mann, das auch noch! Carolin räusperte sich und versuchte, ihre Tränen wegzuschnüffeln. „Ja!", presste sie hervor. *Hat man denn nirgendwo seine Ruhe? Nicht mal im Stall?,* fügte sie in Gedanken hinzu.

Dr. Sander ging neben ihr in die Hocke. „Ich hab mich gerade mit Gunnar unterhalten“, erklärte er.

Na und?, dachte Carolin und schwieg verbissen.

„Er hat mir erzählt, dass du dir große Sorgen um die Ponys machst“, sagte Dr. Sander leise. „Ich weiß genau, wie du dich fühlst.“

Ach ja? Carolin verdrehte innerlich die Augen. *Trotzdem – ich hab jetzt absolut keine Lust, mich zu unterhalten. Ich möcht einfach nur allein sein. Soll er doch Ines besuchen, wenn er unbedingt jemand zum Quatschen braucht!*

Dr. Sander legte eine Hand auf ihren Arm. „Wir sind immer so ungeduldig“, fuhr er fort. „Aber es braucht einfach eine gewisse Zeit, sich an Veränderungen zu gewöhnen.“

Carolin horchte auf und schielte von der Seite zu ihm. *Geht's hier wirklich um die Pferde oder um Ines?*

„Das ist bei Menschen so, Caro – und bei Tieren ganz genau so.“

Aha, um beides! Carolin zog möglichst unauffällig ihren Arm unter seiner Hand zurück. Sie mochte den Doc zwar gern, aber momentan hatte sie einfach keine Lust zu reden. Und schon gar nicht über Beziehungsprobleme zwischen ihrer Mutter und dem Doc – war ihr eigenes Leben doch kompliziert genug. Und im Augenblick waren für Carolin sowieso nur die Ponys wichtig.

Dr. Sander sprach weiter. „Als ich so alt war wie du, hatte ich einen Freund, der hat so ziemlich jedes kranke Tier eingesammelt, das er gefunden hat. Er lebte auf einem Bauernhof, und seine Eltern waren genauso tierlieb wie er.“

Super, ich mag den Doc zwar gern, aber auf die Geschichten aus seinem Leben hab ich grad absolut keinen Bock!

„Eines Tages hat er ein armes, abgemagertes, altes Pony angebracht. Sein Besitzer hatte es einfach so auf einer Wiese abgestellt. Wie einen alten Koffer, und mein Freund, Michi hieß er, hat es mitgenommen.“ Ein Lächeln huschte über Dr. Sanders Gesicht. „Michi und ich haben uns in jeder freien Minute um das Tier gekümmert.“

Vorsichtig drehte Carolin den Kopf. „Und was ist mit ihm passiert?“

„Es ist gestorben“, erzählte Dr. Sander.

Coole Mutmachergeschichte, dachte Carolin.

„Es war schon zu alt, es hatte keine Chance. Aber ich erinnere mich noch ganz genau, wie oft Michi und ich bei dem Pony saßen, wütend und hilflos.“

Carolin schielte wieder aus den Augenwinkeln zu Dr. Sander.

„Und damals habe ich beschlossen, Tierarzt zu werden. Um alles tun zu können, um das Leben von Tieren zu retten.“ Wieder legte er seine Hand auf Carolins Arm. Diesmal ließ sie es zu. „Ich weiß also ziemlich genau, wie du dich fühlst, Caro. Aber deine Ponys werden nicht sterben.“

Carolin drehte den Kopf und schaute ihn an. „Aber ...“

Dr. Sander nickte. „Klar, irgendwann schon! Aber noch nicht jetzt. Allerdings musst du ihnen etwas Zeit geben. Nach einem Leben voller Mühsal müssen sie sich erst mal daran gewöhnen, dass es ihnen hier gut geht. Dass Menschen ihnen nicht nur Schmerzen zufügen.“

Carolin wischte ein letztes Mal über ihre Augen. „Aber sie sind so komisch. Total ängstlich und teilnahmslos. Was sollen wir denn nur machen?“

„Weißt du, Caro, wenn du in das Pferd hineinhörst und dich mit ihm beschäftigst, dann findest du die richtige Art, mit ihm klarzukommen. Worauf reagiert dein Pferd? Was gefällt ihm? Ein bisschen gesunder Menschenverstand hilft dir.“ Er blickte zu den Ponys. „Diese armen Tiere sind voller Wunden. Innen wie außen. Die müssen erst mal verheilen. Sie müssen lernen, Vertrauen zu fassen.“ Er stand auf und klopfte sich das Stroh von seiner Hose. „Wir kriegen das zusammen hin, Caro. Davon bin ich fest überzeugt.“

Carolin schwieg. Doch sie fühlte die Zuversicht, die von Dr. Sander ausging. Ein warmes, wohliges Gefühl durchströmte ihren Körper.

„Kümmer dich um sie, aber dräng sie zu nichts.“

„Aber ...“ Carolin biss sich auf ihre Unterlippe. „Sie sind so scheu und stehen auch auf der Weide nur rum.“

Dr. Sander nickte. „Menschen sind für diese Ponys zunächst mal mit Schmerzen verbunden. Sie haben sie bisher nur herumgezerrt, sich auf ihren wunden Rücken gesetzt und im Kreis herumgetrieben. Die Erfahrung, dass man sie auf eine Weide zum Grasen führt, sie dort herumtoben dürfen, ist neu für sie.“

„Klingt logisch“, gab Carolin zu.

„Ach, ich hab da noch was!“ Dr. Sander öffnete seinen Koffer und zog ein kleines Fläschchen hervor. „Wenn sie mal wieder sehr ängstlich sind, gib ihnen ein paar Tropfen hiervon.“

Carolin nahm das Fläschchen. „Was ist das?“

„Rescue-Tropfen. Ein homöopathisches Mittel. Völlig harmlos, aber für Menschen und auch für Tiere sehr gut.“ Er schaute auf seine Uhr. „Ich muss jetzt weiter. Zu einer Hasenplage.“

„Zu einer was?“ Carolin machte große Augen.

Dr. Sander grinste. „Am Anfang hatte die kleine Maja vier hübsche Häschen. Was sie nicht wusste, war, dass auch ein Rammler darunter war, der dann losgelegt hat. Und Hasendamen können jederzeit trächtig werden. Die jungen Hasen haben sich dann untereinander vermehrt, und mittlerweile hat Maja einen ganzen Stall voll. Maja freut sich zwar, aber ihre Mutter läuft Amok.“ Dr. Sander winkte Carolin noch kurz zu, dann verließ er den Stall. Nachdenklich sah Carolin ihm nach. Irgendwie hatte ihr das Gespräch mit dem Doc nun doch richtig gutgetan! *Ich kann schon verstehen, dass Ines ihn mag. Er ist wirklich nett,* ging es Carolin durch den Kopf.

Carolin folgte Dr. Sanders Rat und gab den Ponys Zeit. Wie bisher besuchte sie die verängstigen Tiere jeden Tag, redete liebevoll mit ihnen, brachte ihnen Leckerli und streichelte ihre geschundenen Körper. Dank der guten Pflege begannen die Wunden, langsam zu verheilen. Auch ihre Mähnen bekamen wieder Glanz. Allmählich wurden sie auch etwas zutraulicher.

Es war ein wunderschönes Gefühl, als Carolin eines Tages nach der Schule nach Lindenhain kam und die vier

Ponys zum ersten Mal grasend auf der Weide sah. Sie spürte, wie ein Gefühl von großer Zufriedenheit sie bei dem Anblick erfüllte.

„Hi, Caro."

„Gunnar!" Sie war so auf die Ponys fixiert gewesen, dass sie Gunnar gar nicht bemerkt hatte, der in der Haustür lehnte und ebenfalls die Ponys beobachtete. Carolin ging zu ihm.

„Es tut in der Seele gut, sie so zu sehen", murmelte er. Das leichte Zittern in seiner Stimme verriet, wie sehr ihn das Ganze mitgenommen hatte.

Carolin lächelte. „Und das haben sie dir zu verdanken, Gunnar."

„Ach was!" Gunnar winkte ab. „Ist doch selbstverständlich, dass man hilft, wenn man kann."

Während Gunnar weiter gedankenverloren zur Weide blickte, lief Carolin hinüber. Sie hockte sich auf das Gatter, ihren Lieblingsplatz, und ließ ihre Beine baumeln.

Auf einmal hob Bella den Kopf. Nach einer Weile setzte sie sich langsam in Bewegung und trottete auf Carolin zu. Kurz vor ihr blieb sie stehen, streckte ihr den Kopf entgegen und wieherte kurz.

„Hallo, Bella", sagte Carolin leise, um sie nicht zu verschrecken. Es war das erste Mal, dass das Pony von sich aus auf sie zukam. Carolin musterte es. Seine Augen wirkten jetzt nicht mehr matt und trüb, die Entzündung war verheilt. Auch war keine Angst mehr darin zu erkennen, nur noch Neugier. Das Shetty hatte die Ohren aufmerksam gespitzt, sein Schweif pendelte locker hin und her. Ganz langsam streckte Carolin ihre Hand aus.

Bella schnüffelte vorsichtig über ihre Handfläche, die Tasthaare des Ponys kitzelten ein bisschen.

„He, du Süße“, murmelte Carolin. „Willkommen auf Lindenhain! Hier wird euch niemand mehr wehtun. Hier seid ihr in Sicherheit.“

Bella reckte ihren Hals in die Höhe, wieherte noch mal und trabte schließlich davon. Erst langsam, dann immer schneller – kreuz und quer über die Weide. Carolins Herz machte vor Freude einen kleinen Satz. Es war ein herrliches Gefühl, das gequälte Tier so ausgelassen zu sehen. *Jetzt ist alles gut,* dachte sie erleichtert. Doch da sollte sich Carolin leider gewaltig täuschen.

Was ist „Etwas"?

Der nächste Tag war einer dieser sonnigen Bilderbuchtage, an denen es weder zu warm noch zu kühl ist. An denen die Luft vibriert und jeder voller Vorfreude ist – ohne genau zu wissen, warum. Bester Laune war Carolin aufgewacht, und nicht einmal die Tatsache, dass sie in die Schule gehen musste, konnte ihre gute Stimmung trüben. Jedenfalls bis zur großen Pause.

Carolin biss gerade von Linas Pausenbrot, als Thorben mit bitterernster Miene auf sie zukam und sie am Jackenärmel zur Seite zog. „Caro, hast du mal 'ne Minute? Ich muss was mit dir besprechen."

Lina zog einen Schmollmund. „He, he, mein Freund und meine beste Freundin haben Geheimnisse!"

Thorben winkte ab. „Ist privat", erklärte er entschuldigend und entfernte sich ein paar Schritte.

„Aha!", machte Lina gespielt pikiert.

Carolin zwinkerte ihr zu. „Ich berichte dir nachher alles haargenau!" Dann folgte sie Thorben. „Was gibt's denn?", erkundigte sie sich.

Thorben zog eine Grimasse. Seine Augen funkelten.

„Was die Sache angeht, ticken wir doch beide gleich, oder?“, begann er.

„Welche Sache?“, wunderte sich Carolin.

„Na, die Sache zwischen meinem Dad und deiner Mutter“, presste er zwischen den Zähnen hervor.

„Aber klar, hundertpro!“, bestätigte Carolin. „Absolut! Warum?“ Ein ausgesprochen ungutes Gefühl breitete sich in ihrem Magen aus.

Thorben kratzte sich am Kopf. „Ich hatte gestern ein ernstes Gespräch mit meinem Dad.“ Er verdrehte genervt die Augen. „Du weißt schon, eins von diesen Vater-Sohn-Verständnisgesprächen, diesmal war es voll ätzend!“

„Kenn ich“, nickte Carolin ungeduldig. Aufgeregt packte sie Thorben am Jackenärmel. „Worum ging's denn? Los, erzähl schon!“

„Na ja ... weiß nicht ... nichts Bestimmtes eigentlich ...“, druckste Thorben herum.

„Aber ...?“

Thorben versenkte seine Hände so tief in den Hosentaschen, dass sie beinahe die Kniescheibe berührten. „Er hat angedeutet, dass bei ihm und deiner Mutter etwas bevorstünde.“ Bei *etwas* verzog Thorben seinen Mund so angewidert, als hätte er gerade in eine rohe Zwiebel gebissen.

„Was etwas?“, hakte Carolin nach.

Thorben zuckte mit den Schultern, ohne seine Hände aus den Hosentaschen zu nehmen. „Keine Ahnung.“

„Oh Mann!“ Carolin stöhnte laut. „Ey, Thorben, wenn mir meine Mam ein *Etwas* andeuten würde, würde ich sie so lange löchern, bis sie damit rausrückt!“

„Ey, was meinst du, was ich getan hab?“, empörte sich Thorben. „Aber mein Dad hat voll dichtgehalten. Er will deiner Mutter nicht vorgreifen, hat er nur gemeint.“

„Na toll!“, knurrte Carolin genervt. „Was könnte dieses Etwas denn sein?“ Plötzlich kam ihr ein Gedanke. „Vielleicht wollen sie sich trennen?“

Thorben schüttelte wie wild den Kopf. „Vergiss es! Mein Dad strahlte bei dem Etwas wie ein Honigkuchenpferd, das kannst du also knicken.“

„Oh nein!“ Panik ergriff Carolin. „Und wenn ...“

„Wenn was ...?“

„Wenn ...“ Carolin wagte kaum, ihren ungeheuerlichen Verdacht auszusprechen.

„Jetzt sag schon!“

„Wenn meine Mam schwanger ist?“, flüsterte sie voller Entsetzen. „Wenn ich, oder wir, ein Geschwisterchen bekommen?“

Thorben starrte sie fassungslos an und schluckte. „Deine Mam ist doch schon viel zu alt“, meinte er dann pragmatisch. „Das geht doch gar nicht mehr, oder ...?“

„Blödmann! Meine Mam ist Ende dreißig. Das geht locker noch“, korrigierte Carolin ihn aufgebracht.

Thorben fuhr sich durch die Haare. „Das wär ... das wär echt Horror pur.“ Er ließ seine Hände sinken. „Nee! Never! Mein Dad hat auf Nachwuchs keinen Bock, da bin ich sicher. Der hat mit mir genug zu tun.“

Carolin blies ihre Backen auf. „Na, hoffentlich!“

Thorben blickte finster drein. „Jedenfalls sollten wir dringend herausfinden, was dieses Etwas bedeutet, um rechtzeitig das Schlimmste verhindern zu können.“

Carolin nickte heftig. „Da bin ich voll und ganz deiner Meinung!“, pflichtete sie ihm bei. „Mal schauen, vielleicht bekomme ich ja was raus!“

Nach der Schule radelte Carolin nicht nach Lindenhain, sondern direkt nach Hause. Es war Donnerstag, und donnertags arbeitete ihre Mutter momentan nur vormittags in Florentines Secondhand-Laden. *Also müsste sie zu Hause sein,* kombinierte Carolin. War sie auch.

„Mam?“

„Hallo, Caro“, rief Ines ihr fröhlich aus der Küche entgegen. „Ich hab gar nicht mit dir gerechnet.“

„Hi, Mam.“ Carolin steckte ihren Kopf in die Küche.

Ines hatte eine blaue Plastiktüte mit der Aufschrift *Boutique Florentine* zwischen den Beinen und hielt sich gerade prüfend ein knallrotes, durchsichtiges Spitzenshirt hin. „Der allerneueste Schrei aus Paris. Hat mir Florentine empfohlen“, plapperte sie vergnügt drauflos. „Schick, oder? Obwohl, es ist schon ein bisschen sehr rot.“

Bei Carolin schrillten sofort sämtliche Alarmglocken. „Wofür hat Florentine dir das empfohlen?“, fragte sie. *Für das „Etwas“?*

„Ach, nur so“, meinte Ines und packte das Spitzenshirt vorsichtig wieder in die Tüte. „Tja, wenn ich gewusst hätte, dass du kommst, hätte ich uns was gekocht. So hab ich mir nur schnell eine Portion Sushi mitgenommen. Magst du was abhaben?“

Carolin schüttelte sich angeekelt. „Nee danke, deinen toten Fisch kannst du gerne allein essen." Sie holte sich eine Tüte Milch aus dem Kühlschrank und eine Schachtel Müsli aus dem Küchenschrank.

Dabei musterte sie ihre Mutter. „Sag mal, Mam, hast du nicht vielleicht das Bedürfnis, mal wieder mit mir in den Zoo zu gehen?" Früher war das fast eine Art Tradition gewesen: Immer wenn im Hause Baumgarten größere Probleme oder wichtige Veränderungen anstanden, war Ines mit ihr in den Zoo gegangen. Von der Trennung von Paul hatte Carolin vor dem Affenkäfig erfahren.

Ines sah ihre Tochter verwundert an. „Warum das denn? Gibt es Nachwuchs im Zoo? Oder vielleicht neuerdings Pferde? Ich kenn doch meine Pappenheimer." Ines zwinkerte ihr zu. „Wenn du irgendwas unbedingt willst, hat das doch meistens mit Pferden zu tun."

Carolin kippte die Milch in eine Schüssel und gab Müsli dazu. „Nee, ich dachte halt, nur so." *Schön wär's,* fügte sie in Gedanken hinzu.

Ines strich ihr liebevoll über den Kopf. „Aber wenn du Lust hast, Schatz, können wir natürlich gerne in den Zoo gehen. Wir haben ja auch schon ewig nichts mehr zusammen unternommen. Vielleicht haben Jo und Thorben ja auch Lust, mal mitzukommen."

Na gut! Der Wink mit dem Zaunpfahl funktioniert hier ja offenbar nicht, dachte Carolin. *Dann eben Frontalangriff.* „Mam ... willst du vielleicht *etwas* mit mir besprechen?", fragte sie so beiläufig wie möglich.

Ines schüttelte den Kopf. „Nee, ich wüsste nicht was." Sie öffnete den Kühlschrank und blickte suchend hinein.

„Wir hatten doch noch Essiggurken, oder täusch ich mich? Diese leckeren im Chiliessig.“

Essiggurken? Wahhh! Carolin verschluckte sich beinahe an ihrem Müsli.

„Du sollst nicht immer so hastig essen, Kind!“, mahnte Ines, während sie weiter den Kühlschrank prüfte.

Carolin warf einen panischen Blick auf den Bauch ihrer Mutter. *Mist!* Ines trug eine weite Bluse, da war nichts zu erkennen. *Ich frag sie einfach!* „Du, Mam, ich glaub, dein Bauch ist ein bisschen dicker als sonst.“

Ines ließ sogleich vom Kühlschrank ab und strich sich erschrocken über ihre Taille. „Echt? Findest du, dass ich zugenommen habe?“

Nicht zugenommen, Mam! „Na ja.“

„Hast recht! Ab morgen wird das Frühstückscroissant gestrichen“, erklärte Ines entschlossen und packte gleich als Sofortmaßnahme ihr Sushi wieder weg.

Super, Mam! Das hilft mir voll weiter. Okay, Miss Marple. Weiter! Carolin holte einmal tief Luft. „Mam, gibt es vielleicht etwas, was du mir sagen willst?“, bohrte sie hartnäckig weiter.

Ines schüttelte erneut den Kopf. „Nicht dass ich wüsste, Schatz. Was denn?“

Mist! „Du, Mam, was hältst du davon, wenn wir zwei uns heute einen gemütlichen DVD-Abend machen? So wie neulich, als es mir so schlecht ging, weil meine Freunde alle verreist waren.“ Damals war Lina in einem Magiekurs gewesen, Ferdi in einem Eishockey-Trainingslager und Thorben in den USA. Carolin hatte die Ferien dann ganz allein zu Hause verbracht und sich einsam gefühlt. Daher war sie über die Gesellschaft ihrer Mutter richtig froh gewesen.

Ines betrachtete ihre Tochter besorgt. „Sag mal, Caro, geht es dir schlecht? Wenn du Probleme hast, sprich mit mir drüber! Du kannst mit mir über alles reden!“

Manno! „Nee, alles bestens. Aber Mam ... du findest doch auch, dass wir zwei ein Superteam sind, oder?“

Ines goss sich ein Glas Diät-Cola ein. „Aber klar, Schatz. Das sind wir.“

„Total gut eingespielt, oder?“, schickte Carolin nach.

Ines nickte. „Unbedingt.“

„Paps fehlt uns doch überhaupt nicht?“

Ines bekam einen hysterischen Lachanfall. „Um Himmels willen!“

„Uns fehlt überhaupt kein Mann, oder?“

Ines stellte ihr Glas ab und musterte ihre Tochter eindringlich. „Sag mal, was ist denn mit dir los? Was stellst du denn für merkwürdige Fragen? Hast du wieder Probleme in Mathe und weißt nicht, wie du's mir beibringen sollst?“

Carolin winkte ab. „Nee, alles bestens.“ *Dank Matthias,* fügte sie in Gedanken hinzu. *Ich geb's auf! Aus Ines ist nichts herauszubringen.*

Ines strich ihrer Tochter sanft übers Haar. „Du fühlst dich ein bisschen vernachlässigt, mein Schatz. Und du hast recht. Die letzten Wochen über hatte ich wenig Zeit für dich.“ Sie drückte Carolin einen Kuss auf die Wange. „Aber weißt du, was! ... Wir machen das! Wir machen uns heute einen gemütlichen DVD-Abend.“

Na toll, dachte Carolin. *Das ist ganz bestimmt nicht das, was ich eigentlich wollte.*

Doch es gab kein Entrinnen mehr. Und so saß Carolin am Abend mit ihrer Mutter im Wohnzimmer und guckte *Die weiße Massai,* eine Liebesschnulze, die in Afrika spielte. Ines fand den Film so bewegend, dass sie alle paar Minuten nach einem Taschentuch griff und sich eine Träne im Augenwinkel abtupfte. Carolin hockte mit angezogenen Beinen auf dem Sessel und ärgerte sich über den verpfuschten Abend. *So ein Kitsch!,* dachte sie. *Aber ich bin ja echt selber schuld!*

„Schatz, holst du uns mal ein paar Erdnüsse aus der Küche? Ich will von dem Film nichts verpassen", bat ihre Mutter dann.

Gemächlich stand Carolin auf und schlurfte in die Küche. *Da sitz ich hier friedlich einen Film guckend und Erdnüsse essend mit Ines vor dem Fernseher, während sich ein Etwas über meinem Kopf zusammenbraut und ich keinen blassen Schimmer hab, was das sein könnte,* überlegte Carolin, während sie die Erdnüsse aus dem Regal holte und in ein Schälchen kippte. Seufzend stemmte sie die Hände auf die Küchentischplatte und blickte nach draußen.

Es war eine sternenklare Nacht, kein Lüftchen wehte. Plötzlich fiel Carolins Blick auf die pralle, gelbe Kugel am nachtschwarzen Himmel.

„Es ist ja Vollmond!", stellte sie überrascht fest. Sie kramte eilig Ines' Mondkalender aus einer der Küchenschubladen, um ihre Vermutung zu überprüfen. „Tatsächlich!", murmelte sie.

„Schatz, wo bleibst du?", ertönte da die Stimme ihrer Mutter.

„Komm gleich!"

Vollmond. Alles klar. Carolin schmunzelte. *Mam, wenn du nicht mit der Sprache rausrücken willst, dann muss ich eben jemand anders fragen.*

Gleich nach dem Film verzog sich Carolin in ihr Zimmer und wartete ungeduldig darauf, bis auch Ines endlich im Bett lag und aus ihrem Zimmer nur noch gleichmäßiges Schnarchen zu hören war. Carolin holte ihren dunklen Rollkragenpullover und ihre Jacke aus dem Schrank. Dann schlich sie sich leise aus dem Haus.

Sie schnappte ihr Fahrrad und radelte wie der Blitz nach Lindenhain. Dort war alles ruhig. Carolin lehnte ihr Rad an die seitliche Stallmauer und huschte zum Eingang. Langsam schob sie die Stalltür auf. Doch die Tür quietschte so laut, dass Carolin einen Augenblick innehalten musste.

„Verdammter Mist!", schimpfte sie leise. Mit klopfendem Herzen beobachtete sie das Haus, doch in keinem der Fenster ging Licht an. Vorsichtig schlüpfte sie durch die Stalltür. *Mist!,* fiel ihr ein. *Ich muss die dämliche Tür weiter aufmachen, durch den Spalt passt Sternentänzer nie.* Sie versuchte, die Tür so leise wie möglich ganz zu öffnen, doch bei jeder kleinsten Bewegung quietschte es geräuschvoll in den Angeln.

Auf einmal spürte Carolin etwas an ihren Beinen. Erschrocken fuhr sie herum. Doch es war nur Sternchen, das pechschwarze Kätzchen, das nachts mit den anderen

Katzen auf dem Hof herumtobte. „Meine Güte, hast du mich erschreckt!“, murmelte Carolin und beeilte sich, endlich in Sternentänzers Box zu kommen.

Wie in jeder Vollmondnacht war Sternentänzer hellwach und blickte ihr mit großen Augen erwartungsvoll entgegen. „Na mein Süßer“, flüsterte Carolin ihm zu und tätschelte zärtlich seinen Hals. Rasch holte sie ein paar alte Hafersäcke aus der Sattelkammer, wickelte sie um seine Hufe und führte den Hengst nach draußen.

Erst als sie den kleinen Feldweg erreicht hatten und außer Hörweite waren, befreite sie seine Hufe von den Säcken und schwang sich auf Sternentänzers Rücken.

„Hüa, Sternentänzer, hüa“, trieb sie den weißen Hengst an und hielt sich in seiner mondhellen Mähne fest. Wie meist bei ihren nächtlichen Vollmondausflügen ritt sie auch diesmal ohne Sattel und Zaumzeug. Auf ihr Kommando hin setzte sich Sternentänzer sofort in Bewegung. Er fiel zuerst in einen leichten Trab, wechselte aber rasch in den Galopp. „Schneller, Sternentänzer, schneller!“ Carolin beugte sich über seinen Hals. Sie spürte, wie die weiche Mähne des Hengstes ihr ins Gesicht wehte. Sie schloss die Augen, holte tief Luft und stellte ihre Frage. „Ich wünschte, ich wüsste, was aus Dr. Sander und meiner Mutter und aus Thorben und mir wird! Wie wird es mit uns weitergehen?“, murmelte sie.

Kaum hatte sie ausgesprochen, ging ein sanfter Ruck durch den sehnigen Körper des Hengstes. Schnell wie der Wind galoppierte er davon. Carolin klammerte sich fester an seine Mähne, sie fühlte sich merkwürdig. Ihr Kopf schien sich zu drehen, ihr wurde schwindelig –

wie in einem Kettenkarussell. Sternentänzer galoppierte schneller und schneller, und Carolin sah Bilder in ihrem Kopf. *Ein großer dunkler Holztisch, mit geschwungenen Tischbeinen in einem großen, hohen Raum mit weißen Wänden in einem fremden Haus. An dem Tisch sitzen Ines, Dr. Sander, Thorben und Carolin. Sie reden, lachen, schütteln den Kopf.*

Wie in einem Rausch schoss die Bilderflut durch Carolins Kopf. Schnell, konturenlos, wie mit einem Weichzeichner gefiltert. Dann wurde Sternentänzer plötzlich langsamer. Er keuchte, lief schwerfälliger und verlangsamte zum Trab.

Carolins Herz schlug wie ein Trommelfeuer. „Sieht nicht gut aus, Caro", murmelte sie vor sich hin. „Gar nicht gut!" Sie biss sich auf die Unterlippe, wie sie es immer tat, wenn sie nervös war oder nicht mehr weiter wusste – so wie jetzt.

In gemächlichem Tempo ritt Carolin schließlich den kleinen Feldweg zurück. *Die Vision eben war glasklar,* überlegte sie. *Da bedarf es keiner Interpretationshilfe. Sternentänzer hat mir meine neue Familie in unserem neuen Haus gezeigt. Oje! Und Sternentänzer hat immer recht. Es gab noch keine einzige Vision, die sich letztendlich nicht erfüllte.*

Etwas deprimiert brachte sie Sternentänzer zurück in den Stall, rieb ihn rasch trocken und verabschiedete sich mit einem sanften Kuss auf die Nüstern von ihm. Dann flitzte sie den Boxengang entlang, versuchte, so geräuschlos wie nur möglich die Stalltür hinter sich zu schließen, und schwang sich auf ihr Rad.

Ich will aber keine neue Familie, dachte sie verzweifelt, während sie nach Hause zurückradelte. *Ich mag Thorben und den Doc, aber ich will nicht mit ihnen zusammen unter einem Dach wohnen! Ich will, dass alles so bleibt, wie es ist. Nur Ines und ich, das ist gut so!*

Auf Zehenspitzen schlich Carolin wenig später nach oben in ihr Zimmer. Sie war total aufgewühlt von der Vision. Viel zu munter, um sich schlafen zu legen. Sie setzte sich daher an ihren Computer. In ihrem Posteingang war eine neue Mail. Carolin lächelte und klickte sie auf. „*Hi, Caro! Heute ist Vollmond, und da dachte ich, vielleicht hab ich Glück und erwische Dich, wenn Du von einem Ausritt auf Sternentänzer zurückkommst. Ach Caro, manchmal wünschte ich, Silberstern hätte die gleiche Gabe wie Sternentänzer und könnte in die Zukunft blicken. Ich würde ihn fragen, was aus unserem Naturschutzgebiet wird. Damit geht es einfach nicht vorwärts. Mannito ist auch ratlos. Ist Dir inzwischen etwas eingefallen? Viele Grüße! Deine ratlose Annit.*"

Carolin rückte ihren Stuhl zurecht und schrieb eine Antwort. „*Hi, Annit. Mir ist leider noch nichts dazu eingefallen. Und ich muss gestehen, dass ich auch gar nicht so richtig darüber nachdenken konnte, weil hier irgendwie alles konfus ist. Gunnar hat ein paar Ponys von einem Jahrmarkt nach Lindenhain geholt. Die armen Tiere befanden sich in einem fürchterlichen Zustand, wir haben uns um sie gekümmert und sie gepflegt. Zum*

Glück geht es ihnen nun besser, und sie sind auch etwas zutraulicher geworden." Carolin stoppte kurz und schaute auf - genau vor ihrem Fenster stand die helle, runde Scheibe des Mondes. Ein Lächeln huschte über ihr Gesicht. „*Es ist doch eigentlich komisch, Annit. Du mit Deinem Naturschutzgebiet hättest Sternentänzers Gabe gebraucht und ich hätte für die geschundenen Ponys Silbersterns Gabe nutzen können, da er ja mit anderen Tieren kommunizieren kann. Ich habe Sternentänzer heute die Frage gestellt, wie es mit meiner Mutter und dem Doc weitergeht. Und wenn Sternentänzer recht behält, was er eigentlich immer tut, dann werde ich wohl bald eine neue größere Familie haben – ob es mir gefällt oder nicht!*"

Carolin schickte die Mail los, lehnte sich zurück und fuhr sich mit beiden Händen durch die Haare. Sie hing in dieser Nacht noch lange ihren Gedanken nach, bevor sie endlich zu Bett ging.

Gnadenhof für Ponys gesucht!

Wenn es kommt, dann kommt es meistens geballt: Und so rief zu allem Überfluss Gunnar für den übernächsten Nachmittag alle zu einer Krisensitzung in den Gemeinschaftsraum nach Lindenhain. Carolin und Jan waren die Ersten, die auftauchten. Jan kramte einen Euro aus seiner Overalltasche und zog sich eine Packung Kaugummi aus dem Automaten.

„Hast du eine Ahnung, worum es geht?“, erkundigte sich Carolin.

Jan zuckte nur die Achsel. „Keinen Schimmer!“ Er riss die Packung auf, steckte sich einen Kaugummi in den Mund und hielt ihr einen Streifen hin. „Magst du?“

Carolin schüttelte den Kopf. „Neulich ist mir aufgefallen, dass die Stalltür höllischen Lärm macht. Sollte man mal richten.“

„Ich hab auch nur zwei Hände.“ Jans Augen blitzten genervt. Er formte mit dem Kaugummi eine große Blase und ließ sie geräuschvoll platzen. „Was soll ich denn noch alles tun? ... Pferde, Ponys, Gatter, Hof, Mist, Futter, Stroh, Heu ... die dämliche Stalltür steht echt nicht ganz oben auf meiner Liste. Dann knarrt das Ding eben. Davon geht die Welt ganz bestimmt nicht unter!"

Die Welt nicht, aber ich könnte bei meinem nächsten Vollmondritt ganz Lindenhain aufwecken, fügte Carolin in Gedanken hinzu.

Da stürmte Lina mit wehenden Haaren durch die Tür. „Ich hab extra den Unterricht bei Ami ausfallen lassen, was ist denn schon wieder so dringend?"

Carolin und Jan zuckten fast gleichzeitig mit den Schultern. Kurz darauf kam auch Thorben an.

„Weißt du was?", fragte Lina ihn.

Thorben schüttelte den Kopf. „Nichts Genaues. Ich hab nur mitgekriegt, dass mein Vater gestern Abend noch ewig lang mit Gunnar telefoniert hat." Dann ging er gleich auf Carolin zu und zog sie zur Seite. „Hast du was in unserer Sache von deiner Mutter rausbekommen?", wollte er wissen.

Ja, klar! Wir werden alle zusammenziehen und glückliche Familie spielen, hab ich in meiner Vision gesehen, dachte Carolin. „Nee", antwortete sie stattdessen knapp. „Keine Chance. Mam hält voll dicht." *Stimmte ja auch!*

In diesem Moment kam Ferdi zur Tür herein – wie meist hatte er seine riesige Sporttasche dabei. Seine Wangen glühten. „Sorry, ich komm grad vom Training."

Thorben zog eine Grimasse. „Solange du wenigstens die Schlittschuhe vorher ausziehst."

Dann endlich tauchte Gunnar auf. Er blickte sehr ernst drein. Seine Mundwinkel deuteten nach unten, und auf seiner Stirn hatten sich tiefe Falten eingegraben. In der Hand hielt er ein paar Zettel. Er betrat den Raum und schloss die Tür hinter sich. Dann setzte er sich auf die Tischkante und schaute in die Runde. „Schön, dass ihr alle gekommen seid. Ich muss euch etwas Wichtiges mitteilen, Leute." Er legte die Zettel zur Seite, nahm seinen Cowboyhut ab und drehte ihn nervös in den Händen. Dabei schnaufte er tief.

„Jetzt mach's nicht so spannend!", rief Jan ungeduldig.

Gunnar drehte sich zur Tür. „Moment noch, Vicky wollte auch dabei sein." Genau in diesem Augenblick betrat sie den Raum und stellte sich neben ihn. Sie sah genauso geknickt aus wie Gunnar.

„Aber jetzt schieß endlich los!", drängte Jan erneut.

Gunnar senkte den Blick. „Um es kurz zu machen ..." Er räusperte sich. „Ich hab mich mit den Ponys finanziell übernommen. Wir können es uns auf Dauer nicht leisten, die Tiere zu versorgen. Trotz aller Bemühungen. Ich weiß nicht, wie wir das weiterhin stemmen sollen."

„Was soll das heißen?", erkundigte sich Carolin irritiert.

Gunnar sah Carolin bedrückt an. „Die Tiere verursachen weit mehr Kosten, als ich gedacht hatte. Glaubt mir, ich hab echt nächtelang gegrübelt und nach einer Lösung gesucht."

„Und wenn du sie verkaufst? An Tierliebhaber?", schlug Jan vor. „Kleine Mädels lieben doch kleine Ponys."

Gunnar schüttelte den Kopf. „Vergiss es! Diese Tiere wird niemand kaufen."

Carolin schluckte. „Was willst du denn jetzt machen?", fragte sie leise.

Gunnar holte wieder tief Luft. „Wir müssen versuchen, sie auf einem Gnadenhof unterzubringen."

„Aber du kannst sie doch nicht einfach weggeben", meinte Carolin empört.

„Und wenn wir alle ein bisschen was beisteuern?", warf Jan in die Runde.

Gunnar lächelte ihn an. „Das ist lieb von dir, Jan. Aber du weißt selbst am besten, dass wir bereits am Limit sind. Jeder tut schon jetzt, was er kann. Dr. Sander hat sich sogar bereit erklärt, auf sein Honorar für die Behandlung der Tiere zu verzichten, aber ..." Gunnar brach ab und zuckte nur hilflos mit den Schultern. „Es reicht einfach nicht. Die Kosten übersteigen meine Möglichkeiten. Und Lindenhain ist ein Wirtschaftsbetrieb, wir müssen Geld mit dem Pferdehof verdienen."

Carolin verschränkte die Arme. „Schon, das versteh ich. Aber ich fänd's halt echt schade, die Ponys wegzugeben. Gerade jetzt, wo sie endlich anfangen, sich hier einzugewöhnen und ein bisschen Vertrauen zu fassen."

Ferdi reckte entschlossen den Arm in die Höhe. „Ja, die Ponys müssen bleiben!"

Die anderen klopften zustimmend auf den Tisch.

„Genau", bestätigte Thorben. „Wir müssen uns eben was einfallen lassen."

Alle nickten.

Gunnar sah gerührt in die Runde. „Leute, ihr seid echt klasse. Alle."

„Moment!" Diesmal streckte Jan seine Hände nach oben. „Wer hier klasse ist, bist du Gunnar, echt! Du kratzt am finanziellen Limit und schleppst trotzdem noch misshandelte Gäule an. Das ist echt super menschlich oder besser tierisch."

Gunnar grinste schief. „Das ausgerechnet von dir zu hören, ist wirklich ein Kompliment."

Zwischen Gunnar und Jan war es alles andere als Sympathie auf den ersten Blick gewesen. Doch inzwischen hatten sich die beiden zusammengerauft.

„Dann sind wir uns einig." Ferdi klatschte in die Hände. „Wir starten Lindenhains große Ponyrettungsaktion!"

„Ich hab eine Idee!", sagte Carolin zu Lina, als sie etwas später zusammen über den Hof liefen. „Ich könnte doch diese Filmproduktionsgesellschaft fragen." Vor einiger Zeit war auf Lindenhain ein Film gedreht worden. Der Reiterhof hatte als Kulisse gedient und auch Carolin und Sternentänzer hatten in einer kleinen Rolle mitspielen dürfen.

Lina ringelte nachdenklich eine lange rote Haarsträhne um ihren Finger. „Die uns damals mit Esmeralda geholfen haben?" Esmeralda war ein blindes, schwer krankes Pferd gewesen, das dringend operiert werden musste. Carolin hatte sich an den Filmproduzenten gewandt, und gemeinsam hatten sie einen Bericht mit einem Spendenaufruf gedreht. Der Film war überaus erfolgreich gewesen und brachte genug Geld ein. Das arme Pferd konnte gerettet werden.

Carolin nickte. „Genau. Für Esmeraldas Operation haben wir ja durch die Spendenaktion auch genug Geld zusammenbekommen. Das könnte doch ein zweites Mal genauso funktionieren."

Lina löste ihren Finger aus der Haarsträhne. „Wäre auf jeden Fall eine Möglichkeit."

Carolin holte ihr Handy aus der Jackentasche. „Ich glaub, ich hab die Nummer sogar noch eingespeichert ... ah ja, hier ..." Sie zwinkerte Lina zu. „Drück mir den Daumen!"

Doch nach wenigen Minuten war das Gespräch schon wieder beendet. Carolin rollte die Augen.

Lina hob eins der beiden Kätzchen hoch, die gerade um ihre Füße strichen. „Und?", fragte sie erwartungsvoll. „Was hat er gemeint?"

Carolin schüttelte enttäuscht den Kopf. „Vergiss es! Ich konnte nicht mal mit ihm sprechen. Örigson ist gerade in Finnland, aber seine Assistentin hat mir klipp und klar erklärt, dass ich mir das gleich abschminken kann. Dass ich ihn erst gar nicht fragen brauch. Diesmal geht gar nichts, sagte sie."

Lina ließ ihre Hand über das seidenweiche Fell des Kätzchens gleiten. „Aber damals haben die uns doch auch unterstützt?", wunderte sie sich.

„Schon." Carolin steckte ihr Handy zurück in die Jackentasche. „Damals war es wohl Werbung für den Pferdefilm, den sie auf Lindenhain gedreht haben. Da macht sich ein bisschen Barmherzigkeit gut, das kommt bei den Zuschauern an."

Lina blies ihre Backen auf. „Echt doof! Immer geht es nur um die dämliche Kohle."

Carolin seufzte tief. „Ich wünschte, ich würde im Lotto gewinnen. Dann würde ich Futter und Medizin für die Ponys bis ans Ende ihrer Tage kaufen."

„Das wird nichts." Lina ließ das Kätzchen zu seinem Geschwisterchen auf den Boden hüpfen. „Du spielst ja nicht mal."

In diesem Moment kam Ferdi auf die beiden Mädchen zugelaufen. „He, Mädels."

Carolin und Lina wechselten einen schnellen Blick. Beide dachten das Gleiche.

Carolin sah Ferdi an. „Ferdi, du kommst genau richtig."

„Tu ich das nicht immer?", feixte Ferdi.

„Wir überlegen gerade, wo wir Kohle für die Ponys auftreiben könnten", erklärte Lina.

„Kannst du nicht mal bei deiner Mutter nachfragen?", setzte Carolin nach.

Ferdi winkte ab. Auf seiner Stirn zeichnete sich eine dicke Sorgenfalte ab. „Die Idee hatte ich natürlich auch schon. Ich hab gerade mit ihr telefoniert."

„Und?", hakte Carolin nach, obwohl Ferdis finstere Miene nichts Gutes verhieß.

Ferdi verzog den Mund und schüttelte den Kopf. „Nichts zu machen."

„Verdammt!" Carolin stampfte vor Wut mit dem Fuß auf den Boden.

„Neue Ausrüstung, Spende für den Verein, neuer Bus, das wär drin", erklärte Ferdi. „Aber Kohle für arme Ponys rückt sie nicht raus. Schon gar nicht, wenn nicht mal über ihre Großzügigkeit berichtet wird." Er machte eine affektierte Geste und ahmte die Stimme seiner Mutter nach: „Könnt ihr mir einen Bericht im Fernsehen oder in der Zeitung garantieren? ... Nein? ... Dann, mein lieber Sohn, kann ich euch leider nicht helfen."

Lina schüttelte empört den Kopf. „Super Wohltätigkeit. Nur Gutes tun, wenn alle es mitbekommen!"

Carolin fuhr sich mit beiden Händen durch die Haare. „Kannst du es nicht noch mal probieren?"

Ferdi seufzte. „Ich hab auch schon mit Nick und Nina gesprochen. Die beiden wollen meine Mutter noch ein bisschen bearbeiten."

„Das klingt gut, vielleicht können sie sie ja doch überzeugen", rief Lina hoffnungsvoll.

„Darauf würde ich aber nicht wetten." Ferdi zog eine Grimasse. „Gegen meine Mutter ist eine Betonmauer ein Haufen Wackelpudding!"

Carolin kickte voller Wucht einen Stein über den Hof.

Ferdi rieb sich die Schläfe. „Sieht nicht besonders gut aus für unsere armen Ponys."

Carolin blickte hinüber zur Weide, auf der die vier Tiere vergnügt hinter Sternentänzer hertrabten. „Oh nein!", erklärte sie trotzig. „Wir müssen alles tun, damit sie hierbleiben können. Koste es, was es wolle!"

Die ganze Nacht über wälzte sich Carolin in ihrem Bett hin und her und überlegte, welche Möglichkeiten es geben könnte, Geld aufzutreiben. *Ich kenne nur zwei Menschen, die richtig reich, stinkreich sind,* dachte sie, als sie am nächsten Morgen aufwachte und sich den Schlaf aus den Augen rieb. *Ferdi und Julia Schlupf. Ferdi fällt schon aus. Bleibt nur noch Julia. Ihre Familie hat richtig viel Kohle. Ich muss sie fragen,* entschied Carolin. *Nein, doch, nein! Ich kann das nicht!* Sie schüttelte sich vor Entsetzen allein bei dem Gedanken daran. Aber Julia könnte ihren Vater sicher zu einer Spende bewegen. *Doch, ich muss es tun!* Carolin wälzte sich aus ihrem Bett.

Nee, geht gar nicht! Carolin ließ sich wieder zurückfallen. *Was soll ich sagen? Du, Julia, könntest du deinen Vater bitten, dass er Geld für Pferde spendet? Nee!* Carolin schüttelte den Kopf. *Ich bring das nicht. Ich schaff es momentan ja kaum, „Guten Morgen" zu Julia zu sagen. Früher war sie nicht so schlimm, aber seit diese Viola da ist, schaukeln die beiden mit ihren Gehässigkeiten sich gegenseitig hoch.*

Carolins Blick fiel auf das Bild von Sternentänzer, das in einem silbernen Rahmen auf ihrem Schreibtisch stand. *Ich hab versprochen, dass ich Bella helfen werde! Wer weiß, vielleicht hat Julia doch ein viel größeres Herz, als wir alle denken? Und ab und an konnte sie ja auch schon ganz nett sein – wenn sie wollte. Obwohl, das mit Matthias ist schon allerletzte Schublade. Sie behandelt ihn abscheulich, obwohl er ihr gar nichts getan hat!*

Carolin schlüpfte in ihren Pulli und schaute sich im Schrankspiegel beschwörend in ihre braunen Augen. „Okay, Carolin Baumgarten, du hast genau zwei Möglichkeiten. Entweder du behältst deinen Stolz und riskierst, dass du eine Chance auslässt, den Pferden zu helfen, oder du fragst Julia." Carolin rümpfte die Nase. „Kann natürlich sein, dass sie dich voll auflaufen lässt, aber dann hast du's wenigstens versucht. Jawohl!" Carolin nickte ihrem Spiegelbild aufmunternd zu. *Ich mach's!*

„Caro, wo bleibst du denn?!", rief ihre Mutter von unten.

Schnell flitzte Carolin die Treppe hinunter. „Komme!“ Sie ließ sich an ihren Platz am Frühstückstisch fallen. Die ganze Küche duftete nach frisch gebrühtem Kaffee.

„Du, Mam, kennst du zufällig jemanden, der viel Kohle hat und die für einen guten Zweck spenden würde?“, fragte Carolin.

Ines goss sich Kaffee in eine Tasse. Sie seufzte. „Leider nicht.“ Sie verzog das Gesicht. „Eine kleine Spende würde uns auch guttun, das Geld wird echt immer knapper. Diesen Monat hat dein Vater schon wieder keinen Cent Unterhalt überwiesen.“ Sie schnaubte empört. „Paul macht sich ein schönes Leben auf Mallorca und vergisst völlig seine Verpflichtungen hier.“ Sie rührte wie wild in ihrer Kaffeetasse. „Ich könnte ihn ...“

Carolin erinnerte sich wieder an Sternentänzers Vision. „Ein großes Haus könnten wir uns doch gar nicht leisten. Oder Mam?“

Ines hörte auf, in ihrem Kaffee zu rühren, und sah ihre Tochter erstaunt an. „Natürlich nicht, Schatz. Ich weiß nicht mal, wie lange wir uns dieses noch leisten können. Es ist ohnehin viel zu groß für uns zwei.“

Für uns zwei, genau das ist der Knackpunkt. Carolin löffelte nachdenklich ihr Müsli. Doch jetzt gab es erst einmal Dringenderes zu erledigen.

Spendensammeln ist mühsam

In Schlangenlinien fuhr Carolin in die Schule. „Ich tu's, ich tu's nicht", murmelte sie dabei vor sich hin. „Ihr lieben Ponys", seufzte sie dann, als sie ihr Rad im Schulhof abstellte. „Hoffentlich wisst ihr, was ich hier für euch tue! Damit ihr bleiben könnt."

Sie schüttelte sich angewidert. *Lieber würde ich eine Woche lang nur Brokkoli essen,* dachte sie, während sie langsam Richtung Klassenzimmer ging. *Oder täglich Mathenachhilfe nehmen oder sogar einen Rock anziehen – aber all das bringt kein Geld für die Ponys in Gunnars Kasse.* Die Tür zum Klassenzimmer stand offen. Carolin atmete tief durch, dann trat sie ein. *Vielleicht ist Julia ja krank.*

War sie aber nicht. Putzmunter hockte sie auf ihrem Stuhl, blickte in einen kleinen pinkfarbenen Klapp-Taschenspiegel und trug rosé glänzendes Lipgloss auf.

Mit Todesverachtung ging Carolin auf sie zu. „Julia ...?"

Julia sah auf. „Was gibt's denn?", säuselte sie süffisant und leckte ihre frisch geschminkten Lippen. „Was kann ich für dich tun, liebste Caro?"

„Ähm, Julia, ich wollte dich was fragen", begann Carolin unbehaglich.

Geräuschvoll klappte Julia ihren Taschenspiegel zu. „Schieß schon los!"

Carolin holte tief Luft. „Ähm ... weißt du ... wir haben ... na ja, wir haben auf Lindenhain ein paar Pferde ..."

Julia grinste breit. „Ach nee, ist ja ganz was Neues! Bislang dachte ich immer, ihr habt auf Lindenhain eine Schweinezucht." Sie deutete mit dem Kopf zu Matthias. „Oder Nilpferde!"

Heike neben ihr kicherte laut. „Schweinezucht ist gut ... und Nilpferde! Das ist echt voll gut."

Lass mich die Ruhe bewahren!, bat Carolin inständig und versuchte, sich die traurigen Augen der Ponys vorzustellen. „Wir haben ein paar Ponys von einem Jahrmarkt aufgenommen, denen geht es sehr schlecht. Sie brauchen viel Pflege und teure Medikamente. Das kostet Geld, das Lindenhain nicht hat", sprudelte es aus Carolin ohne Punkt und Komma heraus. „Deswegen wollte ich dich fragen, ob du vielleicht deinen Vater zu einer Spende bewegen könntest." So, jetzt war's draußen. Carolin schnaufte tief durch und wartete gespannt auf Julias Reaktion.

Julia blickte Carolin einen Moment lang völlig verblüfft an, dann brach sie in hysterisches Gelächter aus. „Hast du 'nen Knall, Caro?!", rief sie. „Bist du jetzt durchgedreht? War das ein Scherz? Du glaubst doch nicht im Ernst, ich überrede meinen Vater zu so einem Schwachsinn?"

„Na ja ..."

Julia schüttelte ihren Kopf. „Es ist mir so was von

schnurz, wie es irgendwelchen Pferden auf eurem dämlichen Hof geht." Sie schüttelte weiter immer nur ihren Kopf. „Du kommst auf Ideen, echt voll niedlich!"

Carolin schwieg. Holte nur tief Luft und schlich dann geknickt zu ihrem Platz.

Lina nickte ihr aufmunternd zu. „Respekt, Caro!", lobte sie. „Das hätte ich nicht gebracht. Bei aller Liebe, aber Julia Schlupf würd ich nicht mal um das letzte Abendmahl bitten."

Carolin setzte sich hin. „Hat nur nichts geholfen. Ich hab mich völlig umsonst zum Idioten gemacht."

Lina legte die Hand auf Carolins Arm. „Aber du hast es wenigstens versucht, Caro. Das allein zählt."

Carolin verschränkte ihre Arme. „Bringt uns nur nicht wirklich weiter."

Lina legte den Arm um die Freundin und zog sie an sich. „Ich hab eine Idee."

„Ach ja", murmelte Carolin wenig hoffnungsvoll.

„Caro, ich hab mit meinen Eltern gesprochen. Die sind zurzeit da und nehmen uns am Samstag mit zu einem Jahrmarkt."

„Und was sollen wir da machen?", fragte Carolin niedergeschlagen.

„Da können wir mit einer Spendenbüchse rumlaufen." Linas Augen funkelten. „Vielleicht sammeln wir genug Geld für die Ponys."

Carolin warf der Freundin einen dankbaren Blick zu, und ein kleiner Hoffnungsschimmer keimte in ihr auf.

Etwas zögerlich schob Carolin ihr Rad über den holprigen Feldweg zu der Wohnwagenwiese am Rand von Lilienthal, wo Lina mit ihrer Großmutter wohnte. Sie war zwar schon oft hier gewesen, doch immer nur, um Lina oder Ami zu besuchen. Linas Eltern hatte sie bisher erst einmal kurz gesehen und konnte sich nur noch dunkel an sie erinnern. Denn die beiden waren meistens auf Jahrmärkten unterwegs und hatten nicht allzu viel Zeit für ihre Tochter. Aber Lina hatte sich daran gewöhnt.

Es ist schon so lang her, dass ich Linas Eltern mal begegnet bin, dachte Carolin. *Ich kann mich überhaupt nicht mehr erinnern, wie die aussehen.* Doch bevor sie weiter überlegen konnte, wurde die Tür des großen weißen Wohnwagens, der nur selten hier auf der Wiese stand, auch schon aufgestoßen.

Lina steckte ihren wilden roten Schopf heraus. „He, da bist du ja, wir warten schon!" Sie sprang heraus und lief mit blitzenden Augen auf Carolin zu. In ihren Händen hielt sie zwei alte verbeulte Spendendosen aus Blech. „Guck mal, was ich aufgetrieben habe." Sie zwinkerte. „Eigentlich Mütterhilfswerk, aber ich hab die Aufkleber abgefummelt."

„Genial." Carolin nahm eine Büchse und betrachtete sie. „Wir hätten noch Fotos von den Pferden machen sollen und vorne draufkleben."

Lina wischte ihren Einwand mit einer schnellen Handbewegung weg. „War zeitlich nicht mehr drin. Das hätte doch alles viel zu lange gedauert."

In diesem Moment tauchte eine Frau im Eingang des Wohnwagens auf. Sie trug Jeans und einen blauen Rollkragenpullover, hatte ein schönes, ebenmäßiges Gesicht und kurze dunkle, gelockte Haare.

„Das ist meine Mutter“, erklärte Lina.

Carolin betrachtete die Frau staunend. „Das ... ich ...?“ Lina hatte lange wilde Lockenhaare, trug weite Röcke, Schürstiefel und geschnürte Blusen. Ihre Oma hatte eine graue wilde Wallemähne, trug ebenfalls weite Röcke, und Linas Mutter ... Irgendwie hatte Carolin erwartet, dass Linas Mutter wie eine Mischung zwischen Lina und Ami aussah. Oder so ausgeflippt wie ihr Bruder Rocco. Aber Linas Mutter war ganz normal gekleidet.

Lina winkte sie zu sich. „Mam, das ist meine beste Freundin, Caro.“

Die Frau kam lächelnd auf Carolin zu und gab ihr die Hand. „Freut mich, dass wir uns mal persönlich kennenlernen. Ich hab schon viel von dir gehört.“

„Ähmmm, ja ... also, hallo“, stammelte Carolin. „Frau Schniggenfittich.“

Die Frau strahlte sie mit großen dunklen Augen an, die Carolin ein bisschen an Roccos Augen erinnerten. „Ach was, sag einfach Marietta zu mir“, bot sie gleich an.

„Ähm, ja, okay.“

Marietta drehte sich um und rief Richtung Wohnwagen. „Vince kommst du. Caro ist da, wir können starten.“

Neugierig drehte sich Carolin um und wartete höchst gespannt und mit offenem Mund, bis Linas Vater erschien. Schließlich stieg aus dem Wohnwagen ein schlanker, drahtiger Mann mit dichten, glatten schwarzen Haaren und einem dicken Schnurrbart. Carolin schmunzelte. *Wenigstens Herr Schniggenfittich sieht in etwa aus, wie ich ihn mir vorgestellt habe.* Er kam auf sie zu und nickte ihr freundlich zu. Er hatte die gleichen hellgrünen Augen wie Lina. „Guten Tag, Caro. Dann hoffen wir mal, dass ihr heute genug Geld für eure Pferde sammeln könnt." Er deutete mit dem Kopf in die Richtung, in der der Verkaufswagen stand. „Dann wollen wir mal."

Nach einer halben Stunde Fahrt hatten sie Birkach erreicht. Gleich hinter dem Ortsschild baumelte über der Straße ein großes Banner mit der Aufschrift *„Herzlich willkommen zum Jahrmarkt".* Sie steuerten den Marktplatz des kleinen Ortes an, wo bereits einige Verkaufswagen und Buden standen. Es war ein kleiner Jahrmarkt. Linas Eltern wurde ein Platz gleich am Eingang neben einer Schokofrüchtebude zugewiesen. Nach und nach füllte sich der Platz.

Es gab vorwiegend Stände mit Klamotten, Schuhen und Gürteln, aber auch eine Handvoll Essbuden, einen Luftballonstand und sogar ein kleines Kinderkarussell. Schon bald duftete es überall nach frisch gebrannten Mandeln und gegrillten Würstchen.

Der Verkaufswagen der Schniggenfittichs war rasch aufgestellt, und Linas Vater spendierte Carolin und Lina erst mal zwei dick glasierte Schokobananen. Mit den Süßigkeiten hockten sich die beiden Freundinnen auf die Stufen seitlich des Wagens.

„Ob wir hier genug Geld zusammenbekommen?", argwöhnte Carolin, während sie an ihrer Banane knabberte.

Lina schüttelte den Kopf. „Eher nicht. Aber es könnte ein Anfang sein."

„Du meinst, so die ersten Pakete Pferdefutter, oder?", erwiderte Carolin grinsend.

„Na ja." Lina zuckte mit den Schultern. „Ist doch besser als nichts!"

Carolin nickte. „Das auf jeden Fall."

Als Lina den Rest ihrer Banane verputzt hatte, stand sie auf und griff nach den beiden Sammelbüchsen. „Dann lass uns mal starten. Am besten, wir teilen uns auf. Ich übernehm die rechte Budenstraße und du die linke."

Carolin warf das leer geschleckte Holzstäbchen in einen Papierkorb und nahm Lina eine der Büchsen aus der Hand. „Dann mal los!"

Voller Tatendrang lief Carolin gleich auf eine schmächtige, grauhaarige Dame zu. „Guten Tag, mein Name ist Carolin Baumgarten, es geht um notdürftige Pferde, die wir auf Lindenhain aufgenommen haben. Hätten Sie vielleicht freundlicherweise eine kleine Spende?"

Ohne mit der Wimper zu zucken, ging die Frau einfach weiter.

So eine dumme Pute!, dachte Carolin verärgert. Kurz darauf näherte sie sich einer jungen Frau mit zwei deutlich übergewichtigen Kindern an der Hand und sagte erneut ihren Spruch auf.

„Du sammelst Geld für Pferde?", fragte die Frau.

Carolin nickte eifrig. „Ganz genau, arme, verwahrloste Pferde. Sie können sich gar nicht vorstellen, wie die aussahen, als sie nach Lindenhain kamen."

Die Frau runzelte ihre Stirn. „Dein Engagement in allen

Ehren, aber was ist mit den Kindern? Es gibt so furchtbar viel menschliches Elend. Warum setzt du dich nicht dafür ein? So viele Kinder leiden Hunger. Wenn es um Kinder gehen würde, würde ich selbstverständlich spenden, aber für Pferde ... tsts!" Damit packte sie ihre Kinder und ging weiter.

Na toll! Carolin nagte an ihrer Unterlippe. Das ging ja schon richtig gut los. Auch der dritte Versuch war ein Fehlschlag. Sie hatte einen jungen Mann angesprochen, der zwar nett lächelte, aber dann wortlos weiterging. Enttäuscht ließ sie ihre Büchse sinken.

Da kam ein Mädchen vorbei, das etwa so alt war wie sie. „Ich hab auch ein Pferd", erklärte das Mädchen. Es holte ein Zwei-Euro-Stück aus seinem Geldbeutel. „Und ich will, dass es allen Pferden gut geht", sagte es und steckte die Münze in den Schlitz.

Carolin lächelte die Spenderin dankbar an. „Danke. Vielen Dank."

Das Mädchen nickte nur kurz und verschwand dann wieder. Carolin schüttelte die Büchse. *Wenigstens hört man jetzt schon ein bisschen was,* dachte sie und fühlte sich etwas besser.

Gleich darauf stand ein älterer Herr vor ihr und lächelte sie aus seinem zahnlosen Mund an. „Schön, Kind, dass du für Obdachlose sammelst", meinte er und zückte mit zitternden Händen seinen Geldbeutel.

Hä? „Für geschundene Pferde, nicht für Obdachlose", korrigierte Carolin ihn.

„Man muss denen helfen, die kein Dach mehr über dem Kopf haben", ergänzte er und holte ebenfalls ein

Zwei-Euro-Stück heraus. „Ich hab den Krieg noch erlebt, ich weiß ganz genau, wie das ist."

Krieg? „Ich sammle für Pferde", wiederholte Carolin mit lauter Stimme.

Nickend steckte der alte Mann das Geld in die Büchse. „Es ist gut, dass jemand sammelt."

„Aber ..."

Er schenkte ihr noch ein Lächeln und ging weiter.

Es wurde ein langer, anstrengender und nicht besonders erfolgreicher Tag für Carolin und Lina. Immer wieder trafen sie sich und munterten sich gegenseitig auf. Als der Jahrmarkt so gegen sechs Uhr abends zu Ende ging, fanden sich die beiden Mädchen beim Verkaufswagen der Schniggenfittichs ein. Erschöpft lehnten sie sich mit dem Rücken gegen den Wohnwagen.

Lina drehte den Kopf zu der Freundin. „Na, hast du die Büchse noch voll gekriegt?", erkundigte sie sich.

Statt einer Antwort hob Carolin die Hand und schüttelte ihre Büchse. „Wie hört sich das an?"

Lina zog eine Grimasse. „Höchstens nach einer Handvoll Karotten."

Carolin nickte. „Kaum einer wollte für arme, kranke Pferde spenden, echt fies."

Lina schüttelte ihre Büchse, es klang ähnlich wie bei Carolin. „Bei mir war's genauso."

Linas Vater gesellte sich zu ihnen. „Und, Mädels, wie war eure Aktion?"

Statt einer Antwort zuckte Lina nur die Achseln. Doch ihr Gesichtsausdruck verriet alles.

Herr Schniggenfittich schloss die Verkaufsklappe des Wagens. „Die Leute halten ihr Geld zusammen, das spüren wir auch. Manche sparen schon bei einer Tüte Kräuterbonbons."

„Ich hatte mir ehrlich gesagt mehr von dieser Aktion versprochen", seufzte Carolin betrübt.

Herr Schniggenfittich zog seinen Geldbeutel heraus und hielt Carolin einen Fünfzig-Euro-Schein hin. „Hier."

Carolin sah ihn verwundert an.

„Unsere Tageseinnahme. Für eure Pferde." Er zwinkerte ihr zu. „Damit euer Ausflug nicht völlig umsonst war."

„Danke", stammelte Carolin verlegen. Sie wusste von Lina, dass die Schniggenfittichs nun wirklich nicht im Geld schwammen – und trotzdem spendeten sie so viel für die Ponys.

Ganz im Gegensatz zu Julia, dachte Carolin bitter. *Die hat alles und gibt nichts. Dabei würde wahrscheinlich das, was sie im Monat an Geld für Kosmetika ausgibt, schon reichen, um die Ponys ein halbes Jahr lang zu versorgen.*

„Wisst ihr was!" Herrn Schniggenfittichs grüne Augen blitzten unternehmungslustig. „Nach diesem langen Tag habt ihr doch bestimmt Hunger, Mädels. Wie wär's mit einem richtig schönen Lagerfeuer bei uns auf der Wiese? Wir rösten ein paar Würstchen und Marshmallows und singen ein paar Lieder."

Lina klatschte in die Hände. „Super Idee, Paps, das haben wir schon ewig nicht mehr gemacht!" Sie knuffte

Carolin in die Seite. „Was meinst du?“ Linas Augen glänzten voller Vorfreude. „Früher haben wir viel öfter gegrillt. Das bringt echt Laune.“

„Klar!“, nickte Carolin.

Eine Stunde später saß sie mit Lina und deren Eltern um ein knisterndes, wärmendes Lagerfeuer. Linas Vater hatte seine Gitarre geholt und spielte alte Vagabundenlieder, Lina und ihre Mutter sangen lauthals mit. Alle Schniggenfittichs hatten schöne Stimmen, und so klang der Gesang richtig toll.

Carolin kuschelte sich in eine Wolldecke, die Linas Mutter ihr um die Schultern gelegt hatte, und fühlte sich richtig wohl. *Wenn nur die Sorge um die Ponys nicht wäre!* Carolin schaute zum Himmel, an dem die Sterne glitzerten wie Millionen Diamanten. *Es muss doch eine Möglichkeit geben, diese armen Tiere zu retten,* dachte sie verzweifelt. *Ich hab's Bella doch versprochen!*

„Sagt mal“, begann Linas Vater auf einmal, während er ein Würstchen ins Feuer hielt. „Auf welchem Jahrmarkt hat euer Chef denn diese Ponys aufgegabelt?“

„In Fahrenhausen“, antwortete Carolin.

Vorsichtig bugsierte Herr Schniggenfittich das heiße Würstchen auf einen Teller. „Wir sind ja ständig auf Jahrmärkten und Volksfesten unterwegs. Bisher hatte ich immer den Eindruck, als seien alle Pferde einigermaßen in Ordnung, die dort beim Pferdereiten eingesetzt werden.“ Er blickte zu seiner Frau. „Oder, Marietta?“

Linas Mutter nickte. „Ich denke schon. Wobei man das natürlich nie mit Sicherheit behaupten kann."

Herr Schniggenfittich wandte sich wieder den beiden Mädchen zu. „Man müsste doch den Besitzer der Tiere finanziell zur Rechenschaft ziehen können. Dann hättet ihr das Geld, das ihr für die Pflege braucht."

Linas Mutter öffnete eine Tüte Marshmallows und reichte sie herum. „Oder ihm zumindest das Handwerk legen, sodass er nicht noch mehr Ponys quälen kann."

Traurig schüttelte Carolin den Kopf. „Der hat sich rechtzeitig aus dem Staub gemacht."

Lina holte ein Marshmallow aus der Tüte und schleuderte es ins Feuer. „Das ist eine verdammte Ungerechtigkeit und total feige! Erst arme Tiere quälen, dann einfach abhauen!"

Carolin angelte sich ebenfalls ein Marshmallow, pickte es auf einen Stock und hielt es ins Feuer. *Es muss doch eine Möglichkeit geben, dass die Ponys auf Lindenhain bleiben können. Nur welche?*

Post aus Mallorca

Als Carolin einige Tage später aus der Schule nach Hause kam, lag ein großer weißer Umschlag mit ihrem Namen auf dem Tisch. „Mam?“ Carolin spähte in die Küche. Von der Kaffeemaschine leuchtete ihr ein gelber Aufkleber entgegen. *„Hi, Schatz, bin mit Jo unterwegs, komme erst später. Im Tiefkühlfach ist eine Pizza. Liebe Grüße Ines.“*

Carolin riss den Zettel ab, zerknüllte ihn und warf ihn in den Mülleimer. *Mit Jo unterwegs! Auf Hausbesichtigung, oder was?,* dachte sie bitter.

Sie schnappte sich einen Apfel und den Brief und kuschelte sich im Wohnzimmer auf das Sofa. Neugierig drehte sie den Umschlag um. „Von Paps aus Mallorca“, murmelte sie. *Was der wohl will? Sonst schickt er höchstens ab und zu mal 'ne Postkarte.* Carolin riss den Umschlag auf und zog einen kurzen Brief und ein Flugticket heraus, das auf ihren Namen ausgestellt war.

„Liebste Caro. Es ist gerade ein herrlicher Abend. Ich sitze auf der Terrasse meiner Finca, trinke ein Glas Rotwein, schaue aufs blaue Meer und schreibe Dir ein paar

Zeilen. Es ist so wunderschön hier, es war die einzig richtige Entscheidung herzukommen. Auf Mallorca ist das ganze Jahr über richtig was los. Doch wenn Du mal Deine Ruhe haben willst, ziehst Du Dich einfach zurück, so wie ich auf meine Finca. Die ist riesengroß, zwei Bäder, etliche Zimmer, natürlich auch ein Gästezimmer, das Du ganz für Dich haben könntest, wenn Du mich mal besuchen würdest. Wie wär's, Caro? Ich vermiss Dich, Tochter, ich denke oft an Dich. Ich wünschte wirklich, Du würdest mich endlich mal besuchen kommen. Ich warte ganz sehnsüchtig auf Dich!

Stell Dir vor, gerade weht ein laues Lüftchen. Ich nippe am Wein und genieße es, hier zu sein. Ach Caro, ihr tut mir so leid, im dunklen, düsteren Deutschland. Ich schick Dir einen Sonnenstrahl und herzliche Grüße! Dein Paps. P.S.: Wenn Du weißt, wann Du kommen kannst, reicht eine kurze Mail. Das Ticket, das ich beigelegt habe, ist ein halbes Jahr gültig."

Na toll! Wie schön, Paps, dass es dir so super geht! Das freut mich ganz außerordentlich, dachte Carolin, knüllte den Brief zusammen und knallte ihn mitten ins Wohnzimmer. *Deine kurze Mail kannst du haben. Ich hab echt andere Probleme, als nach Mallorca zu reisen!*

Sie lief nach oben und schaltete ihren Computer an. *„Hi, Paps, ich hab eben Deinen Brief gelesen. Momentan hab ich gar keine Zeit für Mallorca. Stell Dir vor, wir haben auf Lindenhain vier neue Ponys bekommen. Gunnar hat sie gerettet. Die armen Tiere waren in einem fürchterlichen Zustand, sie wurden gequält und misshandelt. Und jetzt müssen wir dringend irgendwie das*

Geld zusammenkriegen, um den Unterhalt zu sichern. Gruß Carolin.“ Zack und weg!

Keine zehn Minuten später erhielt sie Antwort aus Mallorca.

Aha, Paps sitzt gerade vor dem Computer!, überlegte Carolin und klickte die Mail auf.

„*Hi, Caro. Mach Dir doch nicht immer so viele Gedanken um alle Pferde. Du bist noch so jung. Es gibt schließlich im Leben noch etwas anderes als immer nur Pferde! Komm einfach mal hierher! Auf Mallorca kannst Du abschalten und Dich von dem ganzen Stress erholen! Wir könnten so viel Spaß zusammen haben. Es sind so viele nette junge Leute hier, bestimmt würdest Du auch ganz schnell Freunde finden. Und wenn Du dann doch mal Sehnsucht nach Pferden hast, dann mieten wir einfach welche und reiten den Strand entlang in den Sonnenuntergang. Dein Paps!*“

Wütend klickte Carolin die Mail weg. *Super! Das kannst du echt so was von vergessen, Paps. Wie bist du denn drauf!* Sie sprang so schnell von ihrem Stuhl auf, dass er geräuschvoll nach hinten kippte, und stürmte nach unten. *Was interessiert mich dein dämliches Mallorca?! Was interessieren mich andere Pferde!? Was interessieren mich andere Leute, die an irgendwelchen Stränden rumtollen?! Wie wär's, wenn du das Geld für das Ticket für unsere Ponys spenden würdest? Wie wär's, wenn du stattdessen mal die Unterhaltskosten rechtzeitig überweisen würdest? Dann müsste ich nicht befürchten, dass ich vielleicht mit Thorben in einem Zimmer landen könnte! Wie wär's, wenn du mich einfach mal nur fragen würdest, wie es mir geht?* Carolin war wütend und traurig zugleich.

Aufgewühlt tigerte sie im Wohnzimmer auf und ab. Da fiel ihr Blick auf ein kleines gerahmtes Bild im Wohnzimmerregal. Es zeigte sie, Ines und Paul. Carolin nahm das Bild und fuhr mit dem Zeigefinger darüber. *Damals waren wir noch eine Familie,* dachte sie ein wenig wehmütig. *Heute sind wir getrennt. Komisch! Ich kann mich kaum noch daran erinnern, wie es war, als Paps noch hier war. Bei uns gewohnt hat. Wir zusammen am Frühstückstisch saßen. Das scheint Lichtjahre her zu sein.* Carolin strich über das Gesicht ihres Vaters. *Und du, Paps, scheinst nicht nur in einem anderen Land, sondern auf einem anderen Planeten zu leben. Ewig weit weg von mir.* Carolin seufzte. Sie dachte an das letzte Mal, als sie ihren Vater in Lilienthal getroffen hatte. Sie waren zusammen Pizzaessen gewesen, und Paul war ihr vorgekommen wie ein Fremder. *Ein blödes Gefühl! Paps, du wirst immer mein Paps bleiben, aber ...*

Carolin schloss die Augen und sah plötzlich Dr. Sander vor sich. Sein lausbubenhaftes Gesicht, die beiden Grübchen, wenn er lächelte. Sie sah das Gesicht ihrer Mutter vor sich. Strahlend, glücklich. Nicht besorgt und nachdenklich wie früher, als ihr Vater noch bei ihnen wohnte. *Der Doc war immer da, wenn ich ihn gebraucht habe,* überlegte Carolin. *Neulich, als ich im Stall saß und nicht mehr weiter wusste. Damals bei Esmeralda oder damals, als ich diesen Menschenknochen im Wald gefunden hab. Und auch als es Probleme mit Silberstern gab. Immer war er für mich da. Und jetzt behandelt er sogar die armen kranken Ponys kostenlos und hat mir Tipps gegeben, wie ihnen zu helfen ist.* Carolin seufzte. *Eigentlich passt der Doc viel besser zu uns. Zu mir, zu meinem Leben, zu Ines.*

Carolin stellte das Bild zurück und tigerte im Zimmer auf und ab. *Na ja, vielleicht wäre es ja gar nicht so verkehrt, wenn wir zusammenziehen würden? Dann könnten wir Paps zeigen, was eine Familie ist und dass wir ihn nicht dazu brauchen! Dass er auf seinem bescheuerten Mallorca und seiner Finca bleiben kann!* Carolin fuhr sich mit beiden Händen durch ihr kurzes Haar. *Vielleicht ist es ja gar nicht so schlimm, wenn Sternentänzers Vision tatsächlich wahr wird!*

Guter Rat ist teuer

Woche um Woche verging. Carolin war fast jeden Nachmittag auf Lindenhain. Gerade kam sie aus dem Stall, als Gunnar kopfschüttelnd auf sie zuschritt. Vicky lief hinter ihm her – so schnell, dass ihr Pferdeschwanz dabei hin und her wippte. Beide schauten ernst.

„Hallo, Caro. Wir haben heute einen Gnadenhof besichtigt“, rief Gunnar ihr schon von Weitem zu. „Du kannst dir gar nicht vorstellen, wie überfüllt der war.“

Vicky nickte zustimmend. „Dass es so viele Tiere gibt, die von ihren ehemaligen Besitzern gequält, verstoßen oder einfach nicht mehr gewollt wurden. Unglaublich! Wirklich ganz unglaublich!“

„Die Frau, die ihn führt, hat alle Hände voll zu tun und weiß manchmal nicht, wie sie es schaffen soll, sich um alle Tiere zu kümmern. Und vor allem, woher sie das Geld nehmen soll“, ergänzte Gunnar. „Auch drei Pferde und zwei Esel waren dort untergebracht.“

Vicky fasste Gunnar leicht am Arm. „Ja, denen geht’s dort jetzt richtig gut. Ihre früheren Besitzer wollten sie eigentlich zum Schlachthof bringen.“

Gunnar nickte. „Ja, die erhalten dort ihr Gnadenbrot. Aber so was von voll, wie dieser Hof war!"

Carolin senkte den Blick. „Das heißt, es gibt keine Hoffnung, dass die Ponys auf Lindenhain bleiben dürfen? Wenn ihr nach einem Gnadenhof sucht."

„Ich weiß einfach keine andere Lösung, Caro, als sie auf einem Gnadenhof unterzubringen." Gunnar zuckte mit den Schultern. „Wir waren sogar schon auf der Gemeindeverwaltung, um einen kleinen Zuschuss für ihren Unterhalt zu bekommen."

„Und?"

Gunnar griff in seine Jackentasche und holte eine Schachtel Zigaretten heraus. Gunnar rauchte eigentlich nicht, nur wenn er ganz besonders aufgebracht war. So wie jetzt! Seine Finger zitterten leicht, als er ein Streichholz anzündete. „Diese Paragrafenheinis haben uns empfohlen, die Ponys schlachten zu lassen. Kannst du dir das vorstellen?" Er zog den Rauch ganz tief ein und blies ihn dann nach oben in die Luft. „Unfassbar! Diese Typen sind kalt wie Eis. Da, wo andere ein Herz haben, haben die einen Aktenordner!"

„Wie?", wunderte sich Carolin.

„Für Pferde gibt es in unserem Staat keine öffentlichen Fördergelder", erklärte Gunnar. „Sie gelten nämlich als Nutztiere und nicht als Haustiere, so einfach ist das. Und wenn es um die Einhaltung ihrer Paragrafen geht, dann kennen die nichts."

„In ganz Lilienthal scheint es niemanden zu geben, der genügend Geld hat, um die Verpflegung der Ponys zu übernehmen." Vicky schüttelte erbost den Kopf. „Ich mein, die ernähren sich ja schließlich nicht von Kaviar, Hummer und Trüffeln – es geht hier also keineswegs um Millionenbeträge."

Gunnar sog wieder an der Zigarette. „Ich jedenfalls bin mit meinem Latein am Ende."

Er blies kleine Klingel in die Luft. „Ich bin schon so weit, dass ich manchmal überlege, ob es nicht besser gewesen wäre, die Ponys einfach auf dem Jahrmarkt zu lassen."

Carolin stand einfach nur da und schüttelte fassungslos den Kopf.

Gunnar schickte weiter kleine Kringel in die Luft. „Ich hab keine Ahnung, was ich mit den Ponys machen soll. Der nächste Gnadenhof ist ewig weit weg und vermutlich genauso überfüllt. Ich weiß echt nicht, wie es hier weitergehen soll!"

Ein Taxi hielt in der Einfahrt zu Lindenhain, und Matthias stieg aus.

Nanu?, wunderte sich Carolin. *Wieso rollt der denn hier mit dem Taxi an? Hat der so viel Kohle? ...* Plötzlich musste sie schmunzeln. *Vermutlich sieht er in Ferdi ein Vorbild und versucht jetzt, ihn nachzuahmen,* überlegte sie, während Matthias auf die Gruppe zulief.

Schwer schnaufend blieb der Junge vor ihnen stehen. „Ich hab den Bus versäumt, daher musste ich das Taxi nehmen", ächzte er.

Gunnar reagierte nicht, schickte nur weiter kleine Kringel in die Luft.

Matthias blickte von einem zum anderen. „Besonders vergnügt seht ihr ja nicht gerade aus. Ist was passiert?"

Gunnar winkte ab. Er schnalzte seine Zigarette auf den Boden und drückte sie mit dem Absatz seines Cowboystiefels aus. Dann machte er kehrt und ging Richtung Haupthaus. Vicky eilte hinterher.

„Was ist denn mit dem los?“, fragte Matthias noch mal nach.

Carolin zuckte nur die Schulter. „Es fehlt hinten und vorne an Geld. Die Ponys können nicht mehr verpflegt werden, und wir suchen nach Lösungen, was aber gar nicht so leicht ist“, erklärte sie.

„Aha“, machte Matthias.

Carolin deutete mit dem Kopf zu Sternentänzer. „Ich wollte gerade ein bisschen ausreiten.“

Matthias nickte. „Schon okay, ich seh mal nach Jan.“

Carolin hatte gehofft, der Ausritt mit Sternentänzer würde die trüben Gedanken aus ihrem Kopf vertreiben. Doch diesmal funktionierte es nicht. Immer wieder erschienen die Bilder von den Ponys vor ihrem geistigen Auge. Es wäre zu schön, wenn sie auf Lindenhain bleiben könnten! Jetzt, wo sie sich einigermaßen wohl hier fühlten.

Carolin trieb Sternentänzer an. Schneller und schneller jagte der Hengst über die Felder, aber Carolin konnte sich nicht ablenken. Als sie in den Wald einbogen, verlangsamte sie das Tempo. Betrübt lenkte Carolin den Hengst den kleinen Waldweg entlang bis zum Bach. „Brrr, Sternentänzer! Lass uns hier eine kleine Pause machen“, sagte sie und stieg ab.

Während Sternentänzer von dem kühlen Wasser trank, hockte sich Carolin auf einen Stein am Bachufer. Nachdenklich starrte sie vor sich hin.

Da sauste auf einmal im Tiefflug etwas Schwarzes über ihren Kopf hinweg. „Ey!" Erschrocken sprang Carolin auf und fuchtelte wild mit den Armen herum. „Verschwinde!" Sie drehte sich um und sah gerade noch, wie zwei große schwarze Vögel davonflatterten. *Ah, sind das Raben?*, überlegte sie. *Tiefflüge scheinen eine Leidenschaft dieser Vögel zu sein. Wie oft hat mich Amis schwarzer Rabe schon genau so erschreckt!*

Sternentänzers Wiehern riss sie aus ihren Gedanken. Er hatte genug getrunken und wollte weiter. Carolin schwang sich in den Sattel und ritt gemächlich zurück nach Lindenhain. Egal, was sie bedrückte, normalerweise war sie nach einem Ausritt mit Sternentänzer immer entspannt und ausgeglichen. Heute nicht. Es gab Tage, da half eben nichts. Nicht einmal ein Ritt auf Sternentänzer. Carolin seufzte tief. Sie brachte den Hengst zurück in den Stall, rieb ihn gründlich trocken. Dann striegelte sie sein Fell, bis es glänzte. Dabei beschloss sie, Lina zu besuchen. Sie drückte Sternentänzer einen Kuss auf die Stirn, ging zu ihrem Rad und fuhr los.

Carolin entdeckte die Freundin schon von Weitem vor dem Wohnwagen ihrer Großmutter. Lina saß im Schneidersitz auf einer bunt gemusterten Wolldecke, hatte ihre Hände auf die Knie gelegt und die Augen geschlossen.

Carolin konnte sich ein Schmunzeln nicht verkneifen. Leise näherte sie sich und tippte Lina von hinten auf die Schulter. Lina reagierte nicht. Carolin tippte etwas fester. Wieder nichts.

Noch einmal, dann zuckte Lina zusammen, drehte sich um und sah Carolin mit wild funkelnden Augen an. „Spinnst du? Du hast mich aus der tiefsten Trance geholt", schimpfte sie. „Das ist gefährlich, Caro!"

Carolin hob entschuldigend die Arme. „Sorry! Kann ich ja nicht wissen."

Lina schnaufte tief durch. „Schon gut, jetzt weißt du's." Auf ihrer Stirn standen Schweißperlen, die sie mit dem Ärmel ihrer Bluse rasch wegwischte. „Ich hab sowieso noch Probleme mit dem Rein- und Rauskommen", murmelte sie.

Carolin ließ sich zu der Freundin auf die Wolldecke plumpsen. „Womit?"

„Mit dem Trancezustand", erklärte Lina. „Da musst du voll konzentriert sein."

„Aha!" Carolin ließ eine Hand über die Grasspitzen gleiten. Es kitzelte ganz sacht. „Stell dir vor, Gunnar und Vicky haben heute einen Gnadenhof besichtigt", erzählte sie dann bedrückt. „Das würde Gunnar niemals machen, wenn es nicht richtig eng wäre."

„Ja, schrecklich", stimmte Lina zu. „Aber ich hab echt keine Idee mehr, wie wir Geld beschaffen könnten."

„Es wird bestimmt ganz furchtbar für die Ponys, wenn sie wieder von Lindenhain wegmüssen", sagte Carolin.

Lina ringelte eine ihrer langen roten Locken um ihren Finger. „Die Frage ist ja vor allem, wo sie dann landen."

Carolin zog ihre Beine an und umschloss sie mit ihren Armen. „Das Schlimmste ist die Ungewissheit. Der Gnadenhof heute war total überfüllt. Gunnar hat erzählt, der nächste sei ewig weit weg. Ein langer Transport wäre bestimmt auch Stress pur für die armen Tiere. Ach, ich wünsch mir so, dass sie bei uns auf Lindenhain bleiben könnten!“

In diesem Moment kam Ami aus ihrem kunterbunten Wohnwagen. Sie trug wie immer einen weiten Rock, eine geblümte Bluse und hatte ein Tuch um ihre wilden Wallehaare geschlungen. Ihre langen Ohrringe klimperten. An ihrem rechten Arm baumelte ein großer geflochtener Korb, und in der linken Hand hielt sie ein gefährlich langes Küchenmesser.

„Hallo, Ami“, begrüßte Carolin sie.

Ami lächelte sie kurz an, dann verschwand sie Richtung Wald.

Carolin schmunzelte. „Was hat Ami denn mit diesem Riesenmesser vor? Bären erlegen?“

Lina zog eine Grimasse. „Wer weiß, was sich in Vollmondnächten so alles im finsteren Wald herumtreibt!“ Plötzlich hielt sie inne. Ihre grünen Augen funkelten.

Auch Carolin stutzte. „Vollmond?“

Lina nickte. „Vollmond! Heute ist Vollmondnacht!“

Carolin sprang auf. „Das ist doch die Lösung“, freute sie sich. „Ich befrage Sternentänzer über die Zukunft der Ponys. Er weiß, was mit ihnen passiert.“ Sie nickte der Freundin zu. „Ja, ich reite heute Nacht aus.“

Lina erhob sich ebenfalls. „Weißt du was? Ich begleite dich.“

Carolin runzelte die Stirn. „Wie meinst du das?"

„Ich komm mit nach Lindenhain. Dort warte ich, bis du mit Sternentänzer von deinem Ausritt zurück bist." Sie grinste. „Sonst kommandiert Ami mich ab zum Vollmond-Kräuterpflücken, und darauf hab ich heute Nacht absolut keinen Bock."

„Abgemacht", erwiderte Carolin. „Dann treffen wir uns kurz nach Mitternacht auf Lindenhain." Sie seufzte. „Ich hoffe nur, dass der Doc nicht wieder ewig bei uns rumhängt. Wenn Ines und er im Wohnzimmer sitzen, hab ich keine Chance, unentdeckt zu entwischen."

Lina hob die Wolldecke auf und faltete sie zusammen. „Bleib doch heute Nacht hier. Dann fahren wir von hier aus zusammen."

Carolin zögerte kurz. Ihre Mutter mochte Lina nicht besonders. Das Mädchen mit den wilden Haaren, den geblümten Röcken und den Schnürstiefeln war ihr zutiefst suspekt. Außerdem verstand Ines überhaupt nicht, wie man in einem Wohnwagen auf einer Wiese leben konnte. Daher gefiel es ihr auch nicht sonderlich, wenn Carolin mit Lina unterwegs war, geschweige denn, bei Lina übernachtete.

Carolin holte ihr Handy heraus. „Versuchen könnt ich's ja." Rasch tippte sie eine SMS ein. *„Hi, Mam, übernachte heute bei Lina. Gruß Caro."* Und los! Carolin grinste. „Wie ich Ines kenne, ruft sie gleich voller Bedenken zurück und fragt mir Löcher in den Bauch."

Keine fünf Minuten später piepste Carolins Handy. Carolin klickte die SMS auf. *„Alles klar, Schatz, geht in Ordnung. Jo übernachtet heute hier. Pass auf Dich auf!*

Gruß und Kuss Ines." Überrascht las Carolin die Nachricht ihrer Mutter. „Der Doc übernachtet heute bei uns."

Lina grinste. „Daran kannst du dich wohl echt bald gewöhnen."

Carolin zuckte die Achsel. „Jedenfalls ist damit der heutige Ausritt gesichert. Mit dem Doc im Haus könnt ich mich nie im Leben unbemerkt davonschleichen." Sie hielt kurz inne. „Oh Gott!", murmelte sie dann vor sich hin. „Oh Gott!"

„Was ist denn?", erkundigte sich Lina verwundert.

„Wenn wir erst in dem Haus wohnen, alle zusammen, du weißt schon, in dem Haus mit dem großen Holztisch", stammelte Carolin. „Ich hab dir doch von meiner letzten Vision erzählt. Erinnerst du dich?"

„Ja, natürlich. Aber was ist denn dann?", unterbrach Lina sie.

„Wie soll ich mich dann bloß in Vollmondnächten aus dem Haus schleichen, ohne dass Thorben oder der Doc es merken?" Carolin knabberte an ihrer Unterlippe. „Das klappt doch nie!"

Lina schnaufte tief, drückte die Wohnwagentür auf und ging hinein. „Jetzt mach mal halblang, Caro! Noch wohnst du ja in der Breitensteinstraße mit deiner Mutter."

„Noch - genau das ist der Knackpunkt", entgegnete Carolin und folgte Lina in den Wohnwagen. Dabei ging sie schon leicht in Deckung und zog den Kopf ein.

„Musst du nicht mehr", winkte Lina ab. Ihre Stimme klang betrübt.

„Was?"

„Den Kopf einziehen."

„Und wenn der Rabe wieder zum Sturzflug ansetzt?"

„Der Rabe ist weg", erklärte Lina.

„Wie weg?", wunderte sich Carolin.

Lina füllte den Wasserkessel auf und schaltete den Herd an. „Weggeflogen, verschwunden, hat sich aus dem Staub gemacht. Schon vor ein paar Tagen."

Carolin setzte sich auf die Bank. „Aber ... vermisst ihr ihn nicht? Ihr müsst ihn doch suchen!"

Lina nickte. „Ich wollte auch sofort los, aber Ami hat mich zurückgehalten. Sie sagt, seine Zeit zu gehen, sei gekommen. Sein Schicksal hätte ihn weitergetrieben." Seufzend holte sie zwei Porzellantassen aus dem Schrank. „Mir fehlt er schon total. Ich hoffe nur, es geht ihm gut. Aber Ami behauptet, es ginge ihm so gut wie noch nie in seinem Vogelleben. Aber wahrscheinlich will sie mich damit nur trösten."

„Warte mal", murmelte Carolin plötzlich. Sie erinnerte sich an ihren Ausritt mit Sternentänzer. „Ich glaub, ich bin ihm begegnet."

„Hä? Wo denn?", fragte Lina verdutzt.

„Aber klar!" Carolin klatschte in die Hände. „Dann war er es."

„Wer?"

„Vorhin, als ich mit Sternentänzer ausgeritten bin. Wir haben am Bach eine Pause gemacht, als plötzlich ein schwarzes Etwas im Sturzflug ganz dicht über meinen Kopf hinweggerauscht ist."

Lina grinste. „Klingt ganz nach unserem Raben! Wahrscheinlich wollte er dich begrüßen."

Carolin runzelte die Stirn. „Ja, vielleicht. Aber er flog

nicht allein umher. Er war mit einem anderen Raben unterwegs“, erzählte sie.

„Zwei Raben?“, wiederholte Lina nachdenklich. Dann huschte ein Lächeln über ihr Gesicht. „Alles klar, dann hat Ami wohl doch recht, wie immer.“

Carolin schaute die Freundin fragend an.

„Ist doch logisch, unser kleiner Rabe hat eine Freundin gefunden und amüsiert sich!“, freute sich Lina. „Immer nur unter Menschen zu sein, ist ja bestimmt stinklangweilig für einen Vogel.“

Eine Vision gibt Rätsel auf

Den ganzen Abend verbrachten Carolin und Lina in Amis Wohnwagen, tranken Jasmintee, naschten Schokoküsse und spielten Brettspiele. Die Zeit bis Mitternacht verflog im Nu. Als Amis riesengroße Wanduhr schließlich zwölf Uhr verkündete, reckte sich Lina gähnend. „Dann wollen wir mal, oder?“ Sie schob die Vorhänge zur Seite, blickte hinaus und schüttelte sich. „Uaah, sieht kalt und ungemütlich aus!“

Carolin hievte sich hoch. „Na, komm schon, lass uns los! Alles halb so wild.“

Die beiden Mädchen verließen den Wohnwagen, schnappten sich ihre Räder und fuhren durch die sternenklare Nacht nach Lindenhain. Leise lehnten sie die Bikes gegen die seitliche Stallwand und schlichen zum Eingang.

Ganz behutsam öffnete Carolin die Stalltür ein kleines Stück. Nichts. „Puh! Jan hat sie geölt!“, raunte sie Lina erleichtert zu. „Beim letzten Mal, dachte ich schon, ich wecke das ganze Haus auf, so laut quietschte diese dämliche Tür.“

Carolin und Lina huschten zu Sternentänzers Box. Carolin holte wieder die leeren Hafersäcke und umwickelte damit die Hufe des Hengstes. Dann führte sie ihn leise aus dem Stall und über den Hof. Lina folgte ihr. Als sie den Feldweg erreichten, entfernte Carolin die Säcke und drückte sie Lina in die Hand. „Warte hier auf mich."

„Was meinst du, wie lange dauert es?", wollte Lina wissen.

Carolin grinste. „Das musst du Sternentänzer fragen. Keine Ahnung, wie lange er für eine Antwort braucht, wenn er überhaupt eine weiß!"

Lina ließ sich auf den Boden plumpsen. „Okay, ich warte hier auf euch."

Mit einem Satz schwang sich Carolin auf Sternentänzers Rücken und hielt sich an seiner Mähne fest. „Lauf, mein Süßer, lauf!", feuerte sie den Araber an. Sternentänzer trabte los. Erst langsam, dann immer schneller, bis er schließlich in den Galopp fiel. „Hüa, Sternentänzer, schneller! Mach schon!" Carolin drückte sich ganz tief auf Sternentänzers Hals, seine weiche Mähne berührte ihr Gesicht. „Ich wünschte, ich wüsste, was aus den Ponys wird. Ich wünschte, ich wüsste, wie wir ihnen helfen können", murmelte Carolin und schloss die Augen.

Im gleichen Moment ging ein sanfter Ruck durch den sehnigen Körper des Hengstes. Er galoppierte schneller und schneller. Carolin klammerte sich fester an seine Mähne. Sie fühlte sich merkwürdig, ihr Kopf schien sich zu drehen. Ihr wurde schwindelig, wie in einem Kettenkarussell. Schnell wie der Wind galoppierte Sternentänzer nun durch die Nacht.

Carolin sah Bilder in ihrem Kopf. *Lindenhain, der Hof, die sanften Hügel, die Koppel, Sternentänzer, der mit wehender Mähne dahingaloppiert, die Ponys, drei von ihnen grasen friedlich auf der Weide, das vierte steht im Hof, neben ihm Matthias, er streichelt es.* Wie in einem Rausch schoss eine Bilderflut durch Carolins Kopf. Schnell, konturenlos, wie durch einen Weichzeichner gefiltert. Dann wurde Sternentänzer plötzlich langsamer. Er keuchte, lief schwerfälliger, verlangsamte zum Trab, schließlich zum Schritt.

Carolin tätschelte den Hals des Pferdes. „Was wolltest du mir denn damit sagen, Sternentänzer?“, keuchte sie atemlos und trat kurz darauf den Heimweg an.

Lina saß immer noch an der gleichen Stelle zu Beginn des Feldwegs. Inzwischen hatte sie die Beine angezogen und die Arme ganz dicht um ihre Knie geschlungen. Als sie Carolin erblickte, sprang sie auf. „Boah, endlich! Ist das kalt, wo bleibst du denn?“ Ihre Zähne klapperten leicht aufeinander.

Carolin hielt Sternentänzer vor Lina an und sprang ab. „So was Komisches!“, murmelte sie in Gedanken versunken vor sich hin.

„Was denn?“, wollte Lina wissen, während sie abwechselnd ihre Arme rieb und mit den Händen gegen ihren Körper klatschte. Wieder und wieder, um sich ein wenig aufzuwärmen.

Carolin war noch so gefangen von ihrer Vision, dass sie Lina kaum wahrnahm. Mechanisch band sie Sternentänzer die Säcke um die Hufe und führte ihn Richtung Stall.

Lina lief hinter ihr her und zupfte ungeduldig an ihrer Jacke. „Hallo, Erde an Caro, Erde an Caro!"

„Was?" Carolin fuhr herum und starrte sie mit weit aufgerissenen Augen an, als wäre sie ein Gespenst.

Lina fuchtelte mit ihren Armen durch die Luft. „Huhu, ich bin's nur! Die Lina, deine Freundin, hallo!"

Carolin brauchte einige Sekunden, um sich wieder zurechtzufinden. „Lina", stammelte sie.

„Lina Schniggenfittich höchstpersönlich. Und die will jetzt auf der Stelle wissen, was du gesehen hast."

Carolin fuhr sich mit einer Hand durch ihre kurzen Haare. „Voll schräg, echt!"

„Waaaas?"

Sie hatten inzwischen den Stall erreicht. Carolin drückte die Stalltür auf und brachte Sternentänzer in seine Box.

„Sagst du's mir jetzt bald, oder willst du riskieren, dass ich vor Neugier platze?", bohrte Lina weiter.

Carolin verstaute die Hafersäcke wieder in der Sattelkammer und begann dann, ihr Pferd trocken zu reiben. „Ich hab Matthias gesehen", erzählte sie dabei.

„Matthias?", wiederholte Lina irritiert. „Wie? Als was? Ich dachte, du wolltest Sternentänzer was wegen der Ponys fragen?"

„Hab ich doch auch." Carolin ließ sich gähnend ins Stroh fallen. „Ich hab ihn gefragt, was aus den Ponys wird. Und dann hab ich Matthias gesehen. Er stand auf Lindenhain im Hof und hat eins der Ponys gestreichelt. Die anderen drei grasten auf der Weide."

Lina runzelte die Stirn und überlegte kurz. „Vielleicht fängt Matthias auf Lindenhain an", feixte sie dann. „Er schmeißt die Schule, weil er genug von Julias Gehässigkeiten hat und wird Pferdepfleger."

Carolin zog eine Grimasse. „Sehr witzig. Aber weißt du, was mich beschäftigt?"

„Was denn?"

„Dass Sternentänzer immer recht hat. Und dass diese komische Vision mit Matthias für mich überhaupt keinen Sinn ergibt. Null! Was soll Matthias denn mit Lindenhain zu tun haben?" Carolin musste wieder gähnen und rieb sich die Augen.

In diesem Moment war draußen in der Stallgasse das Rascheln von Stroh zu hören. Dann Schritte.

Carolin warf Lina einen entsetzten Blick zu. „Verdammt, da ist jemand!"

„Ich hab's auch gehört", flüsterte Lina.

Die Schritte wurden immer lauter und schienen näher zu kommen.

Carolin und Lina verhielten sich mucksmäuschenstill. Schließlich griff Lina nach der Kardätsche und baute sich hinter der Boxentür auf. Da wurde plötzlich die Tür aufgestoßen. Das Erste, was man sah, war das flackernde Licht einer Taschenlampe.

Lina wollte gerade mit der Kardätsche ausholen, als Carolin ganz erstaunt „Ferdi!" rief.

Sofort ließ Lina die Kardätsche sinken, und Carolin zog Ferdi in die Box.

„Was machst du denn hier?", fragte Carolin. Ihr Herz pochte so schnell, dass sie Angst hatte, es könne ihr aus der Brust springen.

Ferdi blickte grinsend von Carolin zu Lina. „Dacht ich

mir doch. Vollmond, Geräusche im Stall, Hufgeklapper auf dem Hof, das können nur Gespenster oder Caro und Sternentänzer auf Mondscheinausflug sein."

Carolin biss auf ihre Unterlippe und versuchte, sich zu beruhigen. „Mann, Ferdi! Musst du uns so erschrecken?"

Ferdi ließ sich neben Carolin ins Stroh fallen. Er deutete auf Sternentänzer. „Und, was hast du deinen Wunderknaben diesmal gefragt?"

Carolin knuffte ihn in die Seite. „Ey, ich weiß ja, dass du nicht wirklich daran glaubst!" Sie zog eine Grimasse. „Und ehrlich gesagt, nach der Vision von heute Nacht könnten einem auch echt Zweifel kommen."

Es war schon das zweite Mal, dass Ferdi sie bei einem Vollmondausritt überraschte. Nach dem ersten Mal hatte sie ihm alles über Sternentänzer erzählt. Dass er ein magisches Pferd war, dass sie in die Zukunft blicken konnte, wenn sie in einer Vollmondnacht auf ihm ausritt, dass sie ihm eine Frage stellen konnte und eine Antwort darauf erhielt. Ferdi hatte ruhig zugehört und beteuert, dass er ihr glauben würde. Doch so richtig ernst hatte er sie nicht genommen. Ferdi hatte mit übersinnlichen Dingen nicht sehr viel am Hut. Für ihn zählte nur das, was man erfassen konnte.

Ferdi holte eine Tafel Schokolade aus seiner Jackentasche. „Mag wer? Schoko mit Chili. Rattenscharf! Meine Mutter hat mir ein ganzes Paket voll geschickt." Er riss die Verpackung auf und reichte die Tafel herum. Ferdis Mutter war stets besorgt, dass ihr Sohn in der Provinz verhungern könnte oder – in ihren Augen noch viel, viel schlimmer – die neuesten kulinarischen Trends verpassen könnte. Daher schickte sie ihm regelmäßig Pakete mit den seltsamsten Nahrungsmitteln.

„Nee danke!", lehnte Lina ab und verzog leicht angewidert das Gesicht. „Entweder ich ess Schokolade oder Chili con Carne."

Carolin brach tapfer ein Stückchen ab. Sie biss hinein und schüttelte sich. „Ihh!"

Ferdi grinste. „Der erste Biss ist der schlimmste, danach wird's richtig lecker."

Carolin ließ die Schokolade in ihrem Mund zergehen. Und tatsächlich schmeckte sie allmählich immer besser.

Nach einer Weile legte Ferdi den Arm um Carolin und zog sie an sich. „Aber jetzt erzähl doch mal, Carolinchen. Wie war denn deine Nacht?"

Carolin kuschelte sich an Ferdis Schulter. „Ich hab Sternentänzer nach der Zukunft der Ponys befragt."

„Aha!" Ferdi schmunzelte. „Und was teilt dir dein großes weißes Pferd mit?"

„Was völlig Dämliches! Ich hab Matthias mit den Ponys gesehen", erzählte Carolin und steckte ein weiteres Stück Schokolade in ihren Mund.

„Und was sagt uns das?", wollte Ferdi wissen.

„Genau das ist die große Frage", schmatzte Carolin. „Ich hab überhaupt keinen blassen Schimmer, wie ich diese Vision deuten soll."

Lina ringelte eine dicke Locke um ihren Zeigefinger. „Eigentlich müsste deine Vision doch quasi bedeuten, dass Matthias die Pferde retten wird."

Ferdi grinste. „Au ja, und ich werde Springreiter des Monats!"

„Ferdi hat recht", nickte Carolin. „Es ist völlig absurd, wie soll Matthias denn die Pferde retten? Er kann ja noch nicht mal reiten."

Lina klopfte sich ein paar Strohhalme von ihrem Rock. „Vielleicht hat ja Sternentänzer irgendwas verwechselt?"

„Das kann nicht sein." Carolin stand auf. „Sternentänzer ist ein magisches Pferd, er bringt nichts durcheinander."

Ferdi ließ sich von Carolin hochziehen. „Und wenn *du* was durcheinandergebracht hast, Carolinchen? Vielleicht stand ja neben den Ponys Gunnar, und nicht Matthias!"

Carolin zog eine Grimasse. „Ja klar, weil ich Gunnar und Matthias nicht unterscheiden kann."

Lina gähnte. „Wisst ihr was? Das Wer-Wie-Warum ist doch eigentlich ganz egal. Hauptsache, die armen Pferde werden gerettet."

„Nee, Mädels!" Ferdi drückte die Boxentür auf und ging hinaus. „Mir ist das alles ein bisschen zu vage. Darauf, dass aus unserem lieben Matthias plötzlich Superman wird, kann man sich nicht verlassen."

Lina folgte ihm. Carolin verließ als Letzte die Box. Beim Hinausgehen warf sie Sternentänzer noch einen fragenden Blick zu. Doch der stand ganz ruhig da und blickte sie mit seinen großen, dunklen, feuchten Augen an. Es schien fast, als wolle er sagen: „Ich hab dir die Antwort geliefert, den Weg dorthin musst du schon selbst finden."

Als die beiden Mädchen Lindenhain verließen, dämmerte schon der Morgen herauf. Ein zartrosa Streifen am

Himmel kündigte den neuen Tag an. Carolin war so müde, dass sie allergrößte Mühe hatte, sich auf dem Fahrrad zu halten. Auch Lina musste immer wieder gähnen. Kurz vor der großen Wohnwagenwiese stiegen sie ab und schoben die Räder das letzte Stück.

„Ich weiß gar nicht, was heute mit mir los ist. Sonst bin ich nicht so müde nach einem Vollmondausritt mit Sternentänzer“, stöhnte Carolin.

Lina blieb abrupt stehen, sodass Carolin fast mit ihrem Rad gegen sie gestoßen wäre. „Und wenn das vielleicht der Grund war?“

„Wofür?“, fragte Carolin gähnend.

„Wenn du vor lauter Müdigkeit Matthias und Gunnar verwechselt hast? Wenn in deiner Vision Gunnar das Pony auf dem Hof gestreichelt hätte, dann würde alles auch einen Sinn ergeben.“

„Stimmt.“ Carolin nickte. „Das würde dann bedeuten, dass Gunnar einen Weg findet, die Pferde zu retten.“

„Aber Matthias passt da gar nicht dazu.“ Lina lehnte ihr Rad gegen Amis Wohnwagen.

Carolin stellte ihres daneben ab, dann schnüffelte sie. „Ihhh, was stinkt denn hier so schrecklich? Das ist ja widerlich!“ Sie streckte ihre Nase in die Luft – und schnupperte wie ein Hund auf Spurensuche. „Der Gestank kommt aus dem Wohnwagen.“

Lina grinste. „Könnte bedeuten, dass Ami wieder da ist.“ Sie drückte die Klinke und öffnete die Wohnwagentür. Der Geruch wurde immer intensiver.

Carolin hielt sich die Nase zu und folgte Lina ins Innere des Wohnwagens.

Ami stand am Herd und rührte mit einem langen Holzlöffel in einem riesigen Topf, in dem es heftig blubberte. Eine Weile hielt sich Carolin noch die Nase zu, dann hatte sie sich an den Geruch gewöhnt.

Lina setzte sich an den Tisch, deutete auf den Topf und zwinkerte Carolin zu. „Lust auf Frühstück?"

Carolin schüttelte sich. Nun war sie wieder putzmunter. Der scheußliche Geruch hatte ihre Müdigkeit völlig vertrieben. Da fiel ihr ein, dass sie Ami ja eigentlich wegen ihrer merkwürdigen Vision befragen könnte. Sie rutschte zu Lina. „Ami?", sagte sie zaghaft.

Ami reagierte nicht. Lina legte den Zeigefinger auf die Lippen. „Pschscht! Wenn Ami in ihrem großen Topf rührt, braucht sie volle Konzentration." Sie schaute auf die Uhr. „Dauert aber nicht mehr lang. Schlag sechs Uhr endet die Vollmondmagie, und jetzt ist es fünf Minuten vor."

Die fünf Minuten zogen sich so zäh hin wie Kaugummi. Carolin atmete auf, als sie schließlich um waren und die Uhr laut schlug.

„Ami!", rief Carolin erneut.

Diesmal drehte sich Ami kurz um. Ein leichtes Lächeln huschte über ihr von Falten zerfurchtes Gesicht. „Gemach, Kind!" Ami zog den großen Topf vom Herd, gab einen Deckel darauf und setzte den Wasserkessel auf die Herdplatte. Kurz darauf duftete der ganze Wohnwagen herrlich nach Jasmin, der scheußliche Geruch war verschwunden. Jetzt endlich setzte sich auch Ami zu ihnen. Dafür sprang nun Lina auf, holte Tassen und verteilte sie auf dem Tisch.

„Ami“, begann Carolin nun zum dritten Mal. „Ich muss dich was fragen!“

Ami sah sie mit ihren merkwürdig zweifarbigen Augen an – das rechte Auge war von einem hellen, zarten Grün, das linke dagegen so dunkel wie eine Tanne.

Carolin fuhr fort: „Ich bin heute Nacht mit Sternentänzer ausgeritten. Und in meiner Vision ist jemand aufgetaucht, der dort aber gar keinen Sinn macht. Kann es sein, dass ...?“

Ami legte ihre Hand, auf der sich viele dicke dunkle Adern abzeichneten, ganz sacht auf Carolins Arm. „Oh nein, in Visionen sind Verwechslungen völlig ausgeschlossen“, beantwortete Ami die Frage, die Carolin noch gar nicht gestellt hatte.

Carolin holte tief Luft und wollte weitersprechen. Doch Ami kam ihr mit ihrer Erklärung wieder zuvor. „Auch nicht durch Müdigkeit. Äußere Umstände sind da belanglos.“

Lina verteilte den duftenden, dampfenden Jasmintee in den Tassen. „Das bedeutet also, dass tatsächlich Matthias auf dem Hof stand. Voll bescheuert!“

Ami lächelte weise. „Das Leben geht oft wundersame Wege, um uns dorthin zu führen, wo wir hinwollen. Die Zeit wird alles aufklären.“

Seufzend nippte Carolin an ihrem Tee. Ami kochte den besten Jasmintee der Welt – und verkündete die geheimnisvollsten, verschlüsseltsten Botschaften, die man sich vorstellen konnte. *Wirklich weitergebracht hat mich diese Vollmondnacht nicht,* dachte sie.

Ferdi ist einfach genial

Die Tage vergingen und mit ihnen die Hoffnung, dass die Ponys doch noch auf Lindenhain bleiben konnten. Während Gunnar sich weiter bemühte, die Ponys anderweitig unterzubringen, verbrachte Carolin so viel Zeit wie möglich bei den Tieren. Die hatten sich mittlerweile recht gut auf Lindenhain eingelebt und hoben schon jedes Mal den Kopf, wenn sie Carolins Stimme in der Stallgasse hörten.

Carolin drückte sich fest an Bella und streichelte ihre Nüstern. „Das Leben ist manchmal so ungerecht", murmelte sie bedrückt. „Bis jetzt hattet ihr ein schreckliches Leben. Und jetzt, wo alles besser werden kann, sollt ihr wegen der blöden Kohle wieder von hier weg." Ganz sacht strich sie mit der Hand über das Fell des Ponys. „Das ist so was von unfair."

„Stimmt allerdings!" Jan stand, aufgestützt auf seine Mistgabel, neben ihr. „Ich hab schon ernsthaft einen Banküberfall in Erwägung gezogen."

Carolin musste lächeln. „Super Idee, Jan. Dabei würden sie dich dann erwischen und in den Knast stecken. Dann gäbe es auf Lindenhain gar keinen mehr, der die Pferde pflegen kann."

Jan zuckte mit den Schultern. „Dann müsstest du die Schule schmeißen."

Carolin seufzte tief. „Da hätte ich null dagegen. Nie wieder Mathe, nie wieder Hutmacher, nie wieder Somerset, nie wieder Julia ..."

In diesem Moment betrat Gunnar den Stall. In der Hand hielt er ein Zigarettenpäckchen.

„Gibt's was Neues?", fragte Carolin erwartungsvoll. Doch sein Blick sagte mehr als Worte.

„Es ist wie verhext. Die Gnadenhöfe sind alle total überfüllt, und ich krieg dieses Geld nicht zusammen."

Jan sah ihn an. „Und wenn du ein Darlehen auf den Pferdehof aufnimmst?"

„Vergiss es!" Gunnar schüttelte den Kopf und bugsierte das Zigarettenpäckchen nervös von einer Hand in die andere. „Der Hof ist doch schon belastet. Die von der Bank geben mir keinen Cent mehr."

Carolin sah den Lindenhain-Chef mit großen Augen an. „Echt?"

Gunnar machte eine Handbewegung. „Lindenhain ist nicht gerade klein, Caro. Der Unterhalt für den Hof kostet, und unsere Einnahmen sind minimal. Deswegen bin ich um jeden Gast froh, der kommt – so wie neulich diese jungen Leute." Gunnar fischte eine Zigarette aus der Schachtel.

„Gunnar!", protestierte Carolin heftig. „Im Stall ist Rauchen strengstens verboten!"

„Was? ... Ja klar." Gunnar steckte die Zigarette wieder

zurück in die Schachtel. „Ich weiß. Dumm von mir." Er tätschelte das Hinterteil von Bella. „Wenn ich nur wüsste, wo wir die Ponys unterbringen könnten."

„Gunnar?", tönte da Vickys Stimme durch den Stall.

„Hier!"

Völlig außer Puste kam Vicky angerannt. „Gerade hat Herr Hilpert angerufen."

„Und?", fragte Gunnar.

Statt einer Antwort schüttelte Vicky nur den Kopf.

„Verdammter Mist!" Gunnar packte seinen Hut und schleuderte ihn auf den Boden.

Carolin und Jan warfen sich fragende Blicke zu.

Vicky rümpfte die Nase. „Hilpert ist unser Autohändler. Gunnar wollte sein Auto verkaufen, aber Hilpert will den Preis nicht zahlen, den er fordert."

Carolin schüttelte fassungslos den Kopf. „Aber das Auto brauchst du doch, Gunnar?!"

Gunnar schnaufte tief. „Vorübergehend wäre es auch mal ohne gegangen, aber nur, wenn Hilpert das gezahlt hätte, was ich dafür will."

In diesem Moment stürmte Ferdi in den Stall. Seine Wangen glühten. „He, Leute, ich komm gerade vom Training und bring eine kolossal gute Nachricht mit!", verkündete er schon von Weitem.

„Ihr seid Meister geworden", erwiderte Jan trocken. „Schön für euch!"

„Viel besser", rief Ferdi mit blitzenden Augen. Übermütig breitete er seine Arme aus. „Vor euch steht der Retter der gequälten Jahrmarktponys!"

Carolin stutzte. „Hast du deine Mutter doch noch ...?"

„Nee, vergiss meine Mutter!“, winkte Ferdi ab. „Die ist knochenhart. Aber ich hab mit meinem Trainer und mit meinen Kumpels gesprochen.“

Jan verdrehte die Augen. „Mann, jetzt mach's nicht so spannend!“

„Wir werden ein Benefiz-Eishockeyspiel für die Ponys geben. Was sagt ihr dazu?“

„Wofür soll das gut sein?“, fragte Carolin.

„Meine Mannschaft wird ein Eishockeyspiel für die Ponys veranstalten. Die Eintrittsgelder spenden wir dann für die Verpflegung und den Unterhalt der Tiere auf Lindenhain. Komplett! Jeden Cent!“

Carolin traute ihren Ohren nicht. „Echt?“

Ferdi nickte aufgeregt. „Hat mich zwar einige Mühe gekostet, die anderen zu überzeugen ...“

Jan klatschte Ferdi auf den Rücken. „Du bist ein Held, Junge.“

Carolin hüpfte auf der Stelle und klatschte voller Freude in die Hände. „Das ist genial, Ferdi!“

Ferdi grinste. „Ihr müsst jetzt nur noch dafür sorgen, dass auch genug Zuschauer zum Spiel kommen.“

Gunnars Miene erhellte sich etwas. „Damit ist unser Problem zwar nicht endgültig gelöst, aber zumindest für einige Zeit wären wir aus dem Schneider und die Versorgung der Ponys gesichert.“

Carolin fiel Ferdi um den Hals. „Du bist echt super. Ich hab dich so lieb.“

Ferdi drückte sie fest an sich. „Von hier bis zum Mars ...“

„... und wieder zurück“, ergänzte Carolin glücklich.

„Na dann.“ Gunnar hob seinen Hut auf. „Ich werde

gleich mal ein paar Flugblätter entwerfen, die wir dann in Lilienthal und Umgebung verteilen."

„Und ein paar Plakate brauchen wir auch", meldete sich Carolin eifrig. „Da könnt ich eins in der Schule aufhängen. Und bei Florentine, in der Bäckerei Bauer und in der Pizzeria ..."

„Je mehr Zuschauer kommen, desto besser", erklärte Ferdi strahlend.

„Und ich kann Kuchen backen, den ihr dann verkaufen könnt", bot Vicky an.

„Nein, bloß nicht!", kreischten Carolin, Gunnar und Jan gleichzeitig.

Vickys Kuchen waren legendär. Sie schaffte es, selbst die einfachste Fertigbackmischung völlig falsch zuzubereiten. Dennoch backte sie leidenschaftlich gerne!

Am Nachmittag trafen sich Carolin, Lina und Ferdi im Gemeinschaftsraum und besprachen, wo sie die Flugzettel für das Benefiz-Spiel überall verteilen wollten. Gunnar hatte an seinem Computer ein Infoblatt gestaltet und druckte es gerade massenhaft aus. Jedes Mal, wenn er zehn Ausdrucke hatte, brachte er sie von seinem Büro in den Gemeinschaftsraum. „Ich hoffe, das Stadion platzt aus allen Nähten", brummelte er dabei.

„Aber hallo!", rief Ferdi. „Wenn der Meister der Regionalliga spielt, dann fallen die Fans in Scharen ein."

„Hoffentlich kriegen wir so genug Geld zusammen", wünschte sich Carolin und seufzte tief. „Das ist ja wohl echt die allerletzte Rettungsmöglichkeit für die armen Tiere. Aber wisst ihr, was ich so richtig obermies finde?" Sie sah ihre Freunde an. „Dass dieser Typ, dieser üble Tierquäler, völlig ungeschoren davonkommt."

Lina nickte grimmig. „Wahrscheinlich hat er dort, wo auch immer er sich nun aufhält, schon ein neues Reitkarussell aufgemacht und quält bereits die nächsten Pferde."

Voller Entsetzen schlug Carolin die Hand vor den Mund. „Daran hab ich noch gar nicht gedacht", stieß sie hervor.

„Einmal Tierquäler, immer Tierquäler", fügte Lina mit einem Anflug von Galgenhumor hinzu.

Carolin biss sich auf ihre Unterlippe. „Blöd nur, dass man nichts tun kann, um diesem miesen Typen das Handwerk zu legen?", ächzte sie.

„Na ja ...", mischte sich Ferdi nun ein, der den Mädchen bisher wortlos zugehört hatte. „So ganz stimmt das ja wohl nicht."

„Wie meinst du das?", wollte Carolin wissen.

Ferdi schmunzelte vielsagend. Seine Augen blitzten. „Hast du den Namen von diesem Typen?"

Carolin schüttelte den Kopf. „Nee."

„Aber den Namen von seinem Karussell weißt du?"

Carolin nickte. *„Pferdereiten für Jung und Alt!"*

Ferdi zog eine Grimasse. „Na ja, das hilft jetzt nicht wirklich weiter." Er überlegte. „Aber du erinnerst dich, wie der Ort heißt, an dem dieses Karussell zuletzt stand."

„Oh ja!", rief Carolin. „Und diesen Namen werde ich mein ganzes Leben lang nicht vergessen. Fahrenhausen."

„Alles klar“, erwiderte Ferdi und stapfte mit ernster Miene aus dem Raum.

Lina blickte ihm nach. „Was hat der denn jetzt vor?“

Carolin zuckte die Achseln. „Keine Ahnung.“

Eine gute Viertelstunde später kam Ferdi zurück. In der Hand hielt er ein Stück Papier, mit dem er triumphierend durch die Luft wedelte. „Ulrich Hiebermann“, verkündete er dabei und strahlte über das ganze Gesicht.

„Wer soll das denn sein?“, wunderte sich Carolin.

„Euer Tierquäler“, erklärte Ferdi stolz.

Carolin machte große Augen. „Woher weißt du das?“

Voller Stolz antwortete Ferdi: „Hab ich rausgefunden.“

Auch Lina schüttelte verwundert den Kopf. „Und wie?“

Ferdi lehnte sich gegen die Tischkante. „Nichts leichter als das. Ich hab bei der Gemeindeverwaltung in Fahrenhausen angerufen und mir die Namen der Gewerbetreibenden auf diesem Jahrmarkt geben lassen. Dieses Pferdekarussell war unter dem Namen eines Herrn Hiebermann angemeldet. Ganz einfach!“

Carolin stürzte auf ihn zu und drückte ihm einen Kuss auf die Wange. „Du bist der Größte.“

Lina setzte eine skeptische Miene auf. „Super Recherche, Sherlock Holmes! Wir wissen jetzt, wie dieser Miesling heißt. Und was bitte haben wir davon?“

Carolin seufzte. „Stimmt. So wirklich weiter bringt uns das nicht.“

„Was denn?“, fragte Gunnar, der gerade wieder mit einem neuen Stapel Flugblätter anmarschiert kam.

Carolin winkte nur ab. Gunnar zuckte mit den Schultern und ging wieder.

„Falsch!", stellte Ferdi fest. Er blickte von Carolin zu Lina. „Ich habe nämlich eine Idee."

„Und welche?", wollte Carolin neugierig wissen.

Ferdi nahm Carolin an der Hand und winkte Lina mit sich. „Kommt mal mit!"

In seinem Zimmer im Ferienhaus setzte sich Ferdi an den Computer. Carolin rutschte zwei Stühle für sich und Lina heran.

„Was hast du vor?", hakte sie dann ungeduldig nach.

Ferdi schob die Ärmel seines Pullis hoch und rieb sich unternehmungslustig die Hände. „Wozu gibt es das Internet, das - wie der Name schon sagt - international ist."

Lina verdrehte die Augen. „Wird das ein Internetkurs, oder was?"

„Was wir hier heute schreiben, kann jeder lesen", grinste Ferdi.

„Na und?", erwiderte Lina wenig beeindruckt.

Ein kleines Lächeln huschte über Carolins Gesicht. „Du meinst ...", begann sie.

Ferdi nickte. „Genau das."

Lina warf ihre rote Mähne zurück. „Worum geht es hier denn? Würdet ihr mich netterweise mal aufklären?"

Mit verschwörerischer Miene beugte sich Ferdi zu den Mädchen. „Wir werden in sämtlichen Pferdeforen, die wir finden, die Geschichte über diesen fiesen Tierquäler Hiebermann veröffentlichen."

„Ah!", machte Lina. „Und die kann dann jeder lesen", kombinierte sie.

Ferdi grinste. „Und jeder ist gewarnt. Sollte er irgendwo auftauchen, wird ihn bestimmt jemand erkennen und anzeigen. Damit können wir aller Voraussicht nach verhindern, dass dieser Tierquäler bei uns in Deutschland weiterhin arme Pferde im Kreis herumtreiben wird."

„Boah!" Lina blies ihre Backen auf. „Du bist echt genial, Ferdi."

Ferdi lächelte geschmeichelt. Seine Wagen glühten bis hin zu den Ohren. „Na ja! Ich fänd's einfach nur voll ungerecht, wenn dieser miese Typ so ganz ohne Strafe davonkäme."

Carolin nahm seinen Kopf in beide Hände und küsste ihn ungestüm. „Wenn wir dich nicht hätten!"

„Ach was!", winkte Ferdi ab. Sein Kopf war inzwischen so rot wie ein Feuermelder. „Halb so wild!" Er nickte unternehmungslustig. „Dann lasst uns mal loslegen!"

Voller Eifer machten sich die drei Freunde ans Werk.

Das große Benefizspiel

Am Abend des großen Benefiz-Eishockeyspiels regnete es in Strömen. Dunkle Wolken zogen über den Himmel, die Tropfen klatschten laut auf das Dach des Eisstadions.

Carolin und ihre Freunde waren den ganzen Nachmittag damit beschäftigt gewesen, die Vorhalle des Stadions vorzubereiten. Sie wollten dort eine Art Fotoshow aufbauen. An einer langen Stellwand hatten sie die Bilder aufgehängt, die Dr. Sander von den kranken Ponys gemacht hatte, als er sie das erste Mal auf Lindenhain untersucht hatte. Daneben hatten sie ihre ganzen Verletzungen aufgelistet. Die zweite Stellwand zeigte aktuelle Fotos von den Ponys – wie sie auf der Weide auf Lindenhain grasten. Quer durch die Vorhalle war ein riesiges Transparent gespannt mit der Aufschrift: *Diese gequälten Ponys brauchen Ihre Hilfe!*

Auch Matthias hatte fleißig mitgearbeitet und betrachtete nun zufrieden das Werk. „Wer bei den Bildern der verletzten Ponys kein Mitleid bekommt, hat ein Herz aus Stein“, sagte er.

Carolin stemmte die Hände in die Seite. „Das ist nur

eine wahrheitsgetreue Abbildung der Realität“, erklärte sie mit ernster Miene.

„Meist ist die Realität aber nicht wirklich das, was man sehen möchte“, seufzte Matthias. „Ich hab da noch eine Idee“, fügte er dann hinzu.

„Spuck's aus!“, forderte Carolin ihn gut gelaunt auf.

„Warum bauen wir da drüben nicht noch eine dritte Wand auf?“, schlug er vor. „Und zeigen Fotos von deinem Sternentänzer.“

Sternentänzer? Carolin horchte alarmiert auf. „Nee, der gehört nicht hierher“, wehrte sie schnell ab.

„Tut er doch!“, entgegnete Matthias eifrig. „Er ist ein wunderschönes Pferd. Man sollte ihm eine ganze Ausstellung widmen. Poster vielleicht auch und Ansichtskarten.“ Matthias redete sich in Begeisterung. „Schönheit verkauft sich viel besser als Elend! Genau, vielleicht kann man damit auch Geld für die Ponys sammeln.“

Carolin kniff die Augen zusammen. „Jetzt geht es um die Ponys und um absolut nichts anderes!“, beharrte sie entschlossen. „Und schon gar nicht um meinen Sternentänzer, okay?“

Matthias rückte seine Brille zurecht, die vor lauter Begeisterung bis auf die Nasenflügel gerutscht war. „Schon gut“, lenkte er eingeschüchtert ein. „Ich hab's ja nur gut gemeint.“

Matthias konnte natürlich nicht ahnen, dass Sternentänzer ein magisches Pferd war und Carolin ihn auf keinen Fall in die Öffentlichkeit bringen wollte. Daher hatte sie auch ein bisschen zu heftig reagiert. Es schauderte sie immer noch, wenn sie sich an diesen fiesen Reporter mit den Fischaugen und dem Schwabbelbauch erinnerte. Der wollte damals die Story seines Lebens schreiben und hatte mit allen Mitteln versucht, Sternentänzers Geheimnis auszuspionieren. Wochenlang hatte sich dieser Typ an ihre Fersen geheftet und sie sogar bei einem Vollmondausritt gefilmt. Zum Glück hatte Nick den Film gelöscht, und alles war noch mal gut ausgegangen.

„Die ersten Leute kommen schon“, unterbrach Lina ihre Gedanken. „Guckt euch das mal an. Da steht eine richtig lange Schlange am Eingang“, freute sie sich. „Trotz des Mistwetters!“

Matthias stellte sich neben sie. „Das mit dem Turnier war echt eine geniale Idee von Ferdi.“

Carolin nickte stolz. „Ferdi ist der Größte.“

„Ferdi ist voll cool“, bestätigte Matthias begeistert.

Carolin zwinkerte Lina verschmitzt zu. Sie hatte schon längst bemerkt, dass Matthias in Ferdi so etwas wie ein Vorbild sah.

„Oh nein!“, verdrehte Matthias auf einmal genervt die Augen und zog den Kopf ein. „Muss das sein?“, stöhnte er gequält.

„Was ist denn?“, erkundigte sich Carolin.

Matthias deutete auf das Ende der Schlange. „Da hinten steht Julia Schlupf in voller Lebensgröße mitsamt ihrer Clique.“

Lina grinste schief. „War ja klar, dass die sich so ein Ereignis nicht entgehen lässt. Wo was los ist, da ist Julia Schlupf nicht weit!“

Carolin winkte ab. „Ey, ist doch egal! Die zahlen alle Eintritt, und wir bekommen somit mehr Kohle für die Ponys.“

Matthias schwieg und blickte voller düsterer Vorahnung Richtung Julia.

„He, Leute!“ Jan kam auf sie zu.

Carolin musterte ihn verblüfft. Er hatte eine schwarze Hose an und einen dunklen Rollkragenpulli, seine halblangen blonden Haare trug er offen. Er sah richtig schick aus.

„Boah, hast du dich rausgeputzt! Ganz schön schnieke!“, staunte Carolin, die ihn sonst nur kannte, wie er auf Lindenhain in Jeans oder einem Arbeitsoverall rumlief.

„Man tut, was man kann“, gab Jan lässig zurück.

Lina grinste. „Caro hat recht, du siehst fast aus wie ein Filmstar.“

„Wer ich?“ Mit einem breiten Grinsen gesellte sich Thorben zu Carolin und Lina. „Danke für die Blumen!“

Lina begrüßte ihren Freund mit einem Kuss auf die Wange. „Du auch!“

Thorben hatte seinen Vater im Schlepptau. Dr. Sander blickte sich suchend um. „Wo ist denn deine Mutter?“, wandte er sich dann an Carolin. „Wir sind hier verabredet, sie wollte mit Florentine herkommen.“

„Keine Ahnung.“ Carolin zuckte die Achseln. „Wahrscheinlich haben die zwei sich irgendwo verquatscht.“

„Ach, Caro.“ Dr. Sander fasste Carolin am Arm und zog sie zur Seite. „Ähm ... was ich dich schon lange mal fragen wollte ...“

„Was denn?“, erkundigte sich Carolin besorgt.

„Dein Vater ...?“, begann Dr. Sander.

„Ist auf Mallorca“, sagte Carolin und behielt den Eingang im Blick. Die Schlange wurde immer länger. *Gut so!*

„Das weiß ich. Was ich dich fragen wollte: Dein Vater und deine Mutter, haben die noch viel Kontakt? Ist da noch was zwischen denen?"

Carolin sah den Doc überrascht an. *Was ist das denn für eine Frage? Vor einem Benefizspiel in der Vorhalle eines Eisstadions?* „Ähm ..." Carolin schluckte. „Keine Ahnung! Besser, du redest da mit Mam selbst drüber." Sie deutete mit der rechten Hand Richtung Eingang. „Da hinten steht sie übrigens."

Dr. Sander spähte umher.

„Da hinten. Der suppenschüsselgroße, runde schwarze Hut. Das ist unverkennbar Florentine." Carolin grinste. „Niemand sonst würde so einen Hut zu einem Eishockeyspiel anziehen. Und wo Florentine ist, ist Mam auch nicht weit."

Tatsächlich winkte Ines schon wie wild neben dem großen Hut. Dr. Sander winkte zurück und eilte zu den beiden.

Kaum war Dr. Sander weg, kam Matthias mit einem etwas untersetzten Mann mit Goldrandbrille auf Carolin zu. Er sah eigentlich fast genauso aus wie Matthias, nur ein paar Jahre älter. „Caro, das ist mein Paps", erzählte Matthias stolz. „Paps, das ist Caro."

Herr Kömpke lächelte sie freundlich an. „Guten Tag, Carolin."

Carolin lächelte ebenso freundlich zurück. „Hallo, Herr Kömpke."

Herr Kömpke machte eine ausholende Handbewegung. „Super Aktion von euch, Respekt!", lobte er. „Klasse, wenn sich junge Leute für einen sozialen Zweck einsetzen. Das find ich richtig gut. Passiert heutzutage ja eher selten." Er klopfte seinem Sohn auf die Schulter. „Dann will ich mich mal ein bisschen umsehen." Herr Kömpke nickte Carolin kurz zu, dann schlenderte er zu einer Fotowand.

Kaum hatte Herr Kömpke sich ein paar Schritte entfernt, tauchte Julia auf.

„Hi, Caro." Sie baute sich mit einem zuckersüßen Lächeln vor Carolin auf. „Echt tolle Aktion!", meinte sie und zupfte den Kragen ihres silbernen Kapuzenanoraks zurecht.

Carolin erwiderte nichts.

„Ich hab dir auch was mitgebracht." Julia öffnete ihr Designertäschchen und holte einen Fünf-Euro-Schein heraus. Sie griff nach Carolins Hand und drückte den Schein hinein. „Eine kleine Spende von mir für die armen Pferdchen. Damit gibt's bestimmt schon ein bisschen Fresschen."

Heike und Viola standen feixend neben Julia.

Carolin kochte vor Wut. Sie packte den Schein und steckte ihn Julia in die Anoraktasche. „Auf deine blöde Kohle pfeif ich!", knurrte sie aufgebracht.

Julia zuckte mit den Schultern. „Dann halt nicht!"

Matthias hatte das ganze Geschehen beobachtet und packte sie am Arm. „Du ..."

„Pfoten weg!" Julia riss sich los und wischte über ihren Arm. „Du machst mir nur Fettflecken!"

Heike kicherte los.

„Du bist echt so was von mies, Julia", sagte Matthias leise.

Julia legte den Kopf schief und klimperte mit den Wimpern. „Besser fies als fett."

Matthias schluckte nur.

„Und besser fies als voller Pickel", fügte Viola lachend hinzu.

Allmählich platzte Carolin der Kragen. Wütend stemmte sie ihre Hände in die Hüften. „Was seid ihr bloß für dämliche Dumpfbacken, echt! Könnt ihr Matthias nicht endlich mal in Ruhe lassen? Er hat euch überhaupt nichts getan!" Sie funkelte Julia zornig an. „Und weißt du was? Wer zu dick ist, kann abnehmen, Pickel verschwinden. Aber wer einfach nur hohl und dämlich ist, so wie du, der bleibt es ein Leben lang."

Carolin hatte vor Wut so laut geredet, dass sich schon einige Leute umdrehten, die sich in der Nähe aufhielten. Auch Matthias' Vater. Er stand nur ein paar Meter entfernt und verfolgte die Szene aufmerksam.

„Unsere gute Caro!", spottete Julia. „Ein Herz für alle bedrohten Kreaturen: für Hunde, Katzen, Mäuse und Fettwänste!"

Carolin bedachte Julia mit einem abschätzenden Blick. „Weißt du, Julia, es ist echt irgendwie komisch mit dir. Manchmal kannst du richtig nett sein, aber meistens, so wie jetzt, könnte man dich zum Mond schießen, und zwar ohne Rückflugticket. Du kannst voll ätzend sein und kalt wie ein Eisbrocken!"

„Pah!" Julia setzte eine hochmütige Miene auf, machte auf dem Absatz kehrt und marschierte ohne ein weiteres Wort Richtung Eisstadion. Heike und Viola folgten ihr.

Nach wie vor hatte Carolin überhaupt nicht bemerkt,

dass Matthias' Vater alles aus nächster Nähe miterlebt hatte. Kopfschüttelnd sah er den drei Mädchen noch eine Weile nach, bevor er sich wieder den Pferdebildern zuwandte.

Das Benefizspiel wurde ein voller Erfolg. Ferdis Mannschaft schlug die Gegner 2 zu 1, und das Stadion tobte vor Begeisterung.

Nach dem Spiel warteten Carolin, Gunnar und Vicky noch, bis sich Ferdi geduscht und umgezogen hatte. Dann fuhren sie zusammen mit ihm zurück. Carolin kuschelte sich auf dem Rücksitz ganz dicht an ihn.

„Die Bude war echt rappelvoll", erzählte Ferdi strahlend und drückte fest Carolins Hand.

„Was meinst du, wie viel Geld kommt so zusammen?", überlegte Gunnar.

„Keine Ahnung, aber für ein paar Monate Futter dürfte es schon reichen."

Gunnar seufzte. „Schön, das gibt uns wenigstens etwas Zeit, nach einer langfristigen Lösung zu suchen."

„Was meinst du damit?", fragte Carolin alarmiert. „Ich dachte, die Ponys können jetzt bleiben?"

Gunnar schnaufte nur tief durch, sagte aber nichts.

Vicky drehte sich zu ihr um. „Ferdi kann ja wohl kaum alle paar Monate ein Benefizspiel organisieren, Caro. Aber eine Zeit lang ist jetzt erst mal alles in trockenen Tüchern."

„Eine Zeit lang", wiederholte Carolin sorgenvoll.

Ferdi legte den Arm um sie. „Vielleicht fällt uns in der Zwischenzeit ja noch was anderes ein."

„Klar", entgegnete Carolin bitter. „Vielleicht geschieht ja ein Wunder! Ey, Ferdi, wir haben es bis jetzt nicht geschafft, genügend Kohle aufzutreiben, um die Ponys dauerhaft versorgen zu können. Und da wird sich auch später nichts ändern." Sorgenvoll starrte Carolin aus dem Autofenster in die regnerische Nacht.

Eine ziemlich konfuse Ines

Als Carolin am späten Abend nach Hause kam, drang ihr - wie öfters in letzter Zeit - flackerndes Kerzenlicht und leise Musik aus dem Wohnzimmer entgegen. *Aha, Ines und der Doc,* dachte sie.

Carolin schlich sich nur rasch in die Küche, um sich etwas zu trinken zu holen. Dann wollte sie gleich hoch in ihr Zimmer.

„Caro, bist du das?“, ertönte die Stimme ihrer Mutter.

„Ja, Mam.“

„Kommst du mal?“

Na gut! Carolin stiefelte ins Wohnzimmer. Ihre Mutter war allein. Nachdenklich lehnte sie an der Terrassentür und hielt ein Glas Rotwein in der Hand. „Wie ist denn euer Benefizspiel ausgegangen?“, erkundigte sie sich. „Ich bin schon ein bisschen früher gegangen.“

Und wo ist der Doc?, überlegte Carolin irritiert. „Ähm ... gut! Super eigentlich, es kam ziemlich viel Kohle für die Ponys in die Kasse.“

„Freut mich“, sagte Ines und blickte in ihr Glas, in dem sie den Rotwein hin und her schwappen ließ.

Etwas ratlos blieb Carolin mit der Limoflasche in der Hand im Wohnzimmer stehen. „Also, ich geh dann mal ins Bett“, meinte sie schließlich.

„Tu das“, nickte Ines.

„Okay.“ Carolin drehte sich um und wollte gehen.

„Ach, Caro.“

„Ja, was ist denn noch?“

„Magst du dich noch ein bisschen zu mir setzen?“

Na ja, mögen ... „Okay.“ Carolin stellte die Limoflasche auf den Tisch und ließ sich auf das Sofa fallen. „Was gibt's denn?“

„Och nichts“, entgegnete Ines und setzte sich neben sie.

Aha! Und wegen nichts stehst du in der Nacht rum und starrst in dein Rotweinglas? Wegen nichts muss ich spätabends hier mit dir auf dem Sofa sitzen?

„Was wollte dein Vater denn?“, fragte Ines nach einer Weile. „Der Brief neulich war doch von ihm.“

Aha, das Nichts hat einen Namen: Paul! Hätte ich mir ja denken können, überlegte Carolin. Meistens, wenn ihre Mutter schräg drauf war, hatte das etwas mit ihrem Vater zu tun.

„Ach, nur blabla über Mallorca: Wie toll es da ist, und wann ich endlich mal komme und ihn besuche. Ein Flugticket lag auch dabei“, erklärte Carolin.

„Und, machst du's?“, fragte Ines, während sie weiter ihr Glas fixierte.

„Paps besuchen? Nee! Keine Zeit, keine Lust.“

Ines stellte das Glas ab und legte den Arm um Carolin. „Genau, mein Schatz“, sagte sie. „Paul ist ein Stück unserer Vergangenheit, nicht mehr und nicht weniger.“

Carolin kuschelte sich an ihre Mutter. „Stimmt."

Ines streichelte ihrer Tochter sanft übers Haar. „Dass Jo das nicht einsieht!", murmelte sie dabei vor sich hin.

Oho! Carolin horchte auf. *Ärger im Paradies!* ... „Wie meinst du das?"

Ines setzte sich auf und seufzte. „Paul ist für ihn irgendwie ein rotes Tuch. Er hat den Brief von ihm gesehen und schon stellen sich bei Jo die Nackenhaare auf."

„Aber der Doc hat doch auch eine Exfrau", wunderte sich Carolin.

„Hat er", nickte Ines.

„Dann steht es bei euch doch quasi unentschieden."

Ines löste den Arm von Carolin und griff nach ihrem Weinglas. „Irrtum. Jo hat seine Frau verlassen, Paul hat mich verlassen, das ist der Unterschied. Jedenfalls für Jo."

„Hä?"

„Jo meint, der, der geht, hat keine Gefühle mehr für den, der zurückbleibt. Aber der, der zurückbleibt, könnte ja noch Gefühle für den haben, der gegangen ist", versuchte Ines zu erklären.

„Wow!" Carolin machte große Augen. „Das ist ja fast so kompliziert wie Mathe."

„Tja", seufzte Ines und nippte an ihrem Glas. „Nur dass es in diesen Dingen keine Nachhilfe gibt!"

Kopfschüttelnd stand Carolin auf. *Da soll noch einer sagen, Kinder wären kompliziert.*

„Und dabei liebe ich ihn ja, Jo, meine ich." Ines sah Carolin etwas hilflos an. „Ich wünschte nur, es gäbe etwas, womit ich ihm beweisen könnte, wie viel er mir bedeutet."

Carolin grinste. „Wie wär's, wenn du dir seinen Namen auf deinen Rücken tätowieren lässt?", schlug sie augenzwinkernd vor.

Ines verdrehte die Augen und scheuchte sie mit einer Handbewegung nach draußen. „Geh schlafen, Kind!"

Am nächsten Morgen wurde Carolin von einem klirrenden Geräusch geweckt. Alarmiert schlüpfte sie aus dem Bett und brüllte nach unten. „Mam?"

„Alles klar! Mir sind nur ein paar Teller runtergefallen", rief ihre Mutter zurück.

Nur ein paar Teller, ja dann! Carolin machte sich fertig und zog sich an. Dann stürmte sie die Treppe hinunter, setzte sich an den Tisch und kippte Cornflakes in ihre Schüssel. „Bringst du mir bitte die Milch, Mam?"

„Was? ... Ja." Ines griff nach dem Wasserkessel und schüttete das Wasser in Carolins Schälchen.

„Äh, Mam ..." Carolin musterte ihre Mutter erstaunt. „Normalerweise esse ich mein Müsli mit Milch, nicht mit heißem Wasser."

„Wie? ... Ah ja, entschuldige, Schatz!" Ines nahm die Schüssel und kippte den Inhalt samt Wasser ins Spülbecken, dann ging sie aus der Küche.

Carolin sah ihrer Mutter höchst verdutzt nach. *Erst die Teller, jetzt das. Ines ist ja völlig durch den Wind!* Carolin holte sich ein frisches Schälchen aus dem Schrank, füllte Cornflakes hinein und kippte sicherheitshalber die Milch lieber gleich selbst darüber. Sie griff nach der Zuckerdose und streute einen Löffel voll Zucker in ihr Schälchen. Dann begann sie, genüsslich zu essen, spuckte aber den ersten Bissen gleich wieder aus. „Pfui Teufel!“, schimpfte sie. „In der Zuckerdose ist ja Salz! ... Mam!“

Wortlos tauchte Ines wieder in der Küche auf.

„Mam! Du hast Salz in die Zuckerdose, und ich hab jetzt ein voll salziges Müsli“, beschwerte sich Carolin.

„Was? ... Das tut mir echt leid, Schatz“, murmelte Ines geistesabwesend, packte Carolins Schüssel und leerte den Inhalt erneut in das Spülbecken. Dann lehnte sie sich gegen den Küchenschrank und starrte zum Fenster hinaus. Einfach so.

Das mit meinem Müsli kann ich mir abschminken, dachte Carolin und stand auf. *Ich hol mir auf dem Schulweg ein Croissant beim Bäcker,* beschloss sie. *Sicher ist sicher. Wer weiß, was Ines heute noch alles bringt!* Sie tippte ihrer Mutter von hinten auf die Schulter. „Ich bin dann weg, Mam.“

Ines zuckte zusammen – so, als habe Carolin sie aus den tiefsten Gedanken gerissen. „Was?“

„Ich geh dann in die Schule.“

„Wie? ... Ja, okay.“ Ines widmete sich wieder dem Ausblick aus dem Fenster.

„Mam?“ Carolin tippte ihrer Mutter erneut auf die Schulter.

Wieder schreckte sie völlig abwesend herum. „Wie?“

„Alles in Ordnung, du bist so komisch?“ Sie betrachtete Ines prüfend. „Und du machst so komische Dinge?“

„Wie? ... Nee, alles bestens, Caro“, sagte Ines nur. Doch ihre Augen flackerten dabei nervös hin und her.

Carolin blieb noch kurz in der Küche stehen, dann beschloss sie loszufahren.

Eltern – wer soll die schon verstehen?

Carolin hielt vor der Bäckerei Bauer, fuhr dann aber gleich wieder weiter, als sie die lange Schlange an der Theke sah. *Mist, das reicht mir nie!,* dachte sie und radelte mit leerem Magen weiter Richtung Schule. Als sie ihr Rad in den Ständer hievte, bog Lina um die Ecke.

„He, Caro! Ich hätt heut beinahe verschlafen", rief sie schon von Weitem und bremste erst knapp vor Carolin ab. Sie parkte ihr Fahrrad und schnallte ihre Schultasche vom Gepäckträger.

Carolin stand neben ihr und wartete. Auf einmal hatte sie das Gefühl, als würde sie den unangenehmen Geruch von neulich, als sie in Amis Wohnwagen waren, wieder riechen. Sie hielt sich die Nase zu und schüttelte angeekelt den Kopf. „Puh, ich glaub, ich leide langsam an Verfolgungswahn!"

„Eher an nervösen Zuckungen", grinste Lina und schulterte ihre Schultasche.

Carolin zog eine Grimasse. „Dieser Gestank aus Amis Wohnwagen verfolgt mich irgendwie."

Lina legte den Kopf schief und lachte. „Ach nee!"

Carolin zwickte die Augen zusammen und musterte die Freundin. „Was soll das heißen?"

Lina machte auf unschuldig und rollte mit den Augen. „Nichts."

„Jetzt sag schon!“ Carolin boxte die Freundin in die Seite. „Los, rück raus damit!“

Lina nickte ergeben. Sie nahm ihre Schultasche wieder ab, öffnete sie und holte eine kleine Flasche heraus. Die hielt sie ganz dicht an Carolins Nase. „Meinst du vielleicht zufällig diesen Geruch?“

Carolin zuckte zusammen. Es war genau dieser Gestank, der ihr vorhin in die Nase gestiegen war. Sie schüttelte sich angewidert. „Pfui Teufel! Was ist denn das Ekliges?“

Lina grinste breit und packte das Fläschchen wieder zurück in ihre Schultasche. „Das ist ein Experiment.“

Carolin verzog das Gesicht. „Wenn du ausprobieren willst, ob das Zeug stinkt, ist das Experiment gelungen. Es stinkt brutal!“

„Quatsch!“ Lina zwinkerte ihr verschwörerisch zu. „Es ist eine Tinktur, ein Zaubertrank.“

„Klar“, nickte Carolin. „Es zaubert Gestank.“ Sie drückte die Tür zum Schulgebäude auf.

Lina folgte ihr. „Kein Witz, Caro. Ich hab doch diesen Magiekurs in Westerhofen besucht.“

„Ich erinnere mich“, gab Carolin zurück und streckte ihre Nase weit nach oben, um den penetranten Geruch loszuwerden.

„Ich hab dir doch in meinen Mails von dieser Bibliothek geschrieben“, erzählte Lina weiter. „Einerseits total veraltet und andererseits Hightech vom Feinsten.“

Carolin bejahte. „Hast du.“

„Voller uralter Bücher.“ Linas Augen funkelten. „Und in einem dieser uralten Bücher haben wir, Amalia, ein anderes Mädchen aus meinem Magiekurs, und ich, einen alten Zettel gefunden."

„Na und?", sagte Carolin wenig beeindruckt.

„Auf diesem Zettel stand ein Rezept mit vielen merkwürdigen Zutaten", berichtete Lina weiter.

Carolin hatte immer noch nicht begriffen. „Und wofür? Erdbeermarmelade? Erbseneintopf? Rindsgulasch? Oder Marmorkuchen?"

„Nein, es war ein Rezept für eine Tinktur mit vielen, vielen Zutaten. Nur hab ich keine Ahnung, wofür sie gut ist. Und nun hat Ami die neulich nachgekocht."

„In der Vollmondnacht, in diesem großen Topf?", vergewisserte sich Carolin.

„Richtig", bestätigte Lina spitzbübisch. „Und diesen Trunk habe ich nun in meiner Schultasche."

Carolin blieb erschrocken stehen. „Du meinst, du hast irgendetwas in deiner Tasche, von dem du weder weißt, was es ist, noch wogegen es hilft!?"

„Genau." Lina nickte leicht amüsiert.

„Von dem du bisher nur weißt, dass es tierisch stinkt?", setzte Carolin ungläubig nach.

„Exakt."

„Spinnst du? Und was, wenn das Zeug gefährlich ist? Oder explosiv?"

„Ach was!" Lina wischte ihre Bedenken mit einer Handbewegung fort. „Amis Wohnwagen steht noch." Sie klopfte auf ihre Schultasche. „Und hier ist auch noch alles dran." Sie zuckte mit den Schultern. „No risk, no fun!"

„Aber wer weiß ... ich mein, vielleicht war das ein Rezept für Plastiksprengstoff!"

„Oder vielleicht auch für eine Anti-Pickel-Creme“, ergänzte Lina lachend. „Ach komm schon, Caro! So schlimm wird’s nicht werden.“

Kopfschüttelnd ging Carolin ein paar Schritte weiter. „Na ja, aber wie willst du denn herausfinden, wofür oder wogegen das Zeug genau ist?“

Lina schmunzelte. „Gute Frage, Caro. Ich trag es einfach mal mit mir herum. Mal sehen, was passiert! Amalia experimentiert übrigens auch. Mit dem gleichen Rezept. Früher oder später erfahren wir es.“

„Also, den Mut hätte ich echt nicht!“ Carolin betrachtete die Freundin mit einer Mischung aus Bewunderung und Unverständnis an.

Ein festliches Abendessen mit Folgen

Als Carolin am Freitagabend von Lindenhain kam, duftete es im ganzen Haus verführerisch. Eine Mischung aus Bratenduft, Zitrusöl und frischen Kräutern lag in der Luft. Der Tisch im Wohnzimmer war vornehm mit weißen Platztellern gedeckt, auf denen rote Servietten lagen. In der Mitte des Tisches war ein Blumengesteck platziert. Daneben standen zwei rote Kerzen in silbernen Kerzenständern. Überall auf dem Tisch waren bunte Rosenblätter verstreut.

Carolin lehnte im Türrahmen, spähte umher und wunderte sich. „Hab ich irgendwas versäumt, Mam? Ist vielleicht schon Weihnachten? Oder Ostern? Oder hat jemand Geburtstag?“, rief sie in die Küche. Nichts ahnend war sie gegen sechs Uhr abends heimgekommen und hatte das Wohnzimmer in diesem Zustand vorgefunden.

Als Carolin keine Antwort erhielt, stiefelte sie in die Küche.

Ines werkelte geschäftig am Herd, pinkfarbene Lockenwickler in ihren Haaren. Sie trug eine Schürze. Darunter waren ein enger schwarzer Rock und eine goldfarbene

Bluse zu erkennen, ihre Beine steckten in hauchdünnen Nylonstrümpfen.

Carolin betrachtete ihre Mutter kopfschüttelnd. „Mam? Was ist denn heute los?“

Ines zwinkerte ihr nur überaus vergnügt zu, sagte aber nichts.

„Auf dem Tisch sind vier Gedecke“, bohrte Carolin weiter. „Wer kommt zum Essen?“

Ines tauchte den Löffel in einen der Töpfe, die auf dem Herd standen. „Probierst du bitte mal?“ Bevor Carolin protestieren konnte, hielt Ines ihr bereits den Löffel so nahe an den Mund, dass Carolin nicht anders konnte, als ihre Lippen zu öffnen und zu kosten.

„Mhm, ja! Schmeckt gut“, meinte Carolin und sah ihre Mutter skeptisch an. „Und was ist das?“

„Eine Soße“, erklärte Ines gut gelaunt.

„Und was ist in der Soße drin? Und was kommt in die Soße?“, fragte Carolin. „Sag mir wenigstens das, wenn du mir schon nicht erzählst, wer warum kommt.“

„In der Soße sind Äpfel, Maronen, Majoran ... und dazu gibt’s gebratene Wildente.“

„Ach Mam!“ Carolin verdrehte die Augen. „Das ist eklig, Wildenten sind süße niedliche Vögel. Die gehören nicht auf den Tisch.“

Ines war nicht aus der Ruhe zu bringen. „Das ist eine Delikatesse, du Banause. Du wirst staunen, wie Jo das schmecken wird.“

Aha!, dachte Carolin. *Verraten! Der Doc kommt also.* Sie grinste vor sich hin. *Aber dass ihm das schmecken wird, wag ich sehr zu bezweifeln.* Dr. Sander hasste Ines’ experimentelle Küche. Er stand auf eher bodenständige Gerichte wie Currywurst oder Rinderbraten.

„Draußen sind vier Gedecke, kommt Thorben mit?", erkundigte sich Carolin.

„Ja, Thorben kommt auch", bestätigte Ines.

„Und warum ist alles so festlich gedeckt?" Carolin schnappte sich eine Banane aus dem Obstkorb.

Ines nahm Carolin die Banane wieder ab. „Es gibt gleich was Richtiges zu essen. Du verdirbst dir den ganzen Appetit."

Den Appetit auf Wildente muss ich mir erst gar nicht verderben, dachte Carolin und zog eine Grimasse.

Ines blickte zufrieden auf die Töpfe, dann eilte sie nach oben. Wenig später kehrte sie ohne Lockenwickler und ohne Schürze wieder zurück. Sie lächelte Carolin zu, zog sie an sich und drückte ihr einen Kuss auf die Wange. „Ich hab dich lieb, Schätzchen."

Carolin beäugte ihre Mutter skeptisch. *Ob Ines in die Wechseljahre kommt? Neulich diese komische Abwesenheit, heute dieser Überschwang. Sehr seltsam,* überlegte sie.

Ines widmete sich wieder ihrem großen Bräter. Carolin lehnte sich neben ihrer Mutter an die Küchenplatte.

„Jetzt sag doch endlich, was los ist! Sonst platz ich noch vor Neugier, Mam", bohrte sie ungeduldig weiter.

Ines lächelte nur. „Das wollen wir euch gerne zusammen mitteilen. Jo und ich."

Carolin verdrehte die Augen. „Ich bin doch kein kleines Kind mehr."

In diesem Moment klingelte es an der Tür.

„Machst du bitte auf?"

Carolin öffnete und blickte erst in das düstere Gesicht von Thorben, dann in das strahlende Gesicht seines Vaters. Auch Dr. Sander war schick angezogen. Er trug einen dunklen Anzug, darunter ein hellblaues Hemd mit einer Fliege. Thorben hatte noch die gleichen alten Jeans an wie vorhin auf Lindenhain, genau wie Carolin auch.

„Hi, Caro", begrüßte Dr. Sander sie fröhlich.

„Hi, Caro", murmelte Thorben mit einem total sauertöpfischen Gesicht.

Ines erschien im Flur. „Schön, dass ihr da seid, ihr zwei."

Dr. Sander erstarrte bei ihrem Anblick. „Du siehst umwerfend aus, Ines", schwärmte er.

„Du aber auch", gab Ines geschmeichelt zurück.

Carolin nutzte den Moment und zog Thorben am Ärmel seiner Jacke nach oben in ihr Zimmer. Sie schloss die Tür, lehnte sich mit dem Rücken dagegen und tippte sich an die Stirn. „Dieses Rumgesülze ist echt so was von peinlich", ächzte sie.

Thorben nickte. „Nicht auszuhalten."

„Mam hat das Festtagsgeschirr rausgeholt und eine Neuigkeit angekündigt", begann Carolin gleich.

Thorben verzog das Gesicht. „Schätze, heute wird's amtlich. Heute werden sie uns wohl mitteilen, dass wir alle zusammenziehen." Er drehte sich mit dem Rücken zu ihr ans Fenster. „Versteh mich nicht falsch, Caro! Du bist ein klasse Mädchen und eine super Freundin, und du bist die beste Freundin meiner Freundin, aber ..."

„Du hast nur keinen Bock auf eine große Familie", ergänzte Carolin. Sie ging zu ihm und klopfte ihm auf die

Schulter. „Entspann dich! Mir geht's genauso, Thorben." Sie knabberte an ihrer Unterlippe. „Fragt sich nur, was wir da noch ausrichten können?"

Thorben verschränkte die Arme und blickte grimmig nach draußen. Carolin ebenso.

„Kinder, Essen!", ertönte die Stimme ihrer Mutter von unten. „Kommt ihr?"

Thorben rollte mit den Augen. „Schätze, mit Kinder sind wir gemeint."

Carolin seufzte. „Hört sich ganz so an."

Thorben holte tief Luft. „Dann mal los!" Er ging vor, Carolin folgte ihm.

Ines und Dr. Sander standen mit einem Glas Prosecco in der Hand im Wohnzimmer und warteten schon auf sie. Ines deutete auf ein Tablett mit zwei Gläsern. „Bedient euch, für euch gibt's frisch gepressten Maracuja-Saft, hoffentlich mögt ihr den."

Carolin schnappte sich ein Glas und trank einen großen Schluck.

„Also los!" Thorben blickte von einem zum anderen. „Ihr braucht gar kein großes Theater mehr zu machen. Caro und ich, wir wissen schon, was ihr uns mitteilen wollt", erklärte er nüchtern.

Dr. Sander zwinkerte seinem Sohn zu. „Und was ist das deiner Ansicht nach?"

„Na, ihr wollt zusammenziehen", erwiderte Thorben knapp.

„Aha", machte Dr. Sander und prostete Ines zu. „Mal angenommen, das wäre unsere Überraschung, wie würdet ihr das denn finden?"

Thorben zuckte die Achseln. „Wenn ich zugeben würde, dass ich's blöde fände, würde das was ändern?"

Dr. Sander legte den Kopf zur Seite. „Eher nicht."

„Siehst du!" Thorben trank sein Glas in einem Zug leer. „Deswegen sag ich's auch nicht. Deswegen sag ich gar nichts."

Ines wandte sich an Carolin. „Und du, Schatz, was denkst du darüber?"

Carolin zuckte mit den Schultern. „Ich schließ mich Thorben an."

Dr. Sander nickte. „Ihr habt recht, in der Tat wollen wir zusammenziehen." Er machte eine kurze Pause. „Aber keine Sorge, wir werden nichts überstürzen. Wir werden ein schönes, großes, geräumiges Haus suchen, in dem wir alle viel Platz haben."

„Mit einem riesigen Holztisch in einem weißen Zimmer", murmelte Carolin vor sich hin. *So, wie ich es in meiner Vision mit Sternentänzer gesehen habe.*

Irritiert fragte Dr. Sander nach: „Wie kommst du auf Holztisch?"

Carolin winkte ab. „Ach nichts, vergiss es!"

Dr. Sander lächelte. „Jedenfalls wird sich bis dahin nichts ändern. Jeder bleibt, wo er ist, bis wir die ideale Lösung gefunden haben. Wir haben ja keine Eile."

Carolin blickte zu Thorben, Thorben blickte zurück. Beide dachten einigermaßen beruhigt das Gleiche: *Wer weiß, wie lange sich so eine Haussuche hinziehen kann!*

Ines tastete nach Dr. Sanders Hand. „Aber das ist nicht das, was wir euch mitteilen wollten. Zumindest nicht alles!"

Carolin stutzte. Ines strahlte aus allen Knopflöchern. *Was kommt denn jetzt noch? Doch schwanger?,* fragte sich Carolin mit einem leichten Anfall von Panik.

„Ach nicht?“, wollte Thorben wissen, auch seine Stimme klang überrascht. „Was denn dann?“

Dr. Sander räusperte sich. „Nun ja, es hat mich stets ein wenig irritiert, dass sich Paul immer wieder gemeldet hat.“ Dr. Sander strahlte Ines an. „Ja, ich geb's zu, ich war eifersüchtig. Ziemlich eifersüchtig sogar.“

Könnt ihr das nicht unter euch ausmachen?, dachte Carolin genervt. *Was bitte hat die Gefühlslage des Docs mit Thorben und mir zu tun?*

Ines strich liebevoll über Dr. Sanders Hand. „Ich konnte ihm noch so oft versichern, dass ich ihn liebe.“

Dr. Sander holte tief Luft. „Ja, das Ganze hat in letzter Zeit ziemlich an mir genagt, aber schließlich wurde mir klar, was ich eigentlich will. Es hat mich zwar einige Kraft gekostet, bis ich so weit war. Aber nun will ich Nägel mit Köpfen machen. Ich weiß definitiv, dass das der richtige Schritt ist.“

„Ach Schatz“, warf Ines liebevoll ein.

Carolin und Thorben wechselten verwirrte Blicke. *Was wird das denn?*

„Daher habe ich mich entschlossen, Ines einen Heiratsantrag zu machen.“

Ines nickte glücklich. „Den ich angenommen habe.“

Carolin stockte der Atem. *Ich bin im falschen Film,* schoss es ihr durch den Kopf. *Das geschieht nicht wirklich. Gleich klingelt mein Wecker und ich muss aufstehen.*

„Natürlich erst nach reiflicher Überlegung“, ergänzte

Ines. „Sorry, Schätzchen für das Wasser und das Salz in deinem Müsli, aber das war der Tag nach dem Antrag.“ Sie strich Dr. Sander sanft über die Wange. „Und dass man ein wenig verwirrt ist, wenn man einen Heiratsantrag von dem tollsten Mann der Welt bekommt, ist ja wohl klar.“

Carolin tastete mit der Hand nach der Stuhllehne. Sie musste sich erst mal setzen. *Damit hätte ich nie im Leben gerechnet,* dachte sie und schielte zu Thorben, der auch nur mit weit offenem Mund und fassungslos dasaß.

Eine überraschende Enthüllung

Jan schlurfte gerade über den Hof und machte ein sorgenvolles Gesicht, als Carolin am Sonntagnachmittag auf Lindenhain angeradelt kam. Sie stellte ihr Rad ab und lief Jan hinterher.

„Warum hat Gunnar denn alle zusammengetrommelt?“, fragte sie erstaunt. Gunnar hatte einen Rundruf gestartet und alle für den Nachmittag in den Gemeinschaftsraum nach Lindenhain bestellt.

Jan schnappte sich die Schubkarre und fuhr Richtung Stall. „Ich krieg bald noch ’ne richtige Krise vor lauter Sitzungen“, moserte er. „Die Zeit, die wir da rumsitzen, fehlt mir hinterher wieder bei meiner Arbeit. Hab eh schon ’ne Siebentagewoche.“

„Weißt du denn nun, worum es geht?“, hakte Carolin nach.

Jan setzte die Schubkarre ab. „Keinen Schimmer.“ Er wischte sich mit dem Overallärmel über die Stirn. „Vielleicht hat er ja eine Lösung für die Gäule gefunden.“

Carolin kaute nervös auf ihrer Unterlippe. „Meinst du echt?“

Jan nahm die Schubkarre wieder auf und schob sie durch die Stalltür. „Was könnte er denn sonst wollen?“

Carolin folgte ihm. „Aber das würde ja heißen, dass die Ponys vielleicht bald weg sind?!“

Jan nickte nur kurz und stapfte weiter durch den Stall. Bedrückt blieb Carolin bei den Ponys stehen. Bella wieherte ihr leise entgegen.

Carolin ging zu ihr und strich ihr sanft über die Ohren. „Es tut mir so leid, Bella“, murmelte sie. „Wir haben echt alles versucht, aber wir konnten nicht mehr Geld auftreiben.“ Sie schluckte den Kloß in ihrem Hals hinunter. „Es war einfach nichts zu machen.“

Bella drehte den Kopf und blickte sie mit dunklen Augen an. An den ehemals kahlen Stellen auf ihrem Rücken begann allmählich, wieder Fell zu wachsen, und in ihre glanzlosen Augen war wieder Leben gekehrt. Carolin strich sanft über den Hals des Ponys. „Bestimmt hat Gunnar einen schönen Gnadenhof für euch gefunden. Er will ja auch, dass es euch gut geht.“ Carolin wischte mit dem Handrücken eine Träne weg, die über ihre Wange kullerte. „Niemals würde er zulassen, dass ihr in schlechte Hände kommt“, fügte sie hinzu. „Ich kenne doch Gunnar.“

Auch Lola und Lila drehten nun ihre Köpfe zu Carolin. So, als hätten sie begriffen, dass es um ihre Zukunft ging. Carolin tätschelte ein Pony nach dem anderen. „Ich würde euch so gerne hierbehalten“, schniefte sie. „Aber es geht einfach nicht.“ Sie zuckte mit den Schultern. „Langsam hab ich die Nase voll von Abschieden.“ Sie liebkoste Moritz’ Nüstern. „Erst Cinderella, dann Silberstern und jetzt ihr.“

„Hallo, Caro." Carolin fuhr herum. Matthias stand hinter ihr und lächelte ihr vergnügt zu.

„Hi, Matthias." Carolin atmete tief durch und versuchte, die aufsteigenden Tränen wegzublinzeln. „Kommst du auch zu unserer Sitzung?"

Matthias nickte. „Aber was ist denn los? Warum bist du denn so traurig?", erkundigte er sich dann besorgt.

„Ich verabschiede mich gerade von den Ponys", sagte Carolin gefasst.

Matthias schaute sie verwundert an. „Wieso das denn?"

Carolin schmiegte ihre Wange in Bellas Fell. „Weil Gunnar uns wohl gleich verkünden wird, dass er einen Platz für sie gefunden hat."

„Denkst du?", fragte Matthias.

„Weiß ich", erklärte Carolin fest.

Matthias zog eine Packung Bonbons aus seiner Hosentasche. „Manchmal kommt alles anders, als man denkt." Er hielt ihr die Tüte hin. „Magst du was Süßes?"

Carolin nahm sich ein Bonbon. „Lieb von dir, dass du mich trösten willst."

Fast alle waren schon da, als Carolin und Matthias wenig später den Gemeinschaftsraum betraten. Jan lehnte am Fenster und hielt eine Coladose umklammert, Ferdi saß am Tisch und hatte die Hände aufgestützt, und Lina spielte mit einer Haarsträhne. Nur Gunnar und Vicky fehlten noch. Carolin und Matthias setzten sich an den Tisch zu Lina und Ferdi.

„Wo ist denn Thorben?“, raunte Carolin Lina zu. Seit diesem katastrophalen Freitagabend hatte sie ihn nicht mehr gesehen. Dabei gab es doch so viel zu besprechen!

„Er ist krank“, antwortete Lina.

„Wie krank?“, wunderte sich Carolin.

„Hat 'ne heftige Bronchitis“, erklärte sie.

„Am Freitagabend war er aber noch voll fit“, wunderte sich Carolin.

„Kam wohl über Nacht“, meinte Lina.

Carolin lachte bitter auf. „Kann ich gut verstehen, dass ihm bei dem Abendessen übel geworden ist!“

Lina grinste. „Uiii, hat deine Mam wieder etwas Abenteuerliches gekocht?“

Überrascht sah Carolin die Freundin an. „Du weißt es noch gar nicht? Hat Thorben dir noch nichts erzählt?“

„Nee, was denn?“, fragte Lina nach.

In diesem Augenblick betraten Gunnar und Vicky den Gemeinschaftsraum. Ihre Gesichter waren genauso ernst wie auf der letzten Versammlung, aber irgendetwas war dennoch anders.

„Habt ihr wenigstens einen guten Gnadenhof finden können?“, rief Carolin ihnen gleich entgegen.

Vicky verzog keine Miene, runzelte die Stirn und schüttelte nur den Kopf.

Carolin tat empört. „Was soll das denn heißen? Müssen die Ponys auf einen schlechten? Oder etwa gleich auf den Schlachthof?“

Vicky winkte nur ab und lehnte sich mit verschränkten Armen an die Wand. Offenbar wollte sie nichts sagen.

Gunnar blickte in die Runde. „Schön, dass ihr alle kommen konntet, ich möchte euch etwas Wichtiges mitteilen." Er machte eine Pause und holte tief Luft. „Es geht wieder, wie ihr euch vorstellen könnt, um die Ponys."

Jetzt rück schon raus damit!, dachte Carolin betrübt. *Schlechte Nachrichten werden nicht besser, wenn man sie hinauszögert!*

„Ich hab euch jemanden mitgebracht." Gunnar deutete zur Tür, in der plötzlich ein untersetzter Mann mit Goldrandbrille auftauchte.

„Was macht denn Matthias' Vater hier?", raunte Carolin Lina verdutzt zu. Sie schaute zu Matthias, doch der lächelte nur geheimnisvoll.

„Guten Tag zusammen", grüßte Herr Kömpke in die Runde.

„Leute, das ist Herr Kömpke, der Vater von Matthias", stellte Gunnar vor. Ein Lächeln umspielte Gunnars Lippen, bevor er fortfuhr. „Ehrlich gesagt, hatte ich die Hoffnung schon aufgegeben. Alle Möglichkeiten waren ausgereizt, nur noch ein Wunder konnte uns helfen." Er blickte einem nach dem anderen in die Augen. „Und ich musste erfahren, dass es doch tatsächlich noch Wunder gibt."

Aufgeregt legte Carolin ihre Hand auf Linas Arm.

Gunnar holte tief Luft. „Leute, die Ponys können auf Lindenhain bleiben! Dank Herrn Kömpke! Wir haben einen Sponsor gefunden, der für die Ponys künftig aufkommen will", verkündete Gunnar freudestrahlend. „Herr Kömpke hat sich dazu bereit erklärt."

Die versammelte Mannschaft starrte mit offenen Mündern erst Matthias' Vater an, dann Matthias.

Gunnar nickte. „Die Bank von Herrn Kömpke in Grünstadt will die Tiere dauerhaft sponsern", führte er weiter aus. „Im Rahmen eines Stiftungsprogrammes für wohltätige Zwecke."

Im Gemeinschaftsraum herrschte Stille. Alle waren zu perplex, um reagieren zu können. Carolin krallte ihre Finger in Linas Arm.

„Ich übergebe das Wort an Herrn Kömpke."

Herr Kömpke nickte freundlich in die Runde. „Um ehrlich zu sein, mein Sohn Matthias hat mir schon vor einer ganzen Weile von der Notsituation hier erzählt." Er guckte etwas schuldbewusst. „Und um ganz ehrlich zu sein, die Sache hat mich zunächst nicht außergewöhnlich heftig interessiert. Wir erhalten täglich Dutzende von Anfragen wegen irgendwelcher Spendenaktionen, müsst ihr wissen, die wir in der Regel allesamt ablehnen." Er rückte seine Brille zurecht. „Schließlich sind wir eine Bank und keine karitative Einrichtung. Doch dann war ich bei diesem Benefizspiel. Ich habe euer Engagement gesehen und bewundert. Und ..." Er blickte Carolin an. „Ich habe mitbekommen, wie sich Matthias' neue Freunde vom Reiterhof für meinen Sohn eingesetzt haben."

Carolins Nägel krallten sich immer tiefer in Linas Arm.

„Da habe ich mich zu diesem Schritt entschlossen", beendete er seine Ansprache.

„Wir vom Reiterhof sagen Danke, im Namen der Ponys", strahlte Gunnar. Er klatschte in die Hände, die anderen stimmten mit ein. „Das war nun wahrlich Rettung in letzter Sekunde."

Gunnar fasste Herrn Kömpke am Arm. „Dann will ich

mal unserem Wohltäter den Hof zeigen. Und was noch viel wichtiger ist, die Rechnungen." Er zwinkerte den anderen zu und verließ mit Herrn Kömpke den Raum.

Carolin ließ Linas Arm wieder los, lief zu Matthias und knuffte ihn in die Seite. „Ey, vorhin im Stall wusstest du das doch schon", sagte sie halb im Spaß, halb ernst. Sie drehte sich zu Lina. „Er hat doch glatt in aller Seelenruhe zugeschaut, wie ich mich todtraurig von den Ponys verabschiedet hab", empörte sie sich.

Matthias machte ein zerknirschtes Gesicht. „Ich wollte doch, dass es eine Überraschung wird."

„Na, die ist dir aber echt gelungen", feixte Lina.

Carolin setzte sich auf den Tisch, ließ die Beine baumeln und schaute Matthias an. „Warum hast du uns eigentlich nicht früher erzählt, dass dein Vater Geld hat?"

Verlegen fasste Matthias an seine Brille. „Ich sprech da nicht so gern drüber", erklärte er dann zögerlich.

„Warum das denn?", wunderte sich Ferdi. „Ich erzähl auch jedem, dass wir nicht gerade vom Sozialamt leben und dass die viele Kohle meine Eltern etwas wunderlich gemacht hat."

„Ja du!", stieß Matthias etwas bitter hervor. „Du bist ja auch ein cooler Typ, dich mögen einfach alle, so wie du bist. Dich würden alle auch ohne Kohle mögen."

Ferdi verstand nicht. „Aber dich doch auch."

Matthias schnaubte bitter. „Das glaubst du doch selbst nicht. Ich bin dick, ich hab 'ne Brille und Pickel. Aber wenn die Leute dann erfahren, dass mein Vater Kohle hat, kommt die wundersame Wandlung und die meisten tun supernett." Er atmete tief durch. „Ich will aber, dass mich die Menschen mögen, so wie ich bin, und nicht wegen der Kohle."

„Weißte was?", feixte Jan „Ich mag dich jetzt vor allem, weil du die armen Gäule gerettet hast." Er machte eine Blase mit seinem Kaugummi und stiefelte nach draußen.

Als Carolin, Lina, Ferdi und Matthias ihm kurz darauf in den Hof folgten, war Jan gerade dabei, die Ponys hinüber zur Koppel zu führen. Bella, Lila und Lola grasten schon vergnügt auf der Weide, nur Moritz wartete noch im Stall, bis Jan ihn holte.

Carolin legte die Hand über die Augen und beobachtete die vier Ponys. „Die wirken so zufrieden. Man könnte fast meinen, die wissen, dass sie gerettet sind und hierbleiben dürfen", schmunzelte Carolin.

Lina stellte sich neben die Freundin und legte den Arm um ihre Schulter. „Ich wette, die Ponys wissen das, Caro. Auch nicht magische Pferde haben eine Art sechster Sinn - wie alle Tiere. Sie spüren, wenn etwas geschieht, was gut für sie ist."

„Denkst du?"

Lina nickte. „Sagt Ami."

„Kannst du den mal schnell halten? Danke." Jan drückte dem überraschten Matthias Moritz' Führstrick in die Hand. „Ich muss nur rasch was in Gunnars Büro regeln, dann hol ich Moritz wieder."

Carolin, Ferdi und Lina drehten sich zu Matthias um, der mit Moritz mitten auf dem Hof stand. Etwas zögerlich streckte er gerade seine Hand aus und streichelte zärtlich über die Mähne des Haflingers.

„Das war's!" Carolin packte Lina am Arm. „Das hab ich

gesehen, Lina", presste sie atemlos hervor. „Das ist genau dasselbe Bild wie in meiner Vision mit Sternentänzer. Genau so stand Matthias mit Moritz auf dem Hof."

Lina schmunzelte. „Dann hat Sternentänzer ja mal wieder recht behalten."

„Wie immer", nickte Carolin.

Bereits zwei Tage später rollte ein dicker Laster auf den Hof. „Was ist denn hier schon wieder los?", erkundigte sich Carolin verwundert.

Jan zwinkerte ihr zu. „Gunnar war wieder auf Schnäppchenkauf. Er hat einen neuen Jahrmarkt entdeckt."

Carolin grinste. „Nee, oder?"

Jan schlurfte in den Stall. „Zum Glück nicht." Er seufzte tief. „Der Junge da draußen bringt Futter in rauen Mengen. Später kommt noch eine Fuhre Heu und Stroh. Ich weiß echt nicht, wo ich das ganze Zeug unterbringen soll." Er schob mit seiner Karre zurück auf den Hof und stellte sie neben dem Laster ab. Carolin lief ihm nach. Auf einmal ertönte ein Geräusch, das sich wie ein Hammerschlag anhörte. Carolin zuckte zusammen. „Was war das?"

Jan grinste wieder nur. „Das musst du dir schon selber ansehen." Er hievte zwei Futtersäcke vom Laster und lud sie auf seine Karre. „Dieser Herr Kömpke meint es ja echt gut", ächzte er. „Dieses Zeug hier reicht für alle Pferde mindestens zwei Jahre lang."

Wieder hallte ein Hammerschlag durch den ganzen Stall.

Wieder beantwortete Jan Carolins fragenden Blick nur mit einem „Das musst du dir schon selber ansehen!" – und schob mit der vollen Karre ab.

Neugierig eilte Carolin schließlich in den hinteren Teil des Stalls, von wo der Hammerschlag gekommen war. Dort beobachtete sie, wie sich ein Mann in einem dunkelblauen Arbeitsoverall gerade breitbeinig vor eine Box stellte und mit lauten Hammerschlägen ein Schild anbrachte. *„Bella"* stand in hübscher geschnörkelter Schrift darauf.

Carolin musste lächelte. Bella bekam wohl eben die erste eigene Box mit Namensschild in ihrem Leben. Zufrieden machte Carolin auf dem Absatz kehrt und lief nach draußen.

Genau in diesem Augenblick kam Vicky aus dem Haupthaus.

Carolin steuerte sofort auf sie. „Hi, Vicky."

„Caro." Vicky deutete hinüber zur Weide, wo Moritz, Bella, Lila und Lola friedlich zusammen mit Sternentänzer und den anderen Pferden grasten. „Ich bin echt froh, dass das mit den Ponys so gut ausgegangen ist. Die armen Tiere haben ein bisschen Ruhe und Frieden verdient."

Carolin nickte. „Bloß gut, dass wir Matthias' Vater gefunden haben."

Vicky lächelte liebevoll. „Gunnar hätte es nie im Leben übers Herz gebracht, diese Pferde einfach abzuschieben. Lieber hätte er sein letztes Hemd verkauft."

„Samt Cowboyhut", fügte Carolin grinsend hinzu.

„Und Stiefel", ergänzte Vicky.

Die nächste Überraschung erwartete Carolin ein paar Tage später in der Schule. Als sie ins Klassenzimmer schlüpfte, traute sie ihren Augen nicht. Julia Schlupf stand neben dem Tisch von Matthias und klimperte ihn mit ihren getuschten Wimpern an. Mit einem zuckersüßen Lächeln redete sie auf ihn ein und warf dabei ihre langen blonden Haare zurück.

Carolin ließ sich auf ihren Platz neben Lina fallen. Die Freundin hatte den Kopf auf ihre Hände gestützt und beobachtete die beiden ebenfalls.

„Was geht denn da drüben ab? Julia wanzt sich ja geradezu an Matthias ran“, erkundigte sich Carolin. „Hab ich was verpasst?“

„Geht schon die ganze Zeit so“, gab Lina zurück, ohne den Kopf von den Händen zu nehmen. „Julia tut so, als wäre Matthias ihr bester Freund.“ Sie seufzte tief. „Und ich hab da auch schon einen ganz bösen Verdacht.“

Carolin schälte sich aus ihrer Jacke. „Erstens: Was meinst du? Zweitens: Hast du was zum Futtern da? Bei mir musste heute das Frühstück ausfallen.“

„Zweitens, du kannst dir einen Müsliriegel aus meiner Schultasche nehmen. Erstens, du hast heute offenbar noch keine Zeitung gelesen.“

Carolin bückte sich, öffnete Linas Tasche und holte einen Riegel heraus. Dabei stieg Carolin wieder derselbe Geruch wie in der Vollmondnacht bei Ami in die Nase. Offenbar trug Lina dieses Zeug immer noch mit sich herum. Rasch machte Carolin die Tasche wieder zu. „Wie gesagt, ich hatte noch nicht mal Frühstück, geschweige denn Morgenlektüre. Was steht denn in der Zeitung?", fragte sie.

„Dass Ludwig Kömpke, bekannter und schwerreicher Bankier, die Pflege der kranken Ponys auf Lindenhain sponsert", erklärte Lina, ohne den Blick von Matthias und Julia zu lassen.

Carolin riss den Riegel auf und biss hungrig hinein. „Na und? Was ist daran neu? Das wussten wir doch schon", knusperte sie.

„Wir schon", grinste Lina. „Aber Fräulein Ich-steh-auf-Leute-mit-Kohle-Schlupf noch nicht!"

Jetzt erst verstand Carolin. Sie wedelte mit dem Riegel durch die Luft. „Du meinst?"

Lina seufzte. „Es tritt genau das ein, was Matthias nicht wollte. Der Kohle-macht-Freunde-Effekt."

Carolin schaute zu Matthias und Julia. Julia legte gerade den Kopf schief, lächelte wieder süß und zwinkerte mit den Augen. „Meinst du, er fällt darauf rein?"

Lina schüttelte den Kopf. „Nee, kann ich mir echt nicht vorstellen."

„Na, die liebe Julia kann ja unwiderstehlich sein, wenn sie will", erklärte Carolin.

Lina schüttelte nun den Kopf so heftig, dass ihre langen roten Locken durch die Luft wirbelten. „Nee, so dämlich ist Matthias ganz bestimmt nicht."

In der Pause standen Carolin und Lina schon draußen auf dem Schulhof, als Matthias aus dem Gebäude kam. Er marschierte sofort auf die beiden Mädchen zu, als er sie entdeckte.

„Hi, Matthias." Lina grinste. „Wie es scheint, hast du neue Freunde gewonnen."

Matthias schob seine Nickelbrille zurück. „Heftig, oder? Julia war plötzlich wie ausgewechselt und wollte Freundschaft mit mir schließen. So auf die Tour, reiche Leute wie wir müssen doch zusammenhalten. Sie wollte natürlich auch wissen, warum ich davon nicht schon eher was erzählt hätte."

Lina schüttelte sich angewidert. „Bäh, ist das eklig!"

Matthias nickte. „Seht ihr, aus diesem Grund erzähl ich lieber nichts von meinem Vater."

Carolin runzelte fragend die Stirn. „Und jetzt?"

„Was meinst du?"

„Was machst du jetzt mit Julia?"

„Oh", grinste Matthias. „Meinst du etwa, dass ich mit dieser blöden Zicke was am Hut hab? Diese arrogante Giftspritze kann mir so was von gestohlen bleiben. Für alle Zeiten. Und das hab ich ihr auch deutlich gesagt." Er blickte von Lina zu Carolin. „Ich weiß ganz genau, auf wen ich mich verlassen kann. Ich weiß, wer meine wahren Freunde sind. Das könnt ihr mir glauben."

Strahlend hakte sich Matthias bei Caro und Lina unter, und gemeinsam gingen sie über den Schulhof.

Sammelband 6
2 mystische Geschichten in einem Band
ISBN 978-3-8332-3229-9

Silbersterns Geheimnis

Sternentänzers Sohn Silberstern wird eingeritten – und Caro hofft, nun endlich zu erfahren, ob der stolze Hengst dieselben magischen Fähigkeiten hat wie sein Vater. Doch bei den ersten Vollmondritten passiert nichts. Caro ist sich nicht sicher, wie sie das deuten soll. Hat Silberstern nun eine geheimnisvolle Gabe oder nicht? Eine spannende Suche nach dem Geheimnis von Sternentänzers Sohn beginnt ...

Abschied mit Folgen

Eine freundliche ältere Dame verbringt ihre Ferien auf Lindenhain und freundet sich mit Sternentänzer an. Zunächst hat Caro nichts dagegen, bis sie eines Tages entdeckt, dass die Unbekannte mehr über den weißen Hengst weiß als Caro selbst. Ist sie vielleicht eine frühere Besitzerin Sternentänzers? Und möchte sie ihn womöglich wieder zurückhaben?

Leseprobe

Sternentänzers Box war leer. Bis auf Jan, der gerade dabei war, frische Einstreu in der Box zu verteilen.

„Wo ist Sternentänzer? Ich hab ihn auf der Weide gar nicht gesehen“, erkundigte sich Carolin.

„Unser Feriengast hat ihn mit in die Halle genommen“, erklärte Jan Kaugummi kauend, als wäre es das Normalste der Welt.

Ohne eine Antwort rannte Carolin aus dem Stall, hinüber zur Reithalle. *Wie kann die es wagen, Sternentänzer zu holen, ohne mich zu fragen?*, ärgerte sie sich. *So war unsere Abmachung nicht, Frau Hill!* Aufgebracht stürmte sie in die Reithalle.

Ein kleines Stück vom Eingang entfernt saß Elisabeth Hill auf Sternentänzer, sie hatte sich tief über den Hals des Pferdes gebeugt. Carolin lief zu ihr hin und wollte gerade loslegen, doch Frau Hills leise Stimme kam ihr zuvor. „Weißt du noch, damals ...?“, raunte sie Sternentänzer ins Ohr und strich zärtlich über sein Fell. Offenbar hatte Frau Hill nicht bemerkt, dass sie nicht mehr allein war.

Weißt du noch, damals? ... Was soll das denn heißen?, wunderte sich Carolin und spitzte die Ohren.

„Es wäre so schön, wenn wir jeden Tag zusammen ausreiten könnten“, fügte Elisabeth Hill dann noch hinzu, bevor ihr Blick auf Carolin fiel, die neben ihr stand und vor Wut kochte.

„Wir hatten doch ausgemacht, dass Sie mich fragen, bevor Sie auf meinem Pferd reiten“, fauchte sie wütend.

Elisabeth Hill glitt sofort von Sternentänzers Rücken.

„Du hast völlig recht, es tut mir leid, Carolin. Aber da seine Box ohnehin gerade gesäubert wurde ..." Sie sah Carolin entschuldigend an. „Du bist zu Recht wütend", fügte sie dann auf eine so ehrliche Weise hinzu, dass Carolins Wut ein klein wenig verrauchte.

„Schon gut", sagte sie rasch und nahm Elisabeth Hill die Zügel aus der Hand.

„Nun ja." Frau Hill blieb noch einen kleinen Moment unschlüssig stehen, dann verließ sie die Halle.

Carolin drückte ihren Kopf gegen Sternentänzers weiches Fell. „Was soll das? Was soll das heißen: *Weißt du noch, damals?*" Sie strich sanft über den Stern am Kopf des Hengstes. „Was will diese komische Frau von uns?" Doch Sternentänzer blickte sie nur mit seinen großen, dunklen, glänzenden Augen an. Carolin gefiel das, was sie eben gehört hatte, überhaupt nicht. Sie führte Sternentänzer auf den Hof.

„So, mein Süßer, jetzt reiten wir beide erst mal eine Runde aus." Sie schwang sich auf Sternentänzers Rücken, und auf ihr Kommando hin setzte sich der Hengst in Bewegung. Carolin lenkte ihn den Feldweg entlang.

Damals. Weiß diese Elisabeth Hill etwas über Sternentänzers Vergangenheit?, fragte sich Carolin, während der Araberhengst ruhig dahintrabte. *Frank Stone,* schoss es ihr plötzlich durch den Kopf. Das war Sternentänzers früherer Besitzer, ein vorbestrafter Gauner. *Hat diese Frau vielleicht etwas mit ihm zu tun?* Instinktiv fasste sie die Zügel etwas enger. *Vielleicht will Stone sein Pferd zurück und hat diese Elisabeth Hill geschickt? Vielleicht soll sie meinen Sternentänzer zu ihm bringen? ...*

H2O
Abenteuer Meerjungfrau
ERLEBE SPANNENDE ABENTEUER MIT DEN MEERJUNGFRAUEN!
BÜCHER
GEHEIMNISVOLLE VERWANDLUNG
MEINE FREUNDE
HÖRSPIELE
DAS GEHEIMNIS DER INSEL MAKO
MEERJUNGFRAUEN IN GEFAHR
ABENTEUER IN DER TIEFE
EINE GEFÄHRLICHE JAGD
DVDS
DAS GEHEIMNIS DER INSEL MAKO
MEERJUNGFRAUEN IN GEFAHR
ABENTEUER IN DER TIEFE
EINE GEFÄHRLICHE JAGD
NETFLIX
ZDF
PANINI

Zauberhafter Serienspaß auf DVD!
Überall im Handel!
Wiedersehen in Centopia
Onchaos Geheimnis
Das Rätsel der vier Ringe
Die magische Kristallhöhle
Varias großes Geheimnis
NEU!
EMPFOHLEN VON familie&co
FSK 0
Rettung für Centopia
www.panini.de
© 2016 Hahn & m4e Productions, Rainbow, ZDF
www.mia-and-me.com